合众 艺术馆

人文艺术通识

梅雪林 许志斌 主编

上海科学技术文献出版社
Shanghai Scientific and Technological Literature Press

图书在版编目（CIP）数据

人文艺术通识 / 梅雪林，许志斌主编 . —上海 ：上海科学技术文献出版社，2015.6
ISBN 978-7-5439-6739-7

Ⅰ . ①人… Ⅱ . ①梅… ②许… Ⅲ . ①文艺理论—基本知识 Ⅳ . ① I0

中国版本图书馆 CIP 数据核字（2015）第 117467 号

总 策 划　梅雪林
项目统筹　张　树
责任编辑　王卓娅　　蔡美凤
封面设计　郁　悦　　汤　梅

会众 The Union Art Books 艺术馆

书　名：人文艺术通识

梅雪林　许志斌　主编
出版发行：上海科学技术文献出版社
地　　址：上海市长乐路 746 号
邮政编码：200040
经　　销：全国新华书店
印　　刷：上海锦良印刷厂
开　　本：710×1000　1/16
印　　张：19.25
字　　数：447 000
版　　次：2015 年 7 月第 1 版　2015 年 7 月第 1 次印刷
书　　号：ISBN 978-7-5439-6739-7
定　　价：58.00 元
http://www.sstlp.com

人文艺术通识

编写委员会

主　编　梅雪林　许志斌

编　委　（按姓氏笔画为序）

王　健　申小龙　刘　忆

许志斌　秦振耀　梅雪林

崔冀文　韩红艳　缪羽龙

前言
Foreword

《人文艺术通识》是面向只有单一艺术学科背景，甚至没有艺术学科背景的普通读者，介绍艺术知识，引导艺术鉴赏，培养艺术感知力的一部通识类读物。一本社科书尽管不能负载很多，但是我们还是希望通过它，读者能够拾起对艺术的兴趣。从某种意义上来说，艺术通识类作品是帮助我们如何借艺术来启发生命的指南。

美国人理查德·加纳罗和特尔玛·阿特休勒写的人文通识类读物《艺术：让人成为人》在国外已经修订了八版，两位作者也因它的畅销不衰而在全球积累了极高的人气。该书涉及两个重要的范畴，即“艺术”与“人”，问题随之而来：通过“艺术”，我们要变成怎样的“人”？要变成一个“人”，哪些艺术又能为我们提供帮助？加纳罗和阿特休勒希望我们变成感知力丰富、有独立思考能力的“人”，在他们看来，这才是“人”的核心。而“艺术”的核心就在于启迪我们的思考，为我们成为这样的“人”服务。

的确如此，却又非仅仅如此。我们或许可以接着两位作者的问题继续发问：独立思考的目的是什么？感知力丰富又能给我们提供怎样的帮助？加纳罗和阿特休勒想让我们通过对艺术的了解和欣赏变得更加理智。现实中，我们通过行为与各式各样的人打交道，表现出的理智就是能够从容地处理各种复杂的人际关系。修身是艺术的目的，却远非最终目的。

我们的日常生活是复杂的，只有在面对复杂之时，艺术品所提供的处理方式才会显得弥足珍贵。同时，复杂也会培养我们的理性。艺术能够让“人”成为“人”，但生活世界的复杂性却能为这个“人”的站立提供更为坚实的地基。拥有丰富的感知力是为了更好地感受到我们所生活的这个世界的复杂性。

这就是我们编撰《人文艺术通识》的初衷所在：不仅要使人成为人，还要让读者看清这个“人”所建立的基础和背景。在本书的前四章，我们重点做的是思想启发式的工作，到了后四章，重点则转向了知识介绍。如此布局的初衷是为了让读者能够带着问题和思考接受艺术知识，这样一来艺术不会显得枯燥乏味，二来也能让读者把本书所带来的各式艺术知识，作为自己艺术之旅的开始而不是结束。

编者在编写内容时力求让全文表达显得活泼和通畅，因为我们在生活中的对话原本就不需要幽暗晦涩。如果艺术是“人”建立的和生活世界之间的桥梁，那么本书写作的目的，则在于在书本知识和生活经历之间再造一座桥。其实，很多艺术通识类作品包括《艺术：让人成为人》何尝不都想如此？当然，我们无法要求艺术做得太多，它更应该被视为朋友温和的劝诫，而不是精英高高在上的指挥。艺术充当不了领导的作用，也不应该去充当，因为领导的命令需要简洁直接，艺术带给我们的却是复杂和含混。

所以，从这个意义上说，“艺术”所能带给读者的，不是一个规范，而是一份期待：期待我们用更复杂的眼光去看世界，去做一个站立在坚实地面上的更加理性的“人”。

在此，也希望我们的这一点小小的努力能成为这份期待的起点。

编　者

2015 年 1 月 12 日

目录
Contents

第一章
艺术与美

艺术的目的是为了创造美，这个看起来似乎是很常识性的问题，我们却在这里大费周章，是不是有点小题大做了？对于这个问题的回答，一方面可以说“是”，因为这个答案已经深入人心，我们实在无须再竭力地去证明它的合理性；但另一方面也可以说“不是”，因为仔细推敲，这个常识性的答案里面还是大有文章的：首先什么是“艺术”？接下来“美”是什么？再接下来“艺术”是通过怎样的方式来创造“美”的？如果说对于“艺术”，我们还可以通过其内部一个个具体可感的类别（诸如语言艺术、造型艺术、表情艺术等）感知到它的存在的话，那么“美”这个东西就显得更加无迹可寻。因为，我们很难将“美”理解为一种实物，说一朵花、一座喷泉很美，但我们在失恋的时候路过它们却很难体会到其美的魅力。某种意义上，美只是一种很难把握的情绪。

莫非，我们的艺术家呕心沥血、殚精竭虑创作的一系列艺术作品，就是为了追求这类虚无缥缈的情绪吗？就是让观众们过把瘾就死，就爽这一回吗？这就需要再问：“美”除了给我们提供一种情绪的快感之外，还有没有别的？“艺术”和“美”之间的连接，是不是只有快感这一条线？带着这些问题，让我们做一番阅读的巡礼吧，从“美”开始。

第一节　关于“美”

“美是难的！”古希腊的大思想家苏格拉底（见图1-1）留给了我们这一千古之叹。这个以怕老婆著称的丑陋小个子终日混迹于雅典城邦的广场厅廊之间，专找各色人等争辩，极其擅长将一个个答案重新转化为一个个问题。① 在对“美”的讨论中，苏格拉底逐一排除了“美”是物质、“美”是恰当、“美”是有用等判断。因为在他看来，“美”与物质相关却并非全在于物质，和数学比例联系甚大却带着人伦判断，中间蕴含着实用性却很难将实用就看作“美”。这一系列关系让讨论者们不知所措，“难”也是由衷而发。苏格拉底这一句关于“美”的判断，也拉开了西方世界几千年来探讨“美”的大幕。

但经过几千年的讨论，无论中西，对“美”林林总总的理解方式反而让“美”的问题变得更加复杂了。我们能理解这些理论家们的思考，也在日常生活中时常与“美”相遇，却偏偏难以对其进行言说。“美”仿佛就是一泓清泉，它解渴，也很靓丽，但就是提不起来，因为这泉水面积太大且时刻处于流动之中，即便是能够用容器提起一部分，转瞬间也变成了死水，这或许就是我们对“美”的讨论无法达成共识的原因。但难以对其定义并不等于对“美”的探讨就一无所获，至少在“美”的种类上，“优美”和“崇高”的范畴获得了广泛的承认。

图1-1　苏格拉底雕像

“优美”和“崇高”作为两种形式的审美范畴，在德国哲学家康德的理论中得以确立和完善。在康德（见图1-2）那里，“优美”指的是看上去一下子就能升腾起来的美感。在这类美感的建构中，审美对象往往是小而精致的东西，比如一幅画、一个华美的花瓶、一只猫等。而“崇高”则是初看会在心里引起厌恶、恐惧等不舒服的情感，继而因克服这些情感而带来的美感享受，这类审美

① 关于苏格拉底的惧内，有个著名的小故事可以佐证：苏格拉底的老婆是个有名的悍妇，以洗衣为业。苏格拉底到处找人争辩，家庭的事宜几乎全落在了妻子的肩上。有一次苏格拉底在与朋友们辩论，妻子忽然闯了进来对他一阵怒骂，然后又从外面提了一桶水猛泼在苏格拉底身上。正当朋友们认为苏格拉底会恼羞成怒的时候，他却摸摸身上被淋湿的衣服，说了一句：“我就知道打雷之后一定会下雨的。”

图1-2　康德像

图1-3　小猫

对象一般是较为宏大或令人感到危险乃至悲戚之物，如我们游览浩海大川，在动物园参观狮子、大象，或者在剧院、电影院里欣赏一部悲剧等。当然，无论“优美”还是“崇高”，在康德看来，都要符合“无利害”的原则，才能成为我们的审美对象。“无利害”就是不与我们的生活发生休戚相关的利害关系：海啸和滑坡虽然也很宏大，但它们却是灾难，很难构成审美对象；狮子和大象只有在动物园的保护措施下，我们才可以欣赏它们，在森林中与它们不期而遇，带来的或许只有恐惧；欣赏悲剧会让我们落泪，但谁也不想这类悲剧有一天在我们的实际生活中降临。再者，即便是面对一些“优美”的东西，我们的欣赏不也是旁观者型的么？若一幅画或一个花瓶被告知价值亿万元，我们对它抱有的或许只有惊讶之情而非美感了；小猫（见图1-3）也只有在温顺地趴在我们身边的时候，我们才能感受到它的“优美”，假想有一天当我们一开门，却发现留作晚饭的食品被它偷吃得乱七八糟的时候，我们还能觉得它是“优美”的吗？由此可见，“优美”和“崇高”作为审美对象，也是有一定条件来支撑的。但仅仅一个“无利害”，其实并不足以解释我们为什么能和审美对象构成审美关系。很多时候，我们和对象并没有利害冲突，但是它美不美却并非一时而定。杜甫（见图1-4）的诗句“感时花溅泪，恨别鸟惊心”便是个例证，在爱恨离愁等情绪特别饱满的情况下，或许很难同时拥有发现“美”的眼睛。事物可能是同一个，但是我们看待它的情绪却总在发生转变，因此也会产生不同的想象，从而构成不同的审美关系，就像我们高兴时看到的花和悲伤时看到的总

图1-4 杜甫像

图1-5 《蒙娜丽莎》

会有所区别一样。“美”总是勾连着我们与外界事物不同的关系类型，我们或许能将这些关系类型称作是“美”的“语境”。

“语境”即意味着我们所生存的现实区域，包括时间的和空间的，不同的“语境”会让我们的审美变得不同。比如在原始人那里，庆典时常会把牛角或者动物的头盖骨装饰在身上，因为在他们看来，这些东西都可以象征自己的孔武有力，它们意味着美。但在我们眼中，这种野蛮的装饰实在有点恐怖，对于当代人，或许一个做工精致的项链或手表会更加符合我们的审美观，因为它们象征着我们的知识与品位。即便在当代世界，我们也会因为生活的阶层和地域，以及个人独特的欣赏习惯的不同而拥有不同的审美判断。鲁迅曾说，贾府的焦大是不会爱上林妹妹的。这不是因为林妹妹不美，而是她不可能是焦大的“Style”。就像我们现在看西方世界的选美比赛，对他们的评判标准一般也会颇有微词，他们选出的佳丽我们未必会觉得惊艳。再者，不同的欣赏语境也会让审美判断发生变化：当我们在某本美术杂志上和一位身穿黑纱、卷发、面露微笑的少妇画像不期而遇时，或许对她不会留下多深的印象；但当我们挣扎在法国卢浮宫拥挤的人群中，面对防护栏之内那个陈旧的画像，耳中听着讲解员用流利的法语说：“这是意大利文艺复兴时期伟大的艺术家达·芬奇的名作《蒙娜丽莎》（见图1-5）……”这时，扑面而来的可能就是这幅画伟大的灵韵了，它的全部美感也会因此显露出来，给我们以震撼。“美”的感受与现实相关，与在现实生活的各色人群相关，有多少不同的现实“语境”，就会有多少对“美”的感受。这种“一美一语境”的现实，或许才是所有对“美”的定义最终难以形成的重要原因。有人喜欢名山大川，也有人流连于小桥流水；有人对流行音乐痴狂，也有人为古典钢琴曲醉心；就连看一场足球比赛，也会出现有人喜欢梅西领衔的巴萨、也有人喜欢C罗领衔的皇马的情况。“美”总是无时无刻不呈现出一种多样性的姿态，我们无法妄言在审美判断中谁对了、谁错了。

把对“美”的理解打得如此之散、如此之相对，难道说我们对它的一切讨论就只是在玩弄文字游戏吗？这是否意味着在现实生活中，“美”就是不存在的？其实不然。虽然我们对“美”的讨论可以说是相对且松散的，但这并不意味着我们在生活中就不会体会到美感的存在。这种现实中的美感体验是活生生的，我们每个人都会有所经历，它不会因为我们在理论探讨中找不出一个“美”的共识来而消失。我们如此费尽唇舌地讨论“美”，其实也就是为了让读者们将注意的视角从理论的探讨转向我们生活中对“美”的感悟上来，毕竟，活生生的东西更具有价值。审美关系的建构，无论多么相对，理论上多么抽象，其实有一点是相通的，那就是它总伴随着审美之人对某景某事的感悟。这种感悟并非是知识性的，也并非是情绪性的，但这种“如木桶脱落”（见图1–6）的愉悦感，可能我们每个人在生活中都有所经历。这种愉悦同时会打开我们的想象力，使我们平时习以为常的感知框架一下子得以拓展。

或许说得太玄了，还是举例为证吧。假设我们和一位挚友彼此熟知，能够很清楚地了解对方在某种场合下想说什么、想要什么。在这种情况下，我们按照长时间以来建立起的认知惯性去了解对方，彼此还能逃得出相熟的套路么？直到有一天，在挚友的生日派对上，我们看到了另外一个朋友给他或她送来的作为礼物的漫画像，画中的他或她惟妙惟肖、栩栩如生。我们会兴奋地捧着这幅画像边欣赏边讨论，说这儿画得真好而那儿似乎不是那么妥帖，画像的美感此刻就会显现出来。因为在欣赏和讨论中，我们不自觉地更新了对朋友的认知，画像中之前熟悉的他或她仿佛变成了另外一个人，使得我

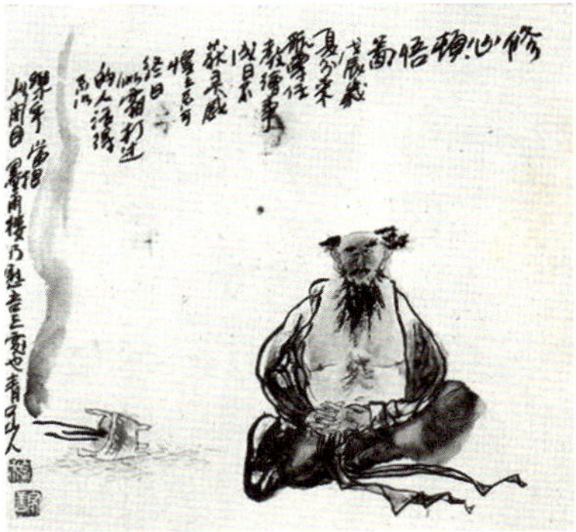

图1–6 《顿悟》

们对朋友的感悟多了一份新鲜感。

可以说，随“美”而来的感悟意味着对我们感知力的拓展，这种拓展在文学作品中其实更加明显。以法国二十世纪伟大作家罗曼·罗兰的《约翰·克利斯朵夫》为例（见图1–7）：

图1–7 《约翰·克利斯朵夫》

他也是魔术师，大踏步地在田里走，望着天，挥着手臂。他命令云彩：“向右边去。”但它们偏偏向左。于是他咒骂一阵，重申前令；一面偷偷地瞅着，心在胸中乱跳，看看至少有没有一小块云服从他；但它们还是若无其事地向左。于是他跺脚，用棍子威吓它们，气冲冲地命令它们向左。这一回它们果然听话了。他对自己的威力又高兴又骄傲。他指着花一点，吩咐它们变成金色的四轮车，像童话中所说的一样；虽然这样的事从来没实现过，但他相信只要有耐性，早晚会成功的。他找了一只蟋蟀想叫它变成一匹马：他把棍子轻轻地放在它的背上，嘴里念着咒语。蟋蟀逃了……他挡住它的去路。过了一会，他躺在地下，靠近着虫，对他望着。他忘了魔术师的角色，只把可怜的虫仰天翻着，看它扭来扭去地扯动身子，笑了出来。

——傅雷译

在阅读中，我们会惊讶于小克利斯朵夫企图指挥白云的想象力，这种想象力会激发我们的愉悦之情，因为我们自己往往很少会去想我们能够以如此一种姿态来看天上的白云。这种想象拓宽了视野，启迪了感知，让我们感到振奋。“美”的曼妙，莫过于此。它之所以并非是某种抽象渺茫之物，就在于其实实在在地启迪着我们在日常生活的感知力，我们会时不时与它相遇，感受到某种愉悦带给我们的魅力。或许对于这种生活中不期而遇的愉悦，我们可以不借助于任何定义就判断说：“这是美的！”

第二节　艺术与美

这一节里，我们要把对“美”进行审视的视角缩小，将重心转移到艺术的领域当中来。人们习以为常地认为“艺术”是一种人为创作“美”的方式，一个个现实存在的艺术品就是证明。在这种理解中，艺术之美与自然之美是相对的，后者被认为与人为的创造无关。长期以来，很多关于艺术美和自然美孰优孰劣的争论不绝于耳。

艺术是我们创造的一个人工世界，大到埃及金字塔（见图1-8）、中国的苏州拙政园美景（见图1-9）、法国埃菲尔铁塔（见图1-10），小到凡·高的油画（见图1-11）、莫扎特的小提琴曲以及中国民间的米粒雕刻艺术（见

图1-8　埃及金字塔

图1-9　苏州拙政园

图1-10　法国埃菲尔铁塔

图1-11 油画《星空》/（荷）　凡·高

图1-12），哪一个不是精美绝伦？也有人会质疑：“这有什么，人工的和自然的有办法相比么？”金字塔、埃菲尔铁塔能宏大壮阔过喜马拉雅群山和尼亚加拉大瀑布（见图1-13）？拙政园能妙过奇幻瑰丽的海底世界？在河边随手捡起一块鹅卵石（见图1-14），其内部花纹的美丽别致，人工可以雕刻出么？还有熔岩洞的各类石笋（见图1-15），人工又能做得出来多少？其实两者的差别并非如此之大。我们在创造艺术的时候，艺术也同样给予了我们一双艺术的眼睛。在此引入马克思在《1844年经济学哲学手稿》中“自然人化”和“人化自然”的概念进行解释或许更加妥帖一些。“自然人化”就是我们对自然进行加工和改造，让它为人所用，留下人工的痕迹，艺术其实就是“自然人化”的一种缩影；而“人化自然”则相反，它立足于人改造世界的过程中，人自身的感知力和认知能力的潜移默化。我们在改造世界的同时，自身的身体也在被世

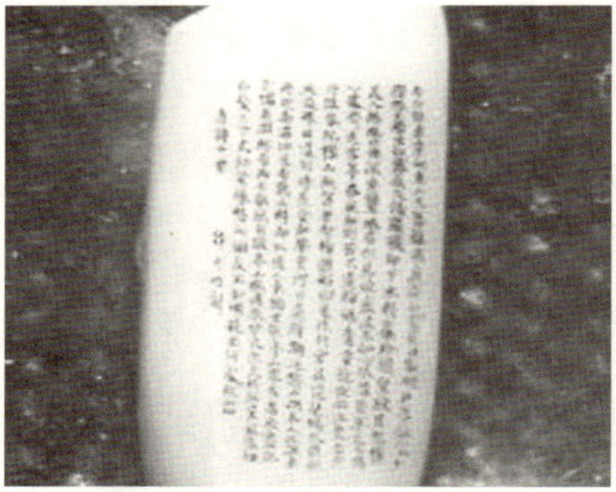

图1-12　米粒雕刻艺术

图1-13　尼亚加拉大瀑布

图1-14　河边鹅卵石

图1-15　熔岩洞石笋

界所改造着，尽管这种改造的过程我们自己并不曾察觉到。拿身体来说，我们目前拥有的这个“身体”和古人所说的还一样吗？从小我们就会被父母带着，去不同的医疗部门注射各种疫苗抗体，如乙肝抗体、牛痘、破伤风疫苗等，其目的是让我们的身体变得健康，但也就在这一次次的注射过程中，我们的“身体”变得和古人不同了——它被各种药物重新建构，每一种药物的侵入都会让肌理结构发生部分变化以适应它，从某种意义上说，我们的“身体”就是被药物重新构建后的“身体”。同时，药物何尝不是一种“现代”的寓言方式？因为这种大规模的改造是以往所不具备的，进入“现代”也意味着我们有了这种改变。将讨论重点放回到我们看待世界的视角上来，我们对世界的感触和认知不也经历了类似身体的一种改造？对于看待艺术的方式，这些视角我们都可以称之为“鉴赏力”，时代造就了我们的鉴赏力。

每一代人都有自己的鉴赏力，它表现在我们看待艺术作品的方式上。我们会用日常形成的鉴赏力去欣赏艺术作品，并在一系列的作品欣赏中丰富、完善自己的鉴赏视角。能够将自己的鉴赏用较为明晰的语言表达出来，就形成了批评的能力。批评是一种剖析的过程，它一方面会剖析作品，指出它哪里好、哪里不好，另一方面也会剖析自己的理解方式，指出自己为什么觉得它哪里好、哪里不好。另外，无论是鉴赏还是批评，其发生领域都是在社会生活之中。因为鉴赏虽然是人与艺术品发生关系，但需要人和人之间的交流才会产生意义。再者，对于艺术鉴赏能力的习得、艺术鉴赏活动的进行与关于鉴赏内容和感悟的交流，不都是在社会生活中发生的么？如上文所述，社会中对“美”的理解其实是有很大的相对因素，因为时代、地域还有阶层的不同会让我们理解问题的视角变得不同。将这些视角放在艺术鉴赏中，就解释了我们对同一艺术品的解读为什么会千差万别。

艺术鉴赏就是发现艺术之“美”的过程，这种美来自个人的感悟，但这并不意味着艺术之“美”就是一种属于个体自身的活动。因为首先，艺术品本身就是带有社会性质的，我们的感悟来自与作者之间情感的交流和体味的过程。其次，这种感悟受制于自己看待世界的有限视角，切莫忘记世界上还有其他各式各样的视角存在，各种视角结合起来才会彼此启迪，让我们对作品的感知更加立体和丰满。感悟的过程也离不了个体之间的相互交流，而每一次交流也都对感知力的拓展有益，美感也会因此而来。最后，我们的认知方式和感知力本就是在社会生活中形成的，它也会在社会活动中被丰富、被拓展。对于个体，时常处于交流的状态之中也会让其感知力变得敏锐、常新。因为“美”本身就是一个活的体验过程，“艺术”鉴赏力的培养就是对这种生活中“美”的体验的敞开，这个过程始终是未完成的，它取决于我们以怎样的方式感悟我们生活于其中的这个世界。因此，无论是“美”还是“艺术”，都无法对它们进行学科化的传授和处理，它们的意义毋宁说是会启迪我们如何更好地生活。我国现代著名的漫画家丰子恺先生（见图1-16）曾经提出过“艺术生活”的说法，他说：

图1-16　丰子恺像

> 所谓艺术的生活，就是把创作艺术、鉴赏艺术的态度来应用到人生中，即教人在日常生活中看出艺术的情味来。这样，我们眼前的世界就广大而美丽了。在我们的黄金时代，本来不曾提防到这世界里的东西是这样枯燥无味的，所以初见花的时候要抱它、吻它，初见月的时候要招呼它、礼拜它，哪晓得它们只是无知的植物的生殖器与无情的岩石的大块。如果在我们的艺术世界中，可以重新梦见我们的黄金时代的梦，倘能因艺术的修养，而得到了这梦见这美丽世界的眼睛，我们所见的世界就处处美丽，我们的生活就处处滋润了。一茶一饭，我们都能尝到其真味；一草一木，我们都能领略其真趣；一举一动，我们都能感到其温暖的人生的情味。艺术教育，就是借人以这双眼睛，教人以这种看法的。[①]

艺术生活，其实就是让艺术重新回到生活中去。对于个人，其实就在于拥有一双具有创造力的眼睛，让我们能够重新发现世界之中人与人、人与物，乃至我们自身与外在世界之间的错综复杂的联系。我们通过对艺术品的感悟来发现蕴含在它们之中的各种关联，在这些关联中，创造性地将自己安置进去，

① 丰子恺.向善的艺术[M].上海：上海美术出版社，2013：4.

并在其中重构自身的形象——不再是在艺术品展馆中看到的那些精致的、艺术的待价而沽的“我”；不再是面对花园中的某块岩石熟视无睹、觉得不关己事的“我”；不再是看完周星驰电影或者听完郭德纲相声哈哈大笑笑完了事的“我”。它们都会以新的姿态回复到“我”的感知之中。因此，艺术品、石头乃至电影、相声也都与我们建立了新的想象性联系，如小约翰·克利斯朵夫一般；或让我们在其中发现新的生活关系生成，如我们在朋友派对上欣赏他或她的漫画像。生活重新被诗意化，人的自由感就存在于这些新的联系的建立之中，这或许就是“艺术”所能给我们带来的最为丰富的“美”。

第三节　科学视域下的艺术美

说到科学视域，我们可能更多想到的是数理逻辑，是以数学为工具把所有的知识和经验转化成可计算和便于继承的东西。在艺术史中，无论中西，把这些数理逻辑运用到艺术创作中的案例简直数不胜数。

一、艺术与“真实”

早在几千年前，古希腊哲学家毕达哥拉斯（见图1-17）就开启了用数理逻辑看待世界的方法，他也用这种逻辑给“美”下了定义：“美是数的和谐。”在造型艺术和绘画中，这种数的比例运用会为艺术品的美观提供巨大的帮助。毕达哥拉斯发现了“黄金分割”（见图1-18）：某事物各部分之间的比例关系，即将整体分为两部分，较大部分与较小部分之比等于整体与较大部分之比，其比值大约为1：0.618或0.618：1，即长段为全段的0.618。0.618被公认为是最具有审美意义的比例数字，再后来毕达哥拉斯的晚辈、古希腊哲人柏拉图把这个比例命名为“黄金分割”。这个

图1-17　毕达哥拉斯雕像

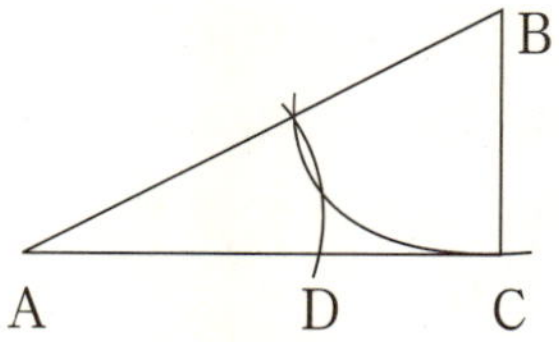

图1-18　黄金分割

图1-19 《自画像》/（意）达·芬奇

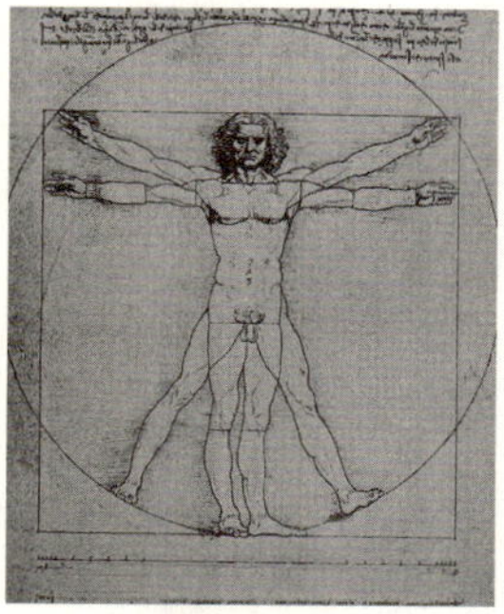
图1-20 《维特鲁威人》/（意）达·芬奇

图1-21 《阿波罗神像》

比例在全世界范围内已经被广泛运用，比如埃及的胡夫金字塔、希腊的帕特农神庙等。

自文艺复兴时期以来，随着神学控制力的式微，科学在人的认知活动中占据的比例越来越大，很多绘画中都不同程度地蕴含了一些科学原理。且看文艺复兴时期意大利著名艺术家达·芬奇（见图1-19）的名画《维特鲁威人》（见图1-20），画里这迷人的方和圆，以及藏于人的肉体之中的完美比例，若非有良好的科学素养，是很难做到这一点的。事实上，达·芬奇也是一位著名的数学家和工程师，他曾有过设计密码筒、机械车和机器人的经历。将科学的成果融入艺术作品之中，一方面是追求艺术作品的美观使然，另一方面也是出于艺术作品自身追求“真实性”的考虑。因为在很多艺术创作者看来，艺术品本来就是一个微观的生活世界，我们需要按照世界的本来模样去创造艺术，力保其更加真实。这种观点在西方二十世纪之前的艺术界尤其盛行，我们可以回想古希腊那些著名的人物雕塑，比如《阿波罗神像》（见图1-21）、《拉奥孔》（见图1-22）等，他们的身体比例、举止动作，哪些不是我们这些活脱脱的人的翻版？以致我们欣赏这些艺术品毫无违和感。到了十九世纪末二十世纪初的法国雕塑大师罗丹这里也是如此，他的作品《老妓》（又名《欧米哀尔》，见图1-23）表现的是一个衰老的风月女子，她无力地垂着头、弯着腰，看着自己满是皱纹的身体和衰朽的关节，整幅作品透露出的是一种悲伤无奈的情绪。我们或许会震惊于老妓的丑，却无法抹杀这幅作品所表现出的真实，或许它的丑就来源于它将现实中的真实性不加掩饰地表露在作品之中。但也就是在把这现实中残忍的真实性变成艺术品放在眼前供我们欣赏时，我们才会重新去发现现实中的缺失和丑陋，重新唤醒我们的感知力并重审我们与世界的联系，以获得美感。《老妓》被人称作可以“化丑为美”，原因正在于此。当然，这种将现实中残忍的真实性赤裸裸地摆上前台的作品往往伴随着巨大争议，首先是因为这种真实是很多人难以接受的。冯小刚于二〇一二年拍摄的灾难电影《一九四二》（见图1-24）上映以来，获得的票房成绩远逊色于他之前的作品，便是一个例子。从“美”的范畴而言，这是一部具有“崇高”之美的影片，可惜我们在欣赏惯了“优美”的作品之后，很难承受这样的冲击，或许对它的接受还需要时间的推进。其次，表现现实中残忍的真实性也需要高超的技巧，中间的度很难把握，稍有不慎可能会化真实为恶心，引起欣赏者的反感。日本有许多这种表现“真实”的影片，如《冰冷热带鱼》等，便是反例。因为我们所生活的现实往往是灾难和希望相互交织的，丑陋的东西也总是与美丽相

图1–22 《拉奥孔》

图1–23 《老妓》/（法）奥古斯特·罗丹

图1–24 《一九四二》海报

邻，即老子所谓的“有无相生，难易相成，长短相形，高下相倾”。如果仅仅抓住其中丑恶的一面无限放大或只是为了表现丑恶而一味地挑战观众忍耐力的话，这并不是现实中的真实，而是艺术工作者在创作中的另一种矫情的虚构。

这种艺术创作中对真实性的追求表现在语言艺术之中，便形成了我们所谓的“现实主义”创作。这类创作强调的是做现实世界忠实的书记员，像一面镜子一样，照下生活中周围世界所发生的事情，然后将它们转换到文字之中。这类“现实主义”创作在欧美十九世纪到二十世纪中期达到了顶峰，法国的巴尔扎克、福楼拜、莫泊桑、左拉，英国的狄更斯、哈代，德国的托马斯·曼、黑塞，俄国的托尔斯泰、屠格涅夫、陀思妥耶夫斯基，以及美国的德塞利、斯坦贝克等，阅读他们的作品，我们经常能看到作者们对身边景物不厌其烦的描写。举一个例子，法国二十世纪现实主义作家左拉（见图1-25）在其作品《娜娜》的开篇中进行了如此描写：

图1-25 左拉像

> 晚上九点钟了，游艺剧院的演出厅里还是空荡荡的，只有楼厅和正厅前座里，有几个早到的观众在等候开演，在枝形吊灯的昏黄光线下，隐约看见他们坐在紫红丝绒套的座椅里，幕布被笼罩在一片昏暗之中，犹如一大块红色的斑点。舞台上阒然无声，成排的脚灯熄灭了，乐师们的乐谱架摆得七零八落。只有四楼楼座里，发出阵阵喧嚣声，还夹杂着呼唤声和笑声，在金色框架的大圆窗下，坐着一些观众，他们头戴无檐帽或鸭舌帽。在天花板上的圆形拱顶四周，画着一些女人和裸体儿童，在天空中飞翔，天空在煤气灯光照耀下，呈现出一派绿色。不时出现一位女引座员，手里拿着票根，忙着把走在她前边的一位先生和一位太太领到座位上。男的穿着礼服，女的身材颀长，挺着胸脯，他们把目光缓缓向四下扫视。

我们可以很清晰地感受到里面视角的转换：一个陌生人进入大厅看到的首先是一个整体的景象，然后视角聚焦到底下的熟人和上面的舞台上，接着是身边观众的行动，最后是动态的引座员，因为作为服务者的他们很容易引起视觉的聚焦。很多普通人进入一个陌生的场地，其所发现和观察到的不外如是，作者恰恰是很忠实地描述了自己所观察的景象，力求“真实”。

艺术品汲取科学的成果以追求“真实”固然是件好事，因为它不但能增加艺术创作的美感，而且能令我们更容易接受；但另一方面也不得不说，若艺术过于严格地按照科学的要求来进行创作，很可能会降低其自身的创造性。毕竟艺术和科学所追求的是两个不同的目标。艺术追求的“真实”是以贴近现实为目的，努力让接受者相信其表现的内容，这是很多艺术类型共同追求的。但这条路走下去，很可能“真实”成了艺术追求的唯一内容，更可能连“真实”都有了一个统一的标准。在这些“唯一”和“统一”的束缚下，艺术内在的活生生的东西被扼杀了，它也从我们的生活中被抽离出来，变成了书本中一条条习之可得的规章条例。艺术在分享着科学所带来的成果的同时，也承担着它给自己造成的麻烦，而这些麻烦又是我们不得不警惕的。举个例子，日常中很多语文作文课或写作培训班都会教给我们一些写作的模式，吩咐开头、中间、结尾分别应该如何，我们只需要按照这个模式套下来就可以了。不得不承认，这些模式的确有助于我们提高写作的技巧，让我们变得有话可说，但它同时也让写作成了一种技巧的炫耀，遗忘了其中生活的目的。缺少生活的领悟、单纯靠写作技巧完成的作品是缺乏生命力的，也会造成所有的写作变成千篇一律的窘境。艺术不是科学，它的“真实性”不在于我们遵循什么，而是在于我们确实地感受到了什么，再诚挚地表达出来。

当然，相对于西方艺术接受科学洗礼的同时受到科学制衡的情况，中国传统艺术在此方面明显就“宽泛”了很多。在中国的传统艺术中，严格的创作范式是很罕见的，它所表现出的艺术追求也不同于西方那种对“真实性”的追求，而是在于对“意”的强调。可以参照中国古典的《簪花仕女图》（见图1-26）和西方世界的肖像画（见图1-27），很难说前者是我们身边某个人的真实写照，因为相比于肖像画，它显得太随意了，一点都不“像”。但也应该知道，这种“像”其实并不是作者所要追求的，我们的欣赏也需要换一条思路——正如古典戏剧中用一个马鞭代表骑马，用两只船桨代表划船一般，这本身就是创作和接受之间一种想象力的共识。中国画家要求的不是“形似”而是“神似”。在作品中我们不难体会画中仕女柔美的线条中所蕴含的灵秀和活

图1–26 《簪花仕女图》／（唐）周昉

图1–27 《披纱夫人》／（意）拉斐尔

泼，由此推向生活中身边的很多女孩都会有这样的品行，而她们的一笑一颦都会在画之“神”中折射出来，仿佛画里这个仕女成了我们身边所有拥有这种品行的女孩的缩影。中国传统画的魅力，正在于此！当然，中国艺术也有其局限，即过于强调“意”的表现，使得他们的创作技巧很难作为知识广泛地传承下来。过去在中国，无论是艺术还是工匠活儿，很多都是师傅和徒弟面对面地教导和传授，这种点拨和体悟式的教学方式是很难像西方艺术教学那般普及下去的。这就涉及一个难题：艺术的科学化处理，如何才能取其长避其短？如何在艺术的创造性和规范化、真实性和美观、传承的独特性和普及性之间找到一个巧妙的平衡？这是摆在古今中外艺术界的一个亘古难题，至今未解。当然，它也与我们的具体语境相关。

二、艺术媒介的转换

科学技术对于艺术的影响，一方面表现在科学思维对艺术创作的影响上，另一方面还表现在科学的发展对艺术的传播及其理念造成的变化上。艺术品的传播是需要媒介支持的，自古皆然。无论中西，在历史上都经历过一次印刷媒介的时期。在这个时期里，纸媒是很多艺术品传播的途径，在很多城市的历史博物馆中，我们仍能很容易找到一本本印刷精美的书籍。但这种传播的途径不是无限的，它受制于印刷工业的容量。在纸张和印刷没有普及的时代，很多书籍和信息的传播都是靠镌刻于竹简、木片和抄写于帛巾之上进行的，这大大限制了其传播和流通。后来，尽管有了造纸术的发明和印刷技术的更新，书籍能够传播的区域也很有限。很长一段时间内，包括中国和欧洲，有藏书能力的也只有一些地方的富户和教会，普通人很难有此机会——这也解释了在古代，很多普通读书人为何会对书籍资料有种崇拜情结。至于纸张之外的艺术品，包括雕刻、绘画、曲艺戏剧等，传播的范围就更加有限了。这时候并非是艺术品去接近人，而是人需要主动接近艺术品。因此对于欣赏者，这些费尽周章才能欣赏到的艺术品自然有种“灵韵”在。《蒙娜丽莎》在卢浮宫，需要去巴黎才能看到；长城在八达岭，需要到北京去才能欣赏。它们很多都是独一无二的，时空的局限使其散发出独特的魅力。

但是到了当代，随着电子媒介和图像时代的兴起，这种现象发生了巨大的转变。电子传媒为文字的影响和传播提供了一个巨大的平台，我们对艺术品的接受方式也随之发生了巨大的转变。书籍和绘画等艺术品可以被转换成文件和图像，音乐和影视戏曲的文件也可以被转换成各种制式的播放文件随时可被下载，它们都可以在互联网中无限制地被复制和传播。有了新的技术支持，对一些艺术品的复制变得简单，文字绘画等艺术品更不必论，即便是雕塑等造型艺术，也都可以轻松地仿制。虽然在古代对艺术品的仿制也是屡见不鲜的，但是大规模的复制和传播，却是因当代技术的大范围更新。我们在一本杂志上随手就能翻到《蒙娜丽莎》的画像，也可以在某些购物网上很轻松地拍下一个仿制的断臂维纳斯、《富春山居图》（见图1–28）和马季的相声光盘（见

图1–28 《富春山居图》／（元）黄公望

图1-29），摆在卧室或者用电脑来进行播放欣赏，而不必在不同城市的博物馆之间疲于奔命。深圳建起了一个“世界之窗”公园（见图1-30），里面按比例复制了许多国外的著名建筑作品，让游览者可以“足不出园”就能欣赏到世界各地的建筑艺术作品，这又是当代科技改变我们的艺术欣赏方式的鲜明例子。现在不是人去接近艺术品，而是艺术品主动来接近人了。

当代媒介的转换，也让艺术创作的方式发生了翻天覆地的变化。以绘画为例，之前画作所强调的“真实性”在相机和摄影机的冲击下已经显得过时很久了。毕竟绘画只是绘画，在反映客观现实的层面，它很难媲美照相机等新的科技器材，于是绘画的主旨便发生了改变。一部分画家仍在坚持着“真实”的原则，他们认为自己的绘画能够和相片一样真实或比后者更加真实，将这类画作放于摄影作品之中往往很难被辨别出来（见图1-31）。还有就是立体画的兴盛（见图1-32），现在涌现出的很多街头三维地画都有着令人震惊的效果，甚至

图1-29　马季漫画像

图1-30　“世界之窗”公园

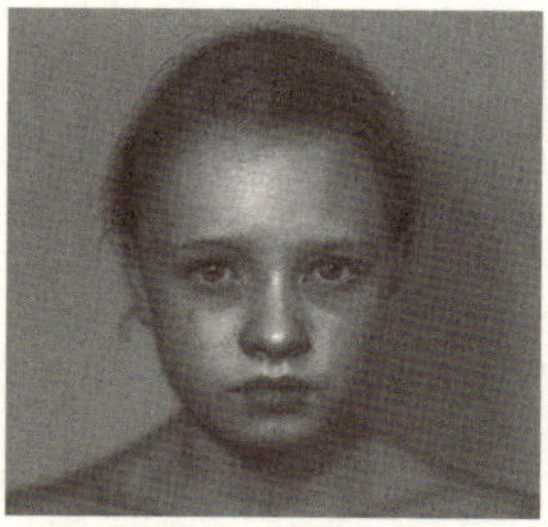
图1-31 Dirk Dzimirsky的超写实素描作品

图1-32　街头三维地画

有时摄像机等现代科技都难以与之媲美。另一部分画家则放弃了以往的“真实性”，强调艺术品表现个体情绪的真实要比反映世界更加有意义。于是他们中很多人都开始了对绘画自身的武器，如线条、色彩等因素的重视。因此在当代，绘画的风格逐渐变得险、奇、怪，甚至荒诞起来。毕加索、夏加尔（见图1-33）、蒙克的绘画都是很好的例子，在中国，也有方力钧（见图1-34）、王广义（见图1-35）等一批画家从事此类创作。在本书的第八章，我们还将专门对当代艺术进行更加深入的探讨。

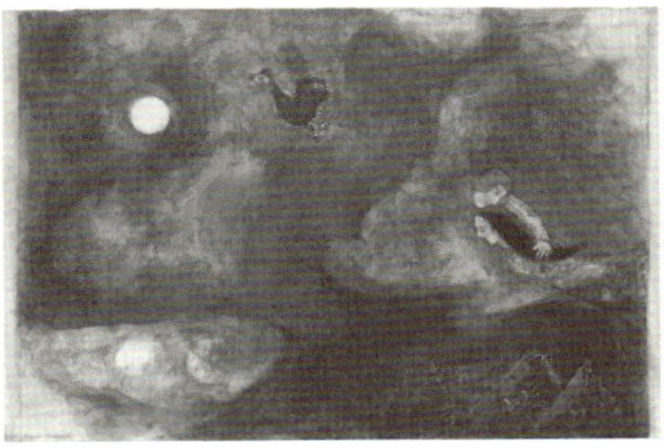
图1-33 夏加尔作品

图1-34 《系列一（之三）》／方力钧

综上所述，在当代新科技的冲击下，艺术独特的“灵韵”已经逐渐消失了，它不再独一无二，而是变得随处可见。过去“真实性”的评判标准已经失效。因为首先，高超的复制技术让复制品和真品的界限降到了冰点，我们很难再去辨别哪些是真品、哪些是赝品；其次，辨别真伪对当下的很多艺术品来说已经失去了意义，比如很多歌星发行的唱片、影视公司投资发行的影视曲艺作品以及出版社出版发行的图书绘画作品等，它们往往都是商业化运作，一发行就会有几千乃至几万本之多，我们实在无法也没必要在它们之中辨别出个真伪来；最后，现代科技也给了我们一个仿像的世界，我们看到了很多以往无法看到的东西，比如模拟的恐龙（见图1-36）、星际作战等，我们无法拿现实去衡量它们，因为我们根本就没见过“真的”究竟是如何的。在“真实性”的原则逐渐

图1-35 《大批判——欧米茄》／王广义

图1-36 《侏罗纪公园》

消退之后，当下艺术中有没有一个新的评判标准出现可以一统江湖？就目前来看，暂时还很难形成。不过这嘈杂的局面也证明了艺术的区域已经被进一步拓宽了，每个人都有机会参与到艺术的世界中去——只要你愿意的话。只有在参与中，才会有对话，才会有相互的感知拓展和知识促进，艺术对于人才会更容易实现自身的价值。当代艺术将通向何方？我们或许难以给读者一个答案，但这并不能阻碍我们日常生活中打开网页或者走进博物馆时，艺术向我们发出参与的邀请函。

第四节　人文视角中的艺术

从科学的视角中抽身而出，让我们回到人文的视角中，再重新审视艺术。人文的视角是对于人的意义而言的，艺术对于人，实然有或者应该有一种怎样的意义？艺术对于人的意义究竟会表现在哪些方面？或者换一种更通俗的问法，即艺术对人有多大的用处？

一、艺术是没用的？

看到这里，很多知识渊博的读者会一下子提出质疑：很多艺术家也说过“艺术是没用的”此类的话，按照书中的思路又会将问题带入“艺术有用还是没用”的老问题上去，何必在这里还要把冷饭拿出来炒一遍呢？其实说“艺术无用”也只是相对的，它是某些特定场合的产物。

图1–37　王尔德像

我们还是先去找出这个观点的“罪魁祸首”，来对他的意思细细考究一番吧。提出“艺术无用”观点比较著名的当属二十世纪英国著名文学家奥斯卡·王尔德（见图1–37），在其作品《道林·格雷的画像》的序言中，王尔德提出了一连串论战式的观点：

> 艺术家没有伦理上的好恶。艺术家如在伦理上有所臧否，那是不可原谅的矫揉造作。
>
> 艺术家从来没有病态的。艺术家可以表现一切。思想和语言是艺术家艺术创作的手段。邪恶与美德是艺术家艺术创作的素材。从形式着眼，音乐家的艺术是各种艺术的典型。从感觉着眼，演员的技艺是典型。
>
> 一切艺术同时既有外观，又有象征。
>
> 有人要钻到外观底下去，那由他自己负责。有人要解释象征意义，那由他自己负责。其实，艺术这面镜子反映的是照镜者，而不是生活。对一件艺术品的看法不一，说明这作品新颖、复杂、重要。批评家们尽可意见分歧，艺术家不会自相矛盾。一个人做了有用的东西可以原谅，只要他不自鸣得意。一个人做了无用的东西，只要他视若至宝，也可宽宥。一切艺术都是毫无用处的。
>
> ——荣如德译

在王尔德看来，艺术的世界不同于生活，它依靠作家自己去营造。用一个通俗的比喻，现实只是为作家提供了积木而已，而如何用积木建造一个美丽的房子，则是作家自己的事情了。作家在建构房子的过程中，无需去参考积木的说明书，只需要无限自由地释放自己的想象力，为积木的搭建构想出更多的可能性就够了。也因此，王尔德认为“艺术是世界上唯一严肃的事情”，因为很多时候不是艺术在模仿生活，而是生活在模仿艺术，在艺术中蕴含了比生活更多的可能性。在这里，王尔德要对抗的是他所生活的时代到处弥漫的物质至上和庸人主义，他要利用艺术中蕴含的唯美世界作为反抗利器，开启一种新的生活的可能——某种意义上讲，这算不算是王尔德对艺术的一种“用”呢？王尔德艺术观所要达到的目的，即让艺术从一堆关于“艺术”的规章条例中挣脱并重新回到我们对生活的感知力上来，只有这样，新的可能性才能生发出来，这和我们一直以来强调的艺术之“美”难道不是一脉相承？艺术的功能对于个体，就是让我们对生活有话要讲，并且用一种美的方式讲出来。也许我们应该将艺术的这种功能归之为“抒情传统”，因为只要有所感悟的表达总是好的抒情。这种传统在中国古代也相当发达，《诗大序》[①]中就曾如此表达过：“诗者，志之所之也，在心为志，发言为诗。情动于中而形于言，言之不足故嗟叹之，嗟叹之不足故永歌之，永歌之不足，不知手之舞之足之蹈之也。”这句话想说的是诗，却不自觉容纳了很多的艺术类型，它所表达的意思是：艺术需要“志”的生发。而这“志”，却总是来源于我们对现实生活的感悟。

图1–38　柏拉图雕像

另外，关于艺术“无用”，还有一个人有类似看法，那就是古希腊著名哲学家柏拉图（见图1–38）。在他看来，艺术何止是没用，简直会败坏风俗、魅惑青年！因此在他的《理想国》中，诗人是要被逐出城邦的。当然，柏拉图并没有偏激到对其灭之而后快的地步，他还是为诗乃至艺术留下了一扇门的，说诗人要进入理想国也容易，只是他们需要被辩护。当然，柏拉图的反感不无道理，从他几千年后的后辈王尔德的理论中我们也可看出端倪。艺术家过于沉溺于自己的世界当中，换来的很可能是在生活世界当中的离经叛道。王尔德就是这么一个为世所不容的人，他一生毒舌，身边的朋友一直都是寥若晨星，还曾因为同性恋的行径而获罪，在瑞丁和本顿维尔监狱服了两年苦役。在其艺术作品中，王尔德留下了很多惯用语和流行词，比如“活得快乐，就是最好的报复”。在艺术的世界里，王尔德并不能算是孤例。甚至有人开玩笑说，即便在当代，见到我们身边那些蓄着长头发、大胡子，举止夸张怪异的人，一询问往往不是艺术家就是古惑仔。诚然，艺术家有着自己的想法，但生活世界却也有它的运行规则。反叛生活中的规则会带来创造力，却也很可能良莠不分，一并挑战了一些本属必需的规则。毕竟我们谁都没有因为觉得太过于常规，就要废除“红灯停绿灯行”的交通法规权力。生活中的人还是要承担一些责任的，这

① 所谓《诗大序》，也可称之为《毛诗序》，指的是《诗经》开篇的序言，是两汉时期诗学的重要文献之一。由于先秦典籍很多都被焚毁，《诗经》是靠口耳相传保留下来的。汉初传《诗经》者相传有四家，即鲁之申培生、齐之辕固、燕之韩婴和鲁之毛亨、毛苌，分别被称作鲁诗、齐诗、韩诗和毛诗。后前三家俱散佚，唯独毛诗保存了下来。《诗大序》即毛诗中保存下来的对《诗经》的研究之作。

种责任不仅仅只来自艺术。柏拉图要在理想国排除掉的，多半应该是此类艺术家。这也迫使艺术工作者们重新体会这个“没用”的评价：感悟生活并不等于要去抛弃生活，相反，如果没有对现实世界的爱，是很难对生活产生感悟的。

可以说，艺术家的创作究竟是为自我还是为其他、艺术家创作的个性与共性、艺术家所创造的世界和生活世界等这些关系构成了艺术工作者们创作与阐释的几个极，艺术的钟摆就在各个极之间来回移动。我们也会在后面的章节中对这些问题进行更为详尽的说明。

二、艺术之用

既然说了艺术是有用的，那么老问题又会接踵而至：这“有用”到底会是什么用？其实对这个问题做出回应并不难，因为古今中外能够找出的答案实在是不胜枚举。粗略分类，大致有以下几种说法：

（一）与神灵相通

我国南北朝诗评家钟嵘在其著作《诗品》的序言中叙述了诗的功用，说它能够“照烛三才，晖丽万有，灵祇待之以致飨，幽微藉之以昭告。动天地，感鬼神，莫近于诗”。“三才”指的是天、地、人；“万有”泛指的是世间万物；“灵祇”表神灵；“幽微”表幽冥之物。可见在钟嵘眼里，诗的地位异常之高，非但世间万物，甚至它还在神灵幽冥之间充当着交流和沟通的工具。这种观点一直到了唐朝还颇为流行，那个时代的很多作家都会将绘画作为感通神冥的手段。唐朝张彦远的《历代名画记》记录了这样一则故事：

> 禄山之乱，沛艾马种遂绝，韩君端居亡事，忽有人诣门，称鬼使，请马一匹。韩君画马焚之。他日见鬼使乘马来谢。其感神如此（见图1-39）。

画马焚予鬼神乘用，颇似我们某些节日里拜灶神等，而鬼神继而乘马来谢，特证明了绘画可以通灵。当时的中国科学并不如当下般发达，因此画家对画中形象的想象和他们对世界的解释是掺杂在一起的，他们认为通过画可以将暗地里操纵人之命运的神灵召唤出来。“通灵”便因此成了一种至高无上的标

图1—39 《照夜白》/（唐）韩幹

图1—40 酒神狄奥尼索斯雕像

准。无独有偶，西方艺术也承载着类似的目的。在西方，雕塑等诸多艺术都被认为是与原始社会的图腾崇拜和巫术相关的；而悲剧则起源于古希腊酒神节的祭祷仪式，它是向死去的酒神狄奥尼索斯（见图1－40）献祭送上的颂歌。当然，随着近代科学技术的兴盛，艺术的这种通鬼神之用逐渐地衰落了，越来越多的人把它当作一种迷信而丢进了历史的废纸堆里。但尽管如此，毋庸置疑的是，这种观点在历史上很长一段时间的确占据了非常重要的位置。

（二）消遣与交流

这或许是艺术的所有功能中我们最为熟悉和喜闻乐见的形式之一。我们为什么去博物馆看艺术品、去舞台看曲艺表演和舞蹈，或者打开电视看影视剧？不就为了图一轻松嘛！当代社会的节奏飞快，如果不让整日里都绷紧的神经借艺术的按摩松弛一下，还不得断掉了！借艺术获得消遣和放松的心态自然是无可厚非的，这也解释了当今社会充斥于荧幕中的那些营养贫乏的肥皂剧和选秀节目能够大行其道、挤满了电影院的那些情节简单却画面绚丽的爆米花电影可以风靡全球的原因。其实很正常，再阳春白雪的人也会在他的生活中遭遇到下里巴人的时刻，一个人左耳听着贝多芬的交响乐并不妨碍他右耳朵听凤凰传奇，因为两者全都是生活的一部分。再者，说不定下里巴人一个咸鱼翻身，就能让所有的阳春白雪都趋之若鹜呢？作为消遣的也并不全是庸俗无聊的东西：金庸的武侠小说、周星驰的无厘头电影（见图1－41）和赖声川（见图1－42）的话剧不都是很鲜明的例子么？再往前追溯，今天广为传唱的宋词，在宋朝很多不就是流行歌曲的类似物么？这也并不妨碍柳永等人成为一代名家。

好的艺术并非都是曲高和寡的，使人顿悟的深邃思维和让大众喜闻乐见的艺术形式也并非是不可兼得的鱼和熊掌。艺术品之所以会沦为肥皂剧和爆米花，原因并不在于其传播范围的广与窄，而是在于其内部蕴含的东西是否能够对接受者的鉴赏力有所提升。遗憾的是，在当代出现了太多批量生产的艺术作品，这些作品被商业化了，为追求增加数量和缩短时间不惜进行模式化的打造，使得蕴含在作品中硕果仅存的感悟力被消耗殆尽。艺术作品拓宽不了接受者的感受力范围，也就自然不会在他们的记忆中留下印象。而对于艺术的接受者，他们的欣赏并非是不求鉴别的，能给他们留下记忆的往往是那些可以拓宽其感知视野的作品。当然，一次的拓展并不是结束，而是对此类作品提出了新的要求和新的期待。举个例子，二〇〇六年上映的抗日题材剧《亮剑》（见图1–43）在当下抗战剧中无疑是部精进之作。因为习惯了高大全的人物形象和总是好人占优的抗日战场描述之后，观众们忽然发现其实八路指战员也可以是一身缺点却不失可爱的，抗日军队在战场上也是可以一败涂地却仍保持军人昂扬斗志的。因此这部电视剧在开播后便迅速掀起了收视狂飙，以至于一直到今天，在各大卫视的剧场时间还能经常看到其身影。观众对这部剧的喜爱，其实在于它动摇了我们之前形成的对此类题材电视剧的接受习惯，也相应地激发了更多的期待。但对于接受者而言，若是看了《亮剑》后，对抗日剧的鉴赏力并没有发生任何改变，仍是津津有味地为当下“一个人叫板鬼子一个联队”的抗日神剧击节叫好的话，只能说他们浪费了时间，因为

图1–41 《国产凌凌漆》海报

图1–42 赖声川在剧场

图1–43 《亮剑》海报

他们并没有在鉴赏的过程中培养出足够的鉴赏力。艺术可以消遣，但却不可能仅仅只是为了消遣。

艺术对于人，还有一个很重要的作用是促进彼此之间的交流。我们大概都有类似经验，当我们来到一个陌生的场合，和周围的人搭讪，往往一个共同的艺术爱好就能瞬间拉近相互的距离。艺术为交流提供了丰富的话题，而每一个话题都有足够的能力来融化掉陌生人之间冷漠的坚冰，甚至艺术也可以直接成为交流的工具。在我国边陲的很多少数民族中，唱山歌和对山歌都是他们常用的表达情感的方式。这些都验证了那句老话：艺术是人类共同的话题。

（三）厚人伦，兴教化

艺术的这种效用，在艺术史中出现的频率无疑是最高的。古罗马时期的艺术批评家贺拉斯（见图1-44）曾有“寓教于乐”之说，他把艺术修养和教育连接在一起，力求将艺术中美和善的理念转换到现实生活中罗马人的政治、经济和道德的世界之中。在我国历史上的春秋时期，孔子（见图1-45）在《论语·阳货》中也曾如此评价过艺术的功用：“小子何莫学夫诗？诗可以兴，可以观，可以群，可以怨；迩之事父，远之事君；多识于鸟兽草木之名。”笼统地说，“兴”即抒发情志，“观”即观察社会，“群”即结交朋友，“怨”即讽谏不平，这四个动词归根结蒂要达到的目的是为了“迩之事父”和“远之事君”。在这些言论中，艺术很容易变成一堆堆的思想道德修养教材，对艺术的欣赏也不免沦落为自身道德培养和伦理教育的工具。因此，这也是挨骂最多的

图1-44　贺拉斯像

图1-45　孔子像

一种观点，尤其是在当代，毕竟我们谁都不想四平八稳地坐在那里，耳朵里听的是冬烘先生的咿咿呀呀。在这个以“平等”为口号的时代里，谁愿意去低着头被人教训呢？再者，他们所说的那些封建老一套对我们当代还有多大用处呢？很多艺术给我们的的确就是此类东西，这种硬邦邦的说教谁都不会喜欢，但这些道德清教徒一样的作品却不能代表艺术的全部。

图1–46　梁启超像

艺术对人的熏陶，在潜移默化的层面其实更加有效。我国近代思想家梁启超先生（见图1–46）曾把小说对人的影响总结为“熏”“浸”“刺”“提”四方面。“熏”是思想的逐步同化；“浸”是情感的感人至深；“刺”是精神的猛感和顿悟；“提”是接受者随书的情感而变化，提升自己感知能力的过程。且“前三者之力，自外而灌之使入；提之力，自内而脱之使出”，这种影响是内外结合的，其根源其实还是在于个体思想能力的提升。梁启超先生把更新小说放在群治的理想上进行阐释，因为在他看来，更新小说和更新思维是同步的。提升之力需要完成对个体自觉意识的唤醒，才可以发挥作用。面对一个活生生的个体，无论哪种艺术都无法做到抹平其中一切差异，将自己蕴含的所有灌输到他的脑子中去，更多的只是起到点拨的作用，来启发读者自己的判断能力。这又回到我们之前一直强调的一点上，即艺术需要借助于“美”来“恢复对生活的感受力”。“恢复”的途径不一定是自外而内的棒喝，它很可能是自内而外的自觉。而后者或许更加有力，也更容易为我们所接受。

个体在面对艺术中承载的伦理说教时，大可不必气冲冲地一下子就全部拒绝。因为在没有外在因素干扰的情况下，没有多少艺术可以有如此之大的强制力来促使我们膜拜于它的信条之下。在艺术的欣赏过程中，读者和艺术家们都需要放下自己的身段，让相互间激烈的争吵变成一次温煦的交谈，艺术的意义更多地在于能让我们更清醒地认识自己。认识自己又包含了如何在我们生活于其中的这个纷繁复杂的世界中安置自身，目的是为了每个个体自身能够拥有一种更有意义的生活。毕竟只有了解了我们身处的现实境遇，才能更好地为自己筹划未来，才能在“现在”和“未来”的张力之间更为深入地体会生活中藏匿的乐趣和尊严。我们会在艺术世界里发现很多相互矛盾乃至相互攻讦的作品，如上所说，那是因为我们所生活的时间和区域是不同的，而它们都指引我们去思考：如何能够相对独立地思考，过上一种尊严的生活。在转向下一章对艺术家共性与个性区别的讨论之前，笔者想引一句话作为本章论述的结尾，它取自于二十世纪哥伦比亚著名作家马尔克斯在诺贝尔奖颁奖典礼上的演说词：

> 面对压迫、掠夺和孤单，我们的回答是生活。

第二章 艺术表现的共性与个性

在对艺术之“美”稍做了解之后，我们不妨把这个抽象的概念稍微放一放，将讨论的话题转到艺术表现上来。只是，在本章的论述中，我们的视野会更宽阔，这里不再赘述艺术家对艺术的表现，而是讨论整个的艺术表现了什么，它又呈现出怎样的风格与风貌。

在我们欣赏古今中外的艺术品时，尽管它们中的每一个都是某位艺术家个体创作出来的，但其却突破了个性化体悟的界限，道出了很多人内心世界的渴求，让我们心有戚戚焉。这就是艺术的魅力，在不知不觉中能浸透我们的灵魂深处，惊艳了我们整个平凡的世界。也就是说，艺术品在个性的感性表述当中，却道出了人们的审美共同感。因此，杰出的艺术品必然都具有鲜明而独特的个性，同时又具有丰富而广泛的社会内涵。艺术如果只是个人的喃喃细语，别人无法领悟，那它注定是失败的；艺术如果庸常得如陈词滥调，那它也是失败的。失去了鲜明个性的艺术，只会表现出机械复制的雷同，乏味而无新鲜感；如果艺术失去了共性，就失去了欣赏和产生共鸣的基础，就失去了艺术的感染力和感召力。无论是绘画、雕塑、音乐，还是建筑、电影等艺术门类，它们所塑造出来的艺术经典跨越时空的限制，给一代代的欣赏者们带来不同的体验。这些艺术作品以自己“陌生化的语言”[①]塑造出一个个“熟悉的陌生人”，

① “陌生化”原本是一个著名的文学理论，由俄国形式主义评论家什克洛夫斯基提出。这个理论强调的是在内容与形式上违反人们习见的常情、常理、常事，同时在艺术上超越常境。变习见为新异，化腐朽为神奇，传递鲜活的感受，制造令人震惊的效果。

从中体现出艺术外在的感性和内蕴的理性相互统一的典范，实现了艺术表现个性与共性的高度统一，形成了自己独特的风格流派。

第一节　艺术表现的主题

图2–1　德尔斐神庙

“认识你自己”是刻在希腊德尔斐神庙（见图2–1）的箴言，劝人要有自知，明白人只是人，并非诸神。作为艺术家的个体，以艺术的方式表达对现实生存世界的认识与领悟，可以表达山间的清风明月，也可以表达人间的爱恨情仇。那么，艺术所表现的主题就是艺术家对现实世界的感受和评价，融入艺术家的情感与思想，从而创造一个艺术的世界。艺术模仿自然一直是西方艺术界，包括文学和美术领域的重要术语。正如达·芬奇论画家的精神生活时所言：“应当独处静处，思索所见的一切，亲自斟酌，从中提取精华。他们的作为应当像一面镜子那样，如实反映放在镜前的各物体的许多色彩。做到这一点，他仿佛就是第二自然。”艺术当然不是对现实的抄袭，而是生活在现实世界的艺术家的能动创造，而艺术家生活的世界的方方面面，必然对其创作产生深刻的影响。从这一点来说，艺术来源于生活，但是摒弃了生活中的杂乱，超越了生活中的平庸。

一、艺术与生活的关系

艺术与生活的关系，向来众说纷纭。一种看法认为艺术“低于生活”。柏拉图在《理想国》中提出了著名的“三张床理论”：第一张床是“理式的床”，柏拉图称之为“床的真实性”，这是关于床的最高真理；第二张床是木匠按照“理式的床”做出来的“现实之床”，这张床是对理式的模仿，和“理式的床”已经隔着两层（柏拉图连同“理式的床”也算一层）；第三张床是画家模仿木匠的床创造的“艺术之床”，这张床纯粹是一种对模仿的模仿，因此它就和真实隔了三层。如此推算，艺术世界依存于现实世界，现实世界依存于理式世界，而理式世界却不依存于其他两种较低级的世界。所以艺术家不过是把现实世界的东西照搬下来，这些艺术作品所具备的“美”，只是在照搬理式世界的美罢了，是真正的美的影子的影子。柏拉图因此嘲笑诗人的无用，指出诗人荷马虽然在他的作品中高谈阔论战争、将略、政治、教育之类的事业，可是荷马却不曾做过这些事情。因此，诗人并不拥有真理，他只是影像制造者，他模仿的不是事物的实质而只是外形。“（诗人）如果对于所模仿的事物有真知识，他就不愿模仿它们，宁愿制造它们……他会宁愿做诗人所歌颂的英雄，不愿做歌颂英雄的诗人。”①柏拉图认为艺术是对现实世界的拙劣模仿，而且这种模仿是凭借灵感而来，凭借“神明凭附”和“灵魂回忆”，产生一种精神上的迷狂状态，才能创作出艺术作品，这样就否定了技艺和经验在艺术创作中的作用。

另一种观点认为艺术“高于生活”。亚里士多德认为艺术具有“一种以真正理性而创制的品质”，将艺术视作超越于生活的东西。他打破自己老师柏拉图的言论，认为感性现实的世界就是真实的世界，不是对“理念”的模仿。艺术来源于感性的个别事物，一般就在个别之中，从而否定了柏拉图的“理念”论。尽管艺术是对现实世界的模仿，但是艺术不仅反映现实世界的个别表面现象，而且还要揭示客观事物内在的本质和规律，从而达到真理的高度。所以他说：“显而易见，诗人的职责不在于描述已发生的事，而在于描述可能发生的事，即按照可然律或必然律可能发生的事……因此，写诗这种活动比写历史更富于哲学意味，更被严肃地对待；因为诗歌活动所描述的事带有普遍性，历史则叙述个别的事。”②艺术往往被视为神圣的、崇高的、超凡出尘的，这就是所谓的“高于生活”。

中国古代画论认为艺术来源于自然生活，但超越于生活本身。明朝初年的著名画家王履（见图2-2）认为“吾师心，心师目，目师华山”。意为我向心学

① 柏拉图. 文艺对话集[M]. 北京：人民出版社，1963：73.
② 亚里士多德. 诗学[M]. 北京：人民文学出版社，1962：45.

图2-2　王履像

图2-3　苏东坡像

习，心向目学习，目向外界事物学习，强调要用心向大自然学习，自己要有所创造，而不是拘泥于古人古法。古代画论都强调“画不尚形似”“凡画山水，最要得山水性情”“山性即我性，水情即我情”的类似表述，认为艺术作品内容并非自然或社会生活的某些属性的直接再现，而是侧重揭示人的精神品质，具体而丰富地表达人的情感取向。苏东坡（见图2-3）也在《文与可画筼筜谷偃竹记》中说：“画竹必先得成竹于胸中。”可以如此理解：首先胸中当有竹之形，知道竹子的各种姿态，才有画竹的基础；但要让画气韵生动，最重要的是胸中当有君子之心，方能挥洒卷上，这才是画竹的根本。他提倡神似，主张画以传神为贵，看重墨竹所传达出的自己的精神世界。

由此可见，艺术作品不是生活现象的照相式记录，而是要经过艺术家的提炼与概括，里面蕴含了艺术家的想象力与悟性，因此艺术品具有更典型、更理想、更普遍性的特征。但是，当代“大众文化”和“文化工业”的兴起，使得影视、摄影、广告的图像泛滥，提供给大众的视觉形象是无限复制的影像产物，从而对大众的日常生活形成包围。英国学者费瑟斯通认为当下是“日常生活的审美化”，艺术和生活之间的距离在消弭，甚至变成“艺术即生活”“生活即艺术”。在当代商业社会，不仅波普艺术这样的先锋艺术在照搬大众商业广告，而且，众多古典主义艺术形象（见图2-4）也通过文化工业的“机械复制”出现在大众用品上。大众可以随时随地地消费艺术及其复制品，但是艺术独一无二的个性正在消失。

二、艺术作品的题材

图2-4 文化衫现象

既然艺术反映与重构社会生活，那么艺术家必然要在自己生活的世界中寻找素材，艺术家对自己所体验到或听说的各种生活现象进行思考，然后积累在胸中。这是艺术家进入具体创作活动之前的准备阶段，这些原始材料经过提炼和虚构后，形成了艺术作品的题材。题材是艺术作品的表现对象、范围和性质，可以分为爱情题材、农村题材、历史题材、军事题材、工业题材等。这样，题材形成的直接基础是素材，素材又终究直接来自现实的社会生活体验。比如法国司汤达（见图2-5）写《红与黑》的灵感就来源于一八二八年二月二十九日《法院新闻》所登载的一个死刑案件。

图2-5 司汤达像

同时，艺术作品题材的选择与评价又是受时代和历史制约的。如唐宋时期的“古文运动”，是在“复古”的口号下，主要针对文风、文体和文学语言的一场文学革命，复兴儒学，其形式就是反对骈文，提倡古文。他们提出“载道”“明道”的口号，重视作家的品德修养，重视写真情实感，强调要“务去陈言”（韩愈《答李翊书》，见图2-6）和“词必己出”（韩愈《南阳樊绍述墓志铭》）的独创精神，写了大量平易自然、有血有肉的散文，共同扫清了绮靡晦涩的文风，使散文走上了平易畅达、反映现实生活的道路。比如西方的文艺复兴（见图2-7），是十三世纪末在意大利各城市兴起，之后扩展到西欧各国，于十六世纪在欧洲盛行的一场思想文化运动。在意大利商业发达的城市，新兴资

图2-6 韩愈像

图2-7　文艺复兴的发祥地之一——意大利水城威尼斯

产阶级中的一些先进的知识分子借助研究古希腊、古罗马的艺术文化，通过文艺创作来宣传人文精神。人文主义精神的核心是提出以人为中心而非神，肯定人的价值和尊严。他们主张人生的目的是追求现实生活中的幸福，倡导个性解放，反对被教会垄断的神主宰一切，认为人是现实生活的创造者。可以说是借古人的酒杯，浇今人胸中之块垒。

艺术创作题材也有其多样化的选择。从客观方面来看，社会生活本就丰富多彩，多样化的题材才能反映多方面的社会生活，才能实现对社会生活中更多具体、感性的认识与把握。作为艺术欣赏者的广大民众，由于社会阶层、人生经历、文化习俗、审美趣味等的不同，对艺术作品题材上的要求也各不相同。只有实现题材的多样化，才能满足更多的人对艺术的欣赏要求——观众既有喜欢阳春白雪，也有热衷下里巴人的。从主观方面看，题材多样化也是对艺术家创作个性的尊重和对艺术创作规律的遵循。艺术家受自身民族、时代、环境等因素的制约，只能熟悉社会生活的某些方面，只能从他所熟悉的社会生活中去选择题材。如果勉强去表现自己所不熟悉的题材，就难免丧失艺术个性而使创作流于失败。鲁迅（见图2-8）在《答国际文学社问》中谈论自己的创作时指出："因为我不在革命的漩涡中心，而且久不能到各处去考察，所以我大约仍然只能暴露旧社会的坏处。"[①]鲁迅怀着强烈的批判精神，对民族的灵魂进行了深刻

① 鲁迅.鲁迅全集（第6卷）[M].北京：人民文学出版社，1981：17.

图2-8　鲁迅像

图2-9　俞平伯和朱自清在秦淮河边的塑像

的反思。所以主张题材多样化，可以激发艺术家的创作激情，也能体现出艺术家的个体风格。即使是同一个题材，也会因为作者站在不同的角度，创作出不同的作品。1923年，俞平伯与朱自清（见图2-9）同游秦淮河，以《桨声灯影里的秦淮河》为共同的题目，各作散文一篇，以风格不同而传世。朱自清情真意切，缜密细致，意蕴深厚自然；俞平伯喜欢在抒情写景之中，阐发哲思，语言空灵，使人捉摸不定。

三、艺术作品的主题

一般而言，艺术作品的主题是对题材及其意义的认识与评价，是通过所塑造的形象来表现和揭示出的思想内涵。现当代艺术强调以艺术本身为目的，强调艺术形式的独立价值，而对作品的主题似乎不大关心，但这些作品也都有自己的主题，只是与传统艺术的表达方式不同而已。主题中既有题材本身的意义，更有艺术家主体情思的移入，它构成艺术作品的灵魂。艺术作品的主题一方面依靠题材来展现，题材是表现主题的基础；另一方面，艺术家在进行创作时，面对丰富纷繁的素材，要围绕主题进行组织和选择。明人王夫之（见图2-10）在《姜斋诗话》中说："无论诗歌与长行文字，俱以意为主。意犹帅也。无帅之兵，谓之乌合。李、杜所以称大家者，无意之诗，十不得一二也。烟云泉石，花鸟苔林，金铺锦帐，寓意则灵。"其所说的"意"实际就是作品的主题，艺术构思过程要围绕其主旨来进行。王夫之认为，没有主题的作品将只会是杂乱无章的生活素材的堆积，只有主题才能给作品灌注生气与意蕴。

图2-10 王夫之像

图2-11 阿Q漫画像

艺术作品的主题依靠对作品题材的艺术处理以及对艺术形象的描绘得以暗示。恩格斯说："我认为倾向应当从场面和情节中自然而然地流露出来，而不应当特别把它指点出来；同时我认为作家不必要把他所描写的社会冲突的历史的未来的解决办法硬塞给读者。"[①]艺术家在作品中的见解不能直白地表达，而应该隐蔽在具体可感的形象背后才好。艺术作品的主题不是赤裸裸的抽象思想，而是与题材和形象的特殊性密切结合的生动具体的思想感悟，否则就失去了美感。

艺术作品中的主题具有隐蔽性，因此在某些内容丰富的艺术作品中，常常发生不止具有一个主题而是产生多个主题的现象，主题耐人寻味，可以进行多种解释，因此形成了所谓"诗无达诂"[②]的局面。在众多主题当中，贯穿整个艺术作品的主题叫做总主题，围绕正主题而表现其他思想内容的主题叫做副主题。副主题具有相对的独立性，但对整个艺术作品来说，它并不游离于正主题之外，而是隶属并服务于正主题，使之更加充实、深刻、丰盈。比如鲁迅的《阿Q正传》（见图2-11），首先是对几千年来中国国民性的揭示与批判，又包含着对辛亥革命不彻底性的反思，以及对以阿Q为代表的中国农民的同情和对统治阶层的揭露批判。社会在不断地发展变化，艺术作品的主题就不是铁板一块。不同的社会形态或同一社会形态的艺术家、欣赏者由于社会阶层、文化教养等各不相同，对于艺术作品所反映的题材的评价不尽相同。比如对《红楼梦》（见图2-12）的解读，鲁迅定义为"人情小说"；脂砚斋则在《凡例》中评"此书只是着意于闺中，故叙闺

① 马克思，恩格斯.马克思恩格斯选集（第4卷）[M].北京：人民出版社，1972：454.

② "诗无达诂"，语出汉董仲舒《春秋繁露》卷三《精华》。"达诂"的意思是确切的训诂或解释。《诗经》从成书起，注解就众说纷纭。董仲舒说"诗无达诂"，意谓对《诗经》没有通达的或一成不变的解释，因时因人而有歧异。有鉴于此，注释者权衡众说，选取自认为最贴切、最能反映原意的那一种说法，介绍给读者。

图2-12 《红楼梦》插图

中之事切，略涉于外事者则简”；王国维《红楼梦评论》中说“《红楼梦》一书与喜剧相反，彻头彻尾之悲剧也”；胡适《红楼梦考证》认为“《红楼梦》这部书是曹雪芹的自叙传”；蔡元培《红楼梦索隐》中则言道“揭清之失，悼明之亡”。而作者曹雪芹却在《红楼梦》开篇处以自己的身份写了一首诗，该诗表达了作者难以直言又生怕被世俗所不解的苦闷心情：“满纸荒唐言，一把辛酸泪。都云作者痴，谁解其中味？”

当然，我们要承认艺术的鉴赏中存在审美差异性：对于同一部作品，鉴赏者可以仁者见仁，智者见智，各以其情而自得，这在艺术鉴赏中是常见的事实。即西方所说的一千个读者，即有一千个哈姆雷特。法国诗人瓦勒里也曾经说过，诗中章句并无正解真旨，作者本人也无权定夺。当然，承认审美鉴赏中的差异性是必需的，却不能因此否认审美鉴赏的共性或客观标准的存在，否则就不符合审美鉴赏的实际。

第二节　艺术的风格流派

既然艺术所表现的题材丰富多彩，主题又意蕴无穷，那么在艺术个性化的表达中，一定会出现种种风格流派，丰富我们的审美视野和人生体验。对艺术风格流派的理解，可以从两个方面来论述：一方面，从外在的实际生活出发，把握艺术和现实生活之间的联系，包括与经济、政治、哲学和道德的外部关系；另一方面，又要对生成文学风格流派的内部力量进行分析，包括艺术自身发展的规律、艺术家的个性气质。因此，艺术作品是艺术家能动的自我表达，在各种外在的社会条件中形成一种特殊的凝聚力，把一些艺术家凝聚到同一方向上去，群体进行艺术的创作和评论。

一、何为艺术风格

艺术风格就是艺术家或艺术团体在创作中所形成，并在作品中呈现出的相对稳定的整体性精神风貌及其自身鲜明的创作个性。风格是艺术家创作个性成熟的标志，也是作品达到较高艺术水准的标志。风格并非每个艺术家都能具有，它的形成是一个艺术家创作上成熟的重要标志。在唐诗中，杜甫（见图2-13）的“沉郁顿挫”与李白（见图2-14）的“俊逸洒脱”，就是个人风格的鲜明体现。通过对艺术风格的研究，可以识别和把握不同艺术家及其作品，以及不同流派、不同时代、不同民族艺术的差异，从而有助于丰富读者的感受力。同样，艺术风格是欣赏者认识艺术家的重要依据，即我们经常说的“言为心声，文如其人”。一般来说，风格往往会通过主题意念的开掘、题材的选择、结构的安排、工具材料的运用、艺术语言的提炼等方面体现出来。那些有鲜明艺术特色的作品会给欣赏者带来独特的魅力，召唤欣赏者的兴趣，并在欣赏的过程中分享彼此的感受，达到交流的目的。西班牙画家毕加索是当代西方

图2-13　杜甫像

图2-14　李白像

最有创造性和影响最深远的艺术家之一，他创立了立体主义画派。其代表作《格尔尼卡》（见图2－15）在构图上的松散零乱，像轰炸后支离破碎的景象；色彩上运用黑、白与灰色，给人阴森恐怖的感觉，烘托出悲惨的气氛；采用抽象与象征性相结合的方法，呈现出作者对战争的控诉和对难民的悲悯，令人深感震撼。

图2－15 《格尔尼卡》／（西）毕加索

由于风格的存在与发展深刻地体现了艺术的内在规律，因而它很早就成为艺术理论家关注的重要方面。风格在中国最早是指人的风度与品格，后来移入艺术，用于品评作品。在我国艺术理论的发展史上，魏晋南北朝时期就开始形成比较系统的风格理论。诸如曹丕《典论·论文》中的“气”和“体”，刘勰《文心雕龙》中的“体性”“风骨”“风貌”，钟嵘《诗品》中的“味”，以及晚唐司空图的《二十四诗品》，都是对风格的分析与阐释。司空图的《二十四诗品》形象地概括和描绘出各种诗歌风格的特点，将诗的风格细分为二十四种，即：雄浑、冲淡、纤秾、沉着、高古、典雅、洗练、劲健、绮丽、自然、含蓄、豪放、精神、缜密、疏野、清奇、委曲、实境、悲慨、形容、超诣、飘逸、旷达、流动。每种风格都以十二句四言诗加以说明，形式整饬。

比如在《雄浑》篇中：

> 大用外腓，真体内充。反虚入浑，积健为雄。具备万物，横绝太空。
> 荒荒油云，寥寥长风。超以象外，得其环中。持之匪强，来之无穷。

在《典雅》篇中：

> 玉壶买春，赏雨茅屋。坐中佳士，左右修竹。白云初晴，幽鸟相逐。
> 眠琴绿阴，上有飞瀑。落花无言，人淡如菊。书之岁华，其曰可读。

图2-16　辛弃疾像

图2-17　李清照像

图2-18　布封像

以上摘取的两篇可以说是两种截然不同的风格对比：《雄浑》篇气势磅礴、空虚浩荡，《典雅》篇恬静悠然、淡定从容。中国宋代词坛将词人分为“豪放派”和“婉约派”两大风格流派。豪放派作品气势豪放、意境雄浑，充满豪情壮志，多给人一种积极向上或者慷慨悲凉之感，代表词人以苏轼、辛弃疾（见图2-16）为主；婉约派作品语言清丽含蓄，表达的感情婉转缠绵，情调或轻松活泼，或深沉幽怨，刻工精细，往往多是写个人遭遇、男女恋情，代表词人有柳永、秦观、李清照（见图2-17）等。

艺术风格的多样，隐含的是人们不同的生活境遇，展现着人生的丰富多彩。我们通过不同的艺术风格体会到了不同人所生活的不同世界，并在这些新鲜的体会中完善了自己的认知能力，也增强了自身的鉴赏力，这岂不是快事一件？

二、艺术风格形成的因素

艺术风格的形成也可以被归纳为主观与客观两方面：

（一）艺术风格形成的主观方面

法国十八世纪评论家布封在他的《论风格》（见图2-18）一文中提到“风格即人”的著名论点。在许多评论家看来，艺术风格就是创作主体思想、审美意识的表现方式，连带着艺术家本人的印记。每一个艺术家因为生长的环境、接受的教育、人生遭遇等因素的不同，使艺术家确有与一般人截然不同的思想行为，这就形成了个性。艺术风格的形成与艺术家的心理功能有着密切的关系，主要是指他的情感、气质及其他心理特质。同时，艺术家个人生活经历的不同，会对他的创作风格产生较大的影响。而且，艺术家在哲学、政治、道德、美学等方面的修养和观点，无不渗透于作品之中，表达出艺术家的思想和精神风貌，对风格的形成起重要作用。以上各种主观因素在艺术风格形成过程中的综合作用，是影响风格形成的核心因素。

（二）艺术风格形成的客观因素

风格是在艺术家的主观特性与对客观现实的真实反映相结合中表现出来的。十九世纪的法国理论家丹纳曾说过，艺术发展有种族、环境、时代三个要素，种族因素是内部根源，环境是外部压力，时代则是后天的推动力量，正是这三者的相互作用，影响和制约着包括文学艺术在内的精神文化的发展及其走向。这种观点对十九世纪的文艺研究产生了深远的影响。中国南朝刘勰《文心雕龙·时序》中提出“文变染乎世情，兴废系乎时序”，可见作品的演变联系着社会的情况，文坛的盛衰联系着时代的动态。结合前人的观点，以下将具体阐释艺术风格的客观因素：

其一，受制于时代及社会因素。艺术家生活的外部时代条件和社会环境会对他们风格的形成和变化产生较大的影响。不管一个人的个性如何独特，也会被一定历史时代和社会生活变革留下深深的印记。这种时代的精神和社会的风尚，都会影响到他的创作倾向和风格。正如中国古人所说的“治世之音安以乐”“乱世之音怨以怒”“立国之音哀以思”（《诗大序》），就清楚地表明了时代、社会因素在艺术创作中的必然影响和表现。汉魏之际战乱不断，曹氏父子、建安七子等人继承了汉乐府民歌的现实主义传统，以风骨遒劲而著称，并具有慷慨悲凉的阳刚之气，形成了文学史上“建安风骨”的风格（见图2-19）。盛唐时期，诗人们面对当时国势强大、经济文化繁荣的局面，大抵胸襟开阔，意气昂扬，希冀建功立业。所以盛唐诗的特征是“既笔力雄壮，又气象浑厚”（宋代严羽的《沧

图2-19　影视剧中，由演员鲍国安饰演的曹操

浪诗话》，见图2-20）。

其二，浸染着民族因素。艺术家从属于一定的民族，在一定的民族区域中生活，民族特定的社会生活、文化传统、心理素质、精神状态、风土人情、审美要求就会反映到创作中来（见图2-21）。许多艺术家不仅着眼于对民族的社会生活、风景风俗的描绘和体现民族性格的艺术形象的塑造，而且更注重对民族语言、民族体裁、民族传统的结构方法、艺术手法的运用。从世界各民族艺术家的创作中，均可清晰地看到每个艺术家所属民族的深刻影响力。比如中国古典山水画追求写意，而西方传统油画则追求逼真，这就体现了不同民族的审美观点。在今天，由于社会的进步和科技的迅速发展，各个民族间的差异在不断缩小，观念与精神渐渐趋于融合，但各民族之间还是有差异的，艺术作品中民族因素的制约与影响仍会起到巨大的作用。

其三，受社会文化发展因素影响。艺术家风格的形成和发展与特定的文化状况、文化氛围有十分直接的关系。人们的审美需求状况、文化消费的倾向、社会文化的基本水准、社会文化心理等，都时时影响着艺术家创作风格的变化，促使艺术家在题材的取舍、结构的安排、方法和技巧的探求等方面做出自己的选择，使作品能够适应文化环境的需要以及欣赏者不断更新的审美需求。如法国印象派重要画家莫奈（见图2-22），大学的传统艺术教育让他觉醒，他没有按照学院派的常路走，而是大胆地变革传统的画法，改变了阴影和轮廓线的画法，在画中看不到非常明确的阴影，也看不到凸显或平涂式的轮廓线。

图2-20　开一代风气之先的陈子昂

图2-21　苏州刺绣

图2-22 莫奈的画作

图2-23 姚斯像

他对于色彩的运用相当细腻，用许多相同主题的画作来实验色彩与光完美的表达。他为掀开西方现代绘画史新的一页做出了重要贡献。

艺术作品的风格越鲜明，给人的震撼就越大，这也间接体现了艺术品的价值。二十世纪德国文论家姚斯（见图2-23）曾指出："一部文学作品在其出现的历史时刻，对它的第一读者的期待视野是满足、超越、失望或反驳，这种方法明显地提供了一个决定其审美价值的尺度。期待视野与作品间的距离，熟识的先在审美经验与新作品接受所需求的'视野的变化'之间的距离，决定着文学作品的艺术特性。"[①]越鲜明的艺术作品，对于读者期待视野的拓宽，就会越有力。当然，这也和艺术品的优劣程度密切相关，不能一概而论。

三、艺术风格的特点

首先，艺术风格具有独创性。人们可以从艺术家的风格中看到其不同于常人及其他艺术家的突出特征，可以窥见其对自然、社会、人生的独特思考与见解。在艺术创作中，对一定风格的追求是艺术家的主动行为，他们将对风格的追求贯穿于创作的全过程，把富有特色的风格的显现作为艺术创作的最高目标之一。但是，风格也是具有继承性的，任何人都不能无视前人艺术成就的客

① 姚斯．接受美学与接受理论[M].沈阳：辽宁人民出版社，1987：3．"期待视野"指接受者在进入阅读过程之前，根据自身的阅读经验和审美趣味等，对于文学接受客体的预先估计与期盼。

观存在，都要在本民族或其他民族已经形成的某些艺术风格的基础上继承和发展。只有在继承的基础上加以变革，与自身的艺术特色相融合，才能形成独具一格的风格特色。

其次，艺术风格具有相对稳定性。这是指艺术家特定的风格特点一旦形成，就会贯穿于创作的许多阶段和方面，表现出一定的连续性。艺术风格形成之后，仍会不断地发展、变化。任何艺术家的风格也不会永久地停留在一个基点上，稳定是相对的，变动则是绝对的。艺术风格的相对稳定性为人们认识艺术家提供了有效的帮助，人们可以从这种相对稳定的风格特色中寻觅到属于艺术家本人的东西，并沿着这种特色所形成的轨迹，考察艺术家的创作历程和艺术成果的价值。

再次，艺术风格呈现出多样性。不同时代、不同民族、不同地域的艺术家，其风格是千差万别的，即使是同一时代、同一民族的艺术家，其风格也各不相同。这种风格的多样性不仅表现在不同艺术家的作品之中，而且也表现在同一艺术家的作品之中。但是，对一个艺术家而言，他的风格再多样，也总是会保持稳定的主导风格。风格的多样性是绝对的，而与之对立又统一的同一性则是相对的，形成了异中有同、同中有异的格局。

四、艺术流派

艺术风格的不同，自然会形成不同的艺术流派。艺术流派是指由思想倾向、审美观念、艺术趣味、创作风格相近或相似的一些艺术家所组成的艺术派别。艺术流派的形成，不仅需要艺术家有明确的艺术主张，还要有具体的创作实践和成就显著的代表人物。艺术流派是在社会的各种矛盾斗争中，在艺术论争和创作实践中逐渐形成、发展和变化的，是艺术发展过程中的产物。艺术流派的形成与外部时代社会的政治及哲学思潮有关，又是艺术自身发展运动的结果。

艺术流派的产生方式一般有三种：

第一种是由一些艺术家有意倡导、自觉组织起来的流派，他们有大体相近的哲学基础和美学观点，以及相近的艺术趣味和艺术风格。当他们取得了一定的实绩，在社会上产生了较大影响的时候，其艺术流派就基本形成了。如我国五四时期的“文学研究会”（见图2-24）就是有组织、有纲领、有刊物的艺术流派。文学研究会由周作人、郑振铎、沈雁冰、郭绍虞、朱希祖、瞿世瑛、蒋百里、孙伏园、耿济之、王统照、叶绍钧、许地山等十二人发起，会员先后有一百七十多人。其宗旨是“研究介绍世界文学，整理中国旧文学，创造新文学”。文学研究会的会刊是《小说月报》，后又相继创办了《文学旬刊》（先后改名《文学》周刊、《文学周报》）及《诗》《戏剧》月刊等刊物。当然，即使在同一流派中的某些艺术家，也可能会表现出不尽相同的审美倾向和艺术风格，这种现象正是艺术风格多样性的体现。

图2–24　文学研究会

第二种是不自觉的结合，他们在客观上创作倾向大体接近，彼此的艺术见解、风格、倾向、爱好等大体相同，并非有意组织，而是一种自然而然形成的艺术流派。比如唐代的“边塞诗派”和“田园诗派”。边塞诗派的诗歌弥漫着一种为国立功的荣誉感和英雄主义；而田园诗派则描绘自然山水和田园风光，表现返璞归真、怡情养性的情趣，抒写隐逸生活的闲情逸致。再如文艺复兴时期的佛罗伦萨画派和威尼斯画派也属此类。威尼斯画派注重色彩，佛罗伦萨画派注重素描，这两派形成了彼此对立竞争的局面。

第三种是介于上述两者之间、半自觉的艺术流派。在一定时期内，有的艺术家提出和实践了某种艺术主张或创作原则，逐渐得到其他一些艺术家的赞同和效仿，形成一时风气，并得到社会的承认，就成为艺术流派。比如宋代的“江西诗派”。北宋后期，黄庭坚在诗坛上影响很大，追随和效法黄庭坚的诗人颇多，逐渐形成以黄庭坚为中心的诗歌流派。清代“桐城派”的形成过程也属此类。桐城派是清代文坛最大散文流派，因其早期的重要作家戴名世、方苞、刘大櫆、姚鼐均系清代安徽桐城人而得名。桐城文派理论体系完整，创作特色鲜明，作家众多，作品丰富，传播地域广，影响深远。

艺术流派可以持续较长的时期，体现出一定的继承性和延续性。如欧洲的

“现实主义”流派，其影响之大、辐射面之广、持续时间之长，都是令人惊讶的，直到现在仍有一定的影响。也有一些艺术流派只存在于一个较短的时期，经历了短暂的活跃之后便走向衰微，比如二十世纪西方现代主义中“达达主义”流派（见图2-25）即如此。有的流派作为群体虽然已经销声匿迹，但它们的影响可能会继续存在，其表现手法和倾向为后人所吸取。在同一时期的各个艺术流派之间，一直就存在着竞争。它作为艺术活动的基本动力之一，让艺术创作百花齐放、百家争鸣。因此，应该鼓励和扶持不同艺术流派的大量涌现，使其充分发挥作用。

图2-25　达达主义的摄影图片

第三节　艺术的语言

一、何谓艺术语言

一般而言，艺术语言指的是各种艺术体裁用以塑造艺术形象、传达审美情感时所使用的材料和工具。没有艺术语言，也就没有艺术作品的存在。可以概括性地说明：“艺术语言是指在各种艺术门类的创作中所使用的符号体系，它是艺术家的艺术构思得以生成和作品得以产生的物质化媒介。在艺术品的创作中，艺术语言的存在和发生作用，不是个别的、偶然的，而是普遍的、系统性的。不同的艺术门类，自然是有着面目各异的艺术语言序列，即便是同一艺术门类，也因了艺术家的个性差异而呈现出不尽相同的艺术语言。”[①]换句话说，艺术语言就是创造主体在特定艺术种类的创造活动中，运用独特的物质材料和媒介，按照审美法则，进行艺术表现的手段和方式的总和。但值得注意的是，

① 张晶. 艺术语言作为审美创造的媒介功能[J].文艺理论研究，2011(1)：73.

艺术语言并非仅仅只是一种语言的材质而已（或许用语言来完成的艺术可以称之为“语言艺术”，它只是诸多艺术品的一种）。

从作品内在构思的缘起，到作品的现实化，在这个由内而外的过程中，艺术家按照特定的艺术门类凭借的材料特性，形成了各自区别的符号体系，从而呈现出形态各异的艺术品。从广义上理解，艺术语言的形式要素即构成艺术作品形象或物象的媒介形式。不同的艺术样式有独特的语言形式因素，比如绘画的线条、色彩、构图、笔触、肌理等；舞蹈的姿势、动作、表情、构图等；音乐的旋律、节奏、节拍、调式等；建筑的体积、空间、比例等。艺术语言用不同的形式，给我们带来了审美的不同体验。

二、艺术语言的形式美

人类在艺术创造活动中不仅熟悉和掌握了艺术语言的各种形式要素的特性，而且对各种形式要素之间的联系加以研究，并按照美的规律进行组合和创造，形成了各种艺术语言形式美的法则。随着人类艺术实践的发展，艺术语言的形式美也经历了一个从简单到复杂、从低级到高级的历史过程。一般而言，艺术语言形式美主要体现在以下几点：

（1）对称与均衡，这两者相辅相成，最能体现在建筑艺术之中。对称是指一条中轴线上的上下或左右均等，两部分在量和形体上是等同的，即等量等形。人所固有的对称感和由此唤起的美感，是在长期社会实践中获得的。人们在实践中体会到对称所带来的平衡的美，给人庄重、稳定、统一、舒适的感觉，因而，在艺术领域中，人们喜欢运用这种艺术语言的形式，以追求秩序、安静和稳定、庄重的美。中外很多古代建筑、教堂、庙宇、宫殿等都以“对称”为美的基本要求。从世界五大宫，即北京故宫（见图2-26）、法国凡尔赛宫（见图2-27）、英国白金汉宫（见图2-28）、美国国会大厦（国会山，见图2-29）、俄罗斯克里姆林宫（见图2-30）中，可看到对称在这些建筑中都有很好的运用，并得到了美的效果。中国传统建筑中大多有清楚的南北中轴线、整齐的东西对称，形成了“中正”之美。均衡是指在造型艺术作品的画面上，不同部分和造型因素之间既对立又统一的空间关系。均衡的最大特点是在支点两侧的造型要素不必相等或相同，它富有变化，形式自由。均衡可以看作

图2-26　北京故宫后门

图2-27　法国凡尔赛宫内景

图2-28　英国白金汉宫一景

图2-29　美国国会大厦

图2-30　俄罗斯克里姆林宫

是对称的变体，对称也可以看作均衡的特例，均衡和对称都属于平衡的概念。均衡的造型方式彻底打破了对称所产生的呆板之感，而具有活泼、跳跃、运动、丰富的造型意味。

（2）节奏与韵律，以音乐和舞蹈为代表。音乐的艺术语言包括旋律、节奏、和声、调式、曲式等。节奏本是指音乐中音响节拍轻重缓急的变化和重复，具有很强的秩序感。二十世纪西方美学家苏珊·朗格认为“生命活动最独特的原则是节奏性”，音乐也正是借助于节奏这一原则，“把我们的情感概念组织成一个感情潮动的非偶然的认识，也就是使我们透彻地了解什么是真正的‘情感生命’，了解作为主观整体的经验”。[1]韵律是音乐的主要表现手段，是一系列乐音的有组织进行。没有旋律，一切都是苍白僵死的。舞蹈的基本艺术语言是富有音乐韵律感与造型性的人体动作。苏珊·朗格称舞蹈是以最原始的符号、以身体的各个部分为基础，创造出一个活生生可见的力的世界、一个自己身体在其中舞动的世界（见图2-31）。

（3）调和与对比。调和与对比是矛盾着的事物的两种状态，或在矛盾中趋向统一，或在统一中呈现对立。以绘画为例，如果画面色彩对比杂乱，在视觉上会产生失去稳定的不安定感；相反，缺乏对比因素的调和，也会使人觉得单调乏味。调和是把相近的不同事物相并列，按照一定次序呈现出渐次变化。绘画中邻近的色彩的调和，如红与橙、橙与黄、黄与绿、绿与蓝、青与紫、紫与红等；还有同一色彩中层次的变化，不同的深浅、浓淡等，均属于调和。调和法则的运用，可以使本质特征与形式特点相接近的事物呈现并列与融合，由于其特性的接近，相交相融恰能给人和谐之感（见图2-32）。对比是指有显著差异形式的因素互相结合以达到相互衬托的效果。对比较多地强调鲜明、对立和冲突，以给人造成较强的视觉、听觉等感官的冲击，达到醒目、振奋的效果。当差异极大的不同之物合乎情理地联系在一起的时候，就形成了一种对比关系。这种相互对立、相互排斥的事物或因素结合在一起形成的和谐，比非对立事物或因素的统一更具有美的魅力。

图2-31　舞动的节奏

图2-32　《沙尔丹纳帕勒之死》／（法）德拉克罗瓦

① 苏珊·朗格.情感与形式[M].北京：中国社会科学出版社，1987：146.

（4）整齐一律与多样统一。整齐一律是形式美最基本、最简要的法则，表现在物质材料量方面的重复一致、整齐划一。诚如黑格尔所说："整齐一律一般是外表的一致性，说得更明确一点，是同一形状的一致的重复，这种重复对于对象的形式就成为其赋予定性作用的统一。"①整齐一律能给人单纯感、庄重感和秩序感，能体现出统一有序的洁净美、严肃美。艺术中的群舞、大合唱、交响乐等，其整齐一律的表演，还能造成一种规模效应和气势，渲染出某种氛围或情境，进而增强艺术的表现力和吸引力，但因缺少变化，不免显得有点单调沉闷。多样统一体现了客观世界的对立统一规律。"多样"体现了各种事物的千差万别；而"统一"则体现了各个事物的共性和整体联系。"多样统一"就是寓多于一、多统于一，在丰富多彩的表现中保持某种一致性。多样统一的法则包含了形式美的各种因素，如对称、均衡、对比、调和、节奏、比例等，是对形式美诸多规律的集中概括。比如伊斯兰的装饰纹样（见图2-33）：植物纹样繁花似锦，几何纹样神秘莫测，书法纹样典雅庄重，虽然看起来眼花缭乱，但是这些纹样又和谐地统一在一起，令人惊奇。

艺术语言的形式美法则是人类在艺术生产领域获得的创作经验和艺术技巧的积淀和总结，这些美的形式使美的内涵得到突出和强调，达到美的形式和内容的高度统一。从艺术发展的历史来看，形式需要发展和继承：当旧的艺术形式规范不能完全适应表现新内容时，就要在继承旧的形式规律的基础上，有所改造和发展；形式的继承，包含着民族形式的推陈出新和批判地吸收外来形式这两个方面。所以，我们对艺术语言形式美法则的运用，不能只是照搬套用，而要在艺术实践中不断地发展和创造。在批判地继承、吸收、借鉴传

图2-33　伊斯兰建筑纹样

① 黑格尔.美学（第1卷）[M].北京：商务印书馆，1979:173.

统形式和外来形式的基础之上，创造出适应于表现新内容，而又具有民族特色的新的艺术形式。

三、艺术语言的表达原则

第一，艺术语言要能传神地表现作品的主题。

艺术语言所具有的形式美，让艺术品能生动形象地表现某一事物的特征、状态、精神，言简意赅，能表达出尽可能丰富而深刻的意蕴。这种状态就是内容与形式不露痕迹的融会状态，所谓“不见技巧的技巧是最大的技巧”“无法而法乃为至法”。莫泊桑（见图2-34）曾谈到他的老师福楼拜对他的教导：“不论一个作家所要描写的东西是什么，只有一个词可供他使用，用一个动词要使形象生动，一个形容词使对象性质鲜明。因此就得去寻找，直到找到这个词，这个动词和形容词，绝不要满足‘差不多’，绝不要利用蒙混的手法，即使是高明的蒙混手法。不要利用语言上的诙谐来避免上述的困难。”中国古代诗人也非常讲求“遣词”“练字”“一字之工”。唐朝诗人贾岛写诗最为用功，几乎每一诗都是推敲出来的，获得了“推敲诗人”的雅号。在锤炼名句“鸟宿池边树，僧敲月下门”时，他一开始在“推”和“敲”之间犹豫不决，后经韩愈点拨，定为“敲”字。其诗精于雕琢，自谓“两句三年得，一吟双泪流”，因此被视为唐代苦吟诗人的典型。

图2-34　莫泊桑像

第二，艺术语言表达的丰富性与创造性。

上面我们已经讨论过艺术风格的多样性，一切成熟的艺术语言都具有独特的个性，体现出个体创作的差异性，体现出艺术表达的丰富性。没有艺术语言的个性化，就没有艺术作品的创造性，但同时也不能否定艺术语言的共性。艺术既不能墨守成规，也不能随意妄为。如果艺术语言只有“成规”，而没有创新，艺术作品就索然无味。但如果“没有约定俗成的表达方式，那么就没有艺术……每一个艺术家都是用他前辈的榜样和老师的语言来表达自己的。正如他并不发明他所使用的俚语，他同样不能创造他自己的艺术语言。他要花很长的时间才能用自己的‘语调’来说话，才能进入自己的独特表达方式之门。甚至反对习俗的‘造反派’自己也是用祖辈的‘习语’，来表达自己的思想的，因为不这样做人们就无法理解，他们自己也说不清楚”。[①]因此，艺术不可能墨守成规，它要表达自己鲜活的个性，与观赏者达成共鸣。

第三，艺术语言的意境之美。

传统古典文论有“意境”之说，艺术作品以意境为最高。叶朗指出，意境说的精髓，如果要用一句话来概括，那就是“境生于象外”。意象是实，而意境则是虚，是心灵对意象的超越，非视听感官所能直接把握，也非语言所能到达，而是如“羚羊挂角，无迹可求”，是“空中之音，相中之色，镜中之象”。意境不仅要求艺术品能达到情景交融，而且必须使情景交融的意象在审美空间上呈现出来，虚实统一，借以展现人生，寄托理想，启迪想象，形成“象外之象”，构成一种无比广阔的艺术化境界（见图2-35）。艺术语言就是通过模糊不定的“意象”语言，传达一种说不清、道不尽的朦胧美，散发出含蓄蕴藉的神韵美，形成一种有意味的语言形式，让欣赏者玩味无穷。一旦艺术语言达到意境这一审美层次，那就是特殊的神韵和空灵之美的完美结合，给人独特的审美感受和艺术魅力。

在本雅明（见图2-36）眼中，艺术作品身上体现着“灵光”。在《摄影小史》中，本雅明用诗意的语言表达出“灵光”的意境：“时空的奇异纠缠：遥

图2-35 《浒溪草堂图》／（明）文徵明

① 豪泽尔. 艺术社会学[M]. 上海：学林出版社，1987:15-16.

远之物的独一显现，虽远，犹如近在眼前。静歇在夏日正午，沿着地平线那方山的弧线，或顺着投影在观者身上的一截树枝，直到'此时此刻'成为显像的一部分——这就是在呼吸那远山、那树枝的灵光。” 从描述可以看出，“灵光”的产生是人与自然之间的互动，既是自然之物的生命体现，也是人将自然化作内心的一种审美经验，并在人的感受中呈现出时空的距离之美。但是，在这个机械复制时代，以技术为基础的大众文化摧毁了原有传统文化的“灵光”，使得文化落到了娱乐的境地。

图2-36　本雅明像

艺术家们不断探索和寻找美的形式，去选择最恰当的形式以加强艺术的表现力，从而使得艺术的形式美日益丰富和发展。艺术符号学以及形式主义文论，旨在揭示艺术符号或语言的特征、构成方式、意义传达等方面的特殊规律。他们专门强调艺术语言的形式与技巧，认为艺术内容不能脱离艺术形式而独立存在，认为艺术之所以为文学在于它的艺术性，而艺术性就存在于它们的表现形式之中。

第四节　艺术的理性和感性

我们在前面讨论了艺术形式和艺术的主题，艺术在感性形式之中表达出普遍性的内容，达到普遍性与个别性的统一，呈现出理性和感性的统一。离开了理性，感性的内容就失去了价值的评判标准而显得无所适从；没有感性，理性也就失去了存在的源泉和血肉。因此，感性融入理性因素才具有意义，理性靠感性的状貌体现才有深度。理性就像是水中的糖，溶解于感性之中。虽然说艺术品的内容可以通过概念来概括，但这只能说是掌握了作品的内容梗概，而梗概并不等同于作品的具体内容。就像曾经有人问歌德《浮士德》的思想内容是什么，歌德感慨道：“如果我能够把《浮士德》（见图2-37）里所描写出来的那种丰富多样、极端复杂的生活统统串连在一个贯穿一切的思想所组成的那根细弱的导线索上，这倒是一桩妙事啊！”[①]这句话说明，艺术作品的内容绝非是思想的注释与图解，它比抽象形态的思想要血肉丰满，它是艺术的典型。

图2–37 《浮士德》电影剧照

一、艺术创作的典型

黑格尔认为艺术的本质是让人们通过感性形象去认识背后的理性和真理，“艺术作品的任务只是把精神的理性和真理表现出来”[②]。他强调“美”与“真”的统一，真是本原的东西，而美则体现着真，可以说在艺术作品中，美即是真，真即是美。艺术作为心灵化的观念，表现为个别、特殊事物的感性形式，但是它本身却要表现出事物本质的普遍性来。艺术所要表达的共性要通过个性才能显现出来，这两者的和谐统一能创造出典型的形象。在黑格尔看来，艺术不仅是对自然界丰富多彩的表述，还用想象去创造无穷无尽的形象，而且作为“艺术家的创造的想象却不如此，它是一个伟大心灵和伟大胸襟的想象，它用图画般的明确的感性表象去了解和创造观念和形象，显示出人类的最深刻最普遍的旨趣”[③]。如果艺术的形式中能充分地显现出艺术的内涵，那么它就塑造了典型的艺术形象（关于“典型”，我们在第三章还有专门介绍，此处略）。

让艺术典型化的关键在于要给作品赋予意蕴。自然与日常世界本身是杂乱无章的，要让其成为艺术作品，就需要艺术家具有化腐朽为神奇的能力，赋予艺术品一种内在的生气和情感，使其具有灵魂和精神，也就是指艺术作品的主题思想，是反映本质的、必然的东西。艺术是在感性的、具体的形象中实现其理性的、普遍性的内在精神，从而达到内容与形式的完美统一。艺术典型主要有“典型人物”和“典型环境”。那么，塑造典型形象是从共性出发还是从个性出发比较好？在这个问题上大家的意见并不一致。歌德认为诗人应该在特殊中显出一般，而黑格尔在这个问题上与歌德的主张背道而驰。虽然在典型观上

① 伍蠡甫. 西方文论选（上）[M].上海：上海文艺出版社，1963：477.
② 黑格尔. 美学（第3卷下）[M].北京：商务印书馆，1981：288.
③ 黑格尔. 美学（第1卷）[M].北京：商务印书馆，1979：50–51.

主张共性与个性统一，但在共性和个性两者谁先谁后、谁重谁轻的问题上，黑格尔还是十分注重共性、普遍性的，他认为艺术表现中的个性、特殊性须和共性、普遍性构成一一对应关系，否则它们将在艺术表现中失去作用。

杰出的艺术作品总是能透过个体感性的事物，体现出艺术的精神内涵。例如《自由引导人民》（见图2-38）是法国画家欧仁·德拉克罗瓦为纪念一八三〇年法国七月革命而创作的油画作品。作品展示了硝烟弥漫的巷战场面，以一个象征自由的女神形象为主体，她高擎三色旗，领导着革命者奋勇前进。强烈的光影所形成的戏剧性效果，与丰富而炽烈的色彩和充满动力的构图形成了激昂的气氛，使得这幅画具有生动、活跃、激动人心的力量。中国画家罗中立的《父亲》（见图2-39）（1980年）描绘了一个普普通通的老农形象，却在沉重和悲怆中令人感动。画里的“父亲”脸上布满皱纹，额头流淌着汗水，手里端着一个粗瓷大碗，望着前方。罗中立回忆道，一九七五年除夕，在他家附近厕所旁边，看到一位从早到晚一直叼着旱烟，麻木、呆滞地守粪的中年农民。“我心里一阵猛烈的震动，同情、怜悯、感慨……一起狂乱地向我袭来。后来就有了这幅《父亲》。”[①]作品关注中国农民真正的生存状态，动人心魄，引起民众共通的审美感情。

当然，任何一种形式的艺术作品都不可能达到与所有观赏者产生共鸣，因为艺术作品中的美都是通过作者自己的亲身感受、对生活的解读以及对自然的

图2-38 《自由引导人民》/（法）德拉克罗瓦

图2-39 油画《父亲》/罗中立

① 路艳霞. 老中青三代画家披露创作心语[J]. 北京日报，2005-11-28（13）.

认识或是对美的一种遐想等带来的，带着强烈的个人风格。而欣赏者又受到时代思想、民族地域等各种因素的制约，所以很难达到共鸣。比如一些被后人尊为大师的画家，他们或多或少走到了时代的前面，导致当时无人欣赏。表现主义代表人物凡·高的绘画当时很难被人接受，却对西方二十世纪以及当代的绘画艺术有深远的影响。他作画突破传统，不关注客观物象的再现，而注重表现对事物的感受。亨利·福西隆在论述凡·高时说道："他感到大自然生命中具有一种神秘的升华，他希望将它捕捉。这一切对他意味着一个充满狂热和甜蜜的谜，他希望他的艺术能将其吞没一切的热情传达给人类。"①在凡·高的画中，色彩的对比往往达到极限，有如火焰般升腾、颤动，震撼观者的心灵。强烈的个性和形式上的独特追求，一切形式都在激烈的精神支配下跳跃和扭动。而且，凡·高在绘画中渗透着一种信念：艺术应当关心现实，唤醒良知，改造世界。

二、审美共同感

艺术品的感性如何能引起欣赏者普遍地共鸣？审美活动中，客观存在的美在审美主体身上所引起的愉悦感受和欣赏、评价等心理活动与心理过程，称为审美感受。美感具有直觉性。当人们接触到美的事物时，往往无需经过认真的思考和逻辑的推理，就能一下子直接感受到事物的美。美感的这种直觉性，一方面是因为审美对象是具体可感的，具有直观性；另一方面则是因为主体在大脑中将审美经验储存起来，长期的审美习惯形成审美的感受力。当美的信息传入人的大脑时，马上就能唤起人们的审美记忆，加上审美感受力，美感就产生了。当主体在面对同一审美对象时，往往能找到一些相近或相似的审美感受，这便是审美活动中的共同感。

康德认为这种审美普遍性不是从客观对象的普遍性，而是从主观的普遍性中去寻找的。比如对于"玫瑰是美的"这样的审美判断，就不能从人与玫瑰的关系进行分析，而要对审美主体之间的共性进行判断。朱光潜先生对康德美学中的"共同感"有一个著名的解释："其所谓可普遍传达，是根据人类具有

① 奥夫沙罗夫. 凡·高论[M]. 上海：上海人民美术出版社，1987：95.

‘共同感觉力’的假定，即所谓‘人同此心，心同此理’，有这种‘共同感觉力’，一切人对认识功能的和谐自由活动的感觉就会是共同的，所以我对某种形象起这种感觉时，这感觉虽然是个人的、主观的，我仍可假定旁人对这同一个形象显现也会引起这种感觉，康德把这种同一感觉的可共享性叫做主观的普遍可传达性。” 因此，在审美判断中，“普遍可传达的”就是人的“共同感觉力”。而且美感具有情感性。人们在审美活动中，总是伴随着好恶爱憎，充满了情感色彩。那么理想美就不可能是完全纯粹的美，而是建立在真与善之上的依存的美，美的理想是真善美的统一。

但是，现当代许多艺术家如爱德华·蒙克、劳申博、杜尚、艾派尔耶希、安迪·沃霍尔、贾斯帕·琼斯等人的艺术审美取向，几乎与古典美学理念所追求的审美背道而驰。一些现代艺术或后现代艺术作品，以其怪诞的手法、晦涩难懂的表现形式来震撼观者的期待视野，颠覆了传统的艺术审美观点。如挪威画家爱德·蒙克的《呐喊》（见图2-40），有人认为该作品反映了现代人被存在主义的焦虑侵扰的困境。在这幅画上，蒙克以极度夸张的笔法，描绘了一个尖叫变形的人物形象，把人类极端的孤独和苦闷，以及那种在无垠宇宙面前的恐惧之情表现得淋漓尽致。劳申博利用废品、实物、照片等组成画面，再用颜色加以拼合或涂绘，其目的是要打破传统的绘画、雕塑与工艺的界限，把日常生活中最平凡的东西，甚至废物与垃圾也当作素材而加以利用。二十世纪五十年代末，劳申博与其好友贾斯帕·琼斯的作品公展时，引起了社会极大的义愤。劳申博的《床》被广泛展出，他直接把自己的枕头、被子放进画布，用颜料大量地涂抹在床单和被子上，成为美国日用生活品拼合艺术的开端（第八章有专门论述，此处略）。

图2-40 《呐喊》／（挪威）蒙克

三、诗意地生存

艺术家独具慧眼的发现或独特的人生感悟，经过艺术的加工，成为艺术表达的理想，艺术作品在此呈现自己的意义。艺术之所以能引起欣赏者的审美共同感，就在于这样的艺术品表达着人类共同的理想。在海德格尔（见图2-41）眼中，艺术体现着存在的本质，是对生存世界的思虑，是艺术家独特风格所表现出来的人类共鸣，展示着人类生存世界所追求的幸福。在艺术的世界中，我们寻找诗意地栖息，是“采菊东篱下，悠然见南山”的超脱，在“面朝大海，春暖花开”中寻找尘世那新鲜可爱的自由，那充满生机活力的幸福生活。

海德格尔在《艺术作品的本源》一文中认为艺术有两个为大家所熟知的鲜明的特征：一是艺术作品要人人熟知；二是要有承载物，即物的因素。为人熟知的艺术品包含着民众的审美认同感，这需要通过艺术感性的承载物来获得。他对凡·高的《农鞋》（见图2-42）进行了描述，通过那双鞋讨论了器物——用具的有用性以及存在的意义。凡·高用色彩画出一双农鞋，看到这双农鞋，我们看到了农妇的生活，那是大地的、现实的、具体的、活生生的。但是这双农鞋还给出了一些内在的意蕴，比如劳动的艰辛、与贫困做斗争等这些敞开的意义，这是世界的意义，不是感性和知觉所能把握的，而是属于一种生存论意义上的“真理追问”。画中的鞋昭示了田野大地的呼唤，农夫的世界得到保护。因此，它已由普通的鞋转化为能展示无尽诗意的艺术品。以下这段充满诗意的描述，充分地体现了以艺术感性的形式表达人类深刻的生存主题的特征：

从鞋具磨损的内部那黑洞洞的敞口中，凝聚着劳动步履的艰辛。这硬邦邦、沉甸甸的破旧农鞋里，聚积着那双寒风料峭中迈动在一望

图2-41　海德格尔像

图2-42　《农鞋》／（荷）凡·高

无际的永远单调的田垄上的步履的坚韧和滞缓。鞋皮上粘着湿润而肥沃的泥土。暮色降临，这双鞋底孤零零地在田野小径上踽踽独行。在这鞋具里，回响着大地无声的召唤，显耀着大地对成熟的谷物的宁静的馈赠，表征着大地在冬闲的荒芜田野里朦胧的冬冥。这双器具浸透着对面包的稳靠性的无怨无艾的焦虑，以及那战胜了贫困的无言的喜悦，隐含着分娩阵痛时的哆嗦，死亡逼近时的战栗。

——孙周兴译

一件破旧的平常之物，在凡·高的画中，俨然成了彰显人生存在的意义之物，它呈现着生命实存的情景，活跃着生命律动的韵味，展现着无穷的诗意空间。在此，艺术就在物的感性呈现之中，让鲜活的生命洋溢着人类对存在之思。海德格尔借用荷尔德林的诗言说：“充满劳绩，但人诗意地，栖居在这片大地上。”艺术世界让我们的感受力恢复诗意。

然而，当艺术作品被复制后进行批量生产而成为消费品时，其最重要的价值就是展示与娱乐，这让艺术品“自律”的神话破灭了。我们今天的栖居由于劳作而备受折磨，由于趋功逐利而四处奔波。在一个娱乐至死的时代，艺术也被异化，如何以艺术之力去唤醒我们对现实诗意的感受力？这是艺术面临的难题。毕竟，只有这种想象力回到我们自身之后，我们才能够对“更好”的东西有所探索，有所追寻。

第三章
艺术的创作与欣赏

本章我们所要面临的是艺术的创作和欣赏的问题。在前两章对艺术的“美”和“共性与个性”问题做了匆匆巡礼之后，让我们将视角重点聚焦在艺术的创作者身上，向他们探访一下“艺术”之“美”究竟是如何发生的，我们又应该怎样去看待“美”的艺术。

第一节　艺术家与艺术创作

谈及“艺术”，不难会想到“艺术家”。因为艺术家是艺术的创造者，也因如此，“艺术家”似乎成为一个神圣又神秘的身份，因其超出凡人的独特能力，在现实生活中往往受到大众的尊重和敬仰。不过，也有不少人认为艺术家是天生的“疯子”“精神病人”。譬如写出七大卷《追忆逝水年华》的普鲁斯特（见图3-1），他就承认一切伟大的文学和宗教作品都出自精神病患者之手。的确，不少取得巨大成就的艺术家都伴有疯癫、怪异的行为，而这些成就有时恰恰是在他们患精神病期间完成的，然而，当我们从“生产”的角度来界说艺术创作时，艺术家的身份又转换成了一个“生产的主体”。可见，当我们探讨“艺术”这门博大精深的学问时，“艺术家”成为我们绕不开的首要话题。

一个艺术家究竟需要具备怎样的品格和素质？艺术家是“先天的”还是“后

图3–1 普鲁斯特像

图3–2 《东篱采菊图》／张骏

天的”？换句话说，是不是每个人都能成为艺术家，甚至是成功的艺术家？

坦率地说，当然不是每个人都能成为艺术家。西方古谚语讲“诗人是天生的，不是造作的”，有人把这句话理解成：相比那些经过长期研习、实践的艺术创造者，那些艺术上的“天才”要高人一等。这种理解似乎显得褊狭。艺术家的确需要一定的天赋，不过，没有社会生活体验，没有对美感的敏锐捕捉，没有长期形成的艺术技巧积淀，这种“天才”终究无法走向艺术的成功。德国美学家康德曾说过，“天才是替艺术定规律的一种才能（天然资禀），是作为艺术家的天生的创造功能”，似乎再次强调了天才艺术家的“自然性”“天赋性”。但我们认为，艺术天才的内心力量，在本质上是一种认知力、审美力和想象力相互协调的能力，而这种能力虽然有“天生”的成分，却也必须通过后天的修炼才能得到进一步的加强和升华，因此它其实并没有我们原先设想的那样玄而又玄。

艺术家首先是个普通人，他也要吃饭、睡觉、工作、娱乐，有着人类普遍拥有的感情结构和思维模式（见图3–2）。但他的确又是特殊的，或者说在一些方面要突出于一般人。比如：对人生的严肃态度，对人类命运的重大责任感，丰沛的情感和独立的人格，对生活敏锐而深刻的洞察力和审美感受能力，创造性的想象力和娴熟的艺术表现技巧，等等。并不是一般人不具备这些素养，而是艺术家在这些方面要更为突出。

正因为艺术家与常人有着相似的情感和生活经验，他的作品才能引起欣赏者的共鸣。因此，广阔的社会生活以及艺术家自身的生活经验，是孕育艺术家品格、进而孕育杰出艺术作品的摇篮。所谓“巧妇难为无米之炊”，如果我们把社会生活比作艺术原料的宝库，那么艺术家的头脑只能说是一个加工厂——没有生活作为原料，任什么样的艺术品也无法制作加工出来。当然，通过这个比喻，我们也了解到，艺术家当然不只是简单、机械地将生活现象复制下来，而需要在观察、体知现实生活的基础上，对它加以分析、研究、加工和提炼，艺术创作是一项综合性、创造性的精神活动。

而这种“综合性”恰恰是由艺术家来完成的，因此艺术家是艺术创作当之无愧的主体。正如上文简略提及的，其实艺术创作并不仅仅是艺术家艺术才能的展现，而是多方面的人格、素养、情感、知识、能力的综合反映，不仅有智性因素——如观察能力、记忆能力、构思能力、辨析能力等——的加入，一些非智性的因素诸如动机、激情、气质、性格等，也在艺术创作中体现出来。因此，艺术创作是一个综合性的“积累”过程，是艺术家这个人的整体在社会生活中的各方面积累所成。有个成语叫做“厚积薄发”，意谓经过长时间有准备的积累方能大有可为，这在艺术创作上同样适用。

艺术由艺术家这个主体来完成创造，但这并不意味着广义的“艺术创作”仅仅是艺术家的事。一个完整的艺术创造过程，需要创作主体、创作客体、创作本体和创作受体共同来完成。我们也可以把这“四体”对应成“艺术家”“社会生活”“艺术作品”和“艺术接受者”。事实上，前两者上文已经有所论及，至于后两者我们将在下面三节——“艺术作品”“艺术欣赏与审美”“艺术批评”中详加论述。

刚才讲到，一个完整的艺术过程需要这四者协同构成。美国文艺理论家艾布拉姆斯在《镜与灯》（见图3-3）一书中提出了“文学艺术四要素”，我们把它移植到艺术创作中，可以大致画出如下图示（见图3-4）。这是一个以文本（艺术作品）为本体的图示。刘若愚根据中国文艺理论的实际，在《中国文学理论》一书中将图形稍加调整，这样似乎更符合我们的理解习惯（见图3-5）。

图3-3　艾布拉姆斯像

从上图（尤其是图3-5）可以

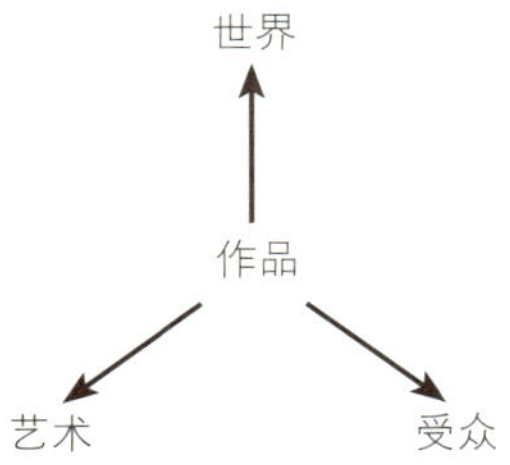

图3-4 艾布拉姆斯的图示

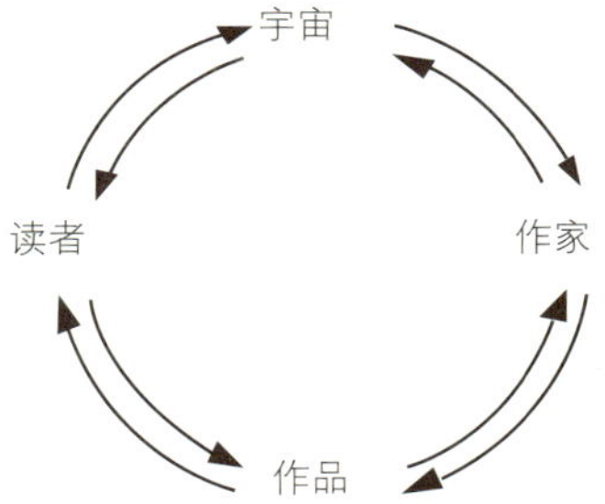

图3-5 刘若愚的图示

看到，“四体”是相互作用，而非单向作用。刘若愚在他的书中做了简要解释：

> 所谓艺术过程，不仅仅指作家的创造过程与读者的审美经验，而且也指创造之前的情形与审美经验之后的情形。在第一阶段，宇宙影响作家，作家反应宇宙。由于这种反应，作家创造作品：这是第二阶段。当作品触及读者，它随即影响读者：这是第三阶段。在最后一个阶段，读者对宇宙的反应，因他阅读作品的经验而改变。如此，整个过程形成一个圆圈。同时，由于读者对作品的反应，受到宇宙影响他的方式所左右，而且由于反应作品，读者与作家的心灵发生接触，而再度捕捉作家对宇宙的反应，因此这个过程也能以相反的方向进行。①

从上面的图示以及刘若愚的论述可以看出，艺术创作的创作主体、创作客体、创作本体以及创作受体共同完成整个创作体系，其中的每一个因素都会对其他因素产生重要影响，同时也受到所有其他因素的影响。刚才我们一直在强调艺术家的主体和主导地位，创作主体确实是艺术创作中最积极、最活跃的因素，但应该讲四元素都是非常重要的，构成一个有机整体。作为艺术创作客体的“世界”或者称“社会生活”，为创作主体提供了最基础的可供加工的原

① 刘若愚.中国文学理论[M].台北：联经出版事业公司，1981：13-14.

料，而由此产生了作为艺术本体的“作品”。包括艺术家生存状况和社会机制在内的外部环境，不可避免地会作为艺术创作主体的心灵映像和体验内容而进入作品，同时它也左右着艺术家个人的体验、思考和创作。而创造出来的“作品”，它不仅连接着“作者”和那个影响了作者的“世界”，也连接着接受、欣赏它的“受众”。因为如果作品不经过受众的鉴赏、读解和批评，就无法成为活生生的审美对象和有血有肉的艺术生命体。

当然，在这样的艺术创作过程中，最重要的关系是创作主体和创作客体的互动交流。清代书画家郑板桥（见图3-6）曾写过一段关于艺术创作的体会：

> 江馆清秋，晨起看竹，烟光日影露气，皆浮动于疏枝密叶之间。胸中勃勃，遂有画意。其实，胸中之竹，并不是眼中之竹也。因而磨墨展纸，落笔倏作变相，手中之竹，又不是心中之竹也。总之，意在笔先者，定则也；趣在法外者，化机也。独画云乎哉！①

郑板桥在这里提示的“眼中之竹”“胸中之竹”和“手中之竹”，正对应了艺术创作的三个阶段：艺术体验阶段、艺术构思阶段以及艺术表达阶段。

艺术体验阶段是艺术创作的最初阶段，也是准备性的阶段，是艺术家经过对社会生活中客观事物的审美认知而形成的感性表象。其实，我们每个人都有这种对于美的最初感受。当我们身临汪洋大海，面对着海天一色的壮美之景，便会自然而然地在心里产生审美感受，并由衷地为之赞美惊叹。但是，这片优美的海景如何成为艺术家的图画或者诗句传达的艺术对象，仅仅凭借这种初级感受是不够的，这还需要感受力、认知力以及想象力的协同作用。艺术家的长处在于，他不仅能够从客观事物的表象中感受美，还能够更进一步地把握事物或现象的内在必然性和生命秩序

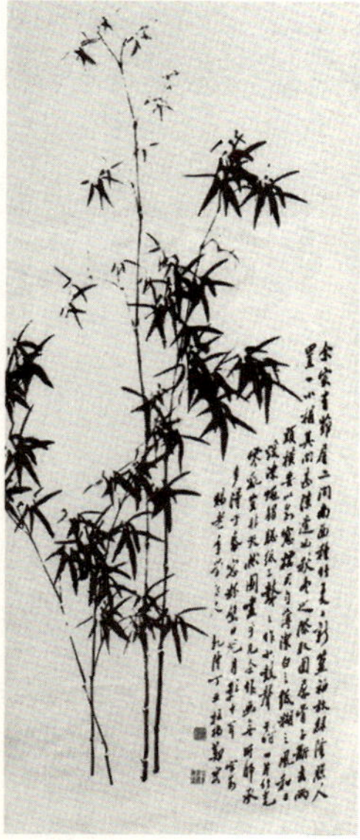
图3-6 《竹》/郑板桥

① 卞孝萱，卞岐.郑板桥全集（增补本）[M].南京：凤凰出版社，2012：333-334.

的能力，或者说，就是以自己的生命体验去触及事物活生生的生命本质过程。在这个过程中，理智并不占据主要位置，而更多的是一种直接达成的兼有智性和感性的感觉认知。当然，在艺术体验阶段，艺术家的想象力起到很大作用，它为其中的认知活动提供了更多的感性资源。因此，我们可以把艺术体验的过程，描述成一种融合了感知、体味、想象、情感、思维等多种功能的复杂心理过程，是带有理性因素的感性直觉。

艺术体验过程有长有短，譬如德国文学家歌德创作《少年维特的烦恼》只用了一个月，创作《浮士德》却花费了六十年之久。没有经过艺术体验的过程，就无法生成最初的审美意象，自然也就不可能进一步物化为艺术作品了。

经过了从生活经验的积累到审美冲动的爆发，紧接着的就是艺术家对于第一阶段所得的生活形象和审美经验的处理和“改造”。这便是艺术构思过程。

在这个过程中，特定的创作动机充当引擎，艺术家通过艺术表现方式的介入，对生活形象、素材以及初步形成的审美经验加以加工和提炼，由此形成艺术意象和艺术情境。当艺术构思完成时，艺术作品的整体设计图就已经诞生了；但同时又只是作者心中、脑中之物，还没有落实到具体客观的艺术作品上。因此，我们可以说，艺术构思阶段产生的是艺术作品的“意义世界”。从“眼中之竹”到“胸中之竹”，乃是外在的客观世界进入艺术家内心的过程，而从“胸中之竹”到“手中之竹”，又是从内心所感所知转化成外物的过程：这一“外—内—外”的进程，从“眼中之竹”到“手中之竹”的飞跃，依靠的正是在艺术家心中由感受到思考、逐渐酝酿形成的“意义世界”。唐代诗人卢延让所谓“吟安一个字，捻断数茎须”，讲的正是艺术构思的艰难甚至痛苦，也从一个侧面反映了艺术构思对于艺术创作的关键作用。

应该说，艺术构思作为一个承上启下的环节，上承艺术体验，下接意象物化。“物化”这个词很容易理解，就是把主观所感所知之物转化成客观的、有形的、可触的艺术作品，使意识状态获得其物质形态。如果把艺术创作比作盖房子，那么，“艺术构思”就是描绘一张整体设计图，而“艺术表达”就是按照设计图将实体的房子建造起来。这个过程当然依赖艺术家的世界观和艺术观念，需要凭借艺术家在构思阶段已经形成的设计路线，更要遵循相应的创作原则和方法，运用一定的物质媒介。艺术表达阶段的完成，意味着艺术创作的最终完成。只有经过了这一经由感性载体和物质的形式化、组织化、物态化的实践活动，艺术作品才能真正进入社会生活，发挥其功用。

应当提醒读者的是，尽管我们将艺术创作过程粗略地划分为三个阶段，但这种划分只是为了表述方便而做的相对化处理，事实上，三者并不截然分开，其界限是模糊的。这三个阶段互相穿插和渗透，共同构成一个连续贯通的艺术创作过程。

图3-7　刘勰像

在刚才叙述的艺术创作过程中，反复出现了“感性”和“理性”、“感受”和“理智”的对立统一。事实上，我们可以统一地简化说，艺术思维中最重要的两种思维就是“形象思维”和“抽象思维”。形象思维，顾名思义，就是以形象或者表象为材料的思维；抽象思维则是以概念为基础的思维。形象思维是艺术创作的主要思维形式，因为艺术从本质上源自一种直观的认识世界的方式，它是由生活经验而形成的审美体验和感知，最初正是通过各种感觉器官来进行的，从而在大脑中形成视觉、听觉、触觉、嗅觉等形象类型。俄国文艺批评家别林斯基曾说：“艺术家是用形象来思考的。”刘勰（见图3-7）的《文心雕龙·神思篇》讲艺术创作乃是“神与物游”的过程，说明创作是主观感受与物象接触交融的过程。而且，在艺术表达的阶段，艺术家所借由的表现形式，如画面、场景、言语、符号等，其实也是各种形象信息，只不过由理性认识介入了而已。

由于形象思维在艺术创作中的独特地位，自由的想象力和充沛的情感成为创作的重要因素。想象是对一些既有的形象进行综合性加工，从而形成新的形象的过程。想象是自由的。我们不妨重新读一读李白的《早发白帝城》：

朝辞白帝彩云间，千里江陵一日还。
两岸猿声啼不住，轻舟已过万重山。

其中的“千里江陵一日还”“轻舟已过万重山”，其实正是作者在想象基础上进行的夸张化处理。除了想象之外，形象思维的衍生还需要情感的介入：真诚的情感是艺术的生命，是艺术形象塑造的推动力。

图3–8 王国维像

艺术创作还牵涉到一个“灵感”的问题。这是个有趣的话题，自古以来就得到了比较充分的探讨。古希腊文艺理论家即有“迷狂”说，譬如柏拉图就认为，高明的诗人都依凭灵感来创作，而灵感来自两种途径：一是“神明凭附”，二是“灵魂回忆”。这种说法有些神乎其神。现在从一般的角度看，所谓的“灵感”思维和“顿悟”相近，是一种直觉性的突如其来的启示；它以大脑皮层的兴奋为先导，而在有意识和无意识的相互作用之下产生了情绪亢奋、极富创造力的精神状态。王国维（见图3–8）的《人间词话》曾引用词家名句以描述求学的三重境界，其中第三重“众里寻他千百度，蓦然回首，那人却在灯火阑珊处”，恰恰可以说明灵感思维的发生。可见，灵感是在长期思考酝酿、创作受到阻滞之后，因某种偶然的机缘，突然受到某种启发而使问题得到解决的“顿悟”，所谓“神来之笔”“茅塞顿开”等都属此类。实际上，“灵感”现象正反映了形象思维的重要地位。

“意识”与“无意识”的融合，在艺术创作中也是一个有趣的心理现象。简单地讲，“意识”就是人在情感状态下的自觉心理活动，“无意识”就是没有被意识到的潜在的心理活动。前者可以反映事物的面貌，认知和掌控创作目的、艺术构思等；而后者虽然是难以察觉的，但又确实存在，譬如刚才所讲的“灵感”以及“直觉”“顿悟”等，其实都是超理性的“无意识”在起作用。在精神分析学派那里，“灵感”就是不断积累起来的“无意识”冲破了“意识”的阀门，而涌入意识的领域中，让我们一下子产生了创作的兴奋。“意识”和“无意识”是相互促进、共同作用的：有人认为，艺术家喜好沉思冥想的气质造成了意识世界与无意识世界的沟通自如，因而造成了艺术灵感的不断迸发和艺术创作的不断完善。

正如艺术创作的三个阶段无法截然分开一样，并没有哪个阶段是单单使用形象思维，或单单使用抽象思维的。我们反复强调，艺术创作是一个综合的、复杂的、融合性的过程，在其中，各种感性和理性因素相互杂糅，形象思维与抽象思维、无意识与意识交互发生作用。

第二节　艺术作品

艺术作品是艺术创作的成果，是艺术价值的载体，也是艺术家用以呈现他的思想、情感、价值的中介。同时，艺术作品也是其接受者、鉴赏者和批评家进行艺术接受过程的起点。

艺术作品是一个有机整体，但同时也是有层次的。当我们欣赏一件艺术作品时，也会有层次性的体验：我们往往被它的表象（如绚丽的色彩、动人的旋律）所吸引，随着欣赏的深入，再透过表象发掘艺术作品更深层的内容与形式，并在充分调动了感性和理性思维之后，体味其中包含的整体性的美感。整个过程是层层深入的。一般而言，艺术作品的层次可以分成艺术语言、艺术形象和艺术意蕴。

艺术语言，简单地说，就是艺术作品的表现方式和手段。它是艺术品直接呈现在外的形态，能够为接受者、欣赏者所感知。

艺术语言离不开物质载体。上一节讲到从“眼中之竹”到“胸中之竹”再到“手中之竹”的飞跃，从艺术家的审美意识活动，到客观可感的艺术作品的呈现，需要物质媒介作为沟通精神世界和现实世界的桥梁，语言就在于这座桥梁的选择和组建。关于此问题，前文已有较多论述，此处不赘。

比艺术语言更高的层次是艺术形象。在第一节对艺术创作过程的介绍中，我们已经提及“艺术形象”这个词。简单地说，艺术形象就是从生活现象中艺术提炼、通过一定艺术语言加以表达的、具有艺术审美意味的生动具体的形象。我们知道，艺术发自感性，而形象思维恰恰是艺术思维中最主要的一种思维方式，因此，艺术形象在艺术作品中有着重要而独特的地位。

与上文关于艺术语言的划分相类似，艺术形象根据感官的不同，可大略分成视觉形象、听觉形象、触觉形象、味觉形象、嗅觉形象等。视觉形象是人类最常接触、也最容易理解的一类形象，譬如在文学、绘画、建筑、戏剧、舞蹈这些艺术表现形式中，虽然不单单只有视觉形象的加入，但由于它们存在于二维或三维空间中，故而都是可以用眼睛观看的。创作于公元前一世纪的雕塑《拉奥孔》（见图3-9）描绘了拉奥孔之死的痛苦状态：从整体上看，三个身体都由于痛苦而扭曲，尤其是拉奥孔肋下和腹部的肌肉似乎都紧张到了痉挛的地步，再加上三个人不同的紧张和恐惧的表情，共同表达出了在痛苦和反抗状态下的力量感和紧张感，周围的空气都似乎凝滞了。

同艺术语言相类似，艺术形象也是个性与共性的统一，也就是说，艺术形象本身有自身的一般性规律和体制，是从广阔的社会生活画卷中提炼、概括、抽象的艺术性成果，因此能够反映特定社会中的基本内容和精神本质。但同时，艺术的生命在于创新，在于其创造性，因此每个艺术家都挖空心思，力求创造出鲜活、独特的艺术形象。例如，“月亮”（见图3-10）已经成为中国古代诗歌传统中反复出现的一个艺术形象，但在不同的诗人那里有着不同的艺术呈现：李贺有“大漠沙如雪，燕山月似钩”，张若虚有“人生代代无穷已，江月年年只相似”，陶渊明有“秋月扬明辉，冬岭秀孤松”，杜甫有“露从今夜白，月是故乡明”，晏几道有“当时明月在，曾照彩云归”，凡此种种，因为它们各自都寄寓了诗人不同的思想和情感内涵，因而同是“月亮”，呈现出的艺术形象却是各有差异。

图3-9　古希腊雕塑《拉奥孔》

图3-10　《月是故乡明》/王林

在艺术形象这个层面，有一个概念值得深入探讨，那就是“典型”。事实上，这是一个西方经典美学创立的概念，相比而言，中国人更讲究“意境”（这一概念将在下文详细阐发）。不过，“典型”这一概念对于理解中外艺术作品是有效的，虽然我们在前文已有所介绍，但为了更为深入地了解，此处还是要从不同侧面再对这个概念进行一番描述。“典型”作为一种艺术形象（体系），是具有一定本质意义和高度概括性、能够反映现实生活的基本规律、同时又具有鲜明个性的艺术形象。它包括典型人物、典型事件、典型环境等。可以说，它是艺术形象的一种高级形态。这种既“个性”又“普遍”的艺术形象，被俄国文学评论家别林斯基（见图3-11）称为“对于读者都是似曾相识的不相识者”。它的这一特征恰恰印证了艺术形象的共性与个性相统一的特征。

鲁迅的小说中有不少艺术典型。从典型人物的角度看，《阿Q正传》里的举人老爷、《离婚》里的“七大人”是代表旧势力的压迫者的典型，《祝福》里的祥林嫂（见图3-12）、《药》里的华老栓是受苦受难兼愚昧无知的最底层人物的典型，《药》（见图3-13）中的“驼背五少爷”“花白胡子”是可憎又值

图3-11　别林斯基像

图3-12　一九五六年电影《祝福》剧照

图3-13　鲁迅小说《药》版画插图

得同情的帮闲的典型，《伤逝》里的涓生、《孤独者》里的魏连殳是意志消沉的知识分子的典型……他还描绘了在文学史上留下浓墨重彩的典型事件和典型环境：在小说《药》中，人血馒头治痨病这个事件，正揭示了中华民族沉痛历史教训和悲剧命运的国民性根源。而《阿Q正传》中那个惯用"精神胜利法"的阿Q，当辛亥革命爆发的消息传来时，他就想"投降革命党"，希望从此能够改变自己的命运，这是与当时农民的私欲和落后观念的大环境紧密相关的；而当他真正成为"革命党"时，庄上男女老少对他的态度迥异于前。鲁迅正是通过一桩桩典型事件串联起来，组构成了反映当时社会图景的典型环境，触及了那个时代中国国民集体的灵魂深度。

艺术作品最高的层次是艺术意蕴。我们不妨把"意蕴"这个词的组成部分拆解开来进行理解："意"有意思、意义之解，"蕴"则有"蓄藏""包含"的意思，合在一起，可以简单地解释为"包含的意思"或者"蓄藏的意义"。德国美学家黑格尔在其《美学》第一卷中将"意蕴"解说为"总是比直接呈现的形象更为深远的一种东西……一种内在的生气、情感、灵魂、风骨和精神"。由此可知，艺术意蕴并不直接显露于作品的外在形式，而往往隐喻于作品的内在层次。

艺术意蕴的确很"深奥"，但也是有一定依凭的，它有时直接凭附在艺术品的物质材料之上，有时则寄寓在艺术品的形式构成之中。举例来说，一件雕塑作品，它是采用大理石、汉白玉，还是采用陶土，这不仅仅是艺术材料的问题，也不仅仅局限于艺术语言的运用，这本身就蕴含着丰富的艺术意蕴，能够生发出不同的艺术体验和感悟。现代艺术发展到今天，许多艺术家更喜欢将这种意蕴投射于外在的物质材料中：如美国当代艺术家杜尚的装置艺术《泉》（见图3-14），实际上就是把一个"现成品"小便池买来后签上自己的大名，然后搬进艺术展览会，就成了一件大红大紫的艺术品——在这样的艺术品中，艺术家想要表达和呈现的意蕴显然在很大程度上附着在其物质材料本身。当然更多的时候，艺术意蕴是在艺术语言、艺术形象中蕴藉的。比如当我们在欣赏音乐作品时，就可以发现，它的节奏、旋律、曲式等都是艺术意蕴得以存留的载体。

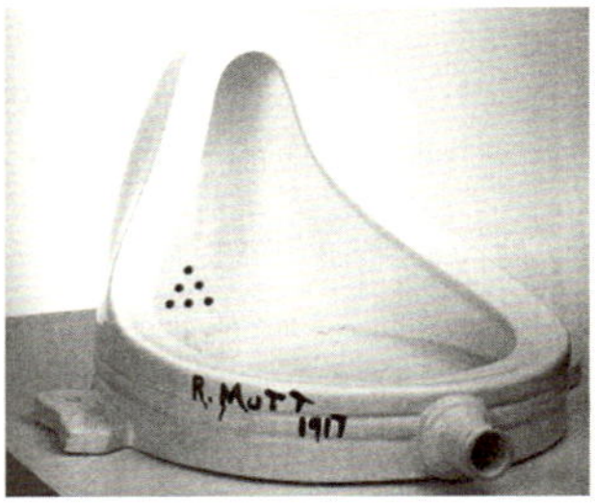

图3-14 《泉》/（美）杜尚

应该说，艺术意蕴作为艺术作品分层中的最深层次，它代表了一件艺术品真正的生命力。由于它处于深层，而且所附着的艺术符号、艺术形式、艺术语言和艺术形象又常常是多元化的，故而艺术意蕴往往呈现出模糊性、多义性和多层次性。在下一节我们将着重探讨这些特征为欣赏者留下的解读愉悦。

在艺术意蕴这个层面，有一个与“典型”同等重要、同时也更中国化的概念需要着重讨论，那就是“意境”（见图3-15）。意境，概括地说，是艺术意蕴的一种呈现方式，主要是心与物、情与景、意与象、神与形相交融而产生的一种审美境界。我们说“意境”是中国传统美学中的一个核心概念，不仅因为它在中国古典文学、绘画、书法、音乐、戏剧、建筑等各艺术形式中都有体现，也因为它从古至今都得到了高度重视和深入探讨。“意境”在具体作品中的呈现是情景交融、虚实相生的境界，即境中有情、情中有境、融情入景、寓情于景，使艺术作品中的自然形象拥有了主观色彩，呈现出一种化无限于有限、将主观因素和客观因素达成统一的样态，给人带来蕴藉隽永、余味无穷的美感。中国书法和绘画作品讲究“留白”（见图3-16），那些在写实主义者看来与主题关系密切、不可缺漏的元素，却偏偏没有展现在作品中，那种深远的意境让人可以自由施展想象力，回味无穷。最终，“意”与“情”“景”“境”相契合和协调，共同构成了有机的艺术作品整体。

图3-15 《雨余春树》/（明）文徵明

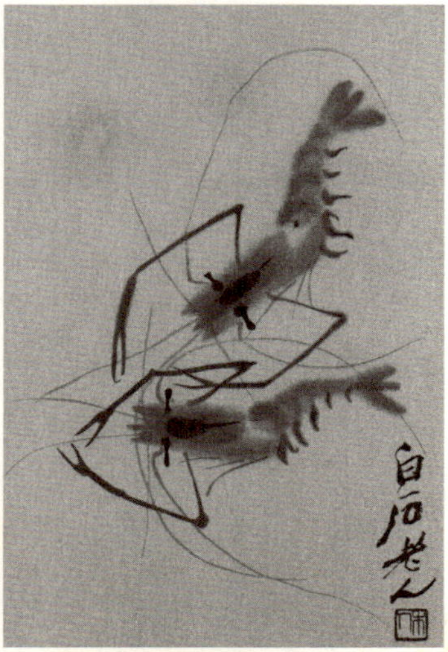

图3-16 齐白石《虾》中的“留白”

艺术语言、艺术形象、艺术意蕴虽然是艺术作品的三个依次深入的层次，但它们共同构成一个艺术作品的整体，而且三者都具有相对独立的审美意义。

第三节 艺术欣赏与审美

二十世纪是“接受美学”蓬勃发展的世纪，原先不被重视的“创作受体”（或称作“受众”“接受者”“欣赏者”）成为文艺界研究的重要一维，被放置在同“创作主体”“创作客体”和“创作本体”相并列的位置。为了叙述方便，本节将那些进行艺术审美和艺术欣赏的受众统称为艺术作品的接受者或鉴赏者。

正如本章第一节所阐发的，一个完整的艺术过程需要“四体”，也就是艺术家、世界/社会生活、艺术作品和受众这四大元素共同构成。在接受美学兴起之前，文艺界并未完全忽视接受者这一元，但它远没有获得独立于创作者的地位：浪漫主义美学重视“创作主体”——艺术家；现实主义美学注重“创作客体”——世界/社会生活；英美新批评派注重“创作本体”——艺术作品/文本。而随着接受美学的兴起，“创作受体”——接受者/受众的地位拔高，真正进入了艺术讨论的范围。

什么是艺术接受/艺术审美/艺术鉴赏？首先，它建立在艺术传播的基础上；其次，它以接受者/鉴赏者为主体，以艺术作品为客体；其三，这是一种接受者、鉴赏者审美意识介入、积极能动的接受、体验、评价和鉴赏活动。事实上，从一般的理解出发可知，艺术接受者在整个艺术过程中不可或缺。这首先是因为艺术欣赏是艺术品实现自身的最后环节，艺术作品的审美效应和社会影响都要在艺术接受和艺术鉴赏中得以实现。试想，一部文学作品即使再优美，如果没有人成为它的读者，它也只不过就是一叠印着铅字的纸张，而无法成为真正意义上的进入流通环节的艺术作品。因此，艺术接受者甚至可以被视为艺术作品的“再创造者”，因为作品现实的艺术生命力是由他们所赋予的。我们说，艺术接受既是艺术生产的基础因素，同时也构成了艺术生产的活力：说它是“基础”，是因为任何艺术创作都不可能不受到艺术接受的潜在影响，艺术家是不可能置受众的接受预期和审美追求于不顾的，因此艺术接受实际上是艺术生产的一个制约因素；说它是“动力”，正如上面提到的，是因为经过鉴赏者的能动性接受，其接受的实际状况也会对艺术家的艺术创作产生影响，艺术生产得到了“新生”。

尽管理论话语是枯燥乏味的，我们还是应当了解一些关于“接受美学”的理论知识。接受美学是以阐释学（也称“诠释学”或“解释学”）为哲学基础的。阐释学艺术理论颇具创见地提出了一个诘问：艺术作品中究竟有没有那个本质性的意义？或者简化来说，艺术作品中究竟是不是包含一个高于一切的“创作者本意”？我们在接受一件艺术作品时是不是需要力图接近甚至达到那个“创作者本意”？

阐释学艺术理论对这一问题的回答是否定的。他们把一种被称为“前结构”的“历史视野”认定为影响每个个体接受艺术作品的基本因素，认为这是一种“合法的偏见”。根据这一理论，接受者与艺术作品共同构成了一个相对独立的小世界，艺术接受变成一种双向的过程，艺术作品向读者敞开，读者也向艺术作品敞开。阐释学艺术理论提出的一个核心口号就是“读者中心主义”，把艺术作品的接受和鉴赏一方放在艺术过程中的核心位置，由此，艺术家、艺术作品在艺术过程中的意义就被解构和抹消了。

就像“作品中心主义”和“艺术家中心主义”一样，“读者中心主义”也存在过于偏激的问题。本章第一节已经详细描述了完整的艺术过程是四元相互作用、共同构成的整体。不过，阐释学艺术理论所提示的东西确实值得我们注意，那就是把艺术作品中固定不变的意义打破，代之以艺术阐释的多元化和不确定性，让艺术接受和艺术借鉴成为一种解放的、自由的、具有创造力的活动。

在这里，我们首先抄录两位接受美学奠基人的理论表述：

> 读者对作品的接受是一个作品代表的传统，即它的背景与读者代表的“期待视域”之间的交流。①
>
> ——[德]姚斯

① 李钧.二十世纪西方美学经典文本（第三卷）[M].上海：复旦大学出版社，2001:651-652.

> 文学文本并非是固定的、完全的，对于读者来说，它只提供出一个“图式化”的框架，这个框中有“空白”，即本文未写出但又暗示着的东西。这个有空白的框架，对读者具有“召唤性”，激发读者参与完成本文。[①]
>
> ——[德]伊瑟尔

姚斯和伊瑟尔都是接受美学的奠基者。上面所引的两段话当然只能反映其理论的冰山一角，但却基本引出了他们各自的核心概念。姚斯认为，读者并非被动接受作者意旨的一方，而是一个以作品为中介、不断与作者展开双向交流的创造者，他的接受行为使作品中蕴含的审美意识得以真正实现。读者不仅理解、实现着作者的意旨，还赋予了作品许多溢出作者意旨之外的新内涵——由此，一部作品的意义和内涵，在一个不断接受的过程中逐渐丰富充实起来。

姚斯的一个核心概念是“期待视域”，也就是说，接受者、鉴赏者在进入作品之前，总是带着某种“前见”，也就是在历史维度中个人的生活体验和审美经验。接受者的期待视域显然不一定跟艺术家赋予作品的审美视野相吻合，甚至两者存在着巨大的差距。姚斯认为，这种差距是一种积极的因素，因为它使得艺术接受或艺术欣赏变成一种积极能动的、具有挑战性的过程，欣赏者在其中可以体验到更多的审美愉悦。

另一位德国美学家伊瑟尔的学说常常被称为“读者反应理论”，尽管名称有别，但它与“接受美学”基本上属于同一路理论。相对于姚斯，伊瑟尔的理论显得微观得多，这是因为他将注意力集中在读者与文本的具体交流上。正如上面所引，伊瑟尔认为，任何文本都是一个充斥着各种“空白”的框架，就好像用藤条编织的篮子一样满是孔眼：这些“空白”是需要读者来填补的，由此就给予了读者充分的理解和欣赏空间。文本因为这些空白的存在而具有一种“召唤结构”，吸引、激发着读者去“完成”它。在此过程中，这些空白也许会拒斥那些试图填补它们的读者，然而这种距离往往可以激发读者更大的阅读兴趣和审美快感。

上文简要地介绍了关于艺术接受和艺术欣赏的相关理论，下面，我们回到

① 李钧.二十世纪西方美学经典文本（第三卷）[M].上海：复旦大学出版社，2001:675.

现实中，共同对艺术接受/艺术欣赏的实践进行一番探讨。

我们需要知道，艺术接受/艺术欣赏需要具备一定的主体条件。艺术欣赏者要拥有一定的生活经验和情感体验，因为这是审美经验的根源。鲁迅曾在书信中说：

> 但看别人的作品，也很有难处，就是经验不同，即不能心心相印。所以常有极要紧、极精彩处，而读者不能感到，后来自己经验了类似的事，这才了然起来。例如描写饥饿罢，富人是无论如何都不会懂的，如果饿他几天，他就明白那好处。①

可见，有时候，过去不能欣赏或者欣赏得浅的作品，到了一定的年龄或境遇却能够让欣赏者产生共鸣。欣赏主体还需要有一定的文化素养和知识背景，需要有健康的审美观和艺术观，以及重塑形象世界所需的想象力。这些方面的主体条件与艺术创作很类似，这是因为如果把艺术创作看作是一个“编码”的工作，艺术欣赏与审美则是一个“解码”的过程，两者形成了双向互动的关系。

上面这些艺术欣赏的主体要求共同作用，形成了上文所讲的“期待视野”。因此，艺术欣赏的第一个阶段或者说准备性的阶段就是“审美期待”，即期待视野的形成。一般情况下，我们在进入一件作品之前，都有所预期。譬如，我们打算去武昌的黄鹤楼（见图3–17）观赏之前，心中一定充满着向往，这种向往也许与崔颢的诗句“昔人已乘黄鹤去，此地空余黄鹤楼”相连接，也许与宋代名画《黄鹤楼图》

图3–17　黄鹤楼摄影图

① 鲁迅1933年8月13日致董永舒信.见于鲁迅.鲁迅全集（第12卷）[M].北京：人民文学出版社，2005：434.

相勾连，也许还会想起众多与黄鹤楼相关的历史事件，甚至是从之前去过黄鹤楼的朋友那里听来的介绍和评价——所有这些都使我们产生了一种对将要接触的艺术品的期许，让人更容易走近它。因此，当真正面对这件艺术品时，那种潜在的期待视域就会和艺术品遇合，共同完成艺术欣赏的过程。

期待视野毫无疑问是个人化的，它跟个人的性格气质、生活经验、知识背景和审美趣味密切相关。因此，正如“接受美学”所提示我们的，这种期待视野很难与艺术家的创作视域完全吻合，与他所要欣赏的艺术作品之间也存在着一种若即若离的关系，也就是所谓的“审美距离”。有时候，这种审美距离会造成欣赏者的心理挫折——接受者所期待的审美需要和审美追求受到了干扰甚至阻碍，或者作者的审美期待与艺术作品的意义世界相距过远，这都造成接受者“无法走进作品”或无法顺畅地完成艺术欣赏。接受美学认为，正是这种“距离”、这种期待视野受到阻滞的状态，有助于提高艺术接受者“愈挫愈勇”的兴奋感和新奇感，并促进他主动去实现艺术欣赏的愉悦感和满足感。不过，如果艺术品完全阻隔了接受者的期待视野，使其处于完全陌生、寡然无味的状态中，那么欣赏者可能因为强烈反感而放弃这件作品。可见，“审美距离”不能太大也不能太小，需要处理好一个“度”的问题。这个环节不仅仅是艺术家需要思考的问题。实际上，一个有经验的欣赏者应当学会调整自己的心态，来寻求一个与作品相接的新契合点，既不直接放弃一件艺术作品，也不需要刻意寻求顺应艺术家的创作思路来解读。

在“期待视野”和“审美距离”形成之后，就正式进入了艺术鉴赏的阶段。这个过程需要直觉、感知、想象、理解等多个心理环节共同参与，但主要的行为是对艺术作品“空白点”的填补和形象世界的重构。

伊瑟尔提出的“空白点”和“召唤结构”学说实际上极大地肯定了艺术接受者的想象力，这种想象力也就是接受者通过欣赏来建立艺术品的形象世界的能力。不单单是中国古代艺术中常有“留白”的手法，实际上，无论古今中外，任何一件优秀的艺术作品都存在“空白点”，有待我们去发现和填充，而它本身实质上只是提供了一个“框架”而已，意蕴和余韵都需要我们自行发掘。不断填补空白的过程就是在不断地重建一个“形象世界”。艺术创作者通过运用艺术语言、塑造艺术形象、暗藏艺术意蕴，已经为这个形象世界的发现提供了可能性，但没有艺术接受者/鉴赏者的参与，这个“形象世界”不可能真正建立起来。重建形象世界，主要靠的是艺术欣赏者的想象。“想象”似乎贯穿于整个艺术过程，无论是艺术创作还是艺术欣赏都需要想象力的发挥。不过，在这两个阶段中，想象发挥作用的逻辑顺序有先后之分。在艺术创作中，生活经验中的具体形象引发创作者的想象，进而将它转化成艺术语言；而在艺术鉴赏中，接受者则通过艺术语言或者艺术品的形式符号来生发想象，进而建立一个属于他自己的“小世界”。前者是“从无到有”；后者则是“从有到无”，这里的“无”是指欣赏者把物态化的艺术作品经由接受者的艺术欣赏，提炼成无形的艺术思想，并进一步转化成审美愉悦和精神升华。

在形象世界的建构过程中，每个欣赏者实际上也在完成自我心理的确认。正如在艺术鉴赏的开始阶段，欣赏者是带着自己生命体验的“期待视野”来与艺术品相遇的；在整个填补“空白”、完成形象世界的过程中，他实际上也在不断地将自己从艺术品中得来的感受和体验，同自己的经历、情感加以对照和印证，因此可以说，欣赏艺术作品其实也是一种对自己的审视和审美，是对自己的丰富想象力、创造力的一次确认。一件艺术品如果可以让众多的接受者/欣赏者产生丰富的联想和想象，让他们都能在其中看到自己生存的影子，那么，它会是一件优秀的、成功的作品。

至此，一个艺术欣赏过程基本上完成了。之所以使用“基本上”这个表达，是因为艺术欣赏与审美的过程还包括一个更高层次、同时也并非每个接受者都能达到的阶段——经由艺术审美而达到的人格升华。刚才我们讲到，审美活动是满足自我实现的一个重要途径，通过对艺术作品中真、善、美的发掘和体验，人的基本生存方式得以完善。我们也许会惊奇，为什么一件这么简简单单的艺术品会有如此巨大的影响作用？这是因为通过艺术美，欣赏者可以超越功利性和时空性，抛开完全个人的、纯粹客观的思考，抛去“小情感”而感受到世界万物的“大爱”“大情感”，去感悟人生的真谛、历史的变迁、自然的规律甚至是整个世界的根源和本质。

艺术欣赏当然是具有“愉悦”功能的，因为它的表现形式偏向感性，因此，它能够引发人们不良情绪的宣泄，疏通人们精神上的郁结，通过“美”这个中介，给接受者带来轻松和快乐。当然，艺术不仅仅能够带给人放松、愉悦，还可以净化人的心灵。“净化”这个词是亚里士多德在《诗学》中探讨的一个重要概念，原文是“卡塔西斯”（Katharsis），大意就是艺术作品（在

图3-18 当代话剧导演李六乙的《安提戈涅》剧照

亚里士多德那里主要指悲剧）可以通过“怜悯与恐惧之情”的“锻炼”，来“陶冶”人的情感，使接受者获得心理上的健康和一种“道德上的美德”（见图3-18）。总之，艺术欣赏的最高层次是使接受者在理解人生的价值和终极目标上达到一个新层次，从而进入一种“澄怀观道”的心灵境界。

第四节 艺术批评

在“艺术欣赏与审美”一节之后安排“艺术批评”这一节，很有必要而且颇有意味，因为通过理清“艺术接受/艺术欣赏”与“艺术批评”的关系，我们可以从观念上进一步明确艺术批评的意义和功用。我们面临的一个显见的、首要的问题就是：我们需要“艺术批评”吗？为什么要有“艺术批评”的存在？

“批评”是一个多义词。我们在日常生活中最常用的用法是“指出缺点和错误”或“对缺点和错误提出意见”（见图3-19）。不过在“艺术批评”这个复合词中，“批评”的意思主要集中在“评论”“评判”，是对事物进行分析比较，评定其是非优劣。在现今这个“网络社会”，意见能够得到简易的发表和快速的传播，每个人似乎都可以

图3-19 法国理论批评家保罗·利科像

对艺术展开即兴或深入的“批评”，那么，艺术批评还需要专业化、严肃化吗？离开了那些职业批评家的工作，是不是就不能开展艺术接受与欣赏，就没法完成艺术过程呢？

如果我们深入地思考，就会发现一个迫切的问题：审美趣味究竟有没有高下之分？如果所有欣赏个体都通过各抒己见的“批评”，来树立一种审美的“标准”，那么相对客观的审美判断标准是否还存在？我们当然知道，这种标准源于长时间的民族心理、审美传统时代精神的沉淀，是一种稳定的、公共性的状态，因此它绝不是个人性的、暂时性的、随意性的。既然如此，就需要有些人来揭示和诠释这种相对客观、相对稳定的审美标准，这个任务落到了批评者的头上。这些进行艺术批评的人有义务以他们相对较高的审美水平和鉴赏能力，来启发、引导、帮助广大接受者理解艺术作品。

当然，这只是从一个整体上来说的。事实上，由于艺术批评主体的不同，艺术批评也分成不同的种类和层次，各有其优势和局限。我们暂且沿用法国批评家蒂博代在其《六说文学批评》中的说法，将艺术（文学）批评分为“自发的批评”“职业的批评”和“大师的批评”。

所谓“自发的批评”类似于刚才说的那种各抒己见的感悟性的批评。这种批评是有活力的，因为它往往是艺术品的接受者心有所感而成。不过这种即兴的、个人色彩浓厚的批评恐怕还缺乏一点对艺术传统、民族审美心理的深入考察，因此在建立审美标准这方面就显得不足了。

相对于这些自发的批评者，职业批评家当然具有更好的专业素养和知识积累，也有长期积淀而成的艺术审美视野，他们往往从多个角度入手来解读艺术作品：艺术家的生平思想，艺术品本身的多层次意蕴，艺术品的风格源流及在艺术史中的位置，艺术作品的传播与接受过程，等。他们掌握着多重的审美视野、方法和艺术理论，将其结合在一起来研究、批评一件艺术作品，因此，这种批评被认为是“笨重”的，带有做学问的味道，有时会走向僵化的境地，远没有自发的批评来得生动灵活。当然，很多时候，这也关乎职业批评家自己的审美敏感度。有些批评家掌握了大量的艺术理论、批评方法和文献材料，但却欠缺对艺术的直觉和敏感，因而写出的批评和评论就显得笨拙且无关痛痒。不过，总体而言，职业批评家这个群体对于艺术批评而言贡献巨大，他们的批评往往透过表象而直达深层意蕴，甚至建立起一套理论体系，超越个体情绪而观照公共性审美，他们对于引导受众欣赏艺术作品、对于深化艺术创作实践都功不可没。

“大师的批评”也就是那种由艺术家自己展开的批评。很多大师看不起“职业的批评”，因为学究气、理论腔以及过分注重理性的批评行为让这些以感性著称的艺术家们感到不适。法国文学家普鲁斯特写过一本《驳圣伯夫》，专门来批驳那位职业批评家圣伯夫关于波德莱尔的“奇谈怪论”。因为艺术家自身也有着切身的创作经验，因此，他们的批评不仅是感性的、激情的，而且是“充满同情的”，也就是说，他们的批评在某种程度上能让我们更接近艺术家本身。但是，这种“接近”在很多情况下也是刻意的，主要是因为他们在对其他艺术家、艺术作品进行批评时，往往是在阐释自己的理念——这种个人化、情感化的批评，其偏见有时甚至不亚于那种自发的批评。

总之，这三种批评都是不可或缺的，因为三者各有千秋，又可以互补。我们必须承认，现在的批评空间是非常民主化的，在网络技术发达的今天，人人发声都变得容易，艺术批评的门槛也随之降低了。但这并不意味着我们要将批评的标准降低。因此，我们需要重申批评家的基本素养品质以及他们的现实任务。

首先，艺术批评不同于一般意义上的艺术接受或艺术鉴赏，它不是仅仅再现一种具体的感性的审美感受，而是要通过一种理性介入的审美艺术判断，来评价艺术作品的美学价值和社会价值。艺术批评介于直觉欣赏和理论研究之间，它对艺术鉴赏和艺术创作都有指导意义。对于艺术鉴赏者而言，批评者对艺术作品的分析和评判有助于引导其对艺术作品的理解，进而提高受众对于艺术品的鉴赏力。艺术批评主体无疑是一个信息提供者，他有义务向受众准确传达那些不易发现的信息。譬如，深藏于表面艺术形象之下的象征意义和深刻意蕴可能由于受众审美经验的良莠不齐而难于发现，艺术批评者则通过其艺术分析揭示出来：德国哲学家海德格尔曾写过一本《荷尔德林诗的阐释》，对古典浪漫派诗歌的先驱荷尔德林（见图3-20）进行了个性鲜明的剖析；现在很多研究者将这部书看作海德格尔的重要哲学著作，但

图3-20　德国浪漫派诗人荷尔德林像

无论如何，它首先是对荷尔德林诗歌的一个具体批评文本，而其中诸如“诗人是存在之家的守护人”“诗思合一”“诗意地栖居”等常人不易发现的命题，都是海德格尔在具体分析荷氏诗歌过程中阐发的。向欣赏者传达艺术创作所受的社会历史因素和时代精神的影响，以及艺术家创作艺术作品的相关情况，也是艺术批评不可或缺的内容和任务。

其次，艺术批评对于艺术作品的判断和评价可以反馈给艺术创作，有助于艺术家不断提高和完善自己的创作。艺术接受者/鉴赏者是一个庞大的群体，他们对于一件艺术作品的看法和评价，很难直接反馈到艺术家那里；而艺术批评则可以通过对这些意见的整理、归纳，来将实质性的信息传递回创作者，鼓舞、激励他们进一步的创作。在这里，批评家成为沟通艺术家和受众的桥梁，从此，艺术家和受众的意见交流不再是单向的。同时，艺术批评和艺术创作是一个双向的过程，艺术创作的发展可以为艺术批评提供进一步的素材和动力，促进艺术批评的进一步发展。这说明，艺术批评不仅是艺术创作与艺术接受之间的沟通中介，它同时也对各种创作活动、艺术思潮甚至是批评活动本身加以直接的指导。

再次，由于艺术批评连接着艺术理论，艺术理论常常由艺术批评提炼而来，因此，它可以为艺术理论提供新素材、新发现、新问题，进而有助于丰富和发展艺术理论。任何理论都有一个不断完善丰富的过程，这依靠的是具体的实践活动；而艺术批评恰恰可以对那些具体的艺术实践加以筛选、归纳和反思，充实到前人的艺术理论成果中去。

从上面的综述可以看到，艺术批评是一种充满使命感和责任感的行为。因此，无论是批评主体，还是艺术批评本身都有一些特征和要求。艺术批评首先是以艺术欣赏、艺术审美为前提的，没有对艺术美的直观感悟，一切艺术批评都是空谈。恐怕这也就是艺术家对那种过于理性的“职业批评”反感的原因。因此，对艺术美的感知是批评主体的一个必备素养。但艺术批评又是一个深入的艺术鉴赏和评判活动，因此，批评主体对于艺术审美长期的经验和积淀，他对艺术史和艺术创作规律、艺术作品基本元素的了解和理解，以及他对艺术和其他意识形态领域关系的理解，共同构成他进行艺术批评的鉴别力。

而艺术批评活动本身也有一些规约性的特征。它具有目的性，也就是说，艺术批评从一开始就带有对艺术作品或艺术现象的针对性以及明确的现实责任

图3-21　当代英国批评家特里·伊格尔顿像

感。当然，它还要有独创性，正如艺术创作一样。艺术批评虽然是一种理论素养和科学研究精神介入的艺术活动，并且需要以客观公正的态度和严谨实证的方法来面对，但它毕竟需要以艺术欣赏为起点，必须通过对艺术的感知和审美来完成带着感情、带着体验的艺术批评。故而这种批评是带有主观能动和独创色彩的。法国批评家法朗士曾经说道："为了坦白真诚，批评家应该说：'先生们，关于莎士比亚，关于拉辛，我所讲的就是我自己。'"作为一种判断性、论辩性的行为，艺术批评还具有批判性。由于艺术批评是一种具有现实性、针对性和独立性的活动，如果只做不痛不痒、人云也云的界说，成为某些创作者的附庸，那么这样的批评就会逐渐失去其思想锋芒和独立精神，它对于艺术发展的积极作用也会越来越小。真正的艺术批评应该以极大的勇气、胆识和能力，针对具体的艺术作品和艺术现象展开合理怀疑和理性反思（见图3-21）。

此外，艺术批评有一个很重要的特征和核心原则，就是客观性。"公正客观"首先应当是批评主体的一种基本态度。艺术批评不同于个体性的感性的艺术欣赏，由于它必须解释关于艺术和美的一般性规律和特征，因此，那种个人情感上的好恶应当得到适当的控制，而做到"就事论事"，既不违背事实以媚俗之态夸张赞美，同时也不能总是刻意刁难、求全责备。"客观"还代表了一种实证性、逻辑性的研究方法。我们不妨读一读法国艺术史家丹纳在《艺术哲学》中的一段表述：

> 科学同情各种艺术形式和各种艺术流派，对完全相反的形式与派别一视同仁，把它们看作人类精神的不同的表现，认为形式与派别越多越相反，人类的精神面貌就表现得越多越新颖。植物学用同样的兴趣时而研究橘树和棕树，时而研究松树和桦树；美学的态度也一样，美学本身便是一种实用植物学，不过对象不是植物，而是人的艺术作品。[1]

① 丹纳.艺术哲学[M]//傅雷译文集（第十五卷）.合肥：安徽文艺出版社，1989：51.

尽管“美学本身便是一种实用植物学”的表述让人多少感到有些难以接受，但丹纳正是想通过这种方式告诉我们：因为艺术批评是一种经验的总结和规律的揭示，因此，批评主体需要在审美感受的基础上，通过科学严谨的实证方法和逻辑能力，来组织完成一次具有客观性和科学性的艺术批评。

谈到艺术批评的客观性，我们随之产生了一个问题：艺术批评究竟有没有标准？如果有一个恒定不变的标准，就不仅违背了艺术鉴赏的“民主”原则，实际上也违背了艺术接受的实际情况。可是，如果真的没有标准，那就会造成审美的混乱；更何况，艺术批评是一种追求科学性的分析和研究的活动，必定需要一定的标准和尺度。可见，对艺术批评标准进行“本质化”处理和“非本质化”处理都是失当的；因此，我们宁愿采取一种折中的方式，即肯定一种相对客观的艺术批评标准。而想要达成一个所有批评者都认同的标准，这几乎是不可能的。

艺术批评是有所侧重的，其标准也是分类的。大体上，我们可以将其分为两大类：以“艺术价值”为核心的批评标准和以“社会价值”为核心的批评标准。

以“艺术价值”为核心的批评标准，主要就是把目光放在艺术作品之内，将艺术作品视为一个自足的整体，完全以艺术作品的审美价值为评判原则。正如我们在分析艺术作品层次和艺术接受过程中提到的，这种批评主要就是逐层评判艺术作品的外在呈现和内部结构、艺术形象的审美价值以及艺术形象背后的丰富美学意蕴，判断其是否给受众带来了美，在多大程度上带来了美的享受。

而艺术作品的“社会价值”批评则主要指向艺术作品的社会价值、道德价值和文化价值（见图3-22）。对艺术作品社会价值的批评，其出发点主要是，任何艺术作品都源于社会，并对社会造成影响。以这种视角进行批评，批评主体主要对这几个方面感兴趣：艺术家的生平思想和社会背景，艺术作品产生的时代和历史背景，艺术作品的社会传播及其造成的社会影响。这种批评最终确定一件艺术作品的价值，就是看它对社会历史生活反映的深刻程度以及它对社会生活的影响力。而一种更具体的“道德价值批评”显然是将艺术作品中的真、善、美等道德价值作为评判标准。真、善、美不仅仅存在于艺术作品的

图3-22 开启一代风气之先的"猫王"的"飞机头"

图3-23 《牡丹》/刘淑芳

“小世界”中，而且在艺术作品与社会生活的关系中呈现，因此，这种批评尺度属于广义的社会价值批评。所谓的艺术批评的“文化标准”则主要立足于艺术作品在文化传统（如艺术史）中的地位和价值。我们知道，包括“艺术”在内的文化生活其实是社会经济生活中相对独立的一个领域，因此，引入文化的视野和参照系有助于我们抵御那种机械的社会分析式批评，同时对于发掘中国文化核心价值观也大有裨益。

事实上，在艺术批评的实践中，没有哪个批评主体会单独使用“艺术价值”标准或“社会价值”标准，因为这两套标准本来就不可能截然分开。譬如，我们谈论一件艺术作品的主题思想，显然不仅仅要从艺术作品本身入手，还需要对艺术家的生平思想以及艺术创作所处的历史语境有着充分的把握。因此，艺术作品的艺术价值和社会价值是统一的，只不过在具体的艺术批评实践中会有所偏重而已。

我们还应当注意，艺术批评的标准确实具有相对的稳定性，但是每一个特定的时代、每一个特定的阶层也有变动性和差异性。譬如，我们一般都认同“花是美的”这个普遍性命题，但不同的群体喜爱的花是不同的，有些人喜欢高洁的菊花，有些人则喜欢秾丽的牡丹（见图3-23），历朝历代对于花的喜好也是不同的。这主要是因为艺术作为一种审美意识形态，不可避免地会受到社会经济基础和上层建筑诸要素的影响和制约。

有了这些原则和标准指导，我们就可以展开具体的艺术批评了。

艺术批评从主体的感性体验出发，因此，批评必须带有丰沛的感情，以一个艺术接受者、欣赏者的姿态来进入艺术作品。能否与艺术家“心心相印”，透过艺术语言的符码去洞悉作品背后艺术家深蕴的心境，是艺术批评成功的一个关键。因此我们常常听到一种说法，艺术批评家也许不一定具备艺术家的技能，但他必须具备艺术家的激情。而且这种感情不局限于那种个体性的“小感情”，甚至需要达到一种接近人性的“大感情”，然后去分析艺术作品的艺术语言、艺术形象和艺术意蕴，把那些不易发觉的艺术信息揭示出来。

在完成艺术鉴赏之后，就是艺术批评家的拿手好戏了——对那些通过感性体验得出的艺术内涵进行理性阐释。这时批评主体当然还带有感性的情绪，但他必须超越随意性和情绪性的感受，通过理论性和系统性的认知，把艺术作品作为一个客观的实体对象来加以解剖。譬如，在批判一部文学作品时，已经不能单纯地为某个人的悲惨遭遇或者某个情节的跌宕起伏而唏嘘，而要落实到具体语词的运用、段落的安排，要环顾某个情节设置的上下文，考察作者在写作这个情节时的相关情形，最后综合分析出其中的艺术意蕴等。这里，批评主体需要运用的理性知识涵盖了一个很广的范围，不仅仅需要艺术学和美学知识，还需要文学、哲学、历史学、社会学、心理学，甚至人类学的知识。

在进行理性阐释之后，艺术批评还需要对艺术作品或艺术现象进行判断和评价，事实上这才是“批评”的应有之义。艺术批评需要独创性和主观意识的引导，但同时又因为它受到了客观性和科学性的制约，从而得到一种相对公正无私的结果。在这里，我们不妨强调一下批评家的直觉判断：一个优秀的批评家往往是敏感的、敏锐的，他能够直觉地把握他所处时代中人的生存状况以及艺术语言的变动更新。他通过揭示艺术作品来解释时代精神，然后将这些内涵和价值传达给广大的受众。

在艺术批评中，一些具体的方法得到综合的运用。我们熟知的有“文本批评”“心理批评”和“社会历史批评”。将目光锁定于艺术作品的自足“小世界”的批评是二十世纪俄国形式主义批评、英美新批评、符号学和结构主义批评所贡献的批评方式，它致力于揭示和解释艺术作品中的“有意味的形式”。“心理批评”也许可以溯源至亚里士多德的《诗学》，以弗洛伊德为代表的精神分析学派将“本能”“力比多”“无意识”等用于艺术批评之中，扩大了艺术批评的领域。而“社会历史批评”则更为我们所熟知：一件艺术作品如何反映社会、又怎样影响社会，成为批评家们论述的重点；从先秦“兴观群怨”的诗学观念，到“文以载道”观念的长期统治，再到历史唯物主义指导下“美学的和历史的相统一”的标准，都反映出社会历史批评方法的生命力。

限于篇幅，我们不再对这些艺术批评的具体方法展开详细论述。坦率地说，这也是因为艺术批评本身就是一门实践性的学科，任何概括性的话语实际上都无法将其过程完全自洽地“概括”出来。我们在脑海里认定的也许只是这样一种理念：艺术批评具有二重性，即需要做到科学性与艺术性的统一。如果我们把艺术批评也当成一种“科学”的话，那它一定是一门特殊的科学：因为它既需要冷静的头脑，也需要强烈的感情；既需要理性的分析，更需要直观、感性的艺术体验。因此，我们需要主观和客观的统一与适度。艺术批评是批评主体自身向艺术作品的外在投射，是自我创造精神的外化。将它同上文讲到的客观性统一起来，这样创作出来的艺术批评文本呈现为一种既逻辑清晰、论证严谨，同时又优美、生动、感情充沛的样态。

截至目前，我们已经完成了抽象的艺术理论介绍工作，从下一章开始，论述将进入到具体的艺术类别介绍，精彩或许才刚刚开始。

第四章 语言艺术

提及语言艺术，我们很多人一定会一拍手：“呀！不就是文学作品这类的东西嘛！”这些用文字凝固住美感的东西本就是艺术的一种形式，艺术不就是对美感的一种追求么？其实广泛地讲，语言艺术的种类有很多，相声曲艺都可以包含在内，只是在所有种类里面，文学是通行范围最广、最具代表性的一种形式，乃至很多时候，文学都可以被当作语言艺术的同义词。本章我们的探索就集中于文学，把戏曲层面的东西留到后面。

说到文学，最恼人的问题莫过于追问“文学是什么”了。倘若我们是在图书馆、书店或者是某个诗歌朗诵会的现场，或许问题就变得容易解决，因为我们大可以捧上几本鲁迅、莎士比亚或者卡夫卡的文学作品，抑或听着从朗诵者口中诵出的一章章诗篇，对提问者说：“这就是文学！”然而遗憾的是，在现实生活中，这种机会并不太多。于是，很多时候，我们不得不去翻阅大量理论书，求助于一堆佶屈聱牙的概念，以此来回应提问者。于是，文学便成了“语言艺术”“社会意识形态”等诸事种种。拈出这些概念后，我们终于如释重负，问题似乎解决了。但，果真如此吗？

假设有一天，我们来到成都的武侯祠（见图4-1）旅游，眼中看着种种古物件、古建筑，耳中听着导游对诸葛亮一生功过的介绍，忽然听到身边有旅客吟道：

图4-1 武侯祠

图4-2 壶盖上的五字符《心也可以清》

丞相祠堂何处寻，锦官城外柏森森。
映阶碧草自春色，隔叶黄鹂空好音。
三顾频烦天下计，两朝开济老臣心。
出师未捷身先死，长使英雄泪满襟。

那一瞬间，我们可能会被这首诗所激发的情感所震撼。文学的确是门“语言艺术”，但这门“语言艺术”却是与生活直接相关的，它时刻处于被体验和被理解之中，如果仅仅把它理解为概念，就会显得太死板，从而降低其内在的亲和力。这不也正契合了前文中所讨论的艺术的主旨么？艺术是对我们所切身生活世界的一种想象和参与，只不过无论是“语言艺术”还是文学，采取的都是用文字照面世界的方式。

其实，文学就是我们自身，它属于我们看待周围世界的一种方式，仅仅把它看作某类概念或者某些书籍上面的名字，都会显得过于片面。当我们漫步在超市时，看到这样一条标语：“小狗儿你真可爱，但是千万别走太快了，你的主人在后面跟不上。”或者当我们坐在一位朋友家聊天，他拿出一个茶壶，壶盖上环绕着“清”“心”“也”“可”“以”五个字，然后他旋转壶盖，一首诗便被这么转了出来（见图4-2）：

可以清心也，清心也可以。心也可以清，也可以清心。

这时，我们都不免会忍俊不禁，说一句："这太文学了！"相比语言，那些情感类的东西对于我们可能会显得更加真实。这种文字游戏带来的妙悟感只有在现实的某语境中才会迸发出让人会心一笑的魔力，艺术需要生活经验去解读，相比之下，语言或许只是一种手段，它旨在唤起一种我们看待世界的新方式。我们每天都在生活，都在以不同的方式与所在世界打交道，语言艺术的功能其实就在于通过变换新奇的语言形式来唤醒我们对普通生活新的感受力，重新审视我们周围的世界。从这个角度看，它实际上一直就在我们身边，从未真正远离。

就算语言艺术一直在我们身边，是一种感受世界的新方式，但是认识它、阅读它究竟会有什么用处呢？或许在这里，我们还是需要将语言艺术放在其最典型的形式——文学之上，才会显得不那么抽象。的确，相比物理、化学和经济学等，文学的作用显得不那么明显。身为文学家的鲁迅不也说过么，"一首诗吓不走孙传芳，一炮就把孙传芳轰走了"。于是有些风凉话就来了：原来文学就是用来消遣的嘛！的确，文学是有消遣的一面，它有时候是很"轻"的，这是因为我们所生活的这个世界太过于"重"了。每天，我们总会面对太多的规章制度，总要被迫去面对林林总总的琐事，生活显得那样身不由己而且千篇一律，生活的经验被这些东西给局限死了，压抑感时时汹涌而来。而文学会凭借其想象力的轻盈，带领我们进入一个奇幻的世界。比如在意大利当代作家卡尔维诺的作品《宇宙奇趣全集》中，有这样的描写（见图4-3）：

图4-3 《宇宙奇趣》/咸宁市实验小学学生画

> 你们都无法记得，可我都记得清清楚楚。那时月亮就在我们头顶上，奇大无比：望月时，月光如昼，那是一种奶油色的光，巨大的月球似乎要把我们压倒碾碎。新月时，它在空中滚动着，恰似风持着的一把黑伞。那蛾眉月的尖垂得那么低，好像要穿透礁石让月亮抛锚停泊。那时候，什么都跟现在不同：由于离太阳的距离不同，运行轨道、倾斜角度都不同于今日。地球和月亮紧挨着，不难想象，这两个大家伙怎么

也找不出不互为对方阴影的办法，结果随时都会发生月食。

你问运行轨道吗？椭圆形的，当然是椭圆形的。一阵子压在我们头顶上，一阵子又旋转着飞开。而海潮呢，月亮压低时就涨潮，谁也拦不住。有些满月之夜，天低低的，潮高高的，月亮只差一丁点就要被海水浸泡湿了，顶多也就差几米吧。难道我们就没有想过到月亮上去吗？哪能呢！只需划着小船到月亮下面，支上一架木梯就能爬上月亮。

——张密、杜颖、翟恒译

这种奇瑰的想象力不免会让读者为作者的天才报之以会心一笑，文学让我们暂时脱离了现实的烦恼，取而代之的是一个自由自在的乌托邦世界。但在另一个方面，文学却又是无比之“重”的，因为我们在阅读中总会情不自禁地与其作品中的主人公心神相遇，喜其所喜，悲其所悲。这样的话就会把一系列的问题带向我们，即：如果是我处在主人公所在的场合下，我会怎么办？如此，我们就脱离了自我所在的位置，设身处地地站在另外一个角度上想问题，从而激发起一连串的思考，继而迫使我们对这些问题有所应对。这些问题存在于小说之中，也会出现在我们的现实之中，于是“改变”就在这一连串的思考和应对中自然而然地发生了。

或许，对于解决一些现实的重大问题，如GDP的增长、贫富差距等，文学显得如此无能为力；或许，在文学中我们也读出许多问题，如理想与现实、忠诚与背叛、善良与邪恶等，且最终都找不到解决这些问题的现成方式。文学乃至整个语言艺术皆不外如是，但是经历了它们所带来的一系列思考之后，你至少不会一无所得。

第一节 “诗歌”之思

让我们再次将语言艺术的视角聚焦到文学上来，让我们的探索之旅变得更有针对性一些。对于文学，无论是从开端的假设上，还是从我们的阅读习惯上来看，诗歌无疑都是要被首先考虑的文体。

一、诗歌之意

《诗大序》中有这样的一段话："诗者，志之所之也，在心为志，发言为诗。情动于中而形于言，言之不足故嗟叹之，嗟叹之不足故永歌之，永歌之不足，不知手之舞之足之蹈之也。"诗歌总是与抒情息息相关。或许在所有问题中，诗与情的关系是最为贴切的。以诗抒情，如果细分下来，其实也会有不同的种类：

第一类借诗歌直抒胸臆。这类抒情方式在爱情诗和征战词中表现得尤为明显，以下借助于两首此类诗歌的分析来品味一下。第一个例子是意大利文艺复兴时期诗人彼特拉克（见图4-4）的一首爱情诗：

我那爱挑衅的心上人儿，
我千百次恳求你别闪动美丽的眼睛，
我已把心奉献给你，可你毫不动情。
傲气十足地向下俯视；
如果别的女人竟敢打我的主意，
那真是痴心妄想，看错了人。
它永远不会再像从前那样，我这颗心；
因为你厌恶的东西，我也鄙夷。
现在，如果我摒弃这颗心，
在不幸的流放中从你那儿找不到支持。
既不懂单独生活，别人的召唤也不响应。
那我就同人间的正路背道而驰。
这样对我俩都是一种严重的罪行，
你的罪更重，因为这颗心爱你更深。

——《爱挑衅的心上人》，钱鸿嘉译

图4-4　画像《一四五〇年的彼特拉克》

整首诗歌中，作者都没有做任何虚饰，而是将爱慕之情赤裸裸地宣泄于纸上，其感情奔放的程度令人惊讶，但也很容易被他诗歌中的热情所鼓舞。彼特拉克处于一个文学为神学服务的时代，他的爱情诗与缥缈的神学许诺对抗，来争取凡人的幸福。而在所有凡人的幸福中，爱情无疑最广泛，也最炽热。接下来，让我们再去读一首征战词，这是北宋名臣范仲淹的《渔家傲》（见图4-5）：

塞下秋来风景异，衡阳雁去无留意。四面边声连角起。千嶂里，长烟落日孤城闭。

浊酒一杯家万里，燕然未勒归无计。羌管悠悠霜满地。人不寐，将军白发征夫泪。

范仲淹于宋仁宗庆历年间（1041—1048年）一度镇守西北边陲，这首《渔家傲》便写成于那个时期。身在异乡，金戈日冷，又不知何年可归故里，怀乡之情袭来，自是悲伤莫名。这里没有出现类似彼特拉克那般炙热的语言，但通过一草一木、一图一景的体会和感悟，我们能轻易地感受到作者蕴涵于其中的悲悯情绪，此情绪之热烈灼人心扉，其效果丝毫不亚于彼特拉克诗歌中的那股奔放的炙热。

由此可见，能够直接抒发的往往是些大喜大悲之情，因为情到浓处，自会有动人效果，修饰反倒成了画蛇添足。

第二类是借象抒情。象即诗中意象，有时候情溢于胸难以说出，只得投情于景，借助于某类具体形象将情感转达出来。这种抒情方式被运用得较广，因而也最为我们所熟知。古今中外，借象抒情的例子可谓比比皆是。让我们首先看一首唐代诗人杜牧（见图4-6）的《赠别·其二》：

图4-5 范仲淹像

图4-6 杜牧像

多情却似总无情，唯觉尊前笑不成。
蜡烛有心还惜别，替人垂泪到天明。

这是一首抒写诗人对某妙龄歌女惜别时的留恋心情的诗，以蜡烛垂泪转衬离别，难舍之心跃然纸上。在中国，此种抒情方式尤为普遍，“情景合一”也是古典诗词所致力追求的目标，一直以来从未间断。在西方，这类抒情诗的佳作也并不罕见，如德国当代诗人里尔克（见图4-7）的《天鹅》：

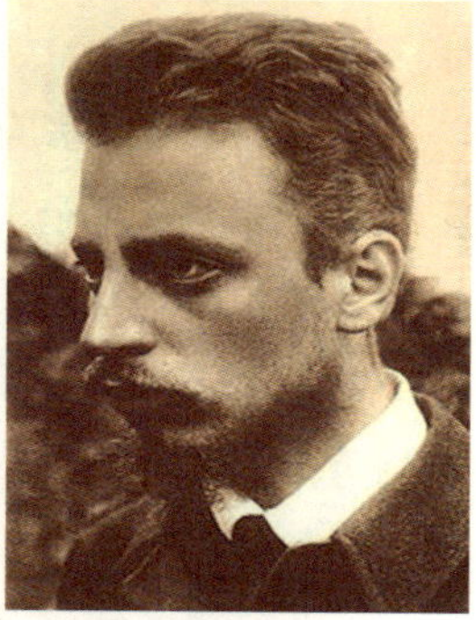
图4-7　里尔克像

累赘于未完成的事物，
如捆似绑地前行，此生涯之艰苦，
有如天鹅之未迈出的步伐。
而死去，即吾人每日所立
之地面不复容身，则仿佛
天鹅忐忑不安地栖息。

于水中，水将他温存地款待，
水流逝得何等欢快。
一波接一波，在他身下退却；
他这时无限宁静而稳健，
益发成年益发庄严，
益发谦和，从容向前游去。

——绿原译

作家借助于一只天鹅的形象，传达出被生活所压抑的痛苦和焦虑的情绪，以及追寻缓解这种情绪的尝试。或许这首诗要表达什么我们很难说得清楚，但是对这种情绪的体会却是非常清晰的。

人生自是有情痴，以情眼看世界，自然可以找到对应的景色，从而赋予世界一种独特的意义。某种意义上说，借景抒情的诗歌也是一种待猜之谜，作者通过身边景物将自己的情绪用文字进行编码，我们的阅读过程也是解码的过程。即便是无法解开或者解错，这种由过程带来的乐趣也是无法掩盖的，更何况，我们也在这个过程中实实在在地感受到了作者要和我们一起分享的情绪。借景抒情，其魅力莫过于此。

第三类是借事抒情。这种抒情方式的突出表现即为史诗，而在西方，此类诗歌的传统则更悠久、更成熟。

《荷马史诗》被看作西方史诗的源头之作，相传是古希腊盲眼诗人荷马所作，整部史诗由《伊利亚特》和《奥德赛》两部分组成。《伊利亚特》叙述希腊联军围攻小亚细亚的城市特洛伊的故事，以希腊联军统帅阿伽门农和勇士阿喀琉斯的争吵为中心，阿喀琉斯因为女仆被抢一怒之下退出了战争，特洛伊勇士赫克托耳趁机反扑，杀死了阿喀琉斯的挚友，阿喀琉斯回到战场并杀死了赫克托耳，特洛伊国王赴敌营要回了赫克托耳的尸体，全诗最后以赫克托耳的葬礼结束。《奥德赛》叙述了伊萨卡国王奥德赛在攻陷特洛伊后归国途中十年漂泊的故事：奥德赛在战争中得罪神灵，因而在归国途中遭受各种磨难，在海上漂流了十年才回到家，回到故土后奥德赛扮成乞丐归家，与其子杀尽所有企图霸占他财产的人，恢复了他在伊萨卡的权力。

其实无论是《伊利亚特》还是《奥德赛》，都以完整地讲述一个故事为追求。捧读它们，可以感受得到阿喀琉斯的冲冠一怒，也可以体会奥德赛海上历险的惊心动魄，但细想下来，这些故事却无法和我们所生活的现实世界构成直接关联。或许，这类史诗也并不企图达到如此效果。而在中国的叙事诗中，却往往并非如此。中国叙事诗较之西方篇幅显得短了很多，刻画人物的手法也相对单调，却走出了一条不同的道路。以宋代郭茂倩编撰的《乐府诗集》中的《孔雀东南飞》一篇为例（见图4-8）。

图4-8 《孔雀东南飞》连环画封面

《孔雀东南飞》讲述的是庐江小吏焦仲卿妻刘兰芝不为婆婆所喜，被休回家后因被逼改嫁而自杀，焦仲卿也随之殉情的悲剧故事。故事在叙事最后忽然话锋一转，以浪漫的想象作为结局，并将悲剧所激之情转向了一种道理的阐述：

两家求合葬，合葬华山傍。东西植松柏，左右种梧桐。枝枝相覆盖，叶叶相交通。中有双飞鸟，自名为鸳鸯。仰头相向鸣，夜夜达五更。行人驻足听，寡妇起彷徨。多谢后世人，戒之慎勿忘！

由此可见，此诗追求的并不单单是一个完整的故事，而是要借助于故事来达到说理的目的，并借助此理直接和读者的生活世界发生某种关联。当然，这并不是要说西方史诗是以讲故事为核心，而中国史诗是以说理为传统云云，也无意对叙事和说理两种史诗比较孰优孰劣，只是想要说明史诗有两种不同的表达倾向。这两种倾向之间的区别也并非泾渭分明，两者往往互相映照、互相渗透，而且，越到近代，这种趋势就越发明显。

重新回顾以上三种不同的抒情方式：直抒胸臆、借象抒情和借事抒情。其实这三种方式，无论哪种都还有程度的区分，或隐晦，或直白。这样一来，直白、隐晦、情感、景象与事件便构成了一系列的点，诗歌的写作过程便是在这些点中寻找平衡的过程。这其中的张力无限之大，或许诗歌的魅力也正在于这无限的张力之中。我们读到一首好诗，为其精妙而喜，其实也能体会到，它在这些点的平衡中探索到了一种新的表达形式，这也是它的匠心所在。

二、诗歌之韵

诗歌要有韵吗？这个看似简单的问题却显得不那么容易回答。似乎那些瑰丽的诗句读起来一定要朗朗上口，才会符合我们对诗的期待。古诗对韵律特别强调，这让我们的阅读特别有节奏感，比如唐朝诗人杜甫的《登高》：

风急天高猿啸哀，渚清沙白鸟飞回。
无边落木萧萧下，不尽长江滚滚来。
万里悲秋常作客，百年多病独登台。
艰难苦恨繁霜鬓，潦倒新停浊酒杯。

句中韵字“哀、回（古读 huái）、来、台、杯”都是上平声“灰”韵，全文平仄相间，韵律工整，读起来声调显得曲折婉复，配上感情朗诵更显得如清唱般曼妙，极具音乐美。但当我们拿起一本现当代的诗集来读，结果可能会大失所望，会发现这里面很多是不讲究韵律的，因而也不像古诗显得那么有乐感。没有韵律的诗能叫诗吗？

图4-9　波德莱尔像

或许，会有人这样反驳："这有什么呀！你看那些老外写诗，不是也没什么韵律吗？"这其实是种误判，很多老外写诗，对韵律也是十分讲究的。以十九世纪法国象征主义诗人波德莱尔的两首诗为例（见图4-9）：

自由的人，你将永把大海爱恋！
海是你的镜子，你在波涛无尽，
奔涌无限之中静观你的灵魂，
你的精神是同样痛苦的深渊，
……

——《人与海》，郭宏安译

水手们常常是为了开心取乐，
捉住信天翁，这些海上的飞禽，
它们懒懒地追寻陪伴着旅客，
而船是在苦涩的深渊上滑进。
……

——《信天翁》，郭宏安译

这里摘取的只是这两首诗的前两段内容，但细读起来，却发现其中的韵律特别有意思。第一首诗的一、四句押同一韵，二、三句押同一韵；第二首诗的一、三句押同一韵，二、四句押同一韵，这都是外国韵律，第一种称为抱韵，第二种称为交韵。在西方，诸如此类的韵律还有很多，也非常复杂。我们认为外国诗歌不重视韵律，其实往往都是翻译的问题造成的。一种语言转变成另一种语言是困难的，试想把一首古诗译作白话文，还能保证其音韵格律不受损么？为此之故，优秀的国外诗歌译文才分外值得我们去尊敬。

那么问题又来了，既然古典诗歌和西方诗歌都有韵律，为什么就独独现当代诗遗失了它呢？这其实是与“五四”以来的新文化传统密切相关的。我们的现代史是一部屈辱史，新诗就诞生在现代诗人所遭受的屈辱感以及相对应的新的时代追求之中。诚如当代著名诗评家、北大教授谢冕先生所言：“苦难是中国诗歌革命的真正出发点。”[1]在这个时代，对文学的改革背后蕴含的是对整个社会的改造，“经世致用”成了文学所必须肩负的责任。在有效抒发自我、有效启蒙社会的双重压力下，诗的韵律就显得不那么重要了。身为“新文化运动”旗手之一的胡适就明确提出了“诗体大解放”的主张，他认为：“因为有了这一层诗体的解放，所以丰富的材料、精密的观察、高深的理想、复杂的情感，方能跑到诗里去。”[2]

再不需要为繁复无比的诗歌韵律和形式头痛不已了，创作的门槛降低后，诗歌便从贵族降落到了民间，也从此开始了大规模的无韵化创作。人人皆可写诗，人人皆可读诗。然而这并不意味着新诗对韵律的彻底抛弃，五四时期也有许多著名诗人在创作中仍旧是保持韵律的，如徐志摩、闻一多等。即便是胡适（见图4-10）自己的新诗，也并未完全褪去韵律的色彩，如他的那首著名的《兰花草》：

我从山中来，带得兰花草。
种在小园中，希望开花好。
一日看三回，望得花时过。
急坏看花人，苞也无一个。
眼见秋天到，移花供在家。
明年春风回，祝汝满盆花！

图4-10　胡适像

只能说，在新诗之中，音韵变得相对次要了，它让位于诗的另外一种功能，即“刷新我们看待世界的目光”。

① 洪子诚.百年中国新诗史略[M].北京：北京大学出版社，2010：6.
② 胡适.胡适文存第1集第1卷[M]，合肥：黄山书社，1996：123.

三、关于现代诗

如今我们所生活的年代，其实就是新文化塑造后的产物。在这里，诗歌降低了韵律的门槛，却包容进了更细致的感受力和更加生动的观察世界的眼光。如果您是一位爱好诗歌的读者，那么您一定会或多或少对下面的话产生共鸣：读现代诗的感受，已经和读古诗大不相同了。这中间牵扯到的不仅仅是韵律的问题。无论是中国还是西方，诗歌所承载的东西已经大为改变。这在瑞典当代诗人特朗斯特罗姆的《夜曲》中，也可以看得出来（见图4-11）：

图4-11　特朗斯特罗姆像

夜晚我开车穿过一座村子。
房屋向聚光灯走来——它们醒着，它们想喝水。
房屋，仓库，牌子，没有主人的车辆——
此刻穿上了生活——人在睡梦里。
有的在安睡，有的呼吸紧张，
好像他们在为永恒苦练。
他们沉睡着，却怕松开一切。
他们躺成放下的路障时，神秘悄悄路过。

路在村外的林中长时间漫步。
树，树在默契中沉默
它们闪着火光戏剧的色彩。
它们的叶多么清晰！它们一直伴我到家。
我躺着将睡。我看见陌生的图像
与符号在黑暗之墙的眼帘后
涂写着自己。在梦和醒的缝隙里
有一封巨大的信正徒劳地往里面拥挤。

——李笠译

在中国也是如此，我们不妨将目光转向一位上海的“80后”诗人胡桑，看看他的《鞍山路》（见图4-12）：

图4-12　上海鞍山路一隅

如果鞍山路可以停顿下来，我将能见证
一个乖戾的时代如何在自身的恐惧中消失。
从菜场到地铁站，目光深不可测。口腹
与四肢为了命令而运行，在混沌中完成了一生。

一些尘世的皱纹从街角走来，它们卸去
责任，在尖叫声中拯救出一只零落的麻雀。
速度并未造就平衡，影子变得越来越无辜，
宿命的风在半路瓦解，遗忘迅速到来。

一辆自行车歇在骄傲的清晨，屏住呼吸，
持续地注视邪恶的天空，让它变得更加虚无。
我步行到维修店，试图将一阵作废的雨
带给修理师，他的江西口音遗漏了异乡的裂缝。

迷路的女人经过邮局，在薄雾中，懂得了顺从，
在熟悉的街区迷失自己，盲目的日子正形成秩序。

传单散布者将街上的空气收集起来，犹如收集
一个落日，事物终将失败，在黄昏中摔碎自己的历史。

我走过了超市，已经没什么可以失去，白昼变得
那么缓慢，每一个细节都充满矛盾，又那么有限。
经过时间的曝光，蛰居者看到了生活的负像。
邻街的家具店、废品站，也显示出另一种生世。

在这两首诗歌中都出现了与古典诗歌不同的意象，如聚光灯、仓库、自行车维修店、超市、废品站等，新的意象传达出了新的情绪，毕竟我们所生活的时代也已经不同以往了。昏暗、混沌以及意义感的模糊，这都是典型的现代情绪，也存在于我们自身活生生的经验之中，每个人都对此多少有所体会。诗歌不仅有古典的风花雪月，也不尽然是现代的经世致用，它所包含的向来都不是唯一，但只有和我们切身的生活经验所带来的情绪贴合在一起，才会在读者中引起共鸣。

另外，在现当代的诗歌创作中，还存在两种新的创作道路：一种是将丑恶、空洞的意象乃至生活直接引入诗歌创作，国外如“象征主义鼻祖”、法国现代诗人波德莱尔，国内如二十世纪八十年代后兴起的“莽汉”“下半身诗歌”等一系列创作潮流；另一种则是直接将诗歌进行日常生活化的处理，如当今在国内网络上非常走红的梨花体、羊羔体等。诗歌的发展日趋多元，也更加鱼龙混杂，要为其划一条固定的评判标准变得愈发艰难。然而，这并不意味着诗歌之间没有优劣之分。或许，我们应该将评判的尺度交予读者，相信他们自有判断力。

第二节　小说“小说”

相比诗歌，小说一般拥有更长的篇幅（为了不让挑剔的读者质疑，我们在此不妨先将小小说排除在外），因而它也就能够容纳更大的信息量，能表达出

一个相对完整的故事情节。因此，小说总是与“讲故事”捆绑在一起，它构成了语言艺术的第二种形式。

一、小说的魅力

一本几百页的大部头不免令人望而生畏，然而一旦阅读了它的第一行、第一页，人们便会手不释卷，甚至有时会越读越兴奋，再厚的书也会被慢慢蚕食掉。在以快节奏生活为特点的今天，小说究竟是如何促使我们心甘情愿腾出时间来阅读它的呢？它的魅力又从何而来呢？

在小说阅读中，我们首先要照面的就是人物形象。通常的套路是：在配角出场客串一下后，主人公便粉墨登场，然后伴随着主人公所经历的那些事、那些人，形成了一整个或者一系列的故事。读者总是身临其境，和主人公一起历险，动情处，主人公的境遇便会成为我们自身的境遇。以下以中国香港当代作家金庸的一部中篇武侠作品《雪山飞狐》（见图4-13）为例加以阐述。

小说主人公胡斐为复仇身赴位于绝壁之上的仇家庄园，却阴差阳错与世仇苗人凤之女苗若兰相恋。后又因诸多误会，胡斐和苗人凤被迫在绝壁决斗。当两人缠斗至一松动的悬岩之上时，苗人凤招式忽现破绽，胡斐若趁机一刀劈下便可置对手于死地，但他毕竟是爱侣的父亲；若稍有迟疑，对手缓过神来自己就会变得危险。这一刀劈下还是不劈？作者将疑问留给了读者。

图4-13 《雪山飞狐》小说封面

小说读到这里，最后这一刀已经不仅仅是胡斐的问题了，它转化给了我们每一个人。我们被迫处在胡斐的境遇之中，为他、也为我们自己艰难地设定一个结局。

不光结局的问题留给人们更多思考，小说的描写有时候也可能会显得过于简单，情节的铺垫也会过于扼要，从而留下许多空白点，这也需要读者主动参与其中，言主人公之未言，想主人公之未想。让我们看一下中国当代作家何士光的短篇小说《乡场上》（见图4-14）。

故事发生在梨花屯乡，围绕着老农民冯幺爸要在两个妇女面前作证，说明他们孩子打架的情况展开。这两个妇女，一个是当地权贵的亲戚，一个则是乡村教师的妻子。权贵亲戚仗着冯幺爸要依靠自己的势力生活而颐指气使，但冯幺爸在唯唯诺诺许久之后忽然爆发，选择了支持弱势的一方。

冯幺爸做出了选择，但是究竟他为什么会如此选，作者却并未言明。或许，他要的正是这类效果，让冯幺爸的选择过程在每个读者的脑海里过一遍，让我们自己来给这个选择赋予意义。而正是在对这些空白的想象和补充中，小说世界和我们所生活的世界的界限被打破了，我们每个人都变成了胡斐、冯幺爸，而胡斐、冯幺爸也变成了我们日常生活中的某个人，我们在家长里短的闲谈中会聊到他们，甚至说不定某一天，彼此会在某个熟悉的地点不期而遇。

可以说，是读者、作者和作品人物一起构成了故事的情节。

说到此，又会有细心的读者发问了："你说的都是些古典范儿的小说，如果碰上西方现代派的意识流小说，这一套还能行得通吗？这类东西人物莫名其妙，故事没个中心，读来读去都不明白，怎么参与呀？"的确，意识流小说，乃至许多西方的现代派作品，我们是很难读懂的——或许他们也就根本没希望让我们理解故事的情节。但这并不会妨碍我们去体会作品人物独白时所营造的焦虑感，感受他在反复呢喃时所带的情绪。一起看一看英国当代作家伍尔夫（见图4-15）的作品《到灯塔去》中的一段话吧：

图4-14 《乡场上》连环画封面

图4-15 英国意识流小说家伍尔夫

当她握笔在手，那片景色就整个儿变了样。就在她要把那心目中的画面移植到画布上去的顷刻之间，那些魔鬼缠上了她，往往几乎叫她掉下眼泪，并且使这个把概念变成作品的过程和一个小孩穿过一条黑暗的弄堂一样可怕。这就是她经常的感觉——她得和概念与现实之间的可怕差距抗争，来保持她的勇气，并且说："这就是我所见到的景象，这就是我所见到的景象。"借此抓住她的视觉印象的一些可怜的残余，把它揣在胸前，而有成百上千种力量，要竭力把这一点儿残余印象也从她那儿夺走。就在此刻，在凉飕飕的秋风里，她正要开始挥笔作画，其他的杂念纷至沓来：她自己的能力不足，她多么渺小可怜，她要在布罗姆顿路为她的父亲操持家务，她还得尽力控制住自己强烈的冲动，别去拜倒在拉姆齐夫人脚下（谢谢老天爷，迄今为止，她一直克制住了），并且对她说——但是，又能对她说些什么呢？"我爱上你了？"不，这不真实。"我爱上了这一切。"说时她把手向那篱笆、屋子和孩子们一挥。这多荒谬，这是不可能的。一个人不可能把自己的真实思想表达出来。因此，现在她把她的画笔整整齐齐一支靠一支放进盒子里，并且对威廉·班克斯说："天气突然转凉了，太阳发出的热量好像也减弱了。"她一边说一边环顾四周。因为还有足够的光线，草地仍保持着柔和的深绿色，那幢房子在点缀着怒放的紫花的一片葱翠之中显得十分醒目，白嘴鸦在蔚蓝的苍穹下悲鸣。然而，有什么东西在流动，在空气中展开银翼一闪而过。毕竟已经是九月了，是九月中旬，而且是六点钟以后的黄昏时分。于是他们按照习惯的路线漫步走过花园，穿过网球场，越过蒲苇丛，走到厚实的树篱的缺口处，那儿用火红的铁栅防护着，它就像燃着煤块的火盆一般通红。在篱笆的缺口之间，可以见到海湾的一角，那蓝色的海水，看上去比以往任何时候更加湛蓝。

——瞿世镜译

从这一段我们可以体会理想的焦灼与思念的阵痛，仿佛主人公是我们身边的某个人，正在向我们倾诉着内心的苦闷。现代小说拒绝让我们走进故事的世界，拒绝让自己的内容变成邻里话题，但却在拒绝之中发出了严肃的对话邀请函，告诫读者需要把阅读的态度从活泼的闲聊调节成深沉的对话。在对话中，我们彼此之间敞开心扉、分享困顿，以故事的虚拟世界为背景，共同扛起某个沉重的世界，回应某项棘手的问题。或许，面对这样一个虚构的人物、虚构的世界，我们能够更容易敞开心扉。家长里短可以大行其道，但严肃深沉也应同样有一席之地，就像我们的阅读需要有古典范儿，也需要有现代派一样，新旧相间和雅俗杂陈才是我们的真实生活。

随着小说主人公一起游历的过程，非但穿梭于人物的内心，更在不同的时间与空间之中。小说作者总是在不同的时间和不同的地点来写作，因而不同的作者会随着故事的叙述引领我们领会不同的风土人情。读巴尔扎克，他笔下一连串对巴黎街道的描写让我们领会了十九世纪巴黎城的风光，那里有贵族沙龙、穿着燕尾服的绅士、珠光宝气的贵妇以及为了利益不惜出卖一切的人；读马尔克斯，随着他笔端轻盈的指挥棒，我们可以游历古老的南美小镇马孔多，那里有流浪的巫师、一直等待来信的上校、举止怪异的医生、会飞的床单和橡胶树；读马哈福兹，我们可以在世纪之交的古城开罗感受到异域的气息，那里的人工作时穿西服，休闲时要换上长袍，那里上层人吃烤羊肉，下层人却要以豆类充饥；末了，回到我国现当代作家沈从文所营造的湘西世界，这是一片灵秀的土地，有山有水，有摆渡的老人以及少男少女间如歌的爱情故事。

精神的旅行是无边界的，每次阅读都是一次精神的敞开。

二、小说如何才算“好看”

我们阅读小说，自然希望它们越好看越好，谁愿意去读一些无聊透顶又要故作深沉的东西呢？作为一部小说，当然一是要情节曲折、扣人心弦；二是要文笔优美、让人如沐春风，如此才有资格配得上一个“好”字。英国十九世纪文学家狄更斯的小说情节就非常惊心动魄，我们看看他的《双城记》（见图4-16）：

图4-16　美国导演杰克·康威一九三五年拍摄《双城记》电影的海报

故事以对梅尼特医生的营救为开端，

梅尼特医生在巴黎的监狱受困了十八年，出来时已经有些神志不清了。其好友、银行职员劳雷先生将他救出后安顿在自己昔日仆人得伐石的家里，并安排梅尼特先生和女儿露茜相认。接下来，故事便转向了一个审判的现场，有贵族身份的代尔那在露茜出示的有力证据与一个长得和自己很像的青年卡尔登的干扰下，被判无罪。代尔那和卡尔登同时爱上了露茜，露茜最终选择了代尔那，却遭到了父亲的反对。经过一系列事件后，梅尼特医生选择了宽恕。法国大革命爆发，代尔那回法国处理旧事，却刚进法国境内就被扣押了起来。后来，法庭开庭审判，原告竟然是梅尼特医生和得伐石夫妇！梅尼特医生被关押的真相旋即浮出水面。一位法国贵族奸污了一个底层少女，同时将其弟弟重伤，并企图收买了解真相的梅尼特医生。梅尼特医生出于义愤写信向政府官员揭发真相，却最终被贵族投入了巴士底狱，一关就是十八年。而得伐石太太就是那被奸污少女的妹妹。法庭最终宣判代尔那死刑。卡尔登为了实现自己对露茜的诺言，用手段替换了被判死刑的代尔那，将他送出了巴黎，自己上了断头台。在临死的时刻，他说：“我现在所做的比我曾经做过的都更好。”

图4—17　黄河摄影图

小说内容很紧凑，情节总是在山穷水尽处忽然柳暗花明，使得整个故事读起来跌宕起伏，令人回味无穷。至于语言的优美，我们不妨以另一部作品为例，来体味中国当代作家张承志中篇小说《北方的河》的选段（见图4-17）：

这时，黄河，他看见黄河又燃烧起来了。赤铜色的浪头缓缓地扬起着，整个一条大川长峡此刻全部熔入了那片激动的火焰。山谷里蒸腾着朦胧的气流，他看见眼前充斥着、旋转着、跳跃着、怒吼着又轻唱着的一团团通红的浓彩。这是在呼唤我呢，瞧这些一圈圈旋转的颜色。这是我的黄河父亲在呼唤我。他迅速甩掉上衣，褪掉长裤，把衣服团成一团走向那姑娘。“不，太危险了。”她仰着头恳求着他。他又清楚地听见了这声音里的那种信赖。他感动得心里一阵难受。“拿着，等着我，”他低声说，“你看那渡船泊在对面呢，我回来时坐渡船。”他望着那姑娘的黑发在风中飘拂着，他使尽力气才忍住了想抚摸一下这黑发的念头。时间不早了，他想，他又看了一眼那姑娘的头发，就急匆匆地朝着那片疾速流动的火焰奔去。

这段文字描写的是主人公准备挑战黄河的片段，同行姑娘关于危险的警告似乎变成了男子汉勇气的反衬。整段文字激荡着一股豪情，此时主人公似乎变成了这种豪情的领路人，带领我们一起去勘探未知的世界，去收获征服未知所带来的畅快淋漓感！

情节的曲折和语言的优美是小说好看的充分条件，但仅做到这两点，似乎还有点儿不够。能够让我们去读的小说未必能够激发我们去想，能让我们读完接着去想的才能称得上是部好的小说。前文已提到，文学有很“轻”的一面，但是同时它又需要“重”的一面，这种“重”能把我们带入思考，不至于阅读之后仍然一无所获。小说或许就是这个文学“轻”与“重”之辩最好的载体。

进入小说，面临一连串人物，人物构成一连串关系，关系生发出一连串事件。我们在阅读中所面临的往往是对于一连串事件的处理。如上所述，主人公在处理事件，同样作为读者的我们也参与其中。这些事件或许都可以生发出响亮的名字，如人道主义、爱情、理想等，但却并非抽象，因为它就存在于小说所展开的人物关系之中，如梅尼特先生在发现仇家后裔与自己女儿恋爱时该不该选择宽恕？露茜在追求者代尔那和卡尔登之间该做何选择？《北方的河》中男主角在“游遍北方的河”的宏愿下忽然邂逅爱情，又该何去何从？类似的问题或许就存在于每一位读者的身边，我们都曾为它们而苦恼。说一个词汇过于抽象，那是因为它所承载的内容与我们的生活太过于脱节了。小说的思考，无论是古典还是当代，无论是中国还是西方，其意义都在于带我们进入一种经验的困境之中，从而启发我们对这类困境做出新的应对方式。在我们的思考中，小说的功能又在于以主人公的经历为我们提供一条解决困境的新的经验。因而，小说的作用就在于“提忠告”，向读者分享自己处理问题的经验。忠告被编入生活，便形成了智慧。好的文学作品可以启发智慧，也可以分享智慧，其核心价值在于它就分娩于现实生活的矛盾和裂痕之中，让我们通过阅读分享一双能够认清纷扰的慧眼。

提出忠告，激发智慧，这便是小说所承载文学之“重”，这种“重”植根于生活，它不会使文学的想象力因过“轻”而变得漂浮不定。

三、缺了点东西，缺什么

在对小说这类问题做了简单的介绍之后，我们将话题转向当代小说。小说在当下的发展不可谓不兴盛。二十世纪八十年代后逐次兴起的反思、寻根、先锋、新写实、新历史以及新女性等各种小说创作思潮还未完全成为明日黄花，都市、玄幻、新武侠、穿越以及黑道小说就伴随着媒介和受众的转变应运而生，一派热闹景象。读这些小说，很多故事情节不可谓不离奇，语言也不可谓不华美，但总会给人留下缺了点什么的感觉，以至于我们常会有这种经验：在阅读了不少某类别的当代小说之后，压根记不住里面的情节和人物，仿佛从未读过似的。

当代小说相比较而言，似乎显得过于“轻”了，“轻”到已经失去了根基，而没有根基的东西注定是不会长久的。

让我们聚焦一下当代小说的“爱情”主题。在很多当代小说中，如都市、玄幻和穿越，爱情都是它们篇幅中所占分量最大的主题。但是在这些小说中，爱情似乎因为再不用去承载其他东西而变得纯粹了，纯粹到让我们觉得难以靠近。这些故事的主人公都生活在才子佳人的年代、帝王将相的阶层，距离我们的现实世界过于遥远。况且如此设置的主人公身份会让故事的恋爱谈得过于“高端”，没有柴米油盐之虞，也无家长里短之嫌，并最终以唯美的“小清新”风格为旨归（见图4-18）。对于这类小说，我们所能做的只有幻想，而无法参与其中，除了情绪，它们将无法提供给我们更多，自然也就不会激发思考。“小清新”的另一个极端则是“重口味”，为了吸引读者阅读，有不少当代小说不惜把内容写得离奇化、诡异化。在这类作品中，大量的警匪恋、老少恋、帮派不伦恋，甚至虐恋和同性恋都让读者们在一次次天雷滚滚的阅读中瞠目结舌（见图4-19）。这种将生活中的极端经验在文字中进行日常化处理的写作方式，带来的往往是我们对阅读的失望和不信任，它们因过分追求新奇的

图4—18　文艺小清新

图4—19　文艺重口味

内容，也会让自己的人物塑造和情节表达在逻辑上屡屡出现让人啼笑皆非的硬伤。其实，无论是当代小说中的“小清新”还是“重口味”，它们缺乏的都是与读者分享的态度，小说对于作者成了表现自我浪漫情怀和奇特想象力的舞台，在这种态度中，读者似乎只剩下了围观和拍手叫好的份儿。按照这种态度走下去，小说家便成了离群索居的人，他们靠想象建立起一段浪漫的神话，却拒绝思考现实生存的种种难题，拒绝分享生活中所猎取的经验。于是，小说的主题便因为失去分享的欲望而飘了起来，它成了一个个独立的想象，失去了可分享、可交流的空间，经验于是开始贬值。

很多当代小说所缺少的，说白了其实就是一种温存——人与人只有在敞开心扉交流之际才会出现的温存。这需要无论是作者还是读者，都要切入到生活本身，勇于担起责任才行。毕竟，经验只形成于现实里我们所处理的不同关系中，并且只有通过人际间会心的交流与分享，我们才会拥有生存的温度。

第三节　散论“散文”

对于图书馆管理员而言，“散文”或许是他们最喜爱的一个标签了。因为要处理图书的分类问题，总会遇到一些尴尬的书籍，好比古罗马时期哲学家西塞罗的讲演录、鲁迅的政论杂文、巴金先生的回忆性随笔等。这些东西像哲学也不完全是，像政治学也不完全是，无论放在其他哪个门类里都不太合适，所幸文学有个叫“散文”的大篓子，能把它们全都收了！对此而言，散文较之其他门类具有更强的包容力。

一、“散”之前世今生

包容力大了，对整个的图书分类是好事，但要对这个包容力无限的领域做出界定和说明，恐怕就不那么美妙了，中西皆是如此。美国学者M. H. 阿伯拉姆在其编撰的《简明外国文学辞典》中如此定义：“散文是一个没有范围限制的术语，一切口语化或书写式的，不具有诗歌那种规律性的格律单位的文章，都是散文。”[①]他是把有无格律看作了诗歌和散文区别的标准，与此对应的英语词汇是verse与prose。这不得不说是种无奈之举，有韵无韵可以区别开诗与散文，但小说同样也没有韵律。其实在西方还有一种叫做essay的文体，倒是日本现代著名文艺批评家厨川白村（代表作《苦闷的象征》，见图4-20）点出了它的精髓：

图4-20 《苦闷的象征》

> 如果是冬天，便坐在暖炉旁边的安乐椅子上，倘在夏天，则披浴衣、啜苦茗，随随便便和好友任心闲话，这些话照样地移在纸上的东西，就是essay。兴之所至，也说些以不至于头痛为度的道理吧。也有冷嘲，也有警句吧。既有humor（滑稽），也有pathos（感愤）。所谈的题目，天下国家的大事不待言，还是市井的琐事，书籍的批评，相识者的消息，以及自己过去的情怀，想到什么就谈什么，而托于即兴之笔者，这是一类的文章。[②]

① M.H.阿伯拉姆.简明外国文学辞典[M].长沙：湖南人民出版社，1987：276.
② 厨川白村.出了象牙塔[M].北京：人民文学出版社，1988：113.

巧合的是，在中国古代，我们也有以韵律作为区分诗歌与散文的标准。最早出现的“散文”一词是为了说明中唐时期佛教典籍的译文情况（见图4-21）。据《全唐文》卷四十九中唐代宗的《密严经·序》云：“此经梵书，并是偈颂，先之译者，多做散文。”偈颂都是有韵的，散文与之对应，其意思便很明显了。宋代之后，文人们开始用“散文”来表达一种有别于诗、词、骈文等韵文的文体，其所涵盖的面进一步扩大了。明朝中后期“小品文”的兴盛为中国古典散文提供了一种新的写作样式，它因篇幅小、内容灵活等特点，能更容易表达日常生活的所想与所感，因此更加受到当时文人的喜爱，包括袁宏道、张岱等诸多明代文豪都有不少“小品文”佳作。时至“五四”，散文因其内容不受形式制约、可以随意发挥的特点又重新兴盛了一把。这个时代涌现的散文名家不胜枚举，如周作人、朱自清、丰子恺、梁实秋等。到了当代，“散文”的胃口似乎放得更开了，出现了许多新的文体，如通讯、报告文学、回忆录等，都统统被丢进了“散文”的大篓子之中。

或许，为避免误解，我们应该在所讲的“散文”前加一个修饰语，称为“广义的散文”才比较合适。

二、散文的分类

对散文的介绍接下来的任务，就是要对本已十分散漫的散文做出一个散漫

图4-21　敦煌佛教壁画

的分类。不过值得庆幸的是，无论是中国还是西方，散文的所分之类区别并不是特别明显，这也让我们的介绍省了不少劲儿。

首先要介绍的是随笔、笔记类散文。其实“散文”的狭义定义指的就是这一类文体，它承袭了我们所讲“散文”的多数特点，如篇幅小、形式灵活等。明代文学家袁宏道曾用一语概括自己所追求的创作理念，即“独抒性灵，不拘格套”，或许在此可以借以作为我们所介绍的这类散文的特征概括。相对于诗歌，它能不用韵、不分行，更加简单和直接地将自己所思所想的东西宣泄于纸上，因此其形式也更加灵活，表现题材也更加多样。在西方，英国人培根的“社会随笔”系列、法国人蒙田（见图4-22）的“人生随笔”系列都可以归为此类范畴；在中国，明朝时期的“小品文”创作是这类文章的典型代表，近代的鲁迅（见图4-23）、丰子恺、梁实秋（见图4-24）等都有过此类散文的创作。

图4-22　蒙田像

图4-23　鲁迅像

图4-24　梁实秋像

其次是批评类的散文。这类散文包括一些体验性质的、学术化味道不是那么浓重的书籍介绍类与作家作品评论类文章以及政论时评类创作等。由于此类作品多缘起于某类触发点，围绕着某种主题创作，故其灵活性便不如其他散文那样明显，而是多了明显的针对性，作者的立场也往往在这鲜明的针对性中被清晰地体现出来。在所有的散文文体中，这类文章需要的理性分析和评判能力也许是最强的。中国的政论与时评类的散文其实出现很晚，因为古典时期这种功能多被交予诗歌和奏铭类文体去完成。此类散文更像是某些文人的“业余”创作，无论中西都是如此，上面提到的名字，如培根、蒙田、鲁迅、丰子恺、梁实秋等都写过类似的东西。

再次要介绍的是记事类散文。这类散文以记叙某时某地发生的某类事件为主，借此表达观点与抒发感受。再细分之，又可分为记叙类散文与游记。记叙类散文中既包含对某人的评述，也包含对某事的评述，两者往往是掺杂在一起的。代表作品有鲁迅的《纪念刘和珍君》、杨绛（见图4-25）的回忆性散文集《我们仨》、巴金的《怀念萧珊》等；国外此类作品包括英国当代作家吉辛的散文集《四季随笔》、美国当代作家斯坦贝克的散文集《战地随笔》等。因为此类散文记录的多是个人身边所经历之事，故而往往也都会蕴含着一些自传的色彩。再一类即游记。游记在中国古典文学中有着辉煌的历史，我们耳熟能详的作品有欧阳修的《醉翁亭记》、徐霞客（见图4-26）的《徐霞客游记》等；现当代文学中此类散文也不乏名作，如李健吾的《雨中登泰山》等。西方的游记类散文其实也是源远流长的，其中在中国流传最广的，莫过于意大利人马可·波罗所撰的《马可·波罗游记》了（见图4-27）。

接下来介绍的是格言。这是典型的舶来品，这类散文体在中国较少流传。格言在古罗马时期被称为警句，它以追求语词高度凝练、立意所指深远为鹄的，后经过一系列的发展变得充满活力。此类散文的代表人物为德国现代哲学家尼采（见图4-28），在其代表作《查拉图斯特拉如是说》中，他将这类文体发挥到了

图4-25　钱锺书、杨绛和钱瑗合影

图4-26　江阴市徐霞客镇的徐霞客雕像

图4-27　马可·波罗像

图4-28　尼采像

图4-29 《为了六十一个阶级弟兄》连环画封面

图4-30 中央电视台十套的读书类节目《子午书简》

淋漓尽致，犀利地表达出其“重估一切价值”的意图。

最后要介绍的是纪实类散文，包括报告文学、通讯等。把纪实类写作归入文学其实有些冒险，但此类型中所蕴含的一些审美特征与情感之真又总是令人不忍舍弃，因此在当代一些学者的分类中，这类东西就被安置到了“散文”的篓子之中。报告文学的代表作有美国记者里德写俄国“十月革命”的《震撼世界的十天》，以及我国当代作家徐迟写著名数学家陈景润经历的《哥德巴赫猜想》等。至于通讯类散文，为我们所熟知的如一九六〇年在《中国青年报》上发表的长篇通讯《为了六十一个阶级弟兄》（见图4-29）。这类散文一方面需要遵循纪实报道的真实性要求，另一方面还要兼顾文学形式的审美化标准，因此也是所有散文形式中难度颇高的一种创作题材。

在对几种常见的语言艺术的体裁做了一番匆匆的巡礼之后，我们需要将目光拉回到自身所生活的现实世界中来。

进入二十一世纪以来，整个语言艺术呈现出了一种前所未有的发展状态。媒介的繁荣为文学的繁荣提供了巨大的推动力。一方面，各个电视台开办了许多读书类节目，如河北卫视的《读书》、中央电视台十套的《子午书简》（见图4-30）等，这都间接刺激了文学的发展；另外，各类报业所开设的副刊栏目越来越多，文学类杂志的数量也与日俱增，诸多出版社纷纷降低自己出版发行的门槛，这一切都让作者们的作品面世变得简单。在中国，每年发表的作品仅长篇原创小说就数以千计，更遑论市场上那些汗牛充栋的翻译作品了。互联网的开启更是一个划时代的事件，它让作品的发表门槛降至新低，理论上“人人都是作家”的时代已经全面降临。但另一方面，文学的广泛流通也让我们的感受力变得钝化。文学所营造的新鲜视角，看第一遍可以刷新我们看待世界的方式，但是第二遍就变成陈词滥调了，而我们生活在一个如此无限流通的时代，文学所承载的感受力会在这不断的流通中一遍遍被消耗。此外，在当下，文学内部的条令和分类也变得前所未有之多，“严肃文学”“大众文学”“网络文学”“代际写作”等各种新鲜名词如雨后春笋般冒了出来（见图4-31）。它们之间往往壁垒分明，写作者们都坚守着自己的文学阵营，并以特立独行为荣，独自思索，拒绝沟通。即便有沟通，也往往都是相互攻讦。这是一个繁荣的年代，也是一个混乱的年代，它的复杂程度超过了以往任何年代。另外，在文学空前繁荣的同时，语言艺术另外的形式，如相声曲艺，却处在了前所未有的低潮期之中。其表演在公共场合出现的频率较之以往已经很少，往往被肢体语言更为夸张、道具器材更加丰富的小品所替代。一个郭德纲无法掩盖中国相声界每况愈下的窘境。再则，这类口头艺术的创造力也明显下降了，观众评价段子老、笑点低、摘抄于网络的声音也比比皆是。文字表达的作品越来越多的同时，口头艺术却越来越贫瘠（这些问题在第六章还会再探讨）。口头艺术与我们的日常交流直接相关，兼之上文所谈的当代小说写作越来越个人化的弊病，一个令人担忧的问题便浮现出来：我们的日常交流能力和与他人分享经验的欲望都在逐步萎缩。他人构成了我们的生活世界，拒绝分享即意味着我们与生活世界的距离越来越远。

图4-31　痞子蔡网络文学作品《第一次的亲密接触》封面

图4-32　莫言像

二〇一二年十月，中国作家莫言获得了诺贝尔文学奖（见图4-32）。这对于内地文坛，不啻是次巨大无比的轰动。莫言的获奖让中国百年以来对诺贝尔奖项的渴望终于稍有缓解，但同时也激起了铺天盖地的质疑声。在这一切鲜花和唾沫的簇拥下，莫言却显得难得地清醒。在获奖后接受白岩松的电视采访中，莫言如是说：

作家最重要的是作品，而不是奖项。能让他站稳脚跟的是作家对现实生活的一种关注，对土地的热爱，最重要的还是一种脚踏实地的、勤勤恳恳的、真诚的写作态度。

作家的根是需要植入生活世界的。在当今这个文学泛滥的年代，莫言这番话的借鉴意义无疑是巨大的。让文字温暖可感，需要有我们的生活经验的纳入。也只有立足于我们所照面的生活世界，在与他人的关系中担起责任、直面困境，才能让文学拥有切身的共同感。或许，只有在面对切身的问题时，文学的共同感才会体现出来；只有在分享处理问题的经验时，文学才会有融合的力量，从而拒绝孤立，摒弃冷漠。正是在这一点上，莫言的话与我们所讲的语言艺术的意义也是相通的：立足生活，分享经验，开启智慧，包容他人。毕竟，文学需要温存，我们的生活同样需要温存。这对于文学，对于整个语言艺术，乃至对于我们的整个生活，都不啻于一声强有力的警钟。

本章最后，以一则典故来作为整个艺术语言世界之旅的终点：密涅瓦的猫头鹰要在黄昏时才会起飞 。密涅瓦即古希腊神话中智慧女神雅典娜的古罗马名字，她肩上的猫头鹰象征着思想和理性（见图4–33）；黄昏时分意味着时机的成熟。理性的沉思必然如黑夜般深邃与痛苦，也只有在时机成熟之后方能收获。如今，本章简短的介绍已将文学思考的时机拉近，作为读者，您的智慧是否也已经展翅欲飞了呢？

图4–33　古希腊神殿的雅典娜雕塑

第五章
造型艺术

“造型艺术”这一概念的含义至深至广，以致任何要对它进行全面界定的工作最后都会沦为徒劳。但这并不是说“造型艺术”是个伪概念，它的内部还是有章可循的，其核心特征便在于视觉形象和形态。此中包含的各种门类，基本上都是围绕视觉形象和形态所进行的创造和表达。

人对于外部世界的感知途径中，视觉无疑是作为老大哥出现的。而视觉形象和形态又构成了视知觉最基本的内容。客观世界中的物体形态各异。我们通过感知世间万物的视觉形象所包含的形状、色彩等因素来获取对它们最直观的认识，并通过这些因素的差异来对它们作一定程度的区分。这些视觉形象所具有的不同状态还能够引发我们的情感变化，对我们的心灵产生触动。不仅如此，人类的伟大创造力还可以不断创造出新的视觉形象，并通过创造这些视觉形象表达内在的精神和情感，引领我们的内心世界不断进入更高的精神境界。这一切，都是在造型艺术领域中不同门类的艺术家们在大量的探索和实践中所不懈追求和实现的。

人类从事造型艺术的历史异常悠久。远古时代的人类先祖就已经有了令人叹为观止的造型艺术成就，从世界各地发现的大量原始人遗迹便可以证实，如在法国拉斯科山洞和西班牙的阿尔塔米拉山洞发现的创作于约1.5万年前的壁画（见图5-1、图5-2）。据说最初发现这些壁画的人被栩栩如生的动物形象所惊骇而无法相信这竟然是出自原始人的手笔。但可以肯定的是，原始人创造这些形象绝非出于“艺术”的动机，而是缘于更为具体的现实需要。这些绘画对他

图5–1　西班牙阿尔塔米拉岩洞壁画

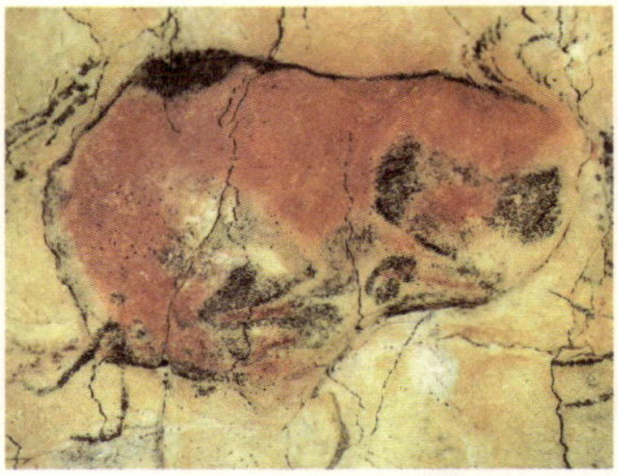

图5–2　法国拉斯科岩洞壁画

图5–3　郑板桥像

们来说是对付大自然的工具或者是与神灵交感的媒介。考古学家发现动物形象大量出现在原始壁画中，而且很多都有砍砸过的痕迹。人们认为这是原始人绘制这些动物形象并以它们为目标进行模拟猎杀所致。著名美术史学家贡布里希认为，这是由于人类心理层面存在“对图画威力的那种普遍信仰”①，即人们总是潜在地认为物体和与之相关的图像之间存在神秘的联系甚至同一性。对于现代人而言，这种心理也还残留于我们的意识深层。可以想见，在当时，那些能够绘制这些动物图像的人会得到怎样的尊崇，而造型艺术在最初萌生的时候又曾被视为何其神秘的能力。“除非我们能设法体会原始民族的心理，弄清楚到底是什么经历使得他们不把画当作美好的东西去观赏，却当作富有威力的东西去使用，否则我们就不能指望会理解艺术的那种奇特的起源。”②

造型艺术从一开始就负载着人的世界观和思维方式。在造型艺术中，能够最为直观地看到人对客观世界从认识到理解的思想轨迹。每一件造型艺术作品都是艺术家对客观世界的感受与主观的思维方式相互作用的产物。再一次借用郑板桥（见图5–3）的话：

> 江馆清秋，晨起看竹，烟光日影露气，皆浮动于疏枝密叶之间。胸中勃勃遂有画意。其实胸中之竹，并不是眼中之竹也。因而磨墨、展纸、落笔，倏作变相，手中之竹，又不是胸中之竹也。

这段文字非常精辟地阐述了艺术家从观察客观物象到将其转化为作品中的

① 贡布里希.艺术发展史[M].天津：天津人民美术出版社，1986：18.

② 贡布里希.艺术发展史[M].天津：天津人民美术出版社，1986：18.

艺术形象的过程。造型艺术创作是对客观自然的不断萃取与提炼，是由自然形象到艺术形象的升华。在这个过程中，人们总结出了艺术创作中许多可加以借鉴的经验，这些经验又是人所建立的知识体系中非常重要的组成部分。而造型艺术也因此成为视觉文化构筑中最为基础的部分。

在不断发现和总结规律的同时，由于人与人之间思维方式有异，因此对客观世界的解读就存在视角和方式上的微妙差异，这就造成了即使对同一对象的艺术表现也会因人而异。这种差异就产生了各种各样的艺术风格。古往今来，造型艺术领域的风格千差万别，层出不穷。艺术风格的丰富性所反映的正是人的丰富性。由个体差异性推而广之，不同地域的人类族群因生活环境和生活方式的不同而产生思维方式和观念的差异，在总体上构成了文化差异。文化差异同样直观地体现在造型艺术当中。

今天，造型艺术在保持原有艺术形态的同时，更借助现代科技手段在各个领域发挥作用。从视觉传达到工业制造、从环境装饰到空间营造、从影视媒体到互联网，造型艺术都在部分地发挥着基础和支撑作用。造型艺术自身也不断得以丰富和发展。走进造型艺术的世界，我们能够感受到人类无与伦比的智慧和创造力。

第一节　绘　画

一、绘画概述

绘画是造型艺术中最基本的种类。操作的便捷性使得绘画成为每一个想要尝试造型艺术的人首先接触的领域，同时也是从事者最多、影响最为广泛的造型艺术门类。

每个人的孩提时代都有过涂鸦的经历，那些稚拙的涂画是对眼睛看到的世界最初的模拟。而模拟在很长一段时间都是绘画的基本思路与方法，直到近现代，这种情况才有所改变。人们是多么迷恋所处的这个世界！乃至于我们通过可能的方式将其复制或记录下来的愿望是如此强烈。在照相术发明之前，人们

图5–4 《步辇图》 /（唐）阎立本

图5–5 《拿破仑加冕》/（法）雅克·路易·达维特

图5–6 《药师经变》/（初唐）敦煌莫高窟壁画

一直通过绘画来实现视觉的记录。我们可以通过阎立本的《步辇图》看到唐太宗接见西域使者的场面（见图5–4），通过达维特的《拿破仑加冕》看到这一重大历史事件的恢宏场面（见图5–5）。历代的绘画作品成为我们了解和感受历史的重要视觉文献，它们承载着人类文明的记忆，其意义远远超出艺术本身。

绘画更是人们将想象变为可视现实的最直接的媒介。今天的人们常常将电影视为造梦的手段，但在很早以前，先人早已通过绘画将幻想的世界呈现在眼前。在中国，可以看到敦煌壁画描绘的极乐世界（见图5–6）、永乐宫壁画描

图5-7 （元）永乐宫壁画

图5-8 古埃及壁画

图5-9 《圣安东尼的诱惑》（1485—1505年）／（荷）希罗尼莫斯·博斯

图5-10 《最后的审判》／（意）米开朗琪罗

绘的天界诸神（见图5-7）。在西方，可以看到古埃及壁画中的远古诸神（见图5-8）、博斯笔下的魔幻世界（见图5-9）、米开朗琪罗笔下的天国与地狱（见图5-10）……这些绘画作品为人们的心灵营造了另一个栖息地，使不完满的现实世界得以完满，使有限的日常生活得以延伸和拓展。

作为艺术，对于感受和情感的表达自然成为绘画最根本的功能。人们通过无数优秀的绘画作品获取各种各样的视觉体验，陶冶了精神，丰富了思想。不仅如此，绘画还引导人们不断深化对客观世界的理解并发现那些未知的精神领域。回顾一下绘画的历史，就会发现绘画曾经多次让人们原本局限的认知得以发展。当马萨乔所作的《圣三位一体》所表现出的逼真空间感使人们震惊时（见图5-11），当莫奈的《日出·印象》让人们感到费解时（见图5-12）时，当马蒂斯的作品被冠以“野兽派”的称谓时，人的认知能力在小小的画面前一

图5-11 《圣三位一体》/(意)马萨乔

图5-12 《日出·印象》/(法)莫奈

次次受到挑战，又一次次获得自我超越的胜利。

不管怎么说，绘画始终非常简单。绘画是艺术家用几只画笔和些许颜料在画面上完成的幻术。古往今来，世界各地的艺术家们以不同的思路和方式演绎着这种简单而又神奇的幻术，留下了一幅幅不朽的经典名作，展现出不同民族、不同历史和不同文化的迷人魅力。

二、东方与西方

中国悠久的历史所成就的灿烂文化无疑是东方文化的典型代表。中国的传统艺术体现着中国文化所特有的思维方式和美学观念。华夏先民很早就形成了完整而成熟的对于外部世界的认识和理解。他们认为人是整个宇宙体系的一个组成部分，因此人与外部世界具有同一性，彼此相互交融、密不可分。贯穿于这种关系内部的是一切事物发展变化的内在本质与规律。而人的认知也应是对内在本质规律的探求，这种探求同样体现在包括艺术在内的各个领域。表现在造型艺术领域，就是对造型本质特征的着意把握和对纷繁的世间万象的高度概括与提炼。唐代绘画大家张璪所说的“外师造化，中得心源”可以说是对中国传统艺术思想极其精准的总结。它清晰明了地阐述了艺术创作中主体与客体之间所处的地位与相互之间的关系。“外师造化”可以视为方法和途径，而“中得心源”则是追求与目标。在此，艺术家刻意保持着与自然之间的微妙距离，既取法自然又不为自然所束缚，从而达到“妙在似与不似之间”的意象境界。中国的历代绘画大师在长期的艺术实践中践行了这一艺术理念，探索将自然物象转化为艺术形象的各种方式，并将这些方式不断加以锤炼，使之体系化。中国画在绘画形式和表现语言上很早就形成了完整的系统，达到难以逾越的高度（见图5-13至图5-15）。不仅如此，中国绘画直接影响到日本、朝鲜等周边诸国的绘画艺术发展，并且在近代间接影响到了西方绘画的发展（见图5-16、图5-17）。

同样，西方绘画艺术也直接反映了西方人的世界观。但与东方人不同的是，对西方人而言，对外部自然的探究、了解和把握是他们孜孜以求的目标。

图5–13 《溪山行旅图》／（五代）范宽

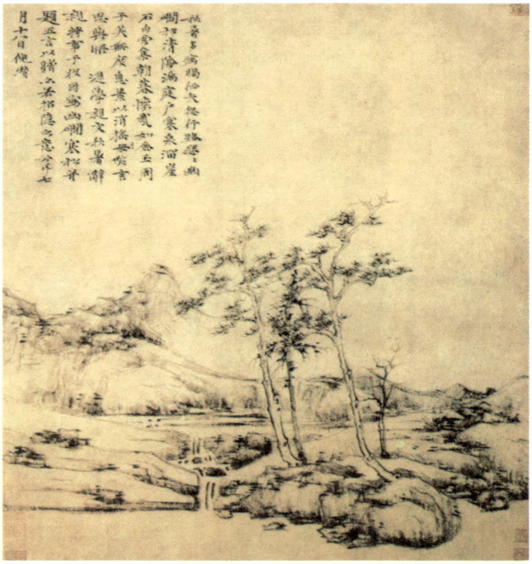

图5–14 《幽涧寒松图》／（元）倪瓒

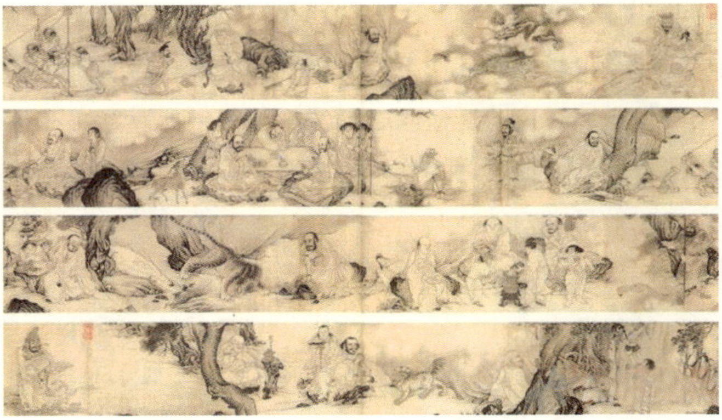

图5-15 《十八应真图》/（北宋）李公麟

图5-16 《富春三十六景》/（日）葛饰北斋

图5-17 《风景》/（荷）凡·高

反映在艺术上，就是在相当长的历史阶段里，对忠实反映客观自然这一艺术理念的不懈追求。从古代希腊和罗马时代开始，西方人就不断克服认识和技术的种种局限，尝试将现实世界的视觉映像尽可能充分地呈现在虚拟的画面上，并且在文艺复兴时期将这种技术发展到了完美的境地。达·芬奇作品中深邃的神秘主义、米开朗琪罗作品中充满冲突的激情和拉斐尔的典雅唯美从总体上引领了此后欧洲绘画的发展（见图5-18至图5-20）。之后的十六世纪到十九世纪，写实绘画语言和风格得到不断发展，且依托不同时期、不同地域的审美倾向而呈现出丰富的风格形态。从巴洛克时代的宏大绚烂到洛可可时代的华美优雅，从丢勒和荷尔拜因的冷峻、勃吕盖尔的诙谐与超现实到伦勃朗的浑厚、鲁本斯那充满戏剧性的浪漫热情、华多与布歇的华丽唯美等，不一而足（见图5-21至图5-24）。无论任何时

图5-19 《最后的审判》局部／（意）米开朗琪罗

图5-20 《椅中圣母》／（意）拉斐尔

图5-18 《施洗者约翰》／（意）达·芬奇

图5-21 《自画像》／（德）丢勒

图5-22 《肖像》/（德）荷尔拜因

图5-23 《扮作花神的萨斯基亚》/（荷）伦勃朗

图5-24 《劫夺帕克留斯之女》/（德）鲁本斯

图5-25 左图为意大利文艺复兴时期绘画大师提香的作品《镜前梳妆的女子》；右图为中国晋代绘画大师顾恺之作品《女史箴图》的局部

候，当我们回望数百年间西方传统绘画的发展历程时，总会发现其中读之不尽的丰富内涵和取之不竭的绘画语言的源泉。时至今日，这段历史所形成的丰厚积淀仍然直接或间接地影响着当代艺术的进程。

从中国绘画和西方绘画之间的差异不仅可以看到两个文明形态的差异，更能够窥见绘画艺术本身所具有的无限可能性及其对人的精神世界深远的映现。我们可以从图5-25中两幅作品的比较来深入感受此间的丰富内涵，从而了解艺术具有的丰富性所体现的人的丰富性。

两幅作品的共同点是画面中都出现了镜子。仔细观察会发现，左图中镜子映出的镜像是与镜前的主人公处于完全相反光线下的背影，由于视点正对着窗口射进的光线，背影处于逆光而显得很暗，与镜前被光线充分照射的光彩照人的形象形成很大反差。而在右图中，可以发现截然不同的表现方式。我们无法发现光线的存在，因为镜子中映出的主人公的形象与镜前的人物本身都完全不体现任何环境的影响，这些外部因素被画家过滤掉了，只在画面上留下了人物形象本身。左图中的人物呈现出饱满的体积感和丰富的细节，每一处似乎都在向观者强调画面所呈现的是真实的存在！这就像用相机完成的一次完美的抓拍。画中人优美的姿态转瞬即逝，只能借助画家的画笔才得以永存。右图的作者显然无意于对空间和体积构成的真实感的刻意追求，画中人物像是被从任何特定的情景中抽离出来后置于一个永恒不变的精神世界中。优雅的线条勾勒出如此具有恒久意味的形象，这形象超越我们感知中的时间和空间，在我们的眼前生动地表述着那个距离我们如此遥远却又如此可信和可感的优美姿态。只有在中国艺术家的笔下，一个普通的世俗形象才有可能被赋予如此形而上的艺术魅力。左图的作者通过一系列高超的绘画技巧所实现的则是另一种魅力。我们在任何时间、任何时代都必定能够从画面上感觉到灵动的目光乃至呼吸，那属于久远以前的某个瞬间，却借助绘画传递到我们面前。

有着如此深刻的内在差异的西方绘画与东方绘画在十九世纪后期开始彼此影响和交融。首先，日本绘画吸收了西方绘画的表现手法，继而日本画传到欧洲，对十九世纪末二十世纪初的西方绘画发展走向产生巨大影响。

从十九世纪后期开始，一些中国近现代艺术发展的先行者远涉重洋学习西洋绘画。他们将西方的绘画观念与方法带回中国，对中国的近现代绘画发展产生了深远影响。中国画吸收了西洋绘画的元素，丰富和发展了自身的表现语言（见图5-26至图5-31）。

原本各自发展的两种艺术形态就这样开始彼此交融，并从深层改变着既有的艺术传统。二十世纪伊始，新时代的西方画家们采取了对传统从根本上进行批判的态度，力求摆脱忠实表现客观自然的写实绘画体系，从而开启了现代主义的艺术篇章。西方绘画自此开始了对于纯粹的视觉形式的探求。而对于中国的画家来说，西方的传统写实绘画和现代主义绘画几乎是同时展现在他们面前的。于是，近代中国绘画对西方绘画的借鉴也大抵分成两条脉

图5-26 《肖像》/冯钢百

图5-27 《女子坐像》/常玉

图5-28 《肖像》/李铁夫

图5-29 《自画像》/潘玉良

图5-30 《静物》/林风眠

图5-31 《箫声》/徐悲鸿

络。其一以徐悲鸿、蒋兆和等艺术家为代表。他们吸收西方传统写实绘画的语汇，开启和发展了中国画的写实表现风格（见图5-32、图5-33）。其二以林风眠等艺术家为代表，他们敏锐地把握住西方现代主义绘画与中国传统写意绘画相契合的部分，借鉴西方现代绘画的表现风格，探索中国画的发展路径（见图5-34）。

图5-32 《阿Q》/蒋兆和

图5-33 《泰戈尔像》/徐悲鸿

图5-34 《仕女》/林风眠

三、过去、现在与未来

二十世纪，绘画艺术进入了新纪元。从漫长的历史中延续下来的既有的艺术传统已然无法满足人们的内心需要。在人们的头脑里，有着比以往任何时代都更强烈的改变的愿望。早在十九世纪后期，德嘉、马奈、莫奈、雷诺阿等早期印象主义大师与他们的后继者凡·高、高更和塞尚等后印象主义大师就为即将发生的改变开启了路径（见图5-35至图5-37）。但他们仍然没有完全摆脱对自然物象的依赖。更为彻底的改变是二十世纪的现代主义艺术大师们完成的。野兽主义、立体主义、表现主义、构成主义等一系列现代艺术流派的产生让绘画进入了对视觉形式及其可能性进行开拓与探索的全新领域。艺术表现形式多元化的时代到来了。人们从毕加索、马蒂斯、康定斯基、蒙德里安、马列维奇等艺术家的作品中惊讶地发现，美可以有如此之多的表现方式，正如我们的情

图5-35 《戴手套的歌者》/(法)德嘉

图5-36 《吹笛少年》/(法)马奈

图5-37 《吉普赛女孩》/(法)雷诺阿

图5-38 《威廉·伍德肖像》/(西)毕加索

图5-39 《绿眼睛女孩》/(法)马蒂斯

感有如此丰富的变化一样（见图5-38至图5-41）。艺术家可以摆脱自然对象的束缚，完全自由和主观地进行艺术创作，这种创作使人的精神与情感得以最为直接地呈现在作品中。我们不必借助那些可辨识的为我们所熟悉的形象来表达我们的情感，纯粹的点、线、面、色彩、笔触、肌理等视觉元素本身所具有的丰富性同样足以成为思想与精神的载体。欧洲的现代艺术运动进而引领了美洲、亚洲等地区的现代绘画艺术发展。在与欧洲文化联系最为密切的美国产生了抽象表现主义。马克·罗斯科、威廉·德库宁、杰克逊·波洛克等艺术家为美国现代艺术发展带来了第一个高潮（见图5-42至图5-44），也预示着美国即

图5-40 《构成4》/(俄)康定斯基

图5-42 《白色中心》/(美)马克·罗斯科

图5-41 《线与色的构成》/(荷)蒙德里安

图5-43 《女人与自行车》/(美)威廉·德库宁

图5-44 《无题》/(美)杰克逊·波洛克

将成为新的世界艺术中心。现代主义时期，人类再次借助艺术实现了对自我的超越，极大地扩展了自身的创造力。绘画的表现形式在这一时期被发展到了近乎极致的程度。

然而，无论艺术产生怎样的新的发展，也不可能割断与历史和传统的血缘联系。即使在那些激烈地反传统的艺术家的创作中，仍然可以找到其在传统中的来源。而且，每一次新的创造都将成为未来的传统。绘画这门古老的艺术还在发展中，还在借助新的文化观念和新的技术媒介不断刷新自己的历史，走入不可预期的未来。

第二节 雕 塑

雕塑一直被认为是最古老的造型艺术门类。正如梁思成先生所言："然而艺术之始，雕塑为先。盖在先民穴居野处之时，必先凿石为器，以谋生存；其后既有居室，乃作绘事，故雕塑之术，实始于石器时代，艺术之最古者也。"①

著名的德国哲学家黑格尔进行过关于艺术门类的排序。他认为艺术门类中最高级的是诗歌，其次是音乐，再次是绘画，雕塑是低于绘画的门类，比雕塑更低的是建筑。这个排序的依据是包含在艺术作品中精神与物质的比重。诗歌仅靠语言文字即可实现对精神内涵的表现，几乎不依赖任何物质材料。音乐同样依靠抽象的声音传达精神内涵，但却达不到语言文字的清晰与准确。绘画通过简单的画面进行表现，但所包含的物质含量显然多于前两者。雕塑需要较多地依赖物质材料来实现对精神内涵的表达，但物质材料为精神所左右。建筑则在很大程度上依靠物质材料，且受物质材料自身属性与规律的制约。

从现代人的视角来看，这个排序显然存在诸多值得讨论之处。但它却从一个侧面指出了雕塑相比其他艺术门类所表现出的特性——真实的物质存在感。当我们面对一幅绘画时，我们的注意力更多地被画面描绘的形象所吸引而不大会关注作品本身的物质构造。而画面所呈现出的内容似乎总是存在某种虚拟的成

① 梁思成.中国雕塑史[M].天津：百花文艺出版社，1997：1.

分，观者不会把它们同现实混淆起来。而当我们面对一件雕塑作品时，情形就大不相同了。无论其表现的是什么题材或采用的是何种风格，也无论是圆雕还是浮雕，它都必然是实实在在存在于我们眼前的物品。

雕塑所具有的这一特性可以说既是雕塑家在艺术表现中必须克服的障碍，又成为赋予雕塑作品强大艺术表现力的来源。历史上，这两方面的转换也伴随着技术的不断进步，带来艺术家对材料支配能力的不断提高。雕塑所包含的“雕”与“塑”属于两个不同的技术范畴。雕是在一定的材料（如石材、木材等）上进行雕刻，使之成为所需要的形状。塑则是使用具有较强可塑性的材料（如泥土等）进行捏塑，从而得到所需的形状。前者在雕刻完成后即直接成为作品。后者则大多需要通过附加的技术来形成可以长期保存的作品。如陶艺作品在塑形之后需要经过烧制，大部分泥塑需要通过翻模和使用各种翻制材料（如石膏、玻璃钢、铜等）制成最后的作品。一般来说，“雕”的难度相对更大，而“塑”因为可以反复修改，就给艺术家提供了较充裕的回旋余地。因此，较早使用石材进行雕刻的埃及人只做动作简单的立像或坐像，头部总是朝向正前方，身体也不会有更多的动作（见图5-45、图5-46）。希腊人从埃及人那里学会了雕刻技术后，试图制作更加生动逼真的雕像，却面临重重技术难题。而当青铜铸造技术被掌握之后，希腊人首先依靠更加自如的泥塑技术制做出了富于真实感的形体和复杂动态的塑像，并将它们用“失蜡法”翻制成青铜铸像（见图5-47、图5-48）。之后的希腊雕刻家终于克服了技术难题，创作出了造型精准、动态复杂的雕像。“他们的不知满足和冒险的意识激励他们解决

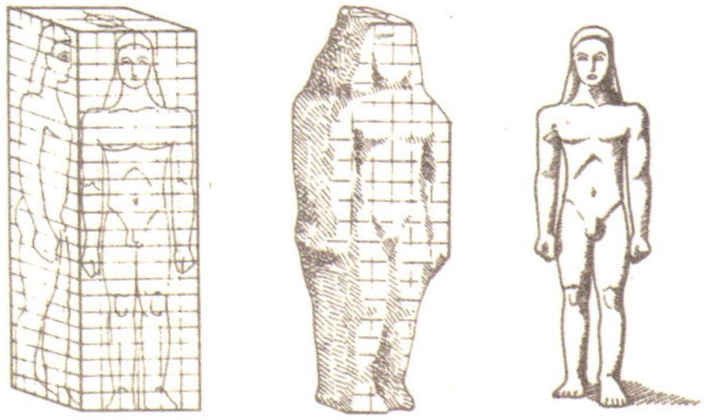

图5-45 《剑桥艺术史》中关于古埃及雕像制作过程的图解

图5-46 《阿特米西昂的宙斯》/青铜铸像/公元前五世纪

一个又一个的问题。每个问题引出一种复杂的较高水平的解决办法，直到希腊人最后提出各种解决办法，这些办法如此令人信服，以致他们给日后整个西方艺术留下了深刻的印象，并最后传到世界的各个角落。”[①]由此可见，驾驭物质材料的过程是艰辛的，同时也体现出了人的智慧和创造力。

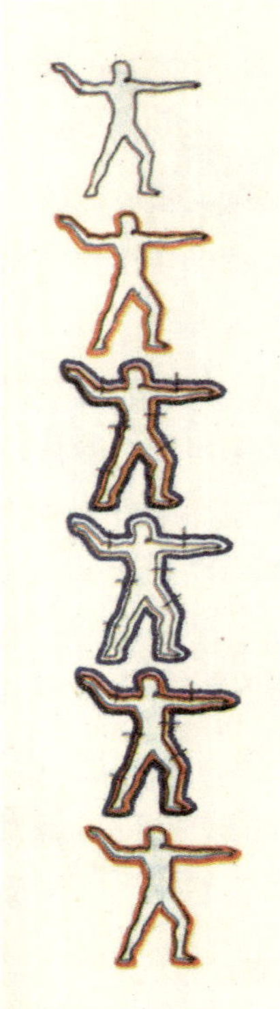
图5–47 《剑桥艺术史》中关于“失蜡法”的图解

雕塑艺术的特性使其比绘画等造型艺术门类更为直接地介入到社会生活中。大型的雕塑作品必须借助社会力量才能完成。各种雕塑作品因不同的目的出现在各种公共空间中，并成为社会文化的重要组成部分。从历史发展来看，雕塑艺术因其较强的功能性而更直接地体现着文化发展和传播的轨迹。

一、神祇与信仰

回望造型艺术的发展历程，雕塑艺术与宗教的密切关系显而易见。与绘画一样，人类先祖最初从事雕塑，也是试图召唤超自然的神性力量实现种种现实的愿望。例如这件创作于公元前2.2万年至公元前2.4万年左右的女性雕像因被发现于奥地利维伦多尔夫而被称为《维伦多尔夫的维纳斯》（见图5–49）。这件仅有11.1厘米高的雕像却有着夸张强烈的造型表现力，且显现出明显的原始生殖崇拜的意味。再如法老陵寝的守护神斯芬克斯的巨大雕像（见图5–50）数千年来安卧于尼罗河畔，虽然未能真的保护陵墓中的法老免受侵扰，却向世世代代的人们展现了人类祖先心目中神秘而浪漫的诸神世界。

图5–48 《女祖先维纳斯》/希腊雕刻的罗马复制品

神的世界被更加精妙和宏大地展现在古希腊雕塑艺术中。引人入胜的希腊神话衍生为一件件自公元前七世纪以

① 苏珊·伍德福特.剑桥艺术史[M].北京：中国青年出版社，1994：28.

后的古风时期、古典时期和希腊化时期产生的被奉为经典的雕塑作品。但需要强调的是，这些作品虽名为神的造像，实质上却是对人的表现。这些作品中对人体的表现不仅为后世树立了美的典范，更成为此后人文主义的源头。古希腊雕塑大师们对人体造型的精准表现也为后世的雕塑发展奠定了基础（见图5-51、图5-52）。

公元五世纪以后，欧洲进入中世纪。希腊罗马时代的人文主义被宗教信仰所取代。中世纪的雕塑艺术完全受宗教文化的支配，写实的表现手法被放弃，取而代之的是符号化的朴拙造型风格。当人们远离对现实世界和人自身的信念而将精神皈依于神时，那些源自现实生活的鲜活形象就被想象中远离尘世的神的形象所取代了。这些形象沉静、肃穆，从不带有丝毫世俗情感的印记（见图5-53）。中世纪的宗教世界相比希腊的诸神世界，没有了浪漫华彩和热情洋溢，而是用冷峻的气息引领人们进入形而上的精神空间。中世纪雕塑所呈现出的也正是人性被禁锢和压抑的时代写照。

相比之下，东方的宗教文化则显得相对温和。这也是意识形态和文化差异的一种表现。佛教艺术是东方宗教艺术的重要组成部分，而且还体现了西方文化与东方文化之间的早期交流。从公

图5-49 《维伦多尔夫的维纳斯》/旧石器时代

图5-50 《斯芬克斯》/ 古埃及

图5-51 《胜利女神》/希腊化时期

图5-52 《米洛的阿芙洛蒂特》/公元前二世纪

图5–53 法国沙特尔大教堂门廊的雕像/中世纪

图5–54 犍陀罗的佛造像

图5–55 敦煌莫高窟北魏时期佛教造像

元一世纪开始，佛教开始摒弃以往禁止雕刻佛像的传统，开启了佛造像艺术的历史。犍陀罗地区和秣菟罗地区是重要的发源地（见图5–54）。印度与希腊之间的文化交流使印度佛教雕塑艺术在很大程度上受到了来自希腊艺术的影响，这种影响长期存在于印度乃至中国的佛教雕塑艺术中。“明帝以后，至公元后一世纪（汉和帝时），犍陀罗古建筑中始见佛像雕刻，是为造像之始，盖深受希腊影响者也。此后三四百年间，犍陀罗佛像传世者甚多。而中国受犍陀罗美术影响尤重也。”[1]

中国的佛教雕塑艺术始于魏晋南北朝时期。西晋泰始元年（265年），月氏沙门昙摩罗刹（竺法护）在洛阳建造了中国最早的佛像。前秦建元二年（366年），沙门乐僔开始在敦煌开凿莫高窟（见图5–55）。此后，法良禅师在乐僔开凿的洞窟旁边继续开凿洞窟。继两人之后，不断有人开凿洞窟，至唐代圣历年间（698—700年），已开凿了多达一千多座洞窟。因此，莫高窟又有千佛洞之称。约公元四六〇年，北魏文成帝命僧侣昙曜在大同西面武周山开凿五座石窟。这五座石窟就成为云冈石窟的基础（见图5–56）。北魏太和十七年（493年），北魏孝文帝迁都洛阳，随即开始了龙门石窟的开凿（见图5–57）。敦煌、云冈、龙门是中国佛教艺术最具代表性的三座重要石窟，经过历代扩建，逐渐达到后来的巨大规模。这中间出现了大量雕塑艺术精品，成为中国佛教雕塑的代表作。

① 梁思成.中国雕塑史[M].天津：百花文艺出版社，1997：39.

图5–56　云冈石窟二十窟大佛

图5–57　龙门石窟卢舍那像龛

总体而言，中国佛教雕塑艺术在吸收犍陀罗艺术表现形式的基础上，融合了本民族雕塑艺术风格，形成了独特的艺术表现形式。在不同历史时期，又受到所处时代的审美倾向影响而呈现出不同的时代特征。中国佛教雕塑艺术在中国传统雕塑艺术发展中占有重要地位。

二、王权与俗世

雕塑与国家和政治之间的关系同样密切。纵观历史就会发现，不同时代的国家形态、政治制度乃至意识形态都会在各时期的雕塑作品中得到直观的体现。例如，罗马人在其征服世界的足迹所到之处遍造凯旋门以宣扬其辉煌功绩的时候，那些遍布于凯旋门之上的精美雕刻就成为记录其征服史的载体。罗马皇帝图拉真为宣扬其征服达吉亚的战绩而建造的图拉真纪功柱更是此类雕塑的典型例证（见图5–58）。罗马人在秉承了希腊人的雕塑手法的同时，由于其目的的不同而改变了希腊雕塑的美学倾向。他们削减了希腊人在雕塑造型中所采用的理想化的唯美风格，使雕塑语言向更趋客观的方向发展，以利于他们对发生在现实中的事件的记叙。“罗马人着眼于准确地表现全部细节和清楚地叙事，以使后方的人对战役的神奇有深刻的印象，这就使艺术的性质颇有改变。艺术的主要目的已经不再是和谐、优美和戏剧性的表现。”①

① 贡布里希.艺术发展史[M].天津：天津人民美术出版社，1986：66.

图5-58 左图为《图拉真纪功柱》/（114年）；右图为《图拉真纪功柱》的局部

图5-59 徐州汉墓出土的汉兵马俑

中国古代帝王最初并没有把雕塑作为记载历史的视觉文本，而是用于更为具体的目的。正如前文所说，古代人认为图像与对应的客观现实之间存在同一性。这一点在雕塑中也有着相同的表现。最典型的莫过于秦代的兵马俑。这支地下军队一直被认为是秦始皇为自己在冥界准备的劲旅。也许正是由于这个特殊的用途，秦兵马俑在塑造上表现出高超的写实水平。这在整个中国古代雕塑发展历程中也是一个特例。因为我们几乎只能在秦俑中看到这种写实风格，而在中国的其他历史时期，雕塑艺术与绘画一样表现出高度意象的风格特点而不是对真实感的刻意追求。例如，同样作为帝王陪葬品的汉代兵马俑就表现为简约抽象的风格（见图5-59、图5-60）。

中国的雕塑艺术在唐代达到了非常高的水平，出现了与《图拉真纪功柱》性质相仿的意在纪念帝王战功的浮雕作品——《昭陵六骏》（见图5-61）。所

图5-60 秦兵马俑（左）与汉兵马俑（右）的比较

图5-61 《昭陵六骏》之《青骓》

不同的是，《昭陵六骏》不像《图拉真纪功柱》那样被置于城市的广场上，而是被置于唐太宗的陵寝——昭陵。

"昭陵六骏"是唐太宗李世民曾用过的六匹战马，分别名为"拳毛騧""什伐赤""白蹄乌""特勒骠""青骓""飒露紫"。唐太宗李世民为纪念这六匹与他征战沙场的战马，特命大画家阎立本设计了这组浮雕。《昭陵六骏》于文德皇后入葬昭陵后制成，被安放于昭陵北阙。《昭陵六骏》具有极高的艺术水平，六匹战马的形象或动或静，总体造型生动传神，细节也极其丰富微妙，代表了唐代雕塑所达到的高度。

在中国历史上，除了上述直接表现帝王文治武功的作品外，还有很多表现世俗生活的作品。这些作品从不同侧面反映了各时期的现实生活图景，既具有极高的艺术欣赏价值，同时也为我们了解历史上不同时期的民风民俗提供了珍贵的视觉文献。

三、从真实到抽象

自文艺复兴开始，西方雕塑艺术回归希腊罗马雕塑的写实风格，而且通过对客观对象更加科学和深入的研究使写实风格的雕塑表现手法愈加完善。十五世纪的意大利雕塑家多纳太罗率先摆脱中世纪的宗教艺术规范，开始在作品中追求真实和生动感。贡布里希在描述多纳太罗的作品《圣乔治》（见图5-62）时这样写道："如果我们回想一下那些巨大的主教堂外面的哥特式雕像，我们就能认识到多纳太罗跟过去的决裂是多么彻底。那些哥特式雕像排成平静、庄重的队列静候在门廊旁边，看上去很像是来自另一个世界的人物。多纳太罗的圣乔治稳稳地站在地面上，双脚坚定地踏着土地，仿佛已经下定决心寸土不让。他的脸毫无中世纪圣徒那种漠然、安详之美，而是生气勃勃、全神贯注。"这种转变绝非艺术风格自身变化那么简单，它代表着一个全新时代的来临，人类的认知从对神的信仰最终转向理性与科学。

图5-62 《圣乔治》/（意）多纳太罗

图5-63 《摩西》/（意）米开朗琪罗

图5-64 《哀悼基督》/（意）米开朗琪罗

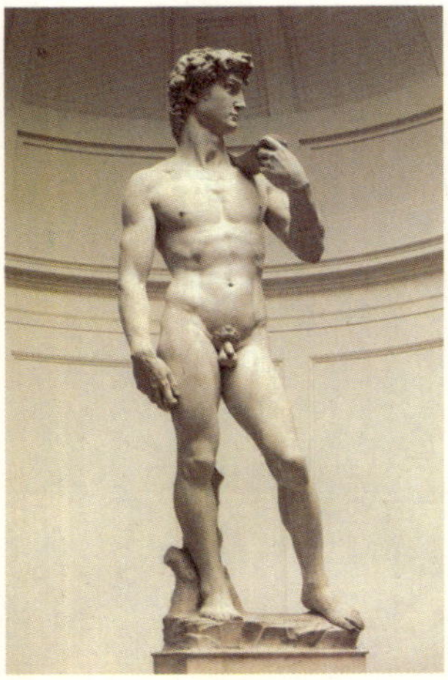
图5-65 《大卫》/（意）米开朗琪罗

十六世纪，将多纳太罗那一代雕塑家重启的对真实之路的追求推向巅峰的是米开朗琪罗。他成就了写实雕塑无可逾越的高度。他以无比专一的钻研精神研究古代希腊罗马的雕塑作品，同时为彻底了解人体构造而亲自解剖尸体。所有这些努力使得他完全掌握了超越前人的表现人体造型的高超技巧。这位文艺复兴盛期最杰出的雕塑大师在其有生之年以旺盛的创造力创作了大量作品（见图5-63至图5-65），这些作品无一不被后世奉为经典。米开朗琪罗的作品充溢着力量与冲突，从中能够感受到人的生命力在禁锢、挣扎以及悲怆的宿命中所显现出的强大与庄严。

在米开朗琪罗身后的三百年间，写实雕塑在西方雕塑艺术发展中占据着绝对的主导地位。期间出现了很多雕塑大家，如十七世纪的意大利雕塑家贝尼尼、十八世纪的法国雕塑家安托万·乌东等。一代又一代雕塑大师创作了无数经典的雕塑名作，也依循不同时代的审美趣味发展出不同的风格。到了十九世纪，当人类的历史即将步入现代时，雕塑这门古老的艺术又将向何处发展呢？

十九世纪的法国诞生了雕塑大师罗丹（见图5-66）。和与其同龄的画家莫奈的绘画作品招来的争议一样，罗丹的雕塑作品在当时也引起诸多批评。无论在艺术风格还是对待艺术创作的态度，罗丹都像是米开朗琪罗在两百多年后的传人。他在把写实手法再次推向极致的同时，更加大胆地超越了它。他改变传统学院派写实雕塑的美学规范，在作品中对客观对象进行大幅度主观处理，使之完全服从于作品的形式需要。他将雕塑语言向更趋形式化的方向发展，并由此成为现代主义雕塑的先

图5-66　罗丹在他的作品前

图5-67　《青铜时代》/（法）罗丹

图5-68　《虹》/（法）罗丹

图5-69　《达娜依德》/（法）罗丹

图5-70　马约尔作品

行者。在过去的数百年间一直被尊奉膜拜的客观自然在罗丹的作品中被取舍和改变，这预示着罗丹之后的雕塑家将会在罗丹的引领下完全超越自文艺复兴以来对于真实感的追求，走向对更为纯粹的造型形式的探究（见图5-67至图5-69）。在罗丹之后，他的两个学生马约尔和布德尔在他的基础上从不同的角度对传统雕塑语言进行进一步的发展，使造型通过不同的审美倾向愈加纯粹化。那些传统写实雕塑所具有的真实鲜活的形象渐趋模糊和凝固，蕴含于真实形象中的造型形式逐渐被抽离出来，形成独立的表现语言（见图5-70、图5-71）。

图5-71　布德尔作品

图5-72　布朗库西作品

图5-73　贾科梅蒂作品

图5-74　亨利·摩尔作品

二十世纪，雕塑同其他造型艺术一样步入了全新的时代。布朗库西、贾科梅蒂、亨利·摩尔等新一代雕塑大师将雕塑带入了抽象的表现风格（见图5-72至图5-74）。人们不再局限于感受真实的形象带来的感动和震撼，而是仅仅通过简单纯粹的形状就能感受到崇高、神秘和美。雕塑的发展与绘画一样见证了人类思维的不断扩展。这种扩展在二十世纪以来呈现出不断加快的速度。今天我们能够见到如此多元的艺术风格和由此带来的无比丰富的审美体验，其中包含了此前历史上无数艺术家不懈的创造。正如里尔克所说："这就是他的工作。在一个浩瀚的穹窿里，他把他的宇宙竖立在我们头上，安放在大自然里。"①

① 里尔克.罗丹论[M].桂林：广西师范大学出版社，2001：156.

第三节 建 筑

很多时候，“建筑”这个词掠过我们的脑海时所引起的直觉印象是强烈的功能指向和复杂的技术含义。建筑显然不能在第一时间被当作艺术品来欣赏。它必须首先具备能够满足现实需求的实用功能。然而，如果我们从人文和历史的角度来观察建筑，就会发现，建筑所具有的人文价值常常超越了其所具有的使用价值。那些早已失去使用价值却仍然被人们所珍视和保护的不同历史时期遗留下来的古老建筑（见图5-75）就足以证明，一座建筑物从落成的那一刻起，其意义就已经超越了它原本的建造计划与意图。而且，随着时间的流逝，其意义还将愈加丰富。

正如黑格尔所认为的那样，建筑的美学诉求比其他造型艺术门类更多地受制于物质材料以及技术的制约。那些伟大的建筑设计师正是在材料和技术的重重制约下，凭借非凡的创造力进行着对美的表达。正如没有布鲁内莱斯基以其过人的智慧为解决巨大拱顶的支撑问题所做出的努力，我们就不可能领略到鲜花圣母玛利亚大教堂的恢宏气势和强烈视觉震撼力（见图5-76）。再如十九世纪，工业的迅猛发展和各种新材料的使用缔造了建筑的新纪元，铁和玻璃等现代工业材料的使用成就了伦敦水晶宫和巴黎埃菲尔铁塔（见图5-77）这样划时代的建筑作品。

图5-75 一八六六年法国人艾米尔·基瑟尔拍摄的吴哥窟

图5-76 文艺复兴时期建筑大师布鲁内莱斯基设计建造的鲜花圣母玛利亚大教堂

图5-77　埃菲尔铁塔

图5-78　山西民居

图5-79　江南民居

与其他艺术类别在创作中主要体现艺术家的个体意志不同，建筑更多地体现出群体意志。作为造型艺术的建筑总是能够集中反映特定时期、特定地域的群体意识形态和审美取向。如果说绘画、雕塑是我们对某一地区或时期的文化进行深度解读的材料，那么建筑则为我们非常宏观且直观地勾勒出其外部轮廓，为我们提供了鲜明的总体印象。例如，中国各地民居所表现出的不同建筑风格使我们能够轻易地判断其所属的地域和文化，并且在这些建筑的引导下，走入生活于其中的人们的精神世界，感受到他们相异的生活方式与性格（见图5-78、图5-79）。

现代人所掌握的先进技术和所具备的多元的文化观念赋予建筑丰富的艺术表现力。今天，我们生活的环境被各式各样的建筑装点得多姿多彩。对建筑的审美也已经成为现代城市文化发展中重要的环节，同时也是现代都市人精神生活的重要组成部分。任何一座建筑，当它出现在人们视野里的时候，就已经对人们的精神层面产生影响。建筑能够对公众的审美起到强大的引领作用，甚至成为一个时期的文化发展的缩影。

一、西方古代建筑

从巢居与穴居时代开始，建筑就依功能分为两类——供生活居住的建筑和供膜拜神明与祭祀祖先的建筑。有趣的是，早期人类出于对神明的敬畏，在技术极其有限的时代，将高超的建筑智慧几乎全部倾注给了神而很少留给现实中的人。与供居住的简陋的巢穴形成鲜明对比的是那些令今人叹为观止的巨大而神秘的建筑群。从远古时代遗留下来的英格兰巨石建筑群（见图5-80）到上古时代西亚的辉煌神殿，从古埃及的金字塔到美洲玛雅人金字塔，今天的人们更多的是通过神殿、庙宇等建筑物来感受先祖在建筑方面的高超技艺，同时通过这些建筑物走进他们的精神世界。在这些建筑里，我们能够看到早期人类神奇而不可思议的想象力与创造力。因为，当建筑并非用于现实目的而是服务于人的精神诉求时，作为艺术，建筑就具有了远超于其他造型艺术门类之上的抽象性。“既然建筑的语汇是抽象的，它的结构的律法也就区别于所有有机的律法，更倾向于是一种抽象、机械的本质。”[①]

到目前为止，人类可知的建筑史从约公元前八千年的上古西亚的原始部落开始。公元前三千年之前，史前时期的建筑中已经具备了后来建筑中的拱顶、拱圈、扶壁、装饰等基本要素。神殿总是处于早期都市的中心。随着历史的推进，神殿的规模日趋扩大，对建筑的装饰也愈加复杂。到公元三世纪时，上古西亚创造了非常辉煌的建筑成就，也对后世建筑产生了深远影响（见图5-81、

图5-80　位于英格兰南部平原上的原始巨石建筑群

图5-81　公元二世纪初建于北伊拉克莫思鲁西南哈特拉的哈特拉大神殿

① 沃林格尔.哥特形式论[M].杭州：中国美术学院出版社，2004：85.

图5-82 波塞波利斯宫殿（公元前520—公元前330年），由波斯帝国大流士一世建造

图5-83 胡夫金字塔

图5-84 埃及金字塔

图5-82）。

上古埃及建筑最为人熟知的自然是金字塔。第三王朝吉赛尔王阶梯式金字塔（见图5-83）建筑群被视为建筑史早期的杰出作品。第四王朝时期的胡夫金字塔是最大的金字塔，其建造之精准也是古代建筑之最。金字塔标志着古埃及人在建筑技术和建筑美学上所达到的高度。其建筑风格和造型设计的抽象性与象征性在世界古代建筑中独树一帜（见图5-84）。

古代文明在物质和技术资源均非常有限的条件下，以不惜穷尽群体之力的巨大魄力建造了这些伟大的建筑，这是古人奉献给神明与祖先的至诚顶礼。当他们仰望苍穹，企图让自己的精神与神的精神相通，祈求神给予更多的福祉的时候，那份对大自然的由衷敬畏转化为巨大的创造力和难以超越的想象力。这种创造力和想象力所成就的艺术高度，是拥有高科技和充裕物质资源的现代人也难以超越的。

然而，当人充分认识到自身所具有的意义、发现自身蕴含的能量与价值时，那份对于神的尊崇就会表现为不同的形式。古希腊时代——那个早期人文主义时代，其文化总体上显现出人对自身的尊崇和对于现实世界的热爱。正是基于这样的精神动因，他们才会在艺术中以神的名义赞美人自身。

古希腊建筑中最为经典的代表作是雅典卫城（见图5-85）。它标志着古

图5-85　雅典卫城

图5-86　雅典卫城的帕特农神庙

代希腊建筑的最高水平。雅典卫城以非常灵活的布局方式建在雅典城中央的山冈上。乐观自信的希腊人与客观自然和谐共处的世界观充分体现在其建筑中。当我们认真地审视雅典卫城中心的帕特农神庙（见图5-86）时，可以发现自中间的屋脊向两侧徐徐倾斜的屋顶呈现出均衡的重量感，整齐排列着的浑圆饱满的立柱则呈现出坚实的支撑感。两者共同营造出稳定、沉静的造型形式。这庄严的形式传达着人的内心对于现实世界与自身存在的认同和尊重以及平静祥和的精神状态。没有丝毫的不安和焦虑，没有任何的疑惑与困扰。一切都是如此理所当然和无可置疑。这世界确乎可以令所有人信赖和依附。德国著名艺术史学家威廉·沃林格尔对希腊建筑的立柱曾做出这样的分析："立柱造就的印象中，具有决定性意义的是它的圆形。这种圆形会立刻焕发出有机生命活力的幻象，因为它直接地提示我们自然肢体的圆转形状，它们起到一种类似的支撑功能，更特别的是树干，它支撑着树冠，还有花茎，它还承受着花朵……我们意识到这快乐平衡的戏剧性效果，我们感觉到立柱的自足，其圆形内部律动着的永恒旋律，最重要的是我们感觉到从这永恒的自足运动中演化出来的沉静。因此，立柱像圆柱一样，是自足性和完善的有机生命的最高象征。"①

继古希腊之后在欧洲崛起的古罗马帝国，其建筑在继承希腊建筑风格的基础上，拥有更为庞大的建筑体量和巨大的拱顶以及更加丰富的柱式，使古罗马建筑有着更加恢宏的气势。这是古罗马帝国王权与征服者的精神写照。除传统的神庙、宫殿之外，一系列规模庞大的公共建筑构成古罗马建筑的另一显著特征。一座座剧场、角斗场和公共浴场至今仍具有强烈的视觉震撼力。古罗马建筑是世界古代建筑发展的里程碑，其建筑技术和建筑风格对世界建筑发展都产生了深远影响。

随着罗马帝国的分裂和西罗马帝国的灭亡，定都君士坦丁堡的东罗马帝国以其特定的地理与文化背景发展形成了新的建筑风格——拜占庭建筑。拜占庭建筑风格的特点在于以巨大穹窿为核心的集中式建筑形制和丰富的装饰。如建于公元五三二年的君士坦丁堡圣索菲亚大教堂就是典型代表。拜占庭建筑既秉承了罗马建筑的部分风格元素，又大量吸收了波斯建筑的风格特点。因此拜占庭建筑风格兼有东方与西方的美学特征，之后对东欧建筑发展有着明显影响（见图5-87、图5-88）。

与之截然不同的另一种建筑风格出现在公元十世纪以后的哥特式建筑中。哥特式建筑是中世纪宗教文化在建筑上的极致形态。那一座座高耸入云、直冲苍穹的尖塔显现出极端向上的力。这是一种精神之力，这力量绝非现实世界和人自身所能具有，它只能来自上帝。现实世界里的灾变、疾病、战争带给人们越来越强的不安全感，无力抗拒的人类只有将希望重新寄托于神。于是，人们建造起这周身充溢着超离现实的不安与焦虑的高塔，也许他们认为这高塔能够成为将人们救离苦海的通路吧（见图5-89、图5-90）。

① 沃林格尔.哥特形式论[M].杭州：中国美术学院出版社，2004：87.

图5-87 古罗马万神庙，圆形主体建于公元一二〇至一二四年，矩形入口建于二〇二年

图5-88 罗马大角斗场（75—80年）

图5-89 米兰大教堂，始建于公元一三八六年

图5-90 科隆大教堂，始建于公元一二四八年

如果说古希腊和罗马建筑是一曲深沉、舒缓和悠远的古歌，那哥特式建筑则是高亢响亮的呐喊。在两种全然不同的世界观驱使下，建筑也表现出完全相反的造型特征。“如果我们审视一下哥特式教堂，我们看到的仅仅是一种凝固了的垂直方向的运动，从这运动里，重力的所有原则似乎都被吞没掉。我们看到的只是一种巨大而强烈的向上的运动，与石材重力自然下坠趋向形成鲜明对照……古典建筑有机主义与哥特建筑系统之间的对比相当于是一种活的、有呼吸的机体与一

种骨架之间的对比。”[①]

二、中国古代建筑

中国的建筑传统有着不同于西方的独立发展轨迹。这条轨迹同样贯穿着中国文化所特有的哲学观念。有别于西方古代建筑发展中不同时期、不同地区呈现出的多样化风格，中国古代建筑在较长的历史时期中，始终保持着其基本的技术与风格体系。在不同历史阶段，这个体系虽然发生过部分的变化，也受到过来自异族的影响，但中国建筑体系的核心没有发生根本改变，而是呈现出特有的完整与稳定。

从建筑选址到环境规划和建筑物的形制，中国古代建筑既体现出中国人的自然观和宇宙观，又体现出儒家思想背景下的宗法与社会等级观念，且在当时表现出很高的科学性。总体而言，中国古代建筑可分为官式建筑和民间建筑两条脉络。其中，能够最大限度地利用材料、人力和技术资源的官式建筑体现了中国古代各个时期建筑的总体水平，但同时也表现出较强的程式化倾向。相比之下，民间建筑虽然不具有官式建筑的高技术水平，但因地域差异而呈现出丰富的风格变化。

中国古代建筑的选址是以中国传统风水学为依据的。在选址过程中，堪舆师与工匠要从地理环境、方位、朝向等诸多方面进行综合考量以选择最佳的地点。这种依循风水学进行选址的思想体现了中国古人对人与自然之间相互关系的理解，在去除其神秘主义成分之后，会发现其中包含着很多科学和合理的因素。

中国古代建筑程式基本是以“间”为单位构成单独的建筑，再以单独建筑组合成为建筑群。建筑群的组织安排有着一贯严格的规则。以北京紫禁城为例，整个建筑群由北至南分内廷和外朝，所有建筑依一条纵贯南北的中轴线对称分布。主要建筑位于中轴线上，次要建筑则分布于两侧。太庙与社稷坛分列左右，并开凿金水河环绕皇城。整个布局安排表现出森严的等级秩序和中正平和的雍容气象。中国传统宫殿的建筑组织形式宏大而内敛，华丽而庄严，华夏

① 沃林格尔.哥特形式论[M].杭州：中国美术学院出版社，2004：103.

民族厚重的文化积淀深蕴于其中而浮现于其表（见图5-91）。

中国古代建筑以大木构架建筑为主。大木构架技术最早可上溯至原始巢居的木构技术。随着生产力水平的不断提高，木构技术也不断得到发展和完善。大木构技术在宋代达到高峰，至明清渐趋停滞和衰落。从建筑风格来看，木构架技术的灵活性为建筑造型提供了多样化的可能，可以在平面上建成方、圆、三角、八角乃至不规则等多种形状，建筑形态丰富多变。宽大的屋顶是中国古代建筑最为显著的外形特征。屋顶的造型包括庑殿顶、歇山顶、悬山顶、硬山顶等很多样式，同时又有戗脊的走兽和正脊的鸱吻等造型元素，总体上形成了屋顶端庄、肃穆却又丰富华美的造型风格（见图5-92）。在此基础上，与屋顶造型密切结合的造型元素是“飞檐斗拱”。屋顶下缘向外伸出的修长飞檐（见图5-93）极具美感和装饰性，体现出中国古典建筑造型的美学追求。支撑飞檐的是斗拱，它是官式建筑特有的建筑构件，周代以前已被采用，至东汉时期发展成熟。元代以前，斗拱主要起结构支撑作用，元以后则逐渐发展为纯装饰作用，其承重作用被梁柱所取代。斗拱安装在檐枋和檐柱上，飞檐伸出越长，檐深越大，则斗拱层数越多。斗拱层层叠叠，复杂而丰富的穿插变化显现出独具

图5-91　北京故宫，建成于明永乐十八年（1420年）

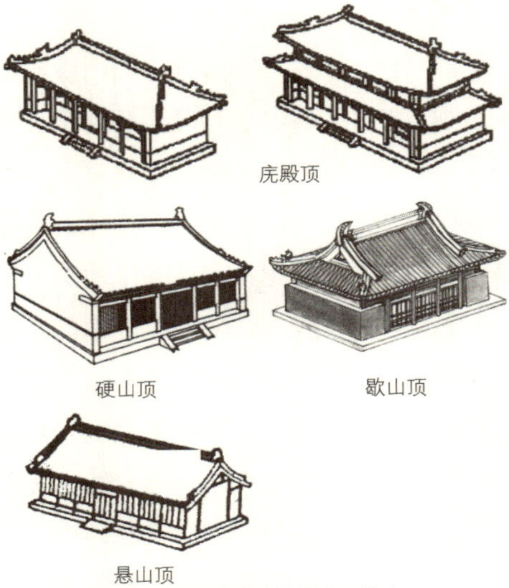

图5–92　中国传统建筑的屋顶样式

图5–94　斗拱

图5–93　飞檐

图5–95　皖南古牌坊

特点的结构美感（见图5–94）。

除屋顶的造型风格外，官式建筑中门与墙的样式也非常丰富多样且与等级制度直接相关。在以实用为主的门与墙的基础上，还发展出了如牌坊、照壁等非实用而是纯粹起到象征意义的类型（见图5–95、图5–96）。自商代开始出现在夯土台上建宫殿的高台建筑，也成为此后宫殿建筑的基本模式。高大的台基既烘托出建筑物的宏伟庄严，本身也富有装饰性。魏晋以后，佛教建筑中的须弥座成为台基主要的形式。在此基础上辅以石栏，其上华丽精致的石雕也多成

图5-96　山西古民居中的照壁

图5-97　北京故宫太和殿的三台须弥座

为传世的艺术珍品（见图5-97）。

相比于官式建筑的宏大、威严、肃穆与严整，皇室与贵族的私家园林则为我们展现了中国古典建筑中富于诗意和艺术魅力的一面。中国的传统艺术观念在园林艺术中得到了集中体现。古人在园林的营造中，将大自然的湖光山色浓缩到有限的空间中，以传统的艺术形式加以组织，并使之与殿堂楼阁融为一体。北方的皇家园林气势恢宏、雍容华贵，江南的私家园林精致细腻、优雅隽永。中国古典园林艺术是中国建筑艺术中的珍宝，也在世界建筑发展中独树一帜，影响深远。

三、近现代建筑艺术的发展

建筑的发展水平取决于生产力水平。近代建筑发展的飞跃是以工业革命为基础的。正是工业革命带来的重工业发展使金属材料取代了传统的木材和石材，成为主要的建筑材料，由此导致建筑技术实现了巨大革新。十九世纪下半叶，产生了一大批空前的具有里程碑意义的建筑杰作。新材料和新技术赋予建筑更强的艺术表现力。从这时起，人们可以更加随心所欲地实现自己关于城市的梦想，也更多地被这不断实现的梦想震惊！

《圣经·旧约·创世记》中关于“巴别塔”（见图5-98）的故事是否可以视为古代人类所怀有的建造摩天高楼的梦想呢？近代以来被不断超越的建筑物高度，除了现实需要之外，是否也是古老梦想的延续和实现？谁能说，人们不断建造出更高的建筑不是对人类自身极限的挑战呢？十九世纪后期，随着铁框架结构和升降机的使用，高层建筑的建造和使用终于成为可能。建造于一八八九年的埃菲尔铁塔就是这一时期的经典作品。它高达三百米，在当时创造了世界最高建筑的纪录。此后，这一高度被不断刷新。建成于一九三一年的纽约帝国大厦高三百八十一米；建成于一九七三年的芝加哥西尔斯大厦高达

图5—98 《圣经·旧约·创世纪》中的巴别塔

四百四十三米；建造于一九七六年的加拿大国家电视塔高达五百五十米；建成于一九九六年的吉隆坡石油双子塔高达四百五十二米，一度成为世界第一摩天高楼；建成于二〇〇三年的中国台北101大楼高达五百零八米；竣工于二〇一〇年的迪拜塔总高八百二十八米，成为目前的世界第一高楼。我们有理由相信，建筑高度的纪录还将被不断刷新，其意义也早已超越实用功能而更多地负载着人类的精神诉求（见图5-99）。

当然，新材料和新技术并非仅赋予人们追求高度的能力，而是更多地体现在建筑造型愈加丰富和多元的艺术表现力上。人类从十九世纪起开启了一个建筑的梦幻时代。一八五一年，身为园艺家的约瑟夫·帕克斯顿爵士为英国伦敦海德公园世博会设计的展馆——水晶宫，其实正是一座几乎通体透明的巨大花房。这座建筑由玻璃、铁和木材等预制构件搭建而成，总面积七万四千平方米，长五百六十四米（一千八百五十一英尺，象征建造时间一八五一年），宽一百二十五米。金属骨架和玻璃组构出的简约外形没有任何传统建筑风格的影子。这座前无古人的透明宫殿第一次让原本笨重的建筑变得如此轻盈、开放和如梦似幻。它是建筑的梦幻时代来临的标志。它的建成意味着人们可以在建筑活动中倾注更多的想象和情感，建筑蕴含的艺术表现力被释放了出来（见图5-100）。

十九世纪与二十世纪之交，一场史称“新艺术运动”的浪潮席卷欧美各国。也许是蜂拥而来的机械工业产物令人们感到不适应，因而触发了这场以自然有机形态为基础发展出的装饰风格运动。这场运动触及多个艺术领域，诞生

图5-99　世界各地的摩天高楼

了很多在艺术史上有影响力的大师。其中就有西班牙建筑大师高迪。

高迪无疑是一位建筑领域的浪漫主义者。这份浪漫情愫使得他将充满出世意味的哥特式风格与源自植物的曲线风格交织在一起，从而产生了萨格拉达·法米利亚教堂（圣家族大教堂）这样充满奇幻色彩的作品（见图5-101）。原本冰冷孤寂的尖塔被赋予勃勃生机，华丽的装饰元素渲染出烂漫的梦幻意境。这是高迪一生所从事的最大的建筑项目。虽然最终并未完成，却已经成为建筑史上具有划时代意义的作品。高迪一生留下了很多杰作。他对现代建筑发展的影响巨大而深远。“他的建筑概念，例如，他用有动势的空间联系起内部和外部世界，他从自然环境中长出生机勃勃的有机体，他那大胆的工程实践和对材料富有想象力的运用（从看上去好像是自然岩石结构的石材，到陶瓷片马赛克所组成的奔放无羁的抽象色彩），事实上都表现出高迪是一位伟大的先行者和先觉者。他是一块基石，在他的基础上，本世纪中叶的建筑师们开始了他们的事业。”①

图5-100　伦敦水晶宫

图5-101　萨格拉达·法米利亚大教堂

和其他造型艺术类别一样，建筑在进入二十世纪后也展开了现代主义运动，这是一场在新的社会经济文化发展背景下，对建筑从技术、功能到建筑形式和建筑观念等层面的全方位的变革。简单来说，现代主义强调建筑的功能性、经济与便捷等方面；在风格上摒弃繁复的装饰，倡导简约的几何造型。现代主义建筑运动产生了包括德国建筑师格罗皮乌斯、密斯·凡德罗，瑞士建筑

① H.H.阿纳森.西方现代艺术史[M].天津：天津人民美术出版社，1986：79.

师勒·柯布西耶，芬兰建筑师阿尔瓦·阿尔托，美国建筑师弗兰克·赖特在内的五位建筑大师。这五位建筑大师深刻地影响了整个西方现当代建筑的发展（见图5-102至图5-105）。

第二次世界大战后，伴随着技术的不断更新，建筑以更快的速度向更加多元化的方向发展。各种千姿百态的建筑在世界各地出现。大量卓越的建筑作品为当代城市生活注入了无穷的活力，丰富着人们的精神世界。优秀的建筑师们在作品中展现出的大胆的想象力和创造力也不断地冲击着人们的思维方式与价值观，对人们的精神世界产生了内在的潜移默化的影响。

可以说，在当今的时代，一个地区的建筑发展水平既直观地体现着经济发展水平，同时也体现着该地区文化发展的总体水平。面对身边如雨后春笋般拔

图5-102 包豪斯的迪索新校舍/（德）格罗皮乌斯设计

图5-103 纽约西格拉姆大厦/（德）密斯·凡德罗设计

图5-104 朗香教堂/（瑞士）勒·柯布西耶设计

图5-105 山纳特塞罗城镇中心/（芬兰）阿尔瓦·阿尔托设计

地而起的建筑丛林和它们呈现出的愈加千奇百怪的外形，人们时而茫然，时而厌恶，时而惊诧，时而欣喜。作为艺术作品的建筑物不同于那些必须借助特定方式或在特定场所才会得见的艺术品（如绘画、雕塑等），它们一旦完成便矗立在我们的视野里，无论你是否喜欢，都必须接受其存在。你无法选择，因为它们就在那儿。它们簇拥在一起，以不同的姿态和腔调表示着不同的态度与观念。无论是刚落成的还是落成已久的，无论是即将建造的还是已经消失的，建筑就是这样支撑起了我们的生活空间和精神空间，并且在总体上构成整个时代的景观。

第四节　书　法

一、作为造型艺术的书法

在造型艺术中，唯有书法是中国文化独有且集中体现中国传统文化精神与特点的艺术门类。由于中国文字在其发展中始终保持了从古代象形文字延续下来的视觉形象性，因此在视觉层面呈现出西方文字所不具有的超越文字实用功能的艺术表现力。

中国历史上一直有“书画同源”的说法。唐代张彦远在其《历代名画记·叙画之源流》中写道：“颉有四目，仰观垂象。因俪鸟龟之迹，遂定书字之形，造化不能藏其秘，故天雨粟；灵怪不能遁其形，故鬼夜哭。是时也，书画同体而未分，象制肇始而犹略。无以传其意，故有书；无以见其形，故有画。”

这段有关仓颉造字的描述揭示了在中国的文化体系中书法和绘画的同源性。这个共同的源头植根于中国传统文化的世界观和认知方式之中，体现了对世间万事万物的高度概括与归纳。在此基础上，华夏先祖不仅建立起了系统的文字符号系统，还同时建立起了一套基于文字书写的完整的视觉形式和美学体系——书法艺术。

书法艺术的历史源远流长，其内涵博大精深。对书法艺术的理解和品读需要通过长期的学习与积累。本章仅从造型艺术的角度，对历史上产生的书法基本类别和风格类型两个方面进行简要的介绍。

二、篆书

汉字的发展历程既是作为文字在实用中不断趋于完善的过程，又是作为艺术不断发展和丰富的过程。经过数千年的发展，汉字逐渐形成了五种主要的字体：篆书、隶书、草书、行书、楷书。

篆书是汉字字体中最古老的形态，较多地保留了原始象形文字的特征。从夏商周到春秋战国时代的甲骨文、金文、籀文等字体通常被称为大篆。秦灭六国之后取消六国原来各自使用的字体而统一使用小篆。篆书作为书法艺术的发端，已经具备了用笔、结构和章法等在内的书法艺术要素。虽然汉以后篆书就不再具有实用价值，但仍然作为书法艺术中的重要门类绵延发展至今。不同时期的篆书在风格上各具特点，在长期发展中产生了非常丰富的风格变化。甲骨文由于系先用笔书写而后用刀刻而成，因此呈现出方硬的特点，布局错落有致，风格古朴且极具力度（见图5-106）。金文书法较之于甲骨文单纯的方硬风格开始出现浑圆的感觉。借助更加发达的铸造和镌刻技术，青铜器铭文更好地保留了笔的原味。从商代金文中能够看到笔画转折更趋圆转，结构也呈现出方中带圆的特点，用笔则表现出较为成熟的圆笔中锋的笔法。周以后的金文圆转风格更趋明显，笔法也更加丰富，呈现出雍容华丽的书法风格。春秋时代的金文在风格上更加多样化且更具装饰性。秦代的小篆由于是通行的标准字体，因此字形结构更具规范性。小篆的字形呈统一的纵向长方形，用笔均匀圆润。相比大篆的朴拙浑厚，小篆更显得优雅隽秀。

传世的历代篆书精品有很多。首先，夏商周时期的青铜器铭文是金文篆书最具代表性的精品。商代的《司母戊大方鼎铭文》是少字数铭文中的经典作品（见图5-107）。铭文体势左高右低，视觉形式充满强劲而内敛的张力。笔画书写两端尖而中部浑圆的处理手法于厚重中见锐利，书法所追求的力量与和谐的辩证统一于此得到完美体现。

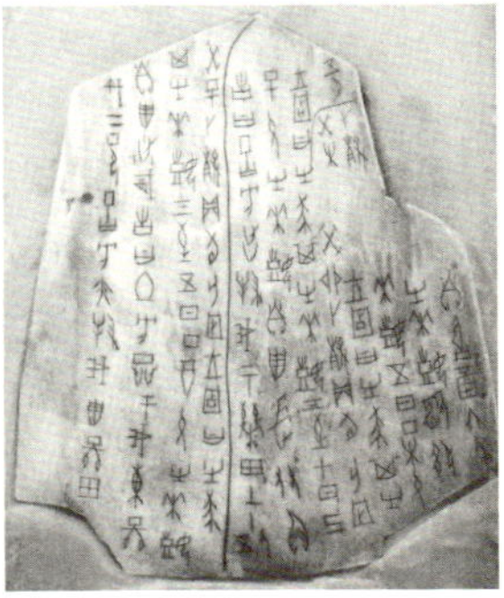
图5-106　甲骨文

西周康王时期的《大盂鼎铭文》记载了周文王、

图5-107 《司母戊大方鼎铭文》

图5-108 《大盂鼎铭文》

图5-109 《毛公鼎铭文》

图5-110 《散氏盘铭文》

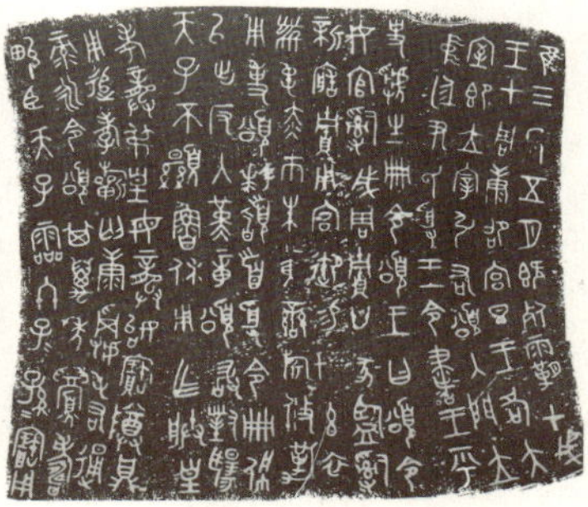
图5-111 《颂鼎铭文》

周武王灭商建周的历史事实，全篇二百九十一字，是一篇兼具史学和书学研究价值的名作（见图5-108）。《大盂鼎铭文》通篇布局井然有序，又蕴含微妙的错落变化。字体结构在方正严整之中表现出适度的倾斜，细微的变化使整幅作品充满丰富的节奏韵律。书写以中锋用笔，起笔圆而收笔尖，用笔变化略见顿挫，舒张有致。

《毛公鼎铭文》是西周的另一件重要的青铜器铭文精品。毛公鼎分为对称的左右两部分，由中间向外呈现出优美的弧形。文字依弧形分布，具有很强的装饰意味。书体体势修长优雅，又饱含钟鼎文固有的古朴和力度（见图5-109）。

金文篆书的杰作还有很多，如《散氏盘铭文》《颂鼎铭文》《虢季子白盘铭文》等。金文书法不仅是篆书中重要的类型，其在艺术表现上的很多风格和手法对后来各类书法风格都有不同程度的影响（见图5-110至图5-112）。

秦代是篆书发展的繁荣期，留下的篆书经典作品很多。如《泰山刻石》

图5–112 《虢季子白盘铭文》

图5–113 《泰山刻石》

图5–114 《琅琊台刻石》

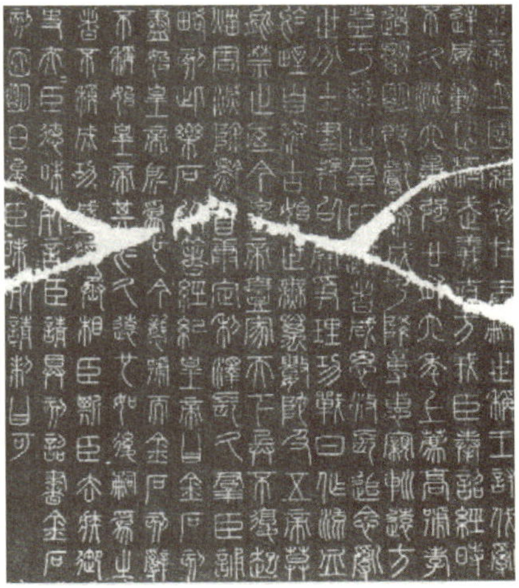

图5–115 《峄山刻石》

《琅琊台刻石》和《峄山刻石》都是重要的秦代篆书作品且彼此间风格差异明显。《泰山刻石》风格古拙大气；《琅琊台刻石》则端庄含蓄；《峄山刻石》的结构更具张力，中锋用笔隽秀优美。从这些作品可以看到秦代篆书虽然都属小篆，但仍然具有非常多样化的风格变化（见图5–113至图5–115）。

自秦代以后，历代均有书家专门研究篆书，也出现了很多篆书大家和篆书精品。如唐代李阳冰就是一位篆书名家。其传世的作品有《般若

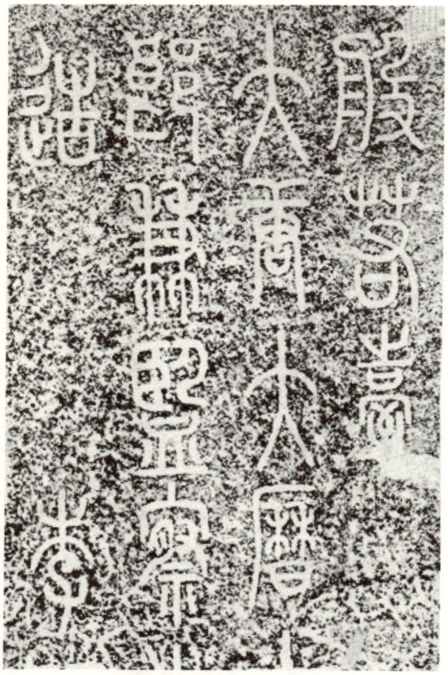

图5-116 《般若台铭》/（唐）李阳冰

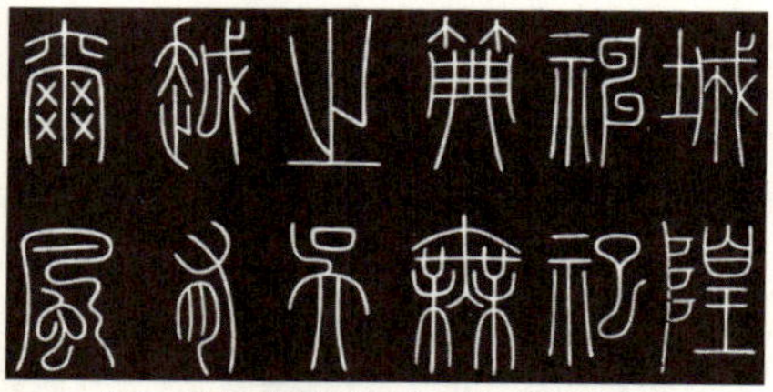

图5-117 《城隍庙记》/（唐）李阳冰

图5-118 《福神观记》篆额 /（元）赵孟頫

图5-119 《山州淮云院记》篆额 /（元）赵孟頫

台铭》《城隍庙记》等（见图5-116、图5-117）。李阳冰的篆书在秦小篆的基础上有了较大的发展，书写更趋自然，更富于变化，更强调用笔的艺术性。宋代书法大家赵孟頫在篆书方面也有极高的造诣。其作品《福神观记》和《山州淮云院记》的篆额都在传统法度中表现出作者独到的艺术风格和多样的艺术表现手法（见图5-118、图5-119）。《福神观记》风格内敛严整；《山州淮云院记》则更加洒脱自然，笔法多变。至清代又出现了很多在篆书方面极有建树的大家，如邓石如、赵之谦、吴昌硕都是使篆书在艺术表现上产生多样化发展且对后世具有广泛影响的大家（见图5-120、图5-121）。

三、隶书

隶书是在篆书的基础上形成的，字体略呈宽扁，直画较短而横画较长，用笔讲究“蚕头燕尾”“一波三折”。隶书始于秦代，是在篆书的日常书写中产生的，并于西汉早期基本成型，至东汉达到兴盛期。西汉隶书继承了秦隶的风格，结构和笔法中还保留有篆书的特点，被称为“古隶”。东汉隶书在西汉隶书的基础上增加了挑法，隶书风格也达到完全成熟的境地，被称为“今

图5-120　（清）邓石如篆书

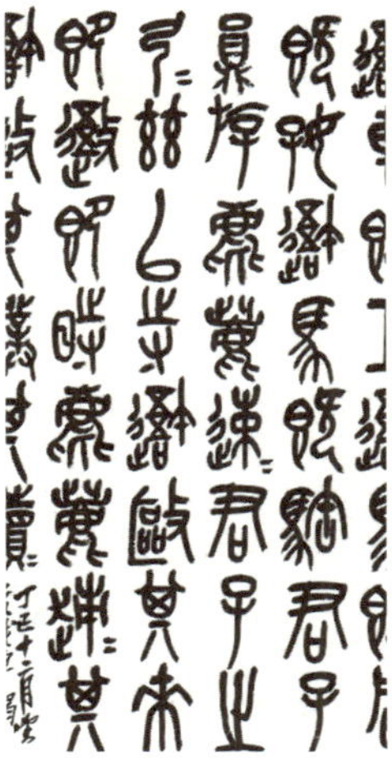
图5-121　（清）吴昌硕篆书

图5-122　马王堆西汉帛书

隶”。清末康有为认为：“西汉人变秦篆长体为扁体，也得秦之八分；东汉又变西汉而增挑法且极扁，又得西汉八分。”隶书既是汉字演变的重要环节，又是书法艺术发展的重要阶段。

长沙马王堆出土的西汉帛书体现了西汉时期隶书所具有的隶书书体的基本特征。字形由篆书的以圆为主变为以方为主，笔画为方笔，运笔有“按”“挑”等笔法变化（见图5-122）。到东汉，隶书字体已经完全发展成熟。如波磔笔法已经定型，字形由纵向长方演变为正方和横向扁方等，从笔法到字形结构都已经形成了完整的规范。现存的东汉隶书作品主要有简牍和刻石两大类。简牍主要是在我国西北地区出土的汉简，如出土于内蒙古的居延汉简、出土于甘肃的武威汉简等（见图5-123、图5-124）。简牍系直接书写而成，因此为现代人展示了最为直观和鲜活的汉代隶书书写的风格面貌。简牍隶书风格多样，

图5-123　居延汉简

图5-124　武威汉简

鲜明地体现出书写者的个性特征，书写轻松随意，其中已经蕴含了行书和草书的部分书写方法。这些特点使得简牍隶书具有非常强的艺术性和视觉感染力。

刻石主要有摩崖石刻和碑刻。如陕西的《开通褒斜道摩崖刻石》《石门颂》摩崖刻石和《杨淮表记》摩崖刻石，甘肃的《西峡颂》摩崖刻石等都是摩崖刻石中的精品（见图5-125至图5-128）。汉代碑刻的数量更多，长期以来已成为后世学习研究汉代隶书的主要资料来源。其中重要的代表作品有《乙瑛碑》《熹平石经》《鲜于璜碑》《史晨碑》《张迁碑》《曹全碑》和《礼器碑》等（见图5-129至图5-133）。摩崖石刻和碑刻隶书的风格也非常多样。《开通褒斜道摩崖刻石》《石门颂》和《西峡颂》等摩崖石刻风格刚劲古朴。

图5-125 《石门颂》

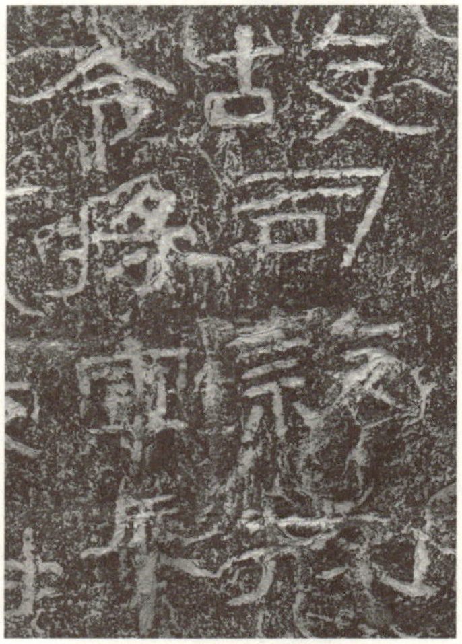
图5-126 《杨淮表记》

图5-127 《开通褒斜道摩崖刻石》

图5-128 《西峡颂》局部

图5-129 《乙瑛碑》

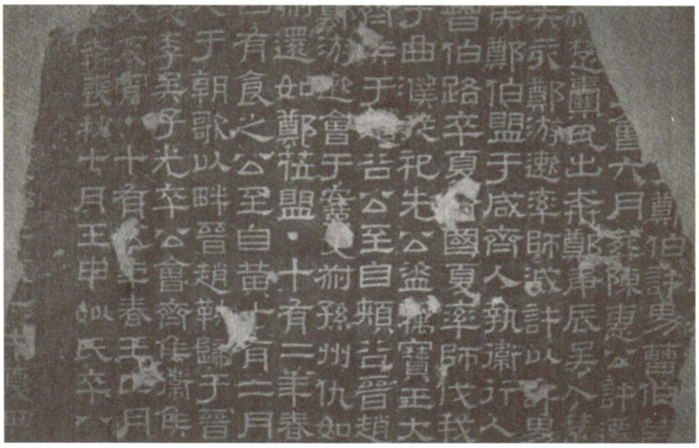

图5-130 《熹平石经》

图5-131 《张迁碑》

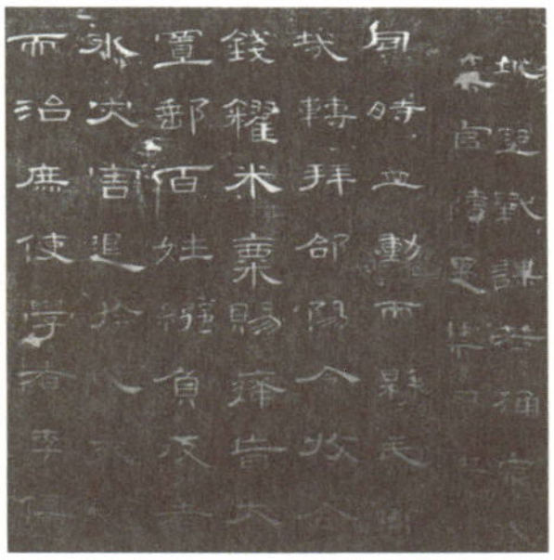

图5-132 《曹全碑》

图5-133 《礼器碑》

碑刻中的《张迁碑》和《鲜于璜碑》也以朴拙的风格见长；《史晨碑》的风格飘逸清秀；《曹全碑》风格平和含蓄、清新儒雅；《礼器碑》中和了多种汉隶风格元素，是汉隶碑刻中的经典。

汉代隶书是隶书发展的巅峰，同时也是书法发展的重要阶段。隶书不仅是汉字发展史上的一次重要变革和转折点，同时也是书法艺术重要的组成部分，且对草书、行书和楷书的发展都具有深远影响。

四、草书

草书始于汉代，是在隶书的基础上基于使书写更为便捷的目的发展出来的字体。唐代书法家和书法理论家张怀瓘在其著作《书断》中说：“此乃存字之梗概，损隶之规矩，纵横奔逸，赴俗急就，因草创之意，谓之草书。”草书更为重要的意义在于，它的出现使书法向着更为纯粹和更具个性化表现力的艺术境界大幅迈进了。

对规范字体的草写，从篆书到隶书的发展过程中均有出现。草书的形成和发展可分“古草”和“今草”两个阶段。古草中最典型的“章草”即是由隶书草写发展而成。章草风格古朴厚重，笔法仍保留有很多隶书的用笔方式。今草在章草基础上对单字的写法进一步简化，同时强化了字与字之间的联系和通篇的总体气韵。今草在形式上更为连贯和流畅，笔法也更加灵活多变。今草发展形成了一套完善的草书书写规范，既增强了书写的实用性，也建立起了草书艺术的风格体系。东汉是古草到今草的过渡时期。东汉大书法家张芝的作品被视为早期较接近今草风格的作品。其代表作有《芝白帖》《知汝殊愁帖》《今欲归帖》（见图5-134）。魏晋时期，今草愈加成熟。晋代大书法家王羲之的草书中既有章草，又有新体的今草，且达到了非常高的艺术水平。王羲之所处的魏晋时代正是社会动荡而思想开放多元的时代，这也为书法艺术的发展起到了内在的催化作用，使得以王羲之为代表的魏晋书法家能够大胆突破传统，进行各种尝试和创新。王羲之的草书作品很多，如《行穰帖》《远宦帖》《初月帖》《请和帖》等均是草书中的精品（见图5-135、图5-136）。其草书风格富于变化，或隽秀或刚健，或华丽或朴拙。王羲之是中国书法艺术发展史上的一座高峰，树立了书法艺术中最为杰出的经典，其作

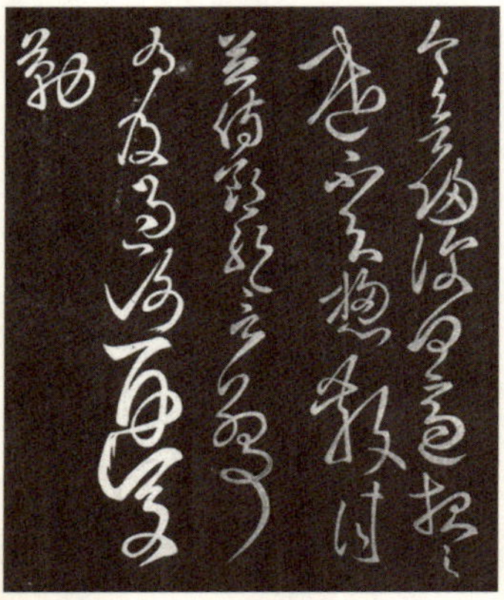

图5-134 《今欲归帖》/（东汉）张芝

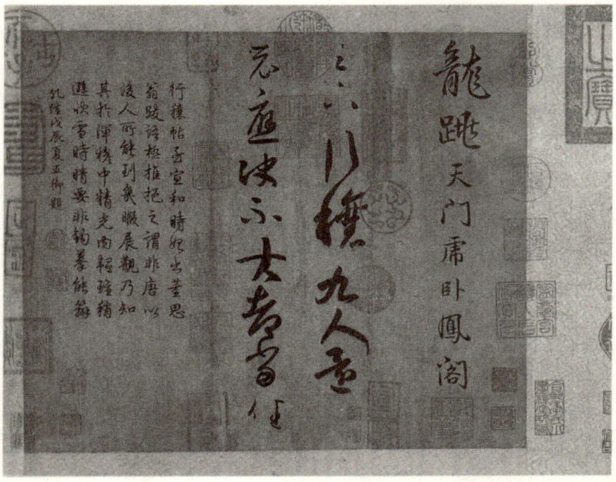

图5-135 《行穰帖》/（晋）王羲之

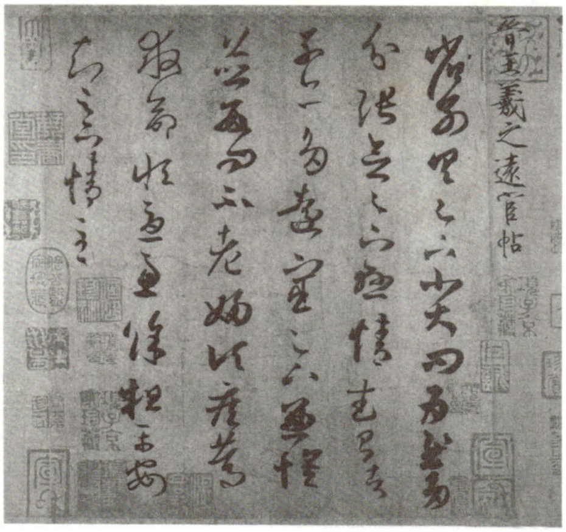

图5-136 《远宦帖》/（晋）王羲之

图5-137 《鸭头丸帖》/（晋）王献之

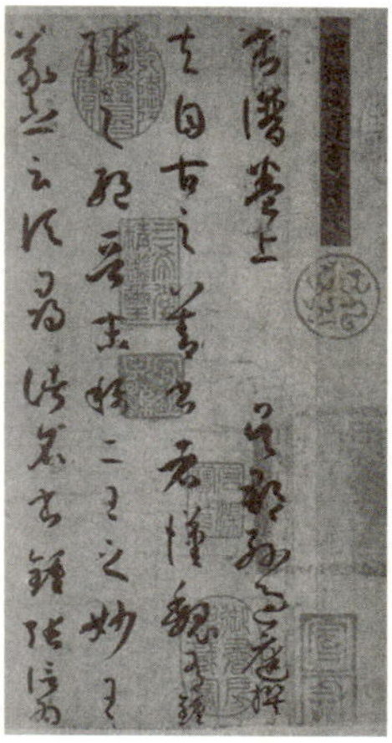

图5-138 《书谱》/（唐）孙过庭

品对后来书法的发展有着广泛和深入的影响。其子王献之承其父之衣钵，也是一代书法大家。王献之的作品传世极少，有《鸭头丸帖》《十二月帖》《送礼帖》《悲塞帖》等（见图5-137）。王氏父子两人的书法虽一脉相承但却风格有别，这种区别集中体现在两人的笔法上。元代书法家袁裒在其著作《书学纂要·总论书家》中这样阐述两人的书法用笔："右军用笔内擫而收敛，故森严而有法度。大令用笔外拓而开廓，故散朗而多姿。""内擫"和"外拓"也成为书法用笔中两种重要的风格类型。

唐代是书法发展全面兴盛的历史时期。在唐代，书法大家辈出，各种字体都达到了极高的艺术境界。其中，唐代草书的艺术成就最为突出，代表性的书法家有孙过庭、张旭和怀素等。

《书谱》是孙过庭的代表作，体现了孙过庭对王羲之和王献之父子书法的深入研究和融会贯通，作品章法严谨，用笔兼有"二王"的内擫和外拓笔法，是中国书法史上重要的经典作品（见图5-138）。

张旭和怀素将草书的艺术表现力推向了极致。两人进一步加强草书的抽象性，使书写更趋主观且对情感的表达更为直接，由此产生愈加狂放的书风，世称"颠张狂素"。张旭的草书代表作品有《肚痛帖》《古诗四帖》《心经》等（见图5-139）。其书法风格在狂狷的外在形式之中，蕴含内在的控制力和秩序感。纵横挥洒的运笔呈现出丰富的变化和强烈的视觉冲击力。这种自由

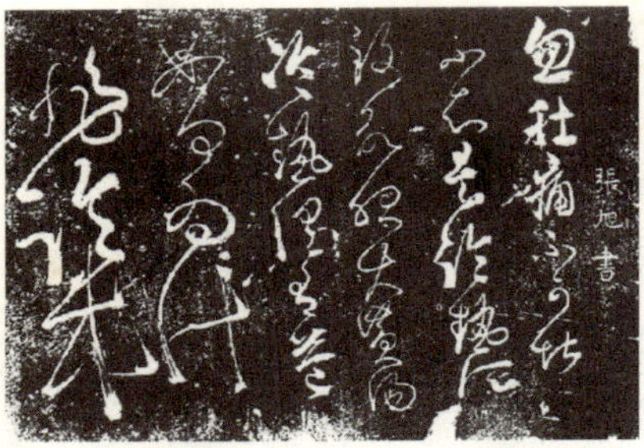

图5-139 《肚痛帖》/（唐）张旭

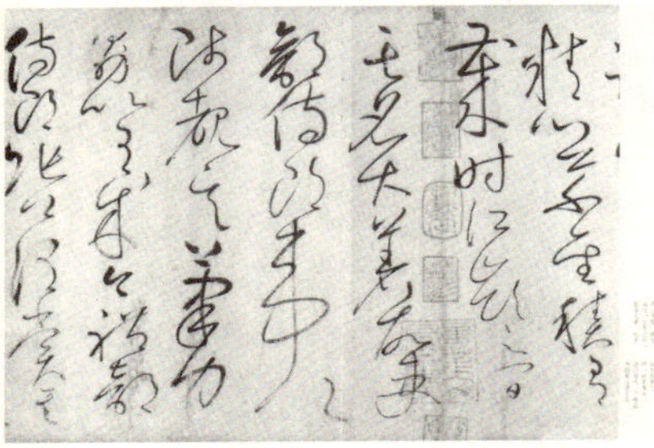

图5-140 《自叙帖》/（唐）怀素

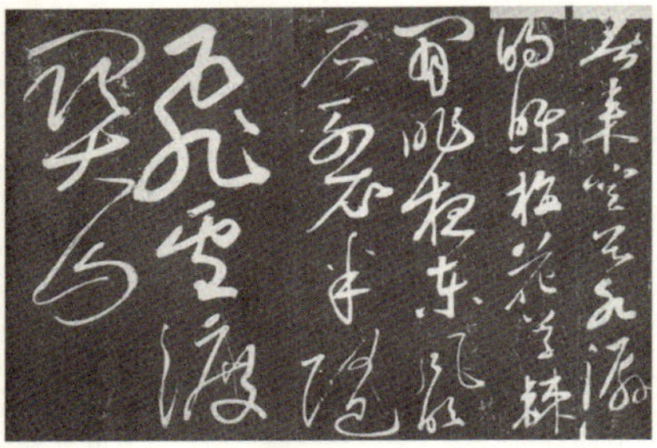

图5-141 《梅花诗帖》/（宋）苏轼

奔放和极具表现性的风格被称为“狂草”。相比之下，怀素的书风在同样奔放和富于变化的风格中更具精妙细腻的韵味和对外在形式张力的约束与控制。其代表作有《千字文》和《自叙帖》（见图5-140）等。

宋代书法在前人基础上大胆革新，追求丰富的艺术表现，体现出锐意求新的发展趋势。宋代书法大家极多，主要有苏轼、黄庭坚、米芾等。苏轼的草书以行草为主。其代表作《梅花诗帖》在形式安排上独具匠心，前后字形大小对比反差强烈，形成极强的节奏变化，体现出宋代书法对书法意韵的刻意追求（见图5-141）。黄庭坚的草书作品主要有《诸上座草书卷》（见图5-142）、《李白忆旧游诗卷》等。黄庭坚的书法风格兼具草书和行书笔法，激越与含蓄兼备，笔法富于变化。米芾对书法传统有着深入的研究，在广泛吸收各家之长的基础上，在把握各种风格倾向的辩证关系中力求兼容并包，主张“稳不俗、险不怪、老不枯、润不肥”

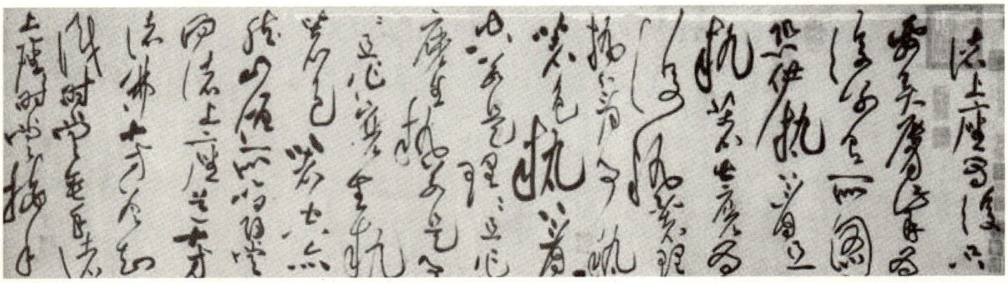

图5-142 《诸上座草书卷》/（宋）黄庭坚

（见图5-143）。米芾对后世影响极大，董其昌评价米芾“吾尝评米字，以为宋朝第一，毕竟出于东坡之上”，足见其地位之高和影响力之大。元代书法则与宋代相反，大兴复古之风，多主张回归古法。由宋至元的书法大家赵孟頫的草书风格平和清秀，技艺娴熟。其代表作有行草书《雪晴云散立轴》《嵇叔夜与山巨源绝交书》（见图5-144）等。除赵孟頫外，元代书法大家还有鲜于枢、张雨、吴镇、杨维桢、康里巎巎等。

明清书坛名家辈出。如明代的宋克、祝允明、文徵明、董其昌、黄道周、张瑞图、倪元璐和清代的傅山、朱耷、王铎、何绍基等都是在草书方面卓有建树的大家（见图5-145至图5-149）。明清时代，草书发展愈加体现出基于书法家个性特点的多样化发展趋势，也更具时代特点。

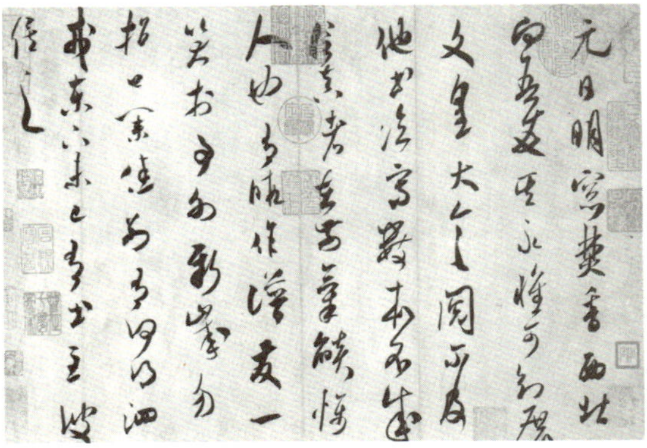

图5-143 《元日帖》/（宋）米芾

图5-144 《嵇叔夜与山巨源绝交书》/（元）赵孟頫

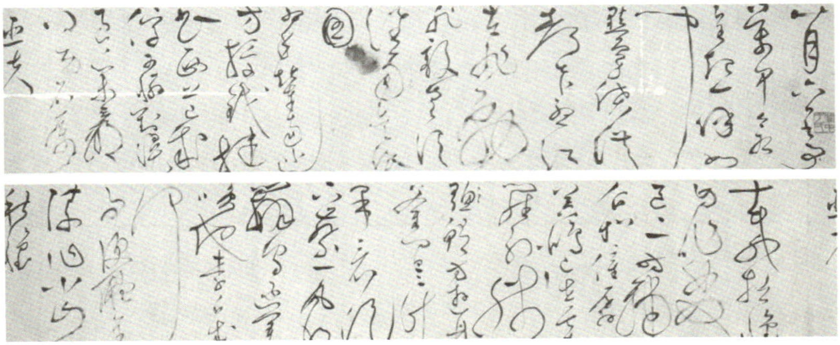

图5-145 （明）文徵明草书诗卷

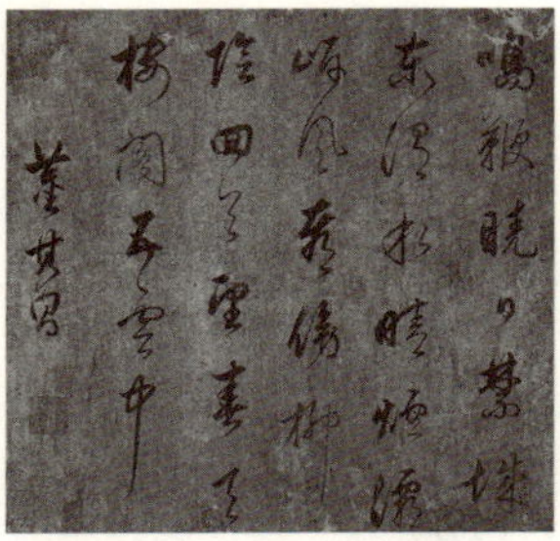

图5－146 （明）董其昌草书

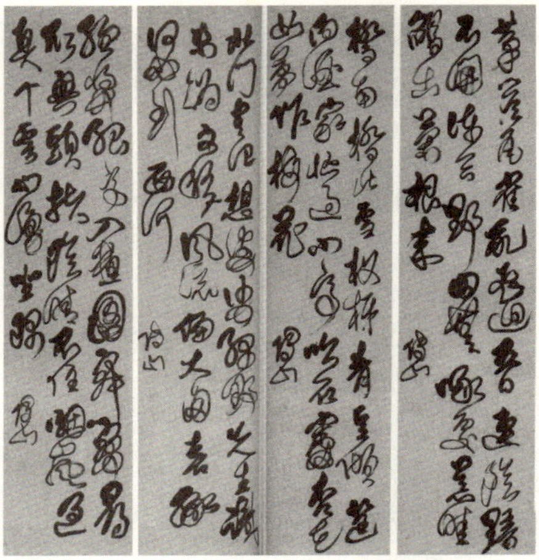

图5－148 （清）傅山草书七绝诗屏

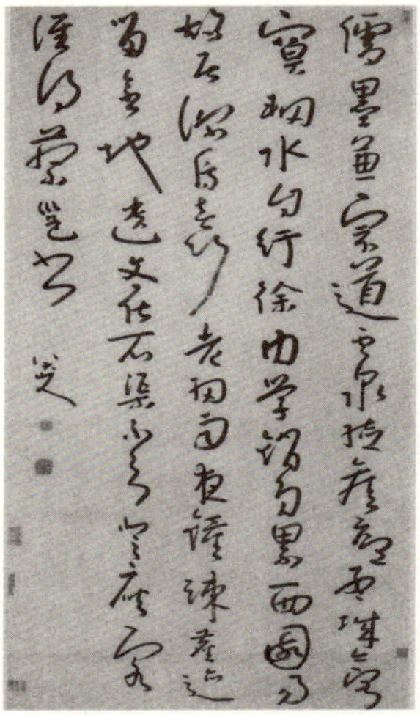

图5－147 《唐耿湋旧宅清源寺诗轴》／（清）朱耷

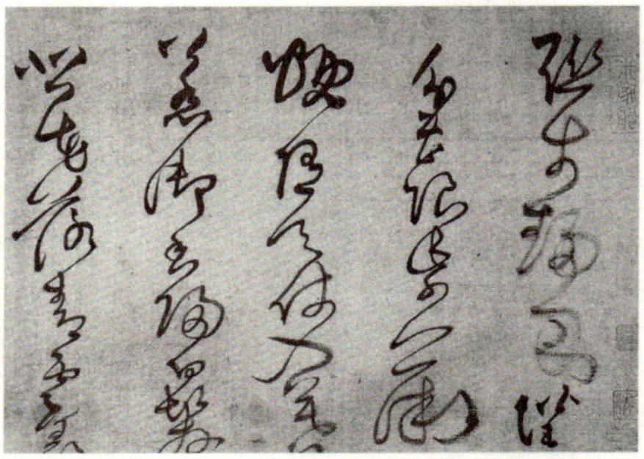

图5－149 （清）王铎草书唐人诗九首

五、行书

行书是介于草书与楷书之间的字体。行书书写较为简易，同时又保持了楷书便于识别的优点，因此实用性强，是日常使用最为普遍的汉字字体。行书的名称是对行书所具有的特点的形象描述，即既非楷书的静止，又非草书的奔跑，而是处于两者之间的行走状态。行书的这些特点也使其兼具楷书和草书的艺术特点。行书又有行楷和行草之分，行楷接近楷书，行草则相对接近草书。

关于行书的起源并无定说。据晋代卫恒所著《四体书势》记载：“魏初，有钟、胡二家为行书法，俱学之于刘德昇……”唐代张怀瓘所著《书断》中认为行书系东汉颍川刘德昇所创；南朝王僧虔所著《采古来能书人名》中认为系三国时期书法大家钟繇所创。根据上述记载，可见行书的起源与刘德昇、钟繇有密切关系。

晋以前是行书发展的初始阶段，主要表现为蕴含在篆、隶书写中的行书萌芽。行书发展至东晋已达到完全成熟，尤其是王羲之极大地发展和提高了行书的艺术表现力，开创了对后世影响巨大的南派行书，开启了书法史上重要的“帖学”时代。王羲之的书法成就主要集中在行草书方面。其代表作品《兰亭序》是书法史上的旷世杰作。此外，王羲之还有《奉橘帖》《快雪时晴帖》《何如帖》等行书作品。今人虽无缘得见这些作品的原作，但从唐人临本中，仍然能够领略到王羲之行书艺术的精湛技巧和丰富的艺术内涵（见图5-150）。王羲之的行书艺术使行书从日常的实用书写升华为纯粹的书法艺术，对后世书家影响深远。

唐代书法家欧阳询师法王羲之、王献之（见图5-151、图5-152），将“二王”的行书特点融会贯通后加以进一步发展，书法风格刚劲中又富于精妙的细节变化。其行书作品有《卜商帖》（见图5-153）、《张翰帖》、《梦奠帖》等。与欧阳询同时代的另一位书法大家虞世南的行书同样取法“二

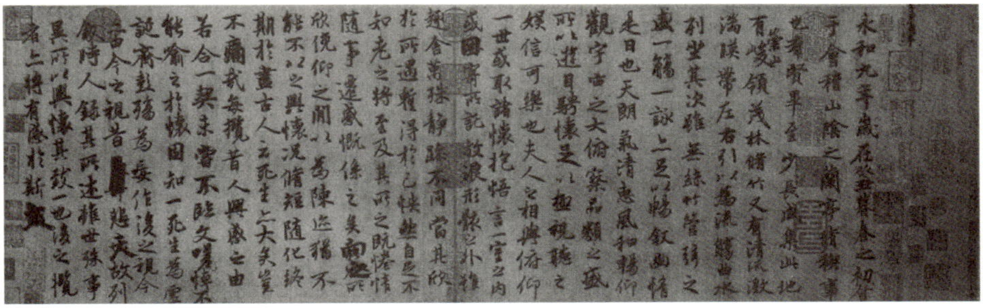

图5-150 《唐冯承素临晋王羲之兰亭序》（神龙本）/（唐）冯承素

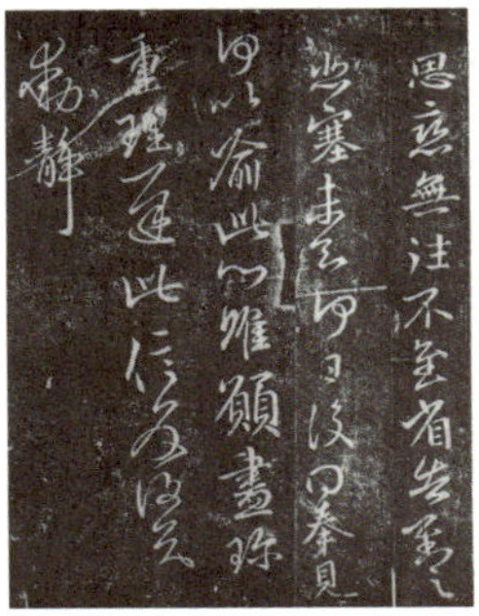

图5-151 《思恋帖》/（晋）王献之

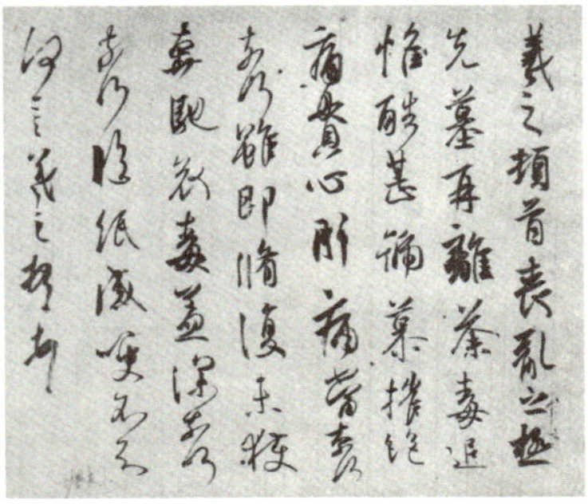

图5-152 《丧乱帖》/（晋）王羲之

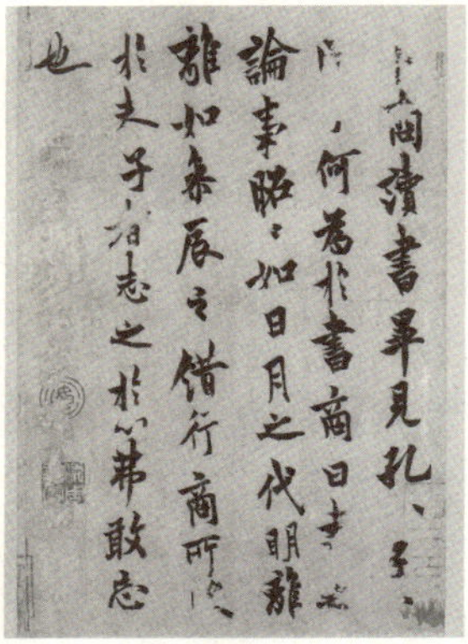

图5-153 《卜商帖》/（唐）欧阳询

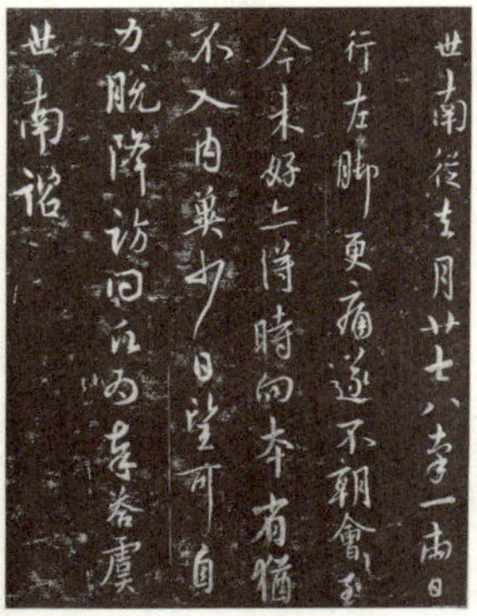

图5-154 《去月帖》/（唐）虞世南

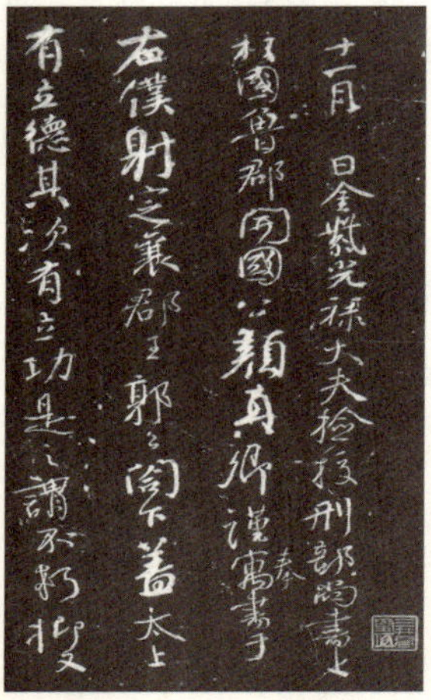

图5-155 《争座位帖》/（唐）颜真卿

王”（见图5-154）。然而虞世南的行书风格却与欧阳询形成鲜明对照。其书风平和秀润，洒脱俊逸。北宋《宣和书谱》评价欧阳询的书法“外露筋骨”，评价虞世南的书法“内含刚柔”。

颜真卿是继王羲之之后出现的又一位在书法发展史上继往开来的大家。颜真卿同样师法“二王”，尤其继承了王献之书法“外拓”的风格，但较之于王献之，颜真卿的书法厚重古朴，气势雄浑。他一改初唐书法“瘦硬”之风为“肥厚”，又蕴刚劲之力度于其中。颜真卿的书法在继承古人的基础上表现出卓越的创造力。北宋黄庭坚在《山谷题跋卷四·题颜鲁公帖》中评价道：“回视欧、虞、褚、薛、徐、沈辈，皆为法度所窘。岂如鲁公，萧然出于绳墨之外而卒与之合哉。盖自二王后，能臻书法之极者，惟张长史与鲁公两人。”足见黄庭坚对颜真卿和张旭两人在前人基础上的创新所给予的高度评价。颜真卿的行书代表作有《争座位帖》《祭侄文稿》等（见图5-155、图5-156）。

宋代行书在唐代基础上进一步发展，达到了又一个高峰。从宋初的李建中、林逋到史称“宋四

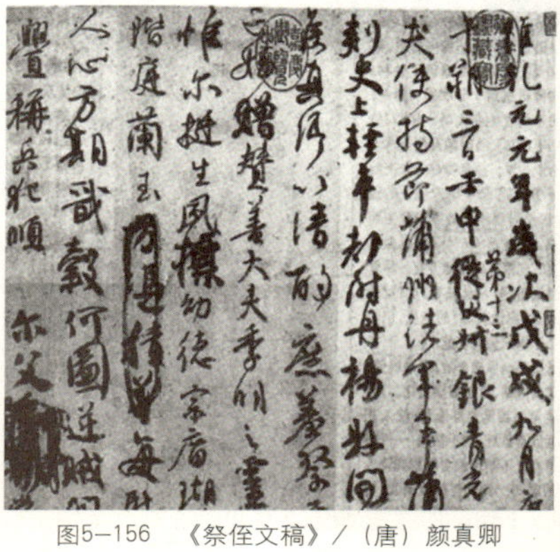

图5-156 《祭侄文稿》/（唐）颜真卿

家”的苏轼、黄庭坚、米芾和蔡襄等书法大家，一方面深入钻研传统，如蔡襄对晋唐书风的秉承；另一方面更加趋向于对书法艺术性和创造性的强化，尤其是苏轼、黄庭坚和米芾等人强调书家的个性倾向和书法意趣，开创了宋代的尚意书风。正如苏轼所说：“自出新意，不践古人。”苏轼的行书代表作《黄州寒食诗帖》被视为仅次于王羲之《兰亭序》、颜真卿《祭侄文稿》的“天下第三行书”。他主张“意造本无法”，将书法家的主体意念置于书法创作的核心地位，而所有书写技巧都应该是顺从意念的自然流露和表达意念的载体。他又有“书必有神、气、骨、肉、血，五者缺一不成书也”的论述，而将“神”置于五者之首，足见其要将书法作为精神的物化形态推向更加纯粹的艺术层面。黄庭坚在《山谷题跋卷五·题东坡字后》中称赞苏轼“落笔如风雨，虽谑弄皆有意味”。黄庭坚与苏轼同为“尚意书风”的代表人物，但较之苏轼，他对书法中“意”与“法”的关系持更为理性的态度，在追求书法意韵的同时注重对古法的学习和继承，强调在扎实的功力基础上追求艺术神韵和在掌握书法规律的基础上形成个性化的风格。其代表作有《惟清道人帖》《致景道使君书》等（见图5-157、图5-158）。米芾是宋代最具代表性的行书大家，且传世作品较多，如《蜀素帖》（见图5-159）、《苕溪诗》（见图5-160）、《元日帖》、《伯充帖》、《珊瑚帖》等。至元代，以赵孟頫、杨维桢等为代表的复古书风同样体现在行书中。如赵孟頫对“二王”书法深入研习（见图5-161），杨维桢对由汉至魏晋的书学融会贯通。明代的董其昌、文徵明等更是晋唐宋元书法的集大成者（见图5-162、图5-163）。而清代的傅山、郑燮、何绍基、金农、

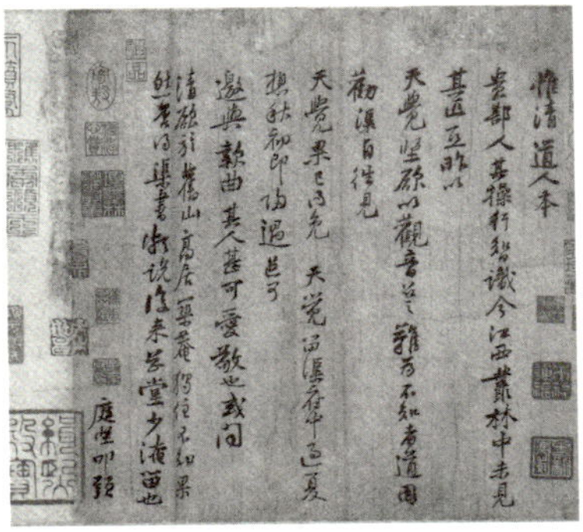

图5-157 《惟清道人帖》/（宋）黄庭坚

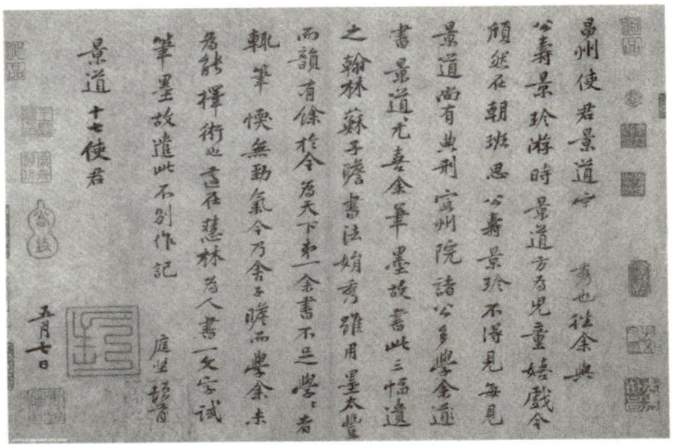

图5-158 《致景道使君书》/（宋）黄庭坚

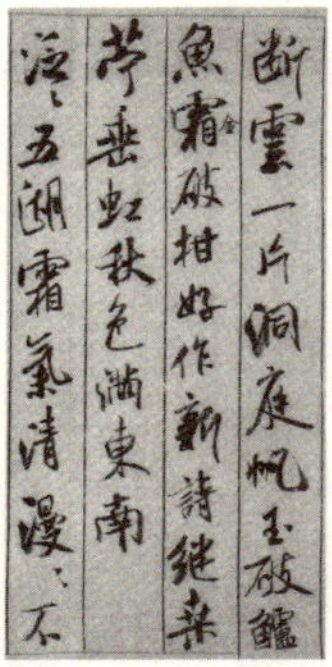

图5-159 《蜀素帖》／（宋）米芾

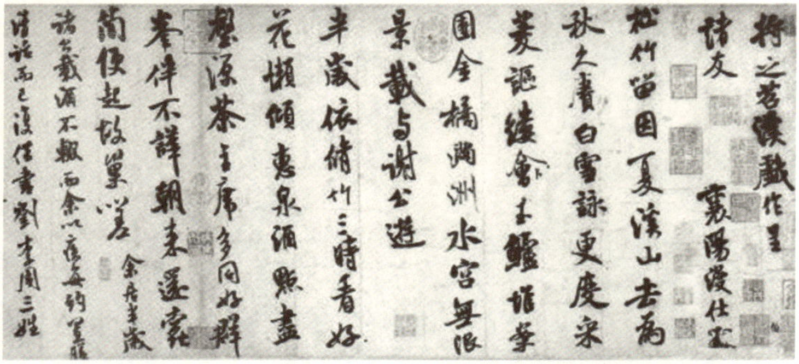

图5-160 《苕溪诗》／（宋）米芾

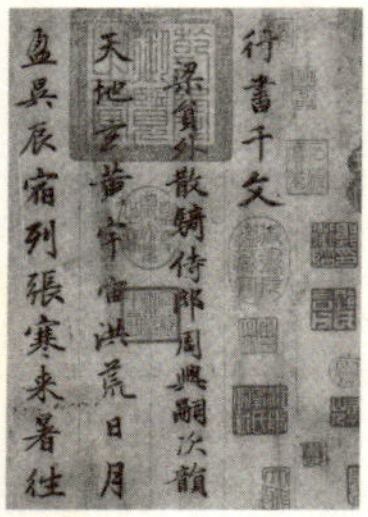

图5-161 行书《千字文》／（元）赵孟頫

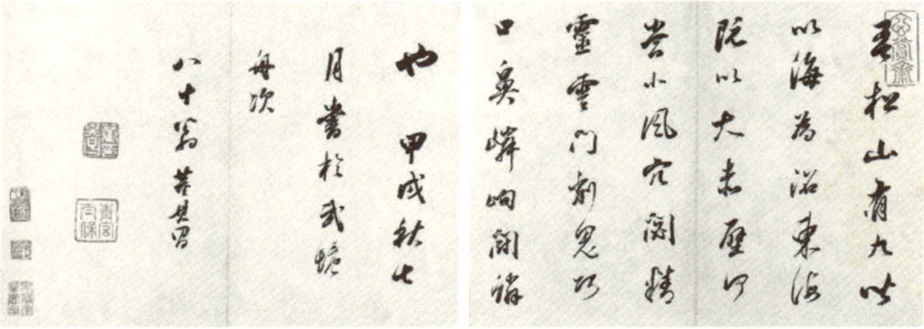

图5-162 （明）董其昌行书帖

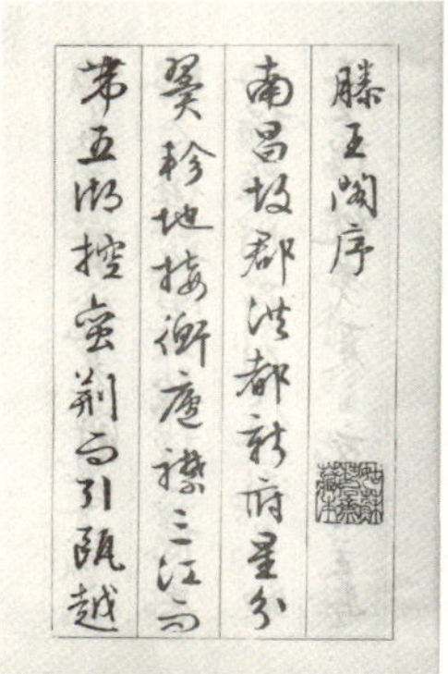

图5-163 《滕王阁序》／（明）文徵明

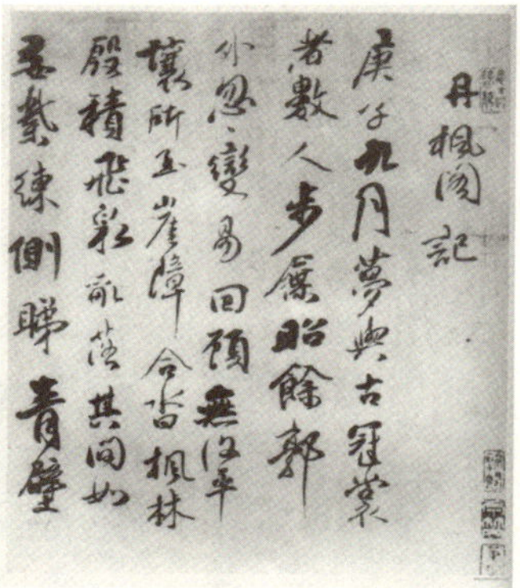

图5-164 《丹枫阁记》／（清）傅山

朱耷和赵之谦等书家又在古法的基础上对行书做出了大胆的创新（见图5-164至图5-168）。

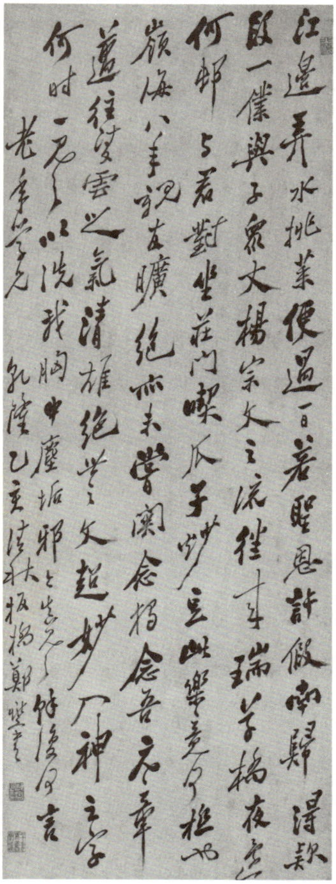

图5–165　（清）郑燮行书

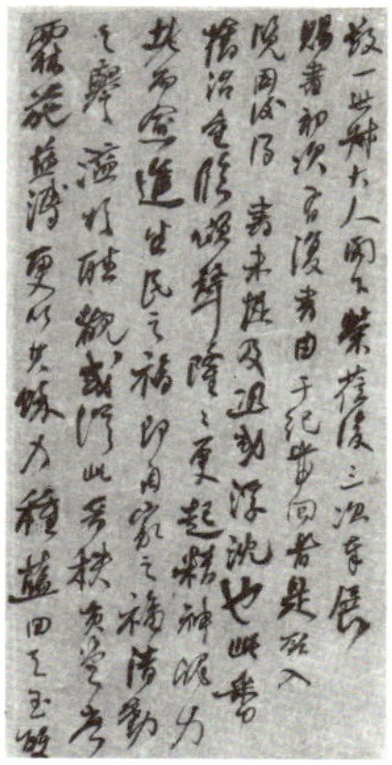

图5–166　（清）何绍基行书册页

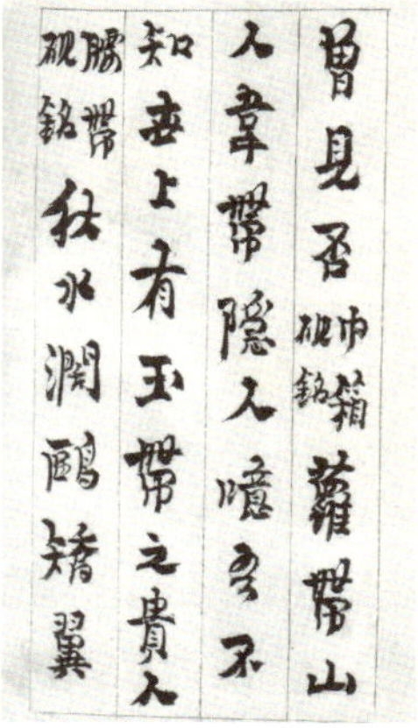

图5–167　《砚铭册》／（清）金农

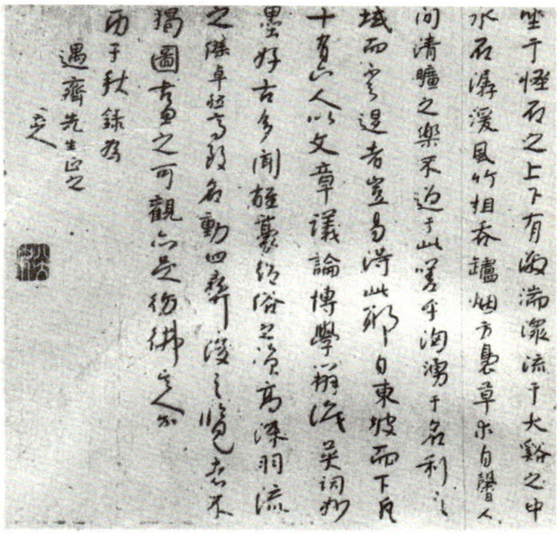

图5–168　《米芾西园雅集图记》／（清）朱耷

六、楷书

楷书又称真书、正书、正楷。楷书出现于汉末，是在隶书基础上发展形成的。楷书字形由隶书的扁变为方，结构也更加严谨。在经过汉代的萌芽期、魏晋的发展期和唐代的兴盛期后，楷书逐渐发展完善并成为最为普遍和最具规范性的书体。在两汉的隶书中可以发现很多楷书的因素。如马王堆汉墓出土的帛书《老子》中的许多笔画就具有楷书的特点。东汉中期，隶书逐步向楷书转变，至魏晋时期，随着隶书的渐趋衰落，楷书开始得到发展并得以完善和定型。这一时期对楷书发展起到重要作用的书法家主要有钟繇和“二王”父子，其中钟繇更被视为在由隶入楷的演化过程中起到重要作用的人物。其代表作有《宣示表》（见图5-169）、《贺捷表》、《荐季直表》等。王羲之、王献之父子推动楷书的进一步发展并使之趋于完善。从王羲之的作品《黄庭经》《东方朔画像赞碑》《乐毅论》等作品可以看出王羲之的楷书已经完全去除了隶书的痕迹，成为楷书定型的标志（见图5-170）。王献之的楷书在秉承其父的基础上更具力度和洒脱的韵味，其代表作有《洛神赋十三行》（见图5-171）等。

南北朝时期，北魏由于盛行碑刻而留下了大量碑刻、题记和刻石，如《石门铭》《中岳嵩高灵庙碑》《张猛龙碑》等（见图5-172至图5-174）。这些作品的风格丰富多样。北魏孝文帝迁都洛阳，开凿龙门石窟，不仅造就了卓越的

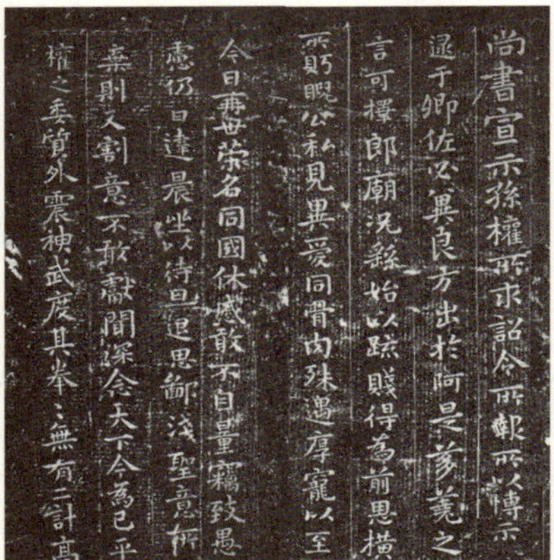

图5-169 《宣示表》/（魏）钟繇

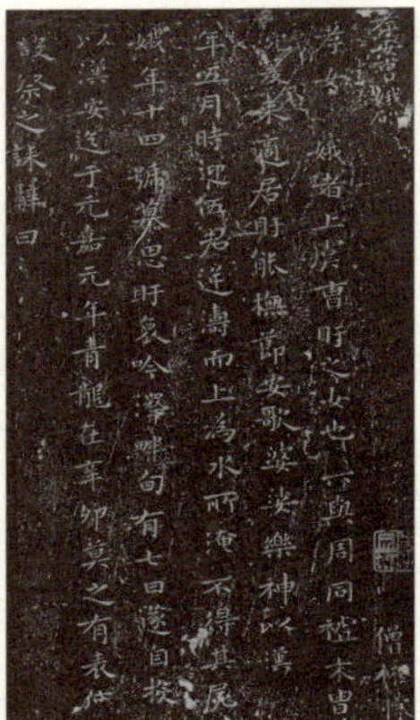

图5-170 《曹娥碑》/（晋）王羲之

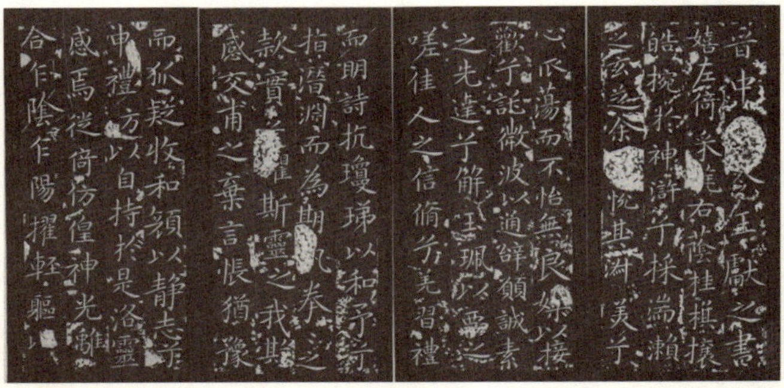

图5-171 《洛神赋十三行》/（晋）王献之

图5–172 （北魏）《石门铭》

图5–174 （北魏）《中岳嵩高灵庙碑》

图5–173 （北魏）《张猛龙碑》

图5–175 （北魏）《龙门二十品·始平公造像记》

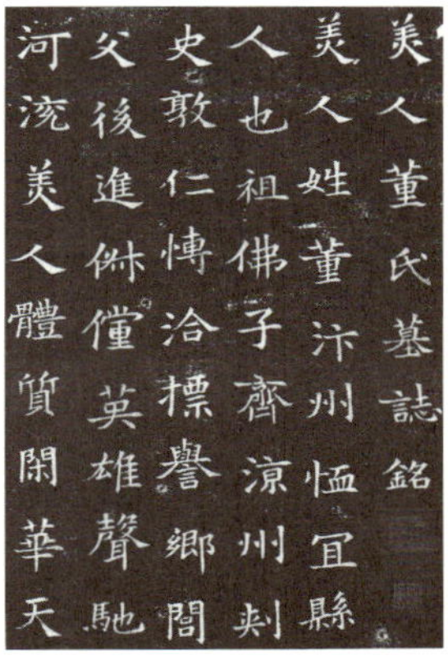
图5–176 （隋）《董美人墓志》

雕刻艺术珍品，同时也产生了大量优秀的造像题记。其中最著名的就是《龙门二十品·始平公造像记》（见图5–175）。此外，北魏还留存大量墓志铭。北魏时期的楷书蕴含了丰富的风格变化，总体上具有浑厚朴拙的特点。后世将以北魏为代表的北朝时期的楷书统称为“魏碑”。

清代书法家郭尚先在其著作《芳坚馆题跋·唐伊阙佛龛碑》中谈及南北朝楷书“自隶变为楷，江左习羲献之法，专趋圆畅，北朝犹守隶体，不取流丽”，简明扼要地阐明了南北朝时期南北楷书风格的区别。

楷书在隋唐五代进入发展的兴盛期。隋的统一使原有的南北书风交融而促成楷书在隋代的进一步发展成熟，并为唐代楷书奠定了基础。隋代楷书的主要作品有《董美人墓志》（见图5–176）、《龙藏寺碑》（见图5–177）、《贺若谊碑》、《孟显达碑》等。初唐，楷书开始全面兴盛。欧阳询、虞世南、褚遂

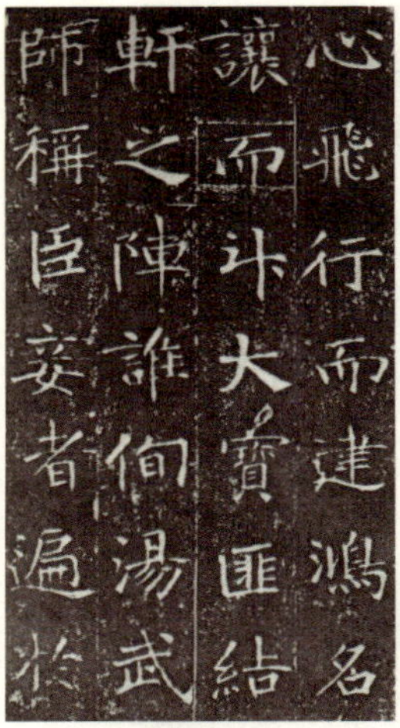

图5-177 （隋）《龙藏寺碑》

图5-178 《九成宫醴泉铭》／（唐）欧阳询

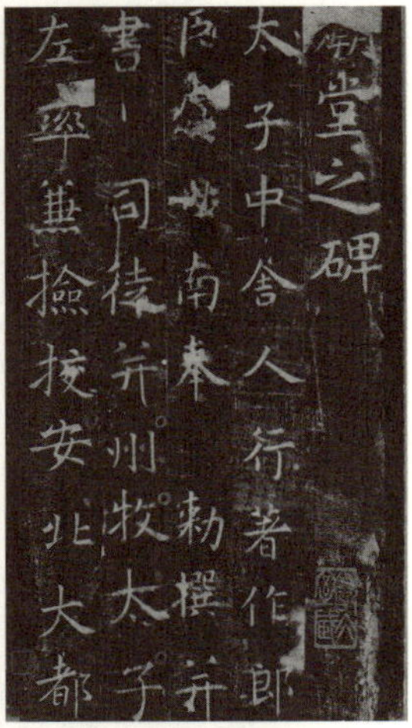

图5-179 《孔子庙堂碑》／（唐）虞世南

良、薛稷是初唐最为杰出的楷书大家，史称“初唐四家”。他们在进一步融会南北朝楷书风格的基础上，开始了对楷书法度的追求。欧阳询是由隋入唐承上启下的一代宗师，其楷书兼容“二王”楷书与北朝魏碑书风，形成刚劲严整的“欧体”（见图5-178）。虞世南同样是融会南北朝和隋代楷书风格的大家，其风格较之欧体更显刚柔相济的灵秀之美（见图5-179）。欧阳询、虞世南的楷书成为褚遂良楷书风格的基础，而欧、虞、褚三家楷书又成为薛稷楷书风格的基础（见图5-180）。初唐四家集南北朝和隋代楷书之大成，正如郭尚先的《芳坚馆题跋·唐立隋黄埔诞碑》中所说：“唐初人书皆延隋旧……率更、中令独能以新意开辟门径，所以为大家。”继“初唐四家”之后，中唐的颜真卿将唐代楷书发展推向极致。他在前人基础上锐意创新，将楷书带入了全新的发展阶段。颜真卿的楷书大胆地摆脱“二王”的风格，变方劲隽秀为圆浑厚重，以“肥”代“瘦”，极大地扩展了魏晋以降文人士大夫的书法审美范畴，做到了书法的雅俗共赏。颜真卿不仅是继王羲之之后的又一位书法大家，也是楷书发展史上的宗师和巨匠。其传世的大量楷书作品成为后世学习书法的经典范本，如《多宝塔感应碑》《颜氏家庙碑》《麻姑山仙坛记》等（见图5-181至图5-183）。在颜真卿之后，晚唐又出现一位楷书大家——柳公权。柳公权博采“二王”以及唐代诸家之长，兼容并蓄，形成自己的风格，与颜真卿并称为

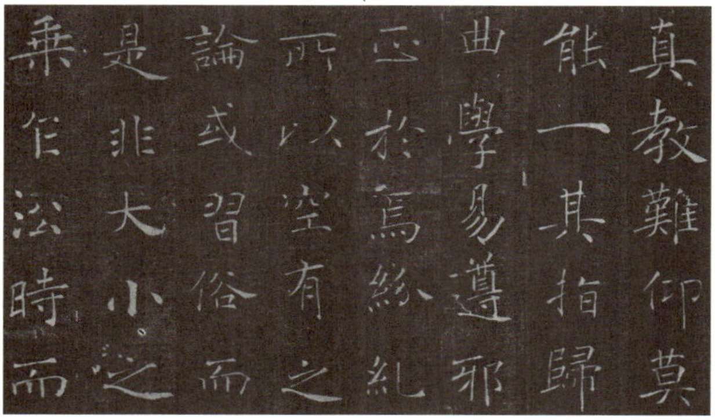

图5－180 《大唐三藏圣教序》／（唐）褚遂良

图5－181 《多宝塔感应碑》／（唐）颜真卿

图5－182 《颜氏家庙碑》／（唐）颜真卿

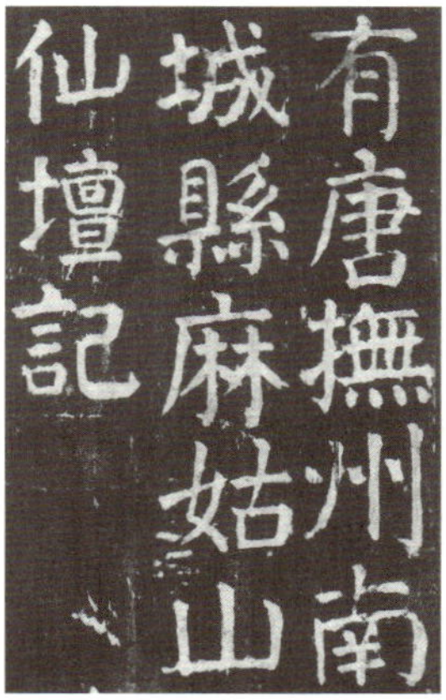

图5－183 《麻姑山仙坛记》／（唐）颜真卿

图5－184 《玄秘塔碑》／（唐）柳公权

“颜筋柳骨”。其代表作有《金刚经刻石》、《玄秘塔碑》（见图5－184）、《神策军碑》等。所谓“唐人尚法”，是说唐代书法家对书法的艺术规律的锐意探索和对书法艺术法则的建立。这集中体现在唐代楷书的艺术成就中。唐代楷书建立了楷书的艺术体系和基本范式，这是此后楷书发展再也未能超越的。自唐之后，宋元明清的楷书发展虽也有大家，但总体上都是继承多于创新，并无大的发展。

书法是在我国悠久的传统文化发展历程中逐渐形成的特有的造型艺术门类。书法艺术以极其简洁单纯的艺术表现方式体现出博大的造型艺术规律和丰富的造型形式的可能性与表现力，更集中体现了中国文化的内在精神与美学理念。它不仅在中国传统文化中占有重要地位，更对周边国家的文化产生了深远的影响。如日本、朝鲜等国历史上都曾在中国书法的启发下发展形成了自己的书法艺术体系。时至今日，随着东西方文化的不断交流，书法艺术这一古老而博大的造型艺术门类正在被世界各地的人们所认识和喜爱。

第六章
表情艺术

表情艺术是我们将要介绍的第三项内容，这个“表情”所指的并非是常见的面目的喜怒哀乐，而是表现这些喜怒哀乐的艺术类型。之前所说的语言艺术、造型艺术，其核心不都是表现人的情感的方式么？当然，这里的表情的载体是不同的，和前两种艺术类型相比，它对物质性器械的要求会更低。毕竟，我们需要用各式各样的木或石来雕刻，用大量的纸笔来书写文学和绘画，这些艺术品一旦固定下来，要再改变就要费些周章了。而利用一把吉他、一架钢琴或者一副水袖，我们能轻易地转换和变奏出各种迥然不同的音乐和舞蹈来。

第一节　音　乐

一、音乐的概念

“音乐”作为一种人的精神存在并具象展现的方式，如今在我们的生活中无处不在。细究起来，什么是音乐？这又是一个令人挠头的问题。

“音”“乐”这两个字早先并不是指同一概念。《礼记·乐记》中说道：“凡音之起，由人心生也。人心之动，物使之然也。感于物而动，故形于声；声相应，故生变；变成方，谓之音；比音而乐之，及干戚羽旄，谓之乐也。”[①]简言之，先有“声”，再有“音”，后有“乐”。“声”指单个的未被组织的音；“音”指被组织的、富有变化的音的关系；而“乐”则是指围绕和依附这个音的组织和关系的其他诸构成要素（如节奏、速度、力度、音色等）相互协作呼应并成为具体的可操作的实施过程。这里还揭示了音乐的本质，那就是“乐”是由“音”产生的，而其根本是人心有感于物造成的。对应现在一般意义上的音乐的概念来讲：音乐是指有组织的乐音来表达人们的思想感情、反映现实生活的一种艺术。十八世纪的德国教育家、音乐美学家梯尔希又为这一定义贡献了一条：“音乐是通过乐音的选择和结合来表达或激起内心情感和情调的艺术。”从广义上讲，音乐就是一种艺术的、令人愉快的、神圣的或其他什么方式排列起来的声音，是一种含有不同音阶、节奏、旋律及和声的实践性组织。但是到目前为止，我们都无法用定义的方式捕捉住这个跳动的精灵。

（一）音乐的起源

音乐不仅是艺术门类的一脉，而且作为一种人类的社会现象，是伴随着人类的出现而产生的；或者更确切地说，它是人类社会发展到一定阶段的产物。既然是一种社会现象，它就一定存在自身的因起渊源。古往今来诸多音乐史家对音乐的起源做出不同的研究与论说，从而归纳出七种不同的见解。这七种见解似乎囊括了人类社会的一切宗教、情感、劳动等现象。

1. 异性求爱说

异性求爱说是英国著名的生物学家达尔文提出的。达尔文认为史前动物常常以鸣叫声来追求异性。达尔文由此联想到音乐的起源，认为声音是在语言产生之前便具有的。原始部落中有些民族的歌就是模仿各种鸟类的鸣叫声、动人的啁啾、起伏的旋律感，从而形成动听的民歌传唱百世。

2. 模拟自然说

中国古文献《吕氏春秋》中记载：“昔黄帝令伶伦作为律。伶伦自大夏之西，乃之阮隃之阴，取竹于嶰溪之谷，以生空窍厚钧者，断两节间，其长三寸九分而吹之，以为黄钟之宫，吹曰‘舍少’。次制十二筒，以之阮隃之下，听凤皇之鸣，以别十二律。其雄鸣为六，雌鸣也六，以比黄钟之宫，适合；黄钟

① 阮元校刻. 十三经注疏[M]. 北京：中华书局影印，1980(1)：1527.

之宫皆可以生之。”[①]《吕氏春秋》还记载了另一则类似的传说：“帝尧立，乃命质为乐。质乃效山林溪谷之音以歌，乃以麋軨置缶而鼓之，乃拊石击石，以象上帝玉磬之音，以致舞百兽。”[②]

《吕氏春秋》时代的十二律是用数学手段计算出来的，但是音乐最初的产生不可能用这种精确的计算手法。它只能透露出这样的讯息：最初的音乐，有一种可能是原始人模仿飞禽的鸣叫声等自然音响而产生的（见图6-1）。

古希腊哲学家德谟克利特、英国教育家克维斯特也认为，自然界有许多声音，如虫叫、鸟鸣、风声、动物的吼声、水流声等，人类从自然的音响中得到了灵感，继而模仿这些音响创作了音乐。

3. *信号说*

德国心理学家修顿在其著作《音乐的起源》中提出，原始时代，人们为了与远方联络，相互叫喊所发出的声音若保持一定的时间，则变成音乐。如果男女老幼几个人同时发出叫喊声就会出现八度音程，在同一时间，更多的人叫喊即产生协和音程和不协和音程，于是便产生识别音高的观念。

4. *劳动起源说*

主张此说的代表人物是奥地利音乐家瓦勒谢克和德国经济学家布赫。前者在其著作《原始音乐》中，由非洲原始民族有关战争、狩猎时的舞蹈及强烈节奏的伴奏而求得音乐的起源。

5. *语言抑扬说*

法国哲学家卢梭及英国哲学家斯宾塞认为，人与人的语言交流有一种自然的抑扬顿挫，人类在兴奋或激动的时刻以及悲伤、发情时其产生的昂扬语调即

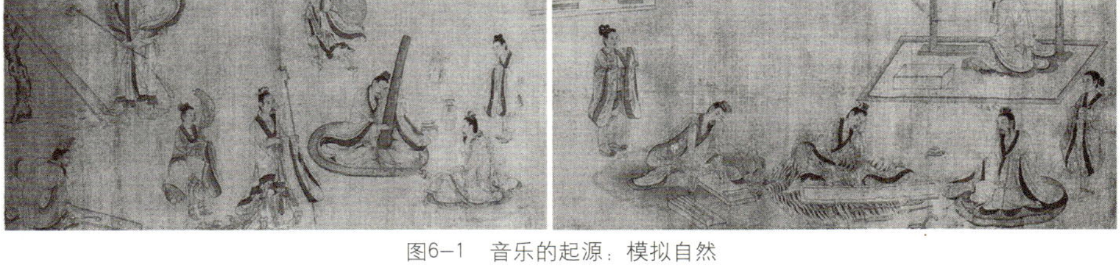

图6-1　音乐的起源：模拟自然

① 吕氏春秋[M].上海：上海古籍出版社，1989(1)：43-44.
② 吕氏春秋[M].上海：上海古籍出版社，1989(1)：44.

是歌曲。十九世纪德国作曲家瓦格纳也赞成此说。他认为在市集上的叫卖声大多成为旋律，由此得出音乐与语言有相当密切的关系。

6. 巫术起源说

法国音乐学家孔百流主张音乐是从原始民族的巫术中产生而来的。我国近代著名学者王国维也有类似观点。他认为："歌舞之兴，其始于古之巫乎？"古往今来，无论中外，学者世人都对神秘的巫术有不同的见解与看法，而巫术似乎也在人们的生活中起着微妙而神奇的作用。人们不相信巫术，可有时又不知不觉中被巫术所感染，于是关于巫术的传说也就变得异彩纷呈（见图6-2）。

7. 感情说

《礼记·乐记》说道："凡音之起，由人心生也。人心之动，物使之然也。感于物而动，故形于声；声相应，故生变；变成方，谓之音；比音而乐之，及干戚羽旄，谓之乐也……乐者，音之所由生也；其本在人心之感于物也。是故其哀心感者，其声噍以杀；其乐心感者，其声啴以缓；其喜心感者，其声发以散；其怒心感者，其声粗以厉；其敬心感者，其声直以廉；其爱心感者，其声和以柔。六者，非性也，感于物而后动……金石丝竹，乐之器也。诗，言其志也；歌，咏其声也；舞，动其容也。三者本于心，然后乐器从之。"①这段话说明一个问题，那就是音乐的产生是由于人的思想感情的缘故。人的思想感情受到外界事物的影响而激动起来时，就会用"声""音"和最终在"声""音"的基础上形成的"乐"来表现。

图6–2　玛雅人在巫术中用到的长号

到目前为止，关于音乐的起源，任何人都不能给出一个肯定的答复，因为音乐的起源是纷繁复杂的，我们无法用单一的理论来解释和定义它，因而产生和提出多元的理论来探求音乐的起源是必要的。

（二）音乐的分类

世界上有不同的文化，音乐又伴

① 阮元校刻. 十三经注疏[M]. 北京：中华书局影印，1980(1)：1527，1536.

随文化而产生，因此，音乐是一种特殊的文化现象。既然有不同的文化，自然就会表现出不同的音乐种类。一般来讲，音乐分为以下几类：

1. 民族音乐

这里所说的民族音乐指的是全世界各个不同民族的音乐。我国的民族音乐既包括汉族音乐，也包括少数民族音乐；既包括传统音乐，也包括现代音乐；既包括民间音乐，也包括专业创作音乐。传统音乐在长期的历史发展过程中，形成了以下几类：民间音乐、文人音乐、宫廷音乐和宗教音乐。民间音乐由民歌、说唱、戏曲、歌舞和器乐音乐构成；文人音乐以琴乐和词调音乐为主；宫廷音乐则是古代宫廷中所使用的雅乐和燕乐；宗教音乐主要包括道教音乐、佛教音乐等。可以这样说，凡是由中国人创造出来的、符合中国音乐总体风格的音乐作品，都可以算是中国的民族音乐。其他国家和民族的音乐大致也可归纳为以上几大类，只是具体的音乐名称和音乐形式样态有所不同。

2. 艺术音乐

艺术音乐指自十七世纪始西方大小调体系逐渐完善和成型之后，由专业作曲家创作的在音乐厅和歌剧院演出的音乐会音乐，包括巴洛克时期的音乐、古典主义音乐、浪漫主义音乐、民族乐派和进入到二十世纪的现代音乐及后现代音乐，但是从更广泛的意义上讲，经过专业化分工的作曲家创作出来的以追求音乐审美为主要目的的音乐，都可以算得上是艺术音乐。

3. 通俗音乐

通俗音乐是指那些结构短小、内容通俗、形式活泼、情感真挚，并被广大群众所喜爱、广泛传唱或欣赏，流行一时甚至流传后世的器乐曲和歌曲。其风格多样、形态丰富，可泛指爵士、摇滚、灵魂乐、蓝调音乐、雷鬼乐、说唱乐、嘻哈音乐、迪斯科、新世纪音乐等二十世纪后诞生的都市化大众音乐。中国通俗音乐的风格与形态主要受欧美影响，在此基础上逐渐形成本土风格。通俗音乐以通俗性、大众性、时尚性、新奇性、娱乐性、商品性、即兴性等为主要特性。

（三）音乐的功能

音乐从它诞生的原始时代开始，就对社会、对人发生作用。人们意识到音乐有一种无形的精神力量，时时刻刻都在对社会、对人产生影响。关于音乐的功能主要体现在以下几个方面：

1. 音乐的认识功能

音乐通过主观意义上的时间展现作用于听者，听者在音乐的乐音运动中捕捉到与现实世界的某一事物的音响特征相类似的音型，再通过联想去“再现”自然界的某种现象或某一生活场景，同时在感性层面感受和体会作品的内容，最终通过知性层面上升到理性层面，对作品的风格、意蕴、内涵和精神等做出思考。

2. 音乐的教育功能

音乐的教育功能一般是通过乐曲所表现的情感和情绪感染听者而实现的。人们在欣赏无标题音乐的过程中，逐渐潜移默化地得到道德情操方面的教化，增强他们对美好生活的向往，激励为此奋斗的决心。标题音乐或歌曲因有文字的帮助，表现内容更为确定，政治、道德伦理方面的教育功能更加明显。例如，《义勇军进行曲》《国际歌》等歌曲在革命斗争和抵御外来敌人入侵的战争中都显现出难以估量的教育激励功能。

3. 音乐的美育功能

音乐的美育功能主要体现在音乐可以使人感到身心愉悦，进而达到陶冶情操、提高人的审美能力与趣味的效果。音乐通过使人快乐和满足，在心理和思想深层产生美感，并经过长期的感染，起到审美教育的作用。艺术音乐主要以审美功能为主。

4. 音乐的实用功能

从生理学角度看，音乐可以起两种作用：一是使人兴奋，给人刺激，运动神经产生冲动，脉搏跳动加快，如劳动号子所起的就是这种作用；二是使人安静抑制，使呼吸和脉搏跳动减缓，运动神经得到平衡。因此，音乐也可以作为一种治疗疾病的手段。二十世纪五十年代西方兴起的音乐治疗学就是研究音乐对人体机能的作用以及如何运用音乐治疗疾病的学科。

5. 音乐的娱乐功能

音乐具有独特的消遣功能。音乐提供有教养的娱乐，有文化的休息，丰富人们的精神生活，给人轻松的美的享受。舒缓悠扬的音乐能够使人消除疲劳，放松身心，帮助人们缓解压力并提高生活的旨趣。

（四）音乐艺术的特征

音乐是以人的声音或乐器的声音为材料，通过有组织的乐音在时间的流动中创造审美情境的表现艺术。由于构成音乐的声音材料本身较为特殊，这些声音在自然界不存在，所以，音乐的声音是非自然性和创造性的。另外，音乐既不和造型艺术一样直接展现可见的视觉效果，更不会如文学、诗歌、戏曲那样直接描写刻画日常琐事、故事情节以及复杂抽象的思想意识，因此，音乐具有非视觉性和非语义性的特征。具体来说，包括以下几点：

1. 音乐是声音的艺术

人作为创造音乐的主体，在千百年的文化实践中，发现了自然界已然存在的泛音列，并将这种泛音列加以个性化的利用和创造，创作出丰富而美妙的音乐作品，这些音乐作品是通过人的思维活动创造出来的音响，是一种创造性的声音。无论是一首简单的歌曲，还是一部宏大的交响乐，它们都渗透着一种创造力。构成音乐的感性材料是人们对自然界声音的筛选和再加工，并在此基础上创造出美妙的音乐。因此，作为音乐艺术物质材料的声音是一个超脱了自然原型的特殊的音响体系。

2. 音乐是时间的艺术

人在运动中生活，人对事物的感受和认识有一个过程，人的思想感情的深化、发展也在过程中实现。因此，通过声音运动过程来展现的音乐艺术对反映运动着的事物，表达发展、深化的思想感情，有特殊的适应性。反过来，在欣赏过程中，音乐的这种“特殊的适应性”便转化为特殊的感染力。音乐艺术有一种引人“介入其中”的力量。这是因为音乐的律动和起伏会自然诱发人心理活动的运动和变化。人通过这种心理的运动和变化来感知和体验音乐在时间中展开所带来的种种情感。音乐艺术通过在一定的时间过程中展现，达到它最终诱发人内心活动和情感体验的目的。

3. 音乐是表现的艺术

表现艺术是相对于再现艺术而言的。这两类艺术都反映生活、表达思想感情。不同的是，再现艺术反映生活要模仿、复现客观生活的形态，创造“看得见、摸得着”的艺术形象，通过具体的形象来抒情达意。音乐作为表现艺术，其和再现艺术最大的不同就是它的非视觉性特征，这体现在它不能显示空间的造型，无法展现可见的视觉效果。音乐将来源于客观生活的思想感情直接地披露出来。音乐的音响是感情的直接载体，它以旋律、节奏、和声、音色等作为基本表现手段，通过声音刺激人们的听觉器官，使人们的头脑中产生联想和想象从而获得听觉形象，但音乐自身没有也不可能提供任何实实在在的可视的形象。

4. 音乐是再创造的艺术

歌谱、乐谱是记载音乐的符号。把用符号记载的音乐变为实际音响的音乐，需要通过演唱、演奏的实践。这一实践即被称之为“二度创作”。二度创作可以无数次地进行，而每次表演无论对于谱面的原作，还是前次表演来说，都具有不可复制性，是对作品的一种再创造。再创造体现了表演者对作品的再理解，对作曲者表现意图的再领会和技术、艺术上的再处理、再发挥。在人们不断进行二度创作的过程中，音乐艺术得以不断有新的智慧、才华、创造性注入其间，因而具有永不凋谢的生机。音乐艺术之所以特别鲜活，也得益于它在不断的再创造、再丰富的基础和过程之中的流传。

二、中国音乐简介

（一）中国传统音乐

1. 民歌

按照体裁分类，汉族民歌分为号子（包括搬运号子、船工号子、作坊号子等）、山歌（包括一般山歌、放牧山歌、田秧山歌等）和小调（包括谣曲、时调、风俗仪式歌曲、舞歌等）三大类别（见图6-3）。

我国少数民族的民歌各有其传统的分类方法。它们有的按照歌曲的社会功用划分为狩猎歌、宴席曲、牧歌、赞歌、思乡曲、礼俗歌、叙事歌、宗教歌、儿歌和摇儿歌（即摇篮曲）等；有的按照歌词的题材分为情歌、劳动歌、婚礼歌、祝寿歌等；有的按照民族内部各地区民歌的特点分为“大理白族调”“洱源西山白族调”等；有的按照歌曲的音乐形式划分为长调、短调等。

图6-3 湖南桑植民歌

（1）号子。号子音乐性格质朴坚毅、粗犷豪迈，表现方法简谱直接、节拍规整、节奏鲜明、律动感强，经常使用音乐材料。其演唱形式以一领众和最为常见，此外还有独唱、对唱等多种形式。歌词往往是劳动者即兴创编的，涉及内容广泛。号子的作用是加强了劳动的一致性，调节劳动和呼吸，解除疲劳，提高劳动的效率（见图6-4）。

图6-4 《川江号子》

例6-1是《川江号子》中的一首，名为“莫约号子”。它

例6-1

川 江 号 子

（号子之一“莫约号子”）

四川民歌

（白）开船啰！… 搬倒！

采用的是一领众和的演唱形式，在船行下水或平水时所唱。除了“莫约号子”以外，还有“桡号子”“二流摇橹号子”“龙船号子”等也是在此场景中演唱的。此类号子音调悠扬，节奏不快，适合扳桡的慢动作，也是船工在过滩、礁的紧张劳动后，在体力和精力上的劳逸调剂。

（2）山歌。山歌泛指劳动号子以外的各种山野歌曲，流传分布极广，蕴藏也极为丰富。山歌可分为一般山歌、田秧山歌、放牧山歌三类。一般山歌在中国汉族地区分布甚广，如陕北地区的“信天游”、青海地区的“花儿”、安徽的“赶慢牛”等；田秧山歌主要常用于插秧、车水等劳动中，是为了鼓舞劳动者的情绪，提高功效，由专门的“秧歌帮子”在田间地头演唱的；放牧山歌是放牧者为吆喝牲畜或互相问答逗趣所唱的山歌，多为少年儿童所唱，曲调活泼，唱词生动，富有情趣，常带有吆喝性的衬词。山歌的艺术特征主要是其节奏自由而舒展，音调悠长，旋律起伏较大，上下句结构较多，歌词往往只有一两段，并多用对偶句子等（见图6-5）。

四川晨歌《槐花几时开》是一首高腔（见例6-2）。这首山歌主要流行于川南、宜宾等地区。它的歌词只有四句：高高山上（哟啊），一树（喔）槐（哟喂），手把栏杆（啥）望郎来（哟喂），娘问女儿（呀），你望啥子（哟喂

图6-5　民歌手王向荣在演唱

例6-2

槐 花 几 时 开

四川民歌
丁善德编曲

唉）！我望槐花（啥）几时开（哟喂）。语言纯朴，形象生动，富于想象，曲调朴素而真挚动人，“起、承、转、和”四句体单乐段结构，五声羽调式。其旋律随着歌词内容情感的起伏而变化，构思巧妙。

（3）小调。小调一般指流行于城镇集市的民间歌舞小曲。经过历代的流传，在艺术上经过较多的加工，具有结构均衡、节奏规整、曲调细腻、婉柔等特点。由于艺术上较为成熟和完善，所以小调相对来说流传面较广，遍及城市和乡镇，其内容广泛涉及社会各阶层人民的生活。小调表现感情细腻曲折，形式较规整，表现手法丰富多样。按照内容的不同，可以将小调分为抒情歌、诙谐歌、儿歌和风俗歌四类。

图6–6　宋祖英和席琳·迪翁演唱江苏民歌《茉莉花》

江苏民歌《茉莉花》（见图6–6）是一首流传极广并且深受人们喜爱的民间小调，在国内外具有较高知名度，在中国及世界广为传颂（见例6–3）。其旋律委婉，波动

例6–3

茉　莉　花

江苏民歌

流畅，感情细腻；通过赞美茉莉花，含蓄地表现了男女间淳朴柔美的感情。早在清朝乾隆年间出版的扬州戏曲剧本集《缀白裘》中就刊载了它的歌词。意大利作曲家、歌剧大师普契尼在其歌剧《图兰朵》中就采用了这首《茉莉花》的曲调，足见其独特的魅力。

（4）少数民族民歌。少数民族民歌主要是指除汉族以外的其他少数民族的民歌，包括蒙古族民歌、维吾尔族民歌、哈萨克族民歌、回族民歌、藏族民歌、苗族民歌、侗族民歌、纳西族民歌、土家族民歌等。限于篇幅，这里只选取蒙古族、维吾尔族、哈萨克族和回族民歌作简要介绍。

蒙古族民歌有两种传统分类法：一是按题材分类，分为狩猎歌、牧歌、思乡曲、赞歌、宴歌、谚歌、儿歌、叙述歌等；二是按体裁分类，分为长调歌曲和短调歌曲。蒙古族长调曲调悠长，节拍自由，大多为散板。牧歌、思乡曲、赞歌、宴歌等多属长调类。蒙族长调深沉、委婉、气息绵长，唱时有类似于马头琴演奏的润腔。有的长调辽阔、开放，像蓝天、白云映衬下的广阔草原，有的长调则具有史诗般的雄浑气魄（见图6–7、例6–4）。短调曲调短小，节奏整

图6–7 蒙古族长调

例6–4

牧 歌

蒙古族民歌

齐，结构紧凑。狩猎歌、叙事歌及一部分带舞蹈性的宴歌、情歌、婚礼歌属短调。

传统的维吾尔族民歌从题材上可以分为爱情歌、劳动歌、历史歌、生活习俗歌等。其中，爱情歌曲的数量最多。歌曲表现出维吾尔族人炽热、奔放的感情和滚烫的语言。从歌唱形式上，维吾尔族民歌可以分为徒歌和相和歌两种。徒歌无乐器伴奏，相和歌有乐器伴奏。木卡姆是维吾尔族的一种综合艺术形式，它包含器乐、歌舞、说唱等成分。维吾尔族民歌唱词多采用比、兴等手法，寓意深刻。其音乐调式种类丰富，音乐语汇生动，节奏鲜明（见图6-8、例6-5）。

图6-8　绘画《达坂城的姑娘》

哈萨克族民歌从内容上可分为劳动歌曲、颂赞歌曲、爱情歌曲、习俗歌曲和其他歌曲五类。在演唱形式上，可分为独唱、

例6-5

马车夫之恋

维吾尔族民歌
王　洛　宾编曲

弹唱和对唱三种。其民歌旋律优美宽广，抒情奔放，以七声音阶为主。调式交替和节拍变换手法也很常见（见图6-9、例6-6）。

图6-9 哈萨克族姑娘冬不拉弹唱

“花儿”在回族民歌中特点最为鲜明、最具代表性。“花儿”主要在甘肃、宁夏和青海一带广为流传。“花儿”分为“临夏花儿”（旧

例6-6

燕 子

$1={}^{\flat}B$ $\frac{2}{4}$

行板

哈萨克族民歌

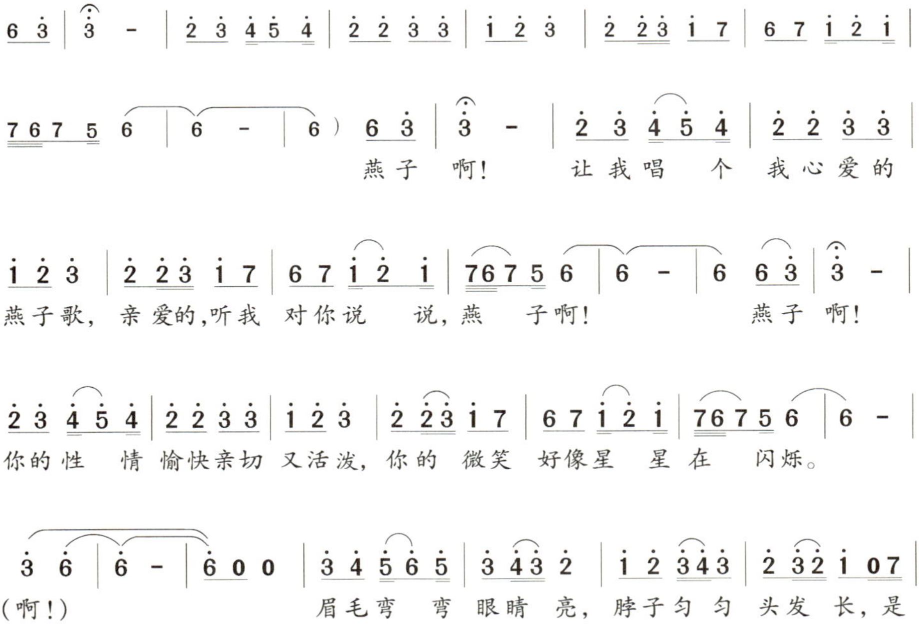

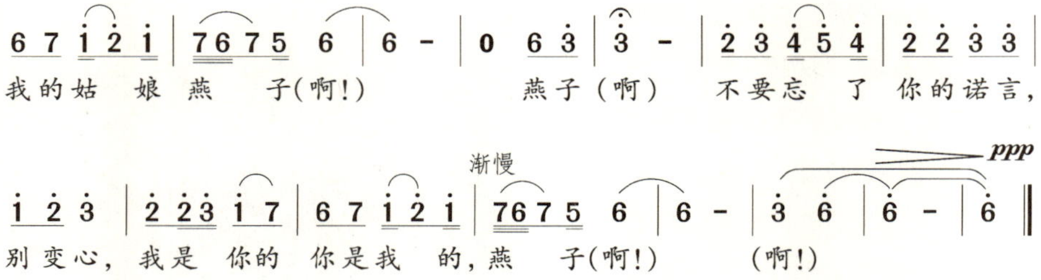

称“河州花儿”）和“洮泯花儿”两大系统。回族人民主要唱“临夏花儿”。四句一首是“临夏花儿”的基本形式，每句七字到十字，讲究节奏和谐、顿数一致。押韵方法多种多样，常见的是一韵到底或隔句押韵，多衬字或衬句。其曲调以“令”称之，在“令”前面又冠以地名、族名、花名及其他名，如“和州令”“撒拉令”“白牡丹令”等。音乐风格受地理条件的影响，主要体现为高亢、粗犷、刚健和奔放。其旋律音程间跨度很大，音域宽，“花儿”多吟唱爱情，也用以表现劳动人民的痛苦生活和不幸遭遇（见图6–10、例6–7）。

图6–10 回族“花儿”对唱

例6–7

上去高山望平川

自由、深沉地　　　　青海民歌

2. 说唱艺术

说唱又名曲艺，说唱音乐是用来讲唱历史、传说故事及文学作品的艺术体裁，是音乐、文学和表演相结合的综合艺术形式。其音乐以叙述功能为主，兼有抒情功能。说唱音乐有与语言音调密切结合的特征。按照艺术风格，我国汉族说唱曲种被大致归纳为鼓词、弹词、道情、牌子曲、琴书五大类。我国少数民族的说唱曲种，因为民族情况和历史渊源较复杂，还难以分类。

曲艺的历史可追溯到战国时期，公元前三世纪荀子的《成相篇》是现存最早的唱本。汉魏的相和歌，南北朝的各种长篇叙事歌曲如《木兰辞》《孔雀东南飞》等都和曲艺有渊源关系，唐代出现了结构宏大的“变文”，宋代出现鼓子词、转踏、诸宫调、唱赚等诸多表演形式，到明清以来的鼓词、弹词、道情、琴书、莲花落、滩簧等，逐渐形成了富有浓郁民族风格和地方特色的曲种。

一方面，说唱为城镇市民提供了一个自我表现、自我欣赏、自我肯定的文化娱乐场所；另一方面，说唱也为当时的文盲和半文盲提供了一个了解历史传统、接受伦理道德的教化、熟悉人情世故的便捷途径。它的听众遍及皇室贵族、官僚地主、宫女宦臣、富商大贾、学校生员、举人贡士、僧尼道士、手工工匠、小商小贩、妓女流民、船工力夫和农民。

《丑末寅初》又名《三春景》，是历经几代艺人传唱不绝、脍炙人口的京韵大鼓传统唱段。全曲有九对句子，每个下句均是多层次的长句，早年只作为《南阳关》的“帽儿”演唱，后成独立唱段（见例6-8）。刘派、骆派（见图6-11）的传人均擅长演绎。作品以极简练的笔触，形象地描述了在丑末寅初这一时辰

图6-11　鼓曲大师骆玉笙在表演

里，中国古代人民的生活景况，犹如一幅生动古朴的画卷。它的腔调流畅，节奏活泼，短句大腔搭配巧妙。从悠扬婉转的唱腔中，人们得到充分的艺术享受。

例6-8

丑末寅初

京韵大鼓

减 去 了 辉 惶。 一
轮 明 月 朝 西 坠，我 听 也 听 不 见 在那花 鼓 谯 楼
上（啊），梆 儿 听不见的 敲， 钟 儿 听不见的 撞（啊），锣 儿 听不见的
筛呀，这 个 铃 儿 听不 见的 晃，那 些 值 更 的 人 儿 他 沉 睡
如 雷 梦 入 了 黄 粱。
架 上 的 金 鸡 不 住 地 连 声 地 唱，
千 门 开 万 户 放(啊)这 才 惊 动 了 行 路
之 人，急 急 忙 忙 打 点 着 行 囊 出 离 了 店 房，遘 奔 了
前 边 那 一 座 村 庄。 渔

翁出仓 解开 缆， 拿起了
篙 驾 起了小航， 飘飘摇摇晃里 晃荡惊动
了 那 水中的鹭 鹭
对对鸳鸯， 扑棱棱棱两 翅儿
（过门）
忙（啊）这不飞过了那扬子 江。打 柴的樵夫
就把这个高山 上， 遥望见 山长着
青云，云罩着青松，松藏古寺，寺里隐着山僧，僧在
佛堂上把那木鱼敲得响乒 乓(呃)，他是念 佛
烧 香。 农夫 清晨

早下地，拉过牛套上
犁一到南洼去耕地，耕的是春种秋收
冬藏闭户奉上那一份
钱粮。念书的学生
走出了大门外，我只见他头戴着方巾身穿着
蓝衫腰系丝绦那足下登着福履怀抱着书包一步
三摇脚步儿仓
惶，他是走进了这座书房。
绣楼的佳人儿要早起，

我只见她 面对着菱花 云分
两 鬓那鬓上戴着鲜花 花枝招展哪，她是 巧
梳 妆。 牧牛 童儿
不住地连 声 唱， 我只见他 头戴着
斗笠身披着蓑衣 下穿水裤 足下登着草鞋 腕挂
藤鞭 倒 骑着 牛背口横短笛， 吹得
是 自在 逍 遥。

3. 戏曲艺术

图6-12 昆曲名家张继青在《牡丹亭》中扮演的杜丽娘

戏曲是中国汉族特有的民族艺术，历史上也称戏剧。中国戏曲是文学、音乐、舞蹈、美术、武术、杂技以及表演艺术各种因素综合而成的一门传统艺术，是汉族传统文化中的瑰宝。中国戏曲虽然产生得比希腊、印度晚一些，但是早在汉代就有了百戏的记载，在十三世纪已进入成熟期，其鼎盛时期是在清代。新中国成立之初，已经发展到三百多个剧种，剧目更是难以数计。中国戏曲和希腊悲喜剧、印度梵剧并称为世界三大古老的戏剧文化。戏曲的主要剧种有昆曲、京剧、豫剧、黄梅戏、越剧、秦腔等。

《牡丹亭》（见图6-12）可以说是一部有史诗格局的“寻情记”，上承《西厢记》，下启《红楼梦》，是中国浪漫文学传统中的一座巍巍高峰。作者汤显祖，明代戏曲作家，与莎士比亚同时代，都是剧坛泰斗。他的剧作有“临川四梦”（《紫钗记》《牡丹亭》《邯郸记》《南柯记》），其中《牡丹亭》影响最大。

[皂罗袍]是昆曲的曲牌名，是《牡丹亭》最出名的一折戏。[皂罗袍]刻画了杜丽娘千回百转的心态变化；[好姐姐]写出了杜丽娘的感伤情绪。此曲的文字历来广为吟咏，一是音韵美，押韵，一韵到底，宛如一泓清泉流动，鸣响着泠泠的韵调，给人明快的美的享受；二是句式有对句特点，如“姹紫嫣红”对“断井颓垣”，“良辰美景”对“赏心乐事”；三是景美，描绘了一幅美丽春景图，富于诗情画意；四是情美，面对此景，景美却情伤，用反衬手法，写出了主人公的无限惊讶、感叹、惋惜，带有极强烈的感情色彩；五是用合唱形式展示了一幅畅想广阔、美好自然的天地的画卷（见例6-9）。

《贵妃醉酒》又名《百花亭》，源于乾隆时花部地方戏《醉杨妃》的京剧剧目，该剧经京剧大师梅兰芳倾尽毕生心血精雕细刻、加工点缀，是梅派经典代表剧目之一（见图6-13）。剧情为唐明皇宠妃杨玉环在百花亭设宴，欲与唐明皇同饮，久候不至，又悉其转驾西宫，羞怒之余自饮大醉，怅然回宫。梅葆玖、李胜素、王蓉蓉、李炳淑、魏海敏、尚伟、张晶、杨春霞等京剧名家都曾饰演过“杨贵妃”，经过几代人不断创新，《贵妃醉酒》日臻完美（见例6-10）。

例6-9

[皂罗袍] [好姐姐]

南仙吕宫【皂罗袍】 中速稍慢

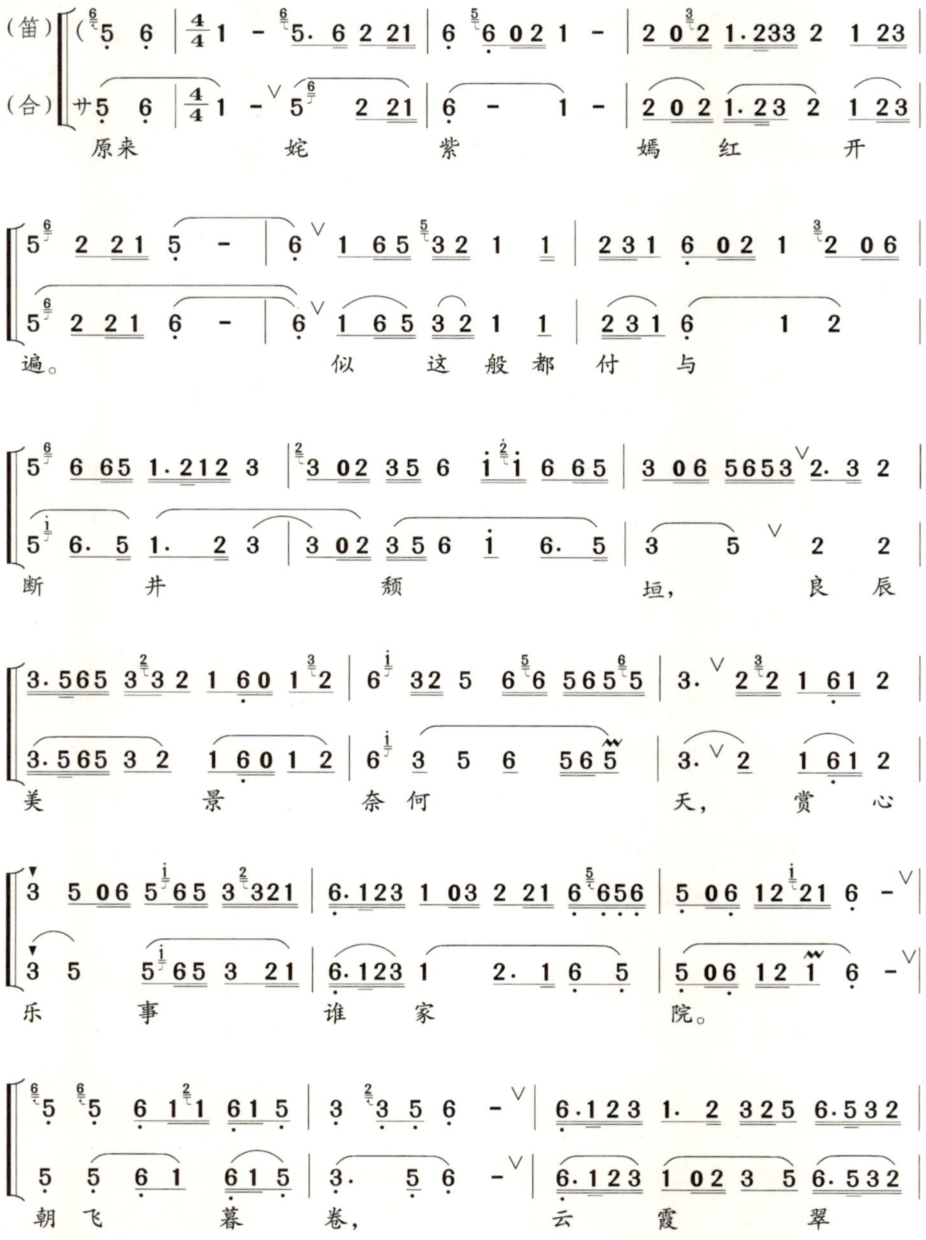

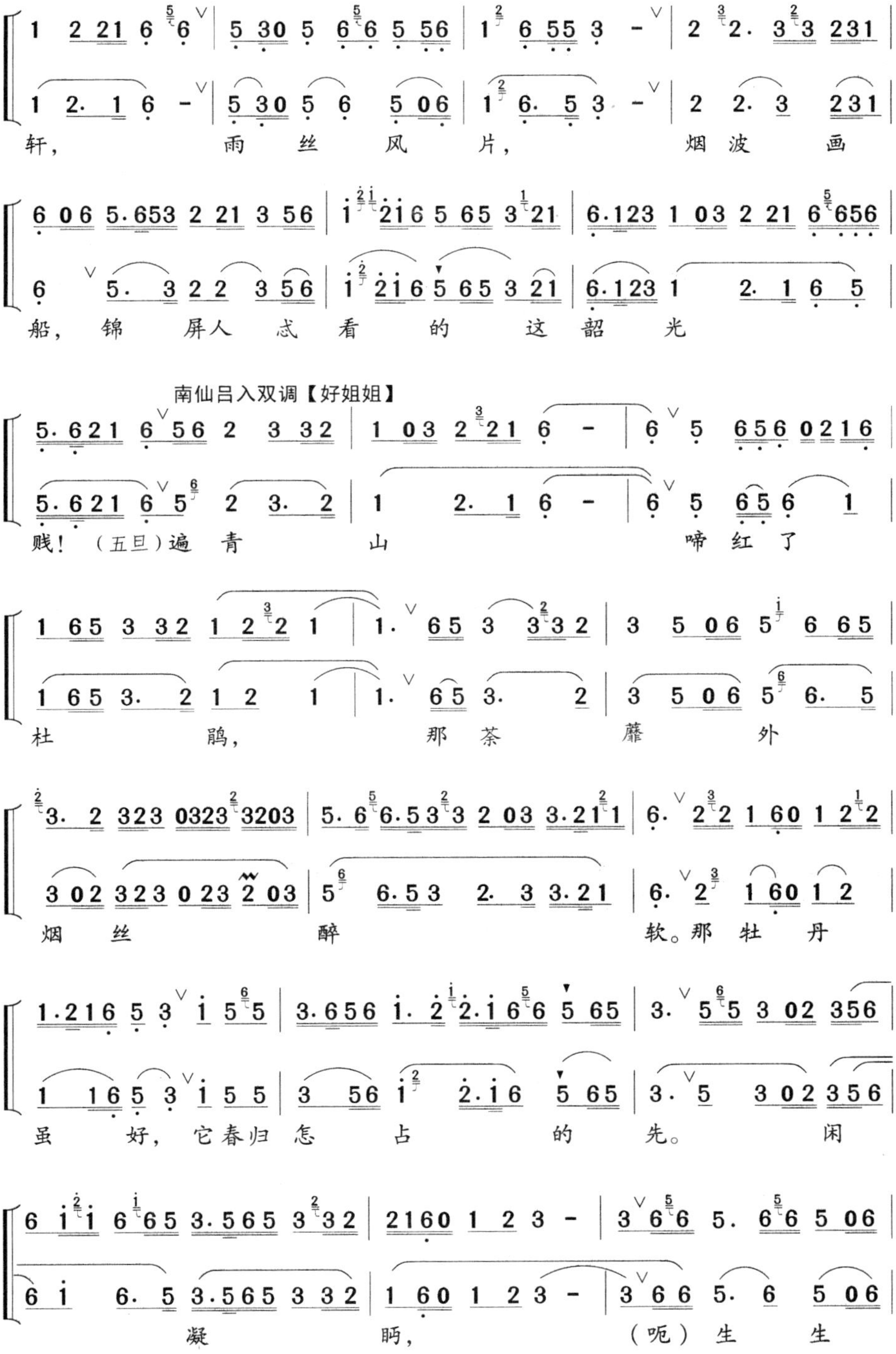

轩，雨丝风片，烟波画
船，锦屏人忒看的这韶光
南仙吕入双调【好姐姐】
贱！（五旦）遍青山啼红了
杜鹃，那荼蘼外
烟丝醉软。那牡丹
虽好，它春归怎占的先。闲
凝眄，（呃）生生

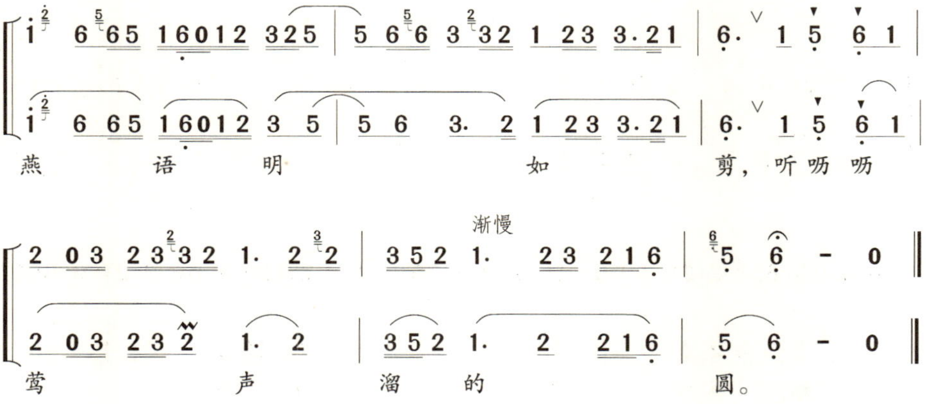

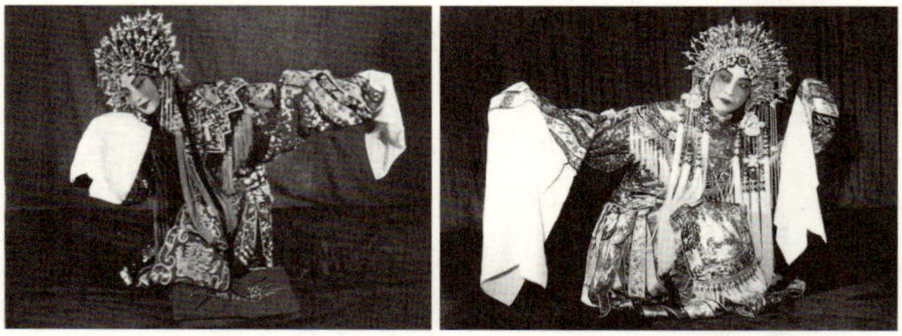

图6-13　京剧大师梅兰芳在《贵妃醉酒》中的扮相

例6-10

海岛冰轮初转腾

（《贵妃醉酒》杨玉环唱段）

1=C　或 1=$^{\#}$C　　　　梅兰芳演唱

【四平调】

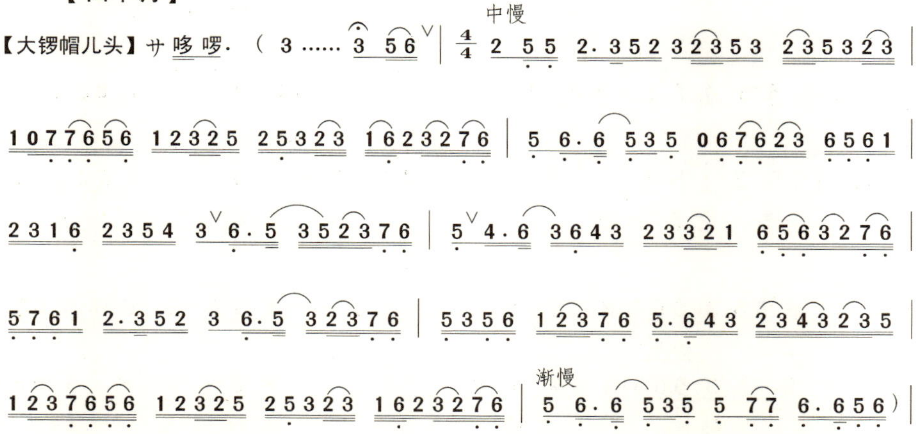

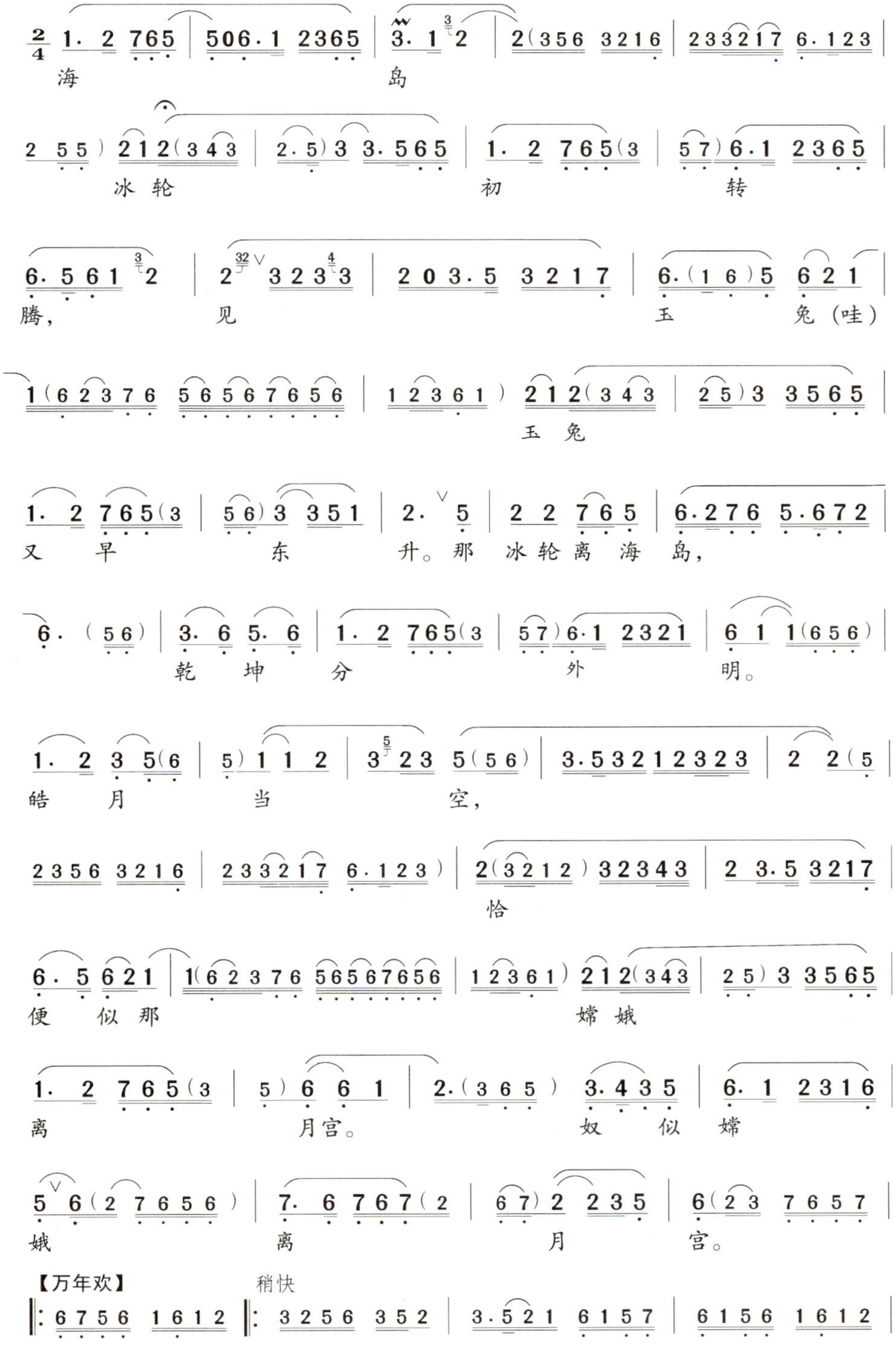
海 岛
冰轮 初 转
腾，见 玉 兔（哇）
玉兔
又早 东 升。那冰轮离海岛，
乾坤分 外 明。
皓 月 当 空，
恰
便似那 嫦娥
离 月宫。 奴似嫦
娥 离 月 宫。
【万年欢】
稍快

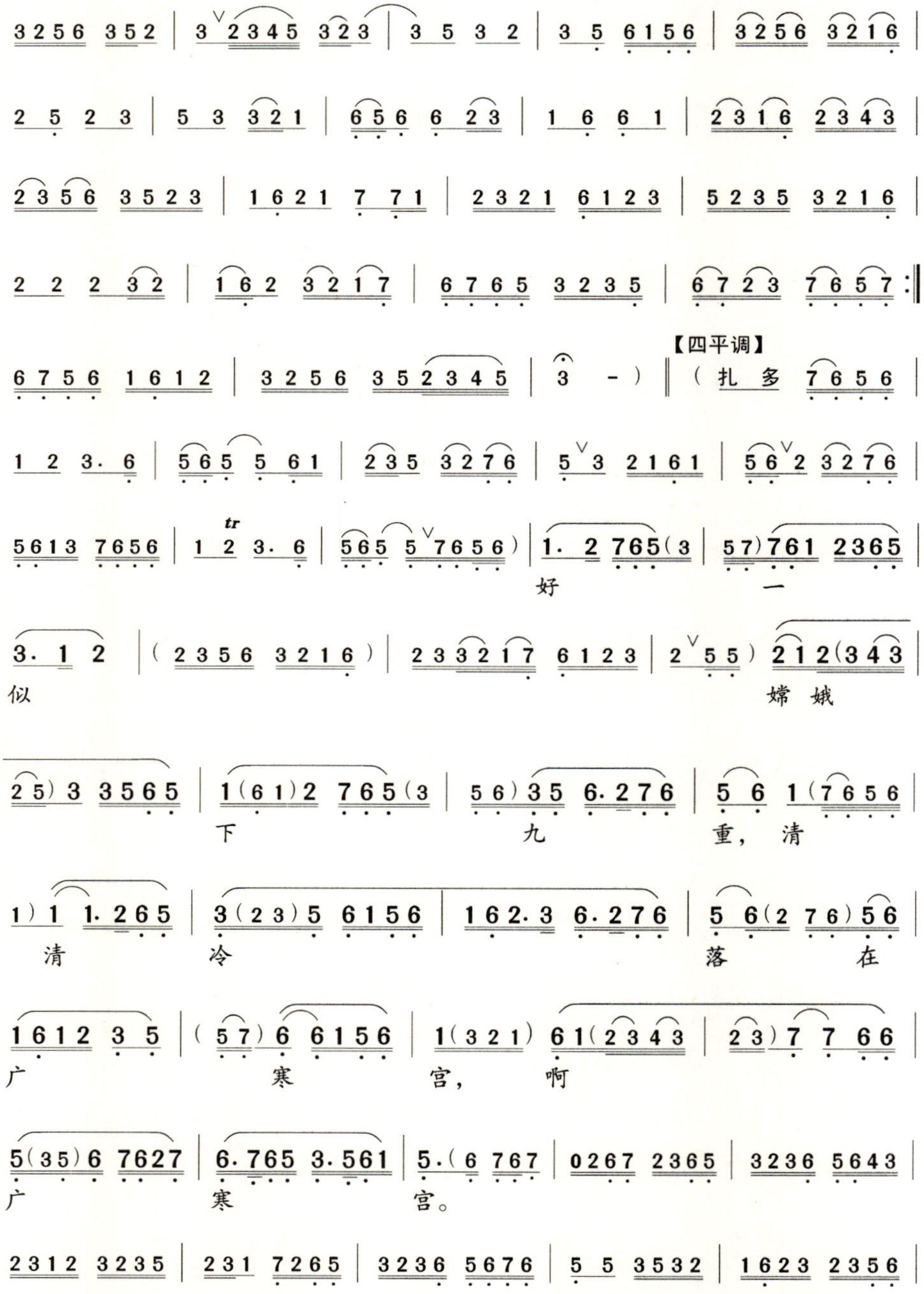
【四平调】
扎 多
好 一
似 嫦 娥
下 九 重, 清
清 冷 落 在
广 寒 宫, 啊
广 寒 宫。

4. 器乐艺术

在历史长河中，民族器乐伴随着人民的生活，在逢年过节、婚丧喜庆、迎神庙会等习俗中，在历代的宫廷、官府的礼仪及宗教活动中，都有大量的器乐演奏活动。器乐首先是在歌舞、说唱、戏曲等姐妹艺术中得到发展的。《周礼·春官》中说："大司乐……乃分乐而序之，以祭，以享，以祀，乃奏黄钟，歌大吕，舞《云门》，以祀天神。"周代的琴歌（自弹自唱）、间歌（奏与唱相间），秦汉时的鼓吹（以打与吹为主，还常加入歌唱）、相和歌（丝竹与歌唱相和），以及宋代的秧歌和说唱等都包含有器乐的元素。明代的戏曲艺术中，除有一些单独演奏的段落外，器乐主要是和歌、舞相结合的。在民族音乐的传承中，不断涌现出一些将声乐曲和舞曲加以器乐化加工而发展成的独立的器乐曲。

当然，纯器乐的创作和演奏活动也是十分久远的。《战国策》中说："临淄甚富而实，其民无不吹竽、鼓瑟、击筑、弹琴。"说明当时民间器乐的演奏活动十分活跃。在隋唐时期，琵琶是"大曲"乐队中的主奏乐器之一，且琵琶名家迭出，技艺高超，新调繁兴。

自宋以后，除了宫廷音乐和寺庙音乐中的器乐、古琴音乐、琵琶音乐以外， 其他器乐表现形式有用箫管、笙、嵇琴、方响等乐器合奏的"清乐"；用笙、笛、方响、小提鼓、拍板、扎子等合奏的"清乐"；一两件乐器合奏的"小乐器"；用胡琴、琵琶、三弦和筝合奏的"弦索"；用笛、管、箫、弦、提琴、云锣、汤锣、木鱼、檀板、大鼓等乐器合奏的"十番鼓"，以及"丝竹""吹打""锣鼓""十番锣鼓"等。可以这样说，现代流行的各种民间合奏、乐器独奏都是传统民族器乐表演形式的传承和发展。

新中国成立后，民族器乐进入了一个新发展时期，在发展新的表演形式、整理改编传统曲目和创作新曲等方面，都取得了喜人的成绩，为世人所瞩目。

民族器乐形式发展的同时，留下了一大批优秀的传统器乐作品，如古琴曲《广陵散》《潇湘水云》《梅花三弄》《平沙落雁》，琵琶曲《海青拿天鹅》《十面埋伏》《夕阳箫鼓》《霸王卸甲》，古筝曲《渔舟唱晚》《寒鸦戏水》，唢呐曲《百鸟朝凤》《小开门》《一枝花》，笛曲《鹧鸪飞》《五梆子》《姑苏行》，二胡曲《二泉映月》等。各地不同组合形式的民族器乐名目更是繁多，如江南丝竹《三六》《行街》，广东音乐《雨打芭蕉》《走马》，福建南音《八骏马》《梅花操》，苏南吹打《将军令》《满庭芳》，山东鼓吹《普天乐》等。新文化运动民乐界的杰出代表如刘天华为二胡的发展做出了卓越的贡献，新中国成立之后，更有一批杰出的音乐家为我国的民乐发展和建设做出了应有的贡献，限于篇幅，在这里不一一展开（见图6-14）。

图6-14　马头琴大师色拉西在演奏

（二）中国专业音乐

这里所指的专业音乐是由作曲家个人通过艺术创造而创作出来的，带有浓厚的艺术性和个性化的音乐。中国的专业音乐建立在西洋音乐的传入和学堂乐歌的发展基础之上，是在五四新文化运动之后逐渐发展起来的。

中国专业音乐的起步阶段首先是在歌曲方面有所探索和发展，如学堂乐歌时期代表性的作曲家沈心工、李叔同、曾志忞。艺术歌曲方面，中国第一首艺术歌曲是青主在一九二〇年留学德国时所作的男中音独唱歌曲《大江东去》，而后不断涌现出大批的作曲家和音乐作品。所谓艺术歌曲是指“诗歌与音乐的有机结合，采用著名诗歌为歌词，侧重于表现人的内心世界，为指定声部而写，曲调表现力强，供独唱用，表现手段及作曲技法复杂，以钢琴为主要伴奏乐器，且占主要地位”的歌曲。从早期的代表作曲家如赵元任、萧友梅、黄自、陈田鹤、谭小麟到二十世纪七十年代的施光南、罗忠镕、黎英海等作曲家的作品中，我们完全可以归纳出艺术歌曲的这种特征。

器乐音乐方面，早期的马思聪、冼星海、贺绿汀、丁善德等作曲家创作了一些小提琴音乐作品。由陈刚、何占豪创作的小提琴协奏曲《梁祝》值得一提，此曲选材于家喻户晓的民间爱情故事，以越剧音乐为素材进行创作，带有鲜明的民族风格和时代特征。二十世纪七十年代之后，中青年作曲家夏良、敖昌群、黄虎威、瞿小松、郭文景等运用现代技法来创作小提琴音乐。钢琴音乐方面，以三十年代贺绿汀创作的《牧童短笛》为代表，标志着我国钢琴音乐的擦混工作步入了新时期，之后有丁善德、桑桐、黄虎威、吴祖强、杜鸣心等作曲家创作的作品，七十年代后中青年作曲家王建中、陆华柏、刘庄、朱践耳等人创作了一大批作品，其中有些作品不乏创新性和探索性的意味。交响音乐方面，早期有影响力的作品包括萧友梅的《新霓裳羽衣舞》、黄自的管弦乐序曲《怀旧》、冼星海的管弦乐《中国狂想曲》、贺绿汀的《森吉德玛》、李焕之的《春节序曲》等。八十年代在保持传统的基础上，作曲家更多地进行探索和创新，并着力凸显个性，如谭盾的交响乐《离骚》、瞿小松的《第一交响曲》、叶小钢的交响乐《地平线》。朱践耳在交响乐上有特别的成就，其作品不仅数量众多，而且体现出传统与现代结合的特点，并且不断地创新，如《第一交响曲》、《第二交响曲》、交响组曲《黔岭素描》、交响诗《纳西一奇》等。另外，交响乐方面有成就的作曲家还有王西麟，其代表作品有《第三交响曲》，交响组曲《太行山印象》《云南音诗》等，他善于在作品中引入如蒲剧、上党梆子等地方戏，并具有一种悲剧性的风格，其作品多表现对人类命运的关怀和思考，如他的《第四交响曲》。

歌剧方面，中国专业音乐主要立足在民族、民间音乐的基础上，借鉴西方的歌剧经验逐步发展。一九二〇年黎锦晖创作的儿童歌舞剧《麻雀与小孩》可视为最早的中国歌剧，他共创作了十二部儿童歌舞剧。聂耳在一九三四年创作的配乐剧《扬子江暴风雨》在中国歌剧史上具有特殊意义，但总体来说处于探索阶段。二十世纪三十年代末、四十年代初出现了运用西方近代作曲技法表现中国题材的歌剧作品，如陈田鹤的《荆轲》、张昊的《上海之歌》、钱仁康的《大地之歌》等，这些作品在探索中国歌剧道路方面起到了先行作用。一九四二年延安文艺座谈会之后的新秧歌运动中出现了十余部秧歌剧，如《夫妻识字》《兄妹开荒》等。在此基础上，一九四五年诞生了民族歌剧《白毛女》，标志着中国歌剧的发展进入一个新阶段，也即在民族、民间音乐和借鉴西方歌剧经验的基础上，着重从本质上解决如何通过音乐来刻画剧中人物的形象问题。在此成功经验影响下，产生了一大批新歌剧，如马可等作曲的《小二黑结婚》、陈紫等作曲的《刘胡兰》、罗宗贤等作曲的《草原之歌》等。一九五七年“新歌剧讨论会”之后，歌剧风格开始多样化，逐步走向成熟，如《红珊瑚》《刘三姐》《窦娥冤》《江姐》《洪湖赤卫队》等。八十年代后，各种歌剧观念、风格、流派、技法竞相登上舞台，如施光南的《伤逝》，金湘的《原野》，王祖皆、张卓娅的《芳草心》等是当时较有影响的作品，至今也是我国歌剧宝库的经典。进入当代以来，新潮作曲家创作的歌剧如郭文景的《夜宴》《狂人日记》，谭盾的《秦始皇》等以现代派的作曲手法和非常规的演唱方式和舞台与服装设计，体现出极具个性化的特征和多元文化的观念。

舞剧音乐方面，我国作曲家的音乐创作主要采用民间音乐和歌舞的特色音调，并且运用了各少数民族的打击乐器，有的作曲家还采用民间音乐和通俗音乐相结合的方法。同时，我国的舞剧音乐创作也借鉴了西方音乐的作曲手法，采用音乐动机的展开形成主题，并通过主题的变奏性和交响性的展开来塑造不同角色和人物的性格，揭示人物的内心感情，推动剧情的发展。限于篇幅，在这里不作举例。

（三）中国通俗音乐

中国通俗音乐大约产生于二十世纪二三十年代。黎锦晖是我国通俗音乐的奠基人，其代表作品有《毛毛雨》《妹妹我爱你》等。当时，中国的歌曲创作大致分化为两大潮流：一是以聂耳、冼星海为代表的大众进步歌曲；二是以黎锦晖为代表的城市商业化的流行歌曲。总体来看，早期中国通俗歌曲作品题材狭窄，演唱矫揉造作。随着抗日救亡的时代要求和救亡歌曲的兴起，当时的通俗歌曲很快退出了历史舞台。

改革开放以后，通俗歌曲才悄悄回到中国音乐生活中来，“抒情歌曲”迅速取代了“队列性群众歌曲”成为当代歌曲的主要体裁，歌曲的音乐语言也渐渐向人们的心灵贴近。一九八〇年，以李谷一、郑绪岚、成方圆等为代表，他们的演唱形成了抒情歌曲、通俗民歌或艺术性通俗歌曲唱法的新风格。这一时期港台歌曲的大量输入成为最重要的音乐文化现象。首先是邓丽君歌曲带来了巨大的冲击波，对内地通俗歌曲发展产生广泛而深刻的影响。一批通俗歌谣体的台湾校园歌曲走红内地。一九八六年是中国流行音乐发展史上的一个重要年份，标志着内地通俗歌曲的崛起。最突出的标志有两个：一是里程碑式的作品《让世界充满爱》；二是具有中国气派的“西北风”的盛行。由中央电视台主办的第二届青年歌手电视大奖赛首次单设了通俗唱法，正式确立了通俗唱法和通俗歌曲在音乐领域的地位，使通俗歌曲有了自己的一片天地。二十世纪九十年代上半叶，摇滚乐在北京获得较大的发展；电视剧音乐成为一个特殊的创作领域；电视晚会成为继大型歌会、歌手大赛之后最具影响力的通俗歌曲推广形式；亚运会征歌活动取得一定成效；港台歌曲冲击大潮和大陆青少年崇拜偶像追星族浪潮兴起。

一九九六年至今，内地通俗歌曲受欧美通俗歌坛的影响越来越大。淡化旋律、强化节奏，更加另类、时尚、超前，通俗歌曲样式和消费口味多样化趋势越来越明显。表演模式上，各种演唱组合成为一大亮点。通俗歌曲发展的空间越来越大，与国际通俗歌坛的交流越来越频繁。

三、外国音乐

（一）世界民族音乐

1. 非洲音乐

“非洲音乐”这一词汇是一个囊括多种音乐文化的集合概念，通常系指撒哈拉沙漠以南（黑非洲）源于本土的各种黑人传统音乐，至于撒哈拉沙漠以北（北非）的音乐则属于阿拉伯音乐的范畴。南非的音乐主要受欧洲文化的影响，属于西方音乐体系。

非洲地大物博，民族多元，信仰各异，因此非洲音乐是很复杂的。根据民族音乐学家的分类，非洲音乐可分成五大类别：古埃及，北非三国（摩洛哥、突尼斯、阿尔及利亚），埃塞俄比亚，撒哈拉以南（东非、西非、中非、南非诸国），黑人音乐。

非洲音乐的节奏具有非常特殊的重要性，是世界上最复杂的节奏，经常为即兴式的节奏。在非洲音乐中，鼓是应用最多的乐器，不仅可以作为舞蹈的伴奏，甚至可以作为语言和信息传达的工具。非洲的鼓影响了他们整个的音乐体系和风格。

非洲的声乐最常用的是对唱，经常是一人领唱多人和，多声部轮唱和重叠，乐句短小，多次重复，音乐和舞蹈紧密结合，常常是边唱边舞，音阶为七声，偶尔有五声音阶。西非的行吟歌手用弹拨乐器“可拉”伴奏，说唱历史事件，对于尚未出现文字的非洲历史传承起到决定性的作用（见图6–15）。

图6–15　西非的行吟歌手

非洲的鼓使用羊皮、鹿皮、蜥蜴皮、象耳皮等多种材料，形式多样，可以发出各种不同的音高。此外的乐器还有“马林巴木琴”“薄片拇指钢琴”、用兽角或象牙制造的号角、笛和排笛，弦乐器大部分为弹拨乐，也有部分拉弦乐器。

2. 拉丁美洲音乐

拉丁美洲音乐基本有三种类型：印第安音乐、黑人音乐和印欧混血人的民间音乐。印第安人的音乐主要分布在秘鲁、厄瓜多尔、玻利维亚等印第安人比较集中的地区，主要乐器有排箫和竖笛，唱腔高亢，有高原的特点。黑人音乐主要分布在加勒比海地区、巴西、哥伦比亚、委内瑞拉和秘鲁的沿海地区。黑人音乐中节奏起决定性作用，常有强烈的切分节奏，打击乐是必不可少的，用汽油桶做的钢鼓可以演奏出旋律，甚至可以演奏交响乐。歌曲多采用呼应式，一领众和，现代拉丁舞的舞曲如桑巴、恰恰等都受到拉丁美洲黑人音乐的很大影响。民间音乐的基础是西班牙和葡萄牙的音乐，但已经有所改变，常伴有淡淡的哀怨、忧郁色彩，节拍多采用六八拍和三四拍，音色柔和抒情。

3. 印度音乐

印度音乐是印度半岛特有的音乐。由于印度在历史上长期受到外来民族的侵略，印度文化受到许多外来文化的影响，包括波斯、希腊、蒙古和阿拉伯文化与印度原有的文化融合，形成特有的印度文化。

印度音乐理论上在一个八度音程中细分为二十二个微音程（斯鲁蒂），所以音高有非常细微的变化，不采用固定音高，歌手会根据自己的嗓音特点即兴演唱。印度音乐从古代开始有两个程式：一是“拉格”，为旋律的程式；另一个是“塔拉”，为节奏的程式。“拉格”一般有五十个左右，最多可以达到二百个，但表演“拉格”时演奏和演唱家经常即兴发挥，即兴部分可以多达50%以上，有多种装饰，已经自成体系，大约有二十一种装饰乐句和十五种装饰音，可以发展成曲线形、螺旋形、波浪形等多种音的进行方式，但基本没有直线形的进行方式。“塔拉”有一个复杂的节拍体系，拍子周期从三拍到一百二十八拍。

印度的乐器种类繁多，尤其是弦乐器，所以常被称为“弦乐器之国”，打击乐中鼓有特殊的重要性，无论乐器演奏或歌唱，都由鼓来伴奏出节奏，鼓还能单独举办独奏和合奏音乐会（见图6-16）。

印度音乐从十三世纪后逐渐分为两派——北派和南派：北派为印度斯坦音乐，比较世俗化；南派为卡纳蒂克音乐，和宗教的关系较为密切。

图6-16　印度乡村歌手

图6-17　日本雅乐表演

4. 亚洲音乐

亚洲是人类古代文明最发达的地区之一。亚洲传统音乐具有悠久的历史，亚洲灿烂的音乐文化是人类音乐遗产的重要组成部分，它对其他大陆音乐的发展产生过巨大的影响。亚洲可分为五个音乐文化区：东亚、东南亚、南亚、中亚和西亚。

东亚音乐旋律十分丰富，多采用五声音阶，乐器种类繁多，并有多种多样的民歌、戏曲、说唱和舞蹈等。如吸收自中国传统音乐而后被民族化的日本的雅乐（见图6-17）、琴、筝、三味弦音乐，朝鲜的唐乐和乡乐，当然还包括丰富多彩的中国民族音乐，它们都是东方音乐艺术的瑰宝。

东南亚音乐最早受到中国和印度文化的影响，后来一些国家受伊斯兰和后周文化的影响。泰国、印尼的古典音乐部分采用七声音阶。大型的敲击乐队是东南亚音乐的特点之一。印尼音乐中历史最悠久、最有特点，在世界上影响最大的是甘美兰。甘美兰音乐大都采用两种有半音和无半音的五声音阶，但它的律制（即音与音之间的距离）与十二平均律不同，有点接近五平均律，初听时很不习惯。演奏甘美兰时还要遵循一种称为帕台特的调式，它与印度的“拉格”相类似，表现不同的情绪要采用不同的帕台特。甘美兰乐队中还有少量的歌唱家。甘美兰音乐是西方人眼中亚洲的代表。

南亚古老的音乐传统延续至今。印度古典音乐中的旋律、节奏体系得到高度的发展，具有多样的音节调式和独特的装饰音体系。孟加拉国被称为“音乐之邦”，孟加拉音乐与印度次大陆的古典音乐和民间音乐有很深的渊源关系。

中亚和西亚属于伊斯兰文化，采用七声音阶，中亚的阿拉伯古典音乐用二十四平均律的音阶，风格柔和、持重。阿拉伯音乐在其形成过程中，曾经受到古埃及、古波斯和古希腊罗马文化的巨大影响。阿拉伯音乐文化也曾对印度北部和我国西部的音乐产生影响。

（二）欧洲专业音乐

欧洲音乐有数千年的历史，它伴随着欧洲各个历史阶段的发展和变革，形成了与当时社会氛围相适应的各类音乐艺术形式和各种风格流派。由于近代科学技术方面的显著进步和政治经济领域的辉煌成就，欧洲音乐文化也成为世界音乐发展史中重要的组成部分。在当今世界的音乐会上，从巴赫到德彪西的音乐作品始终占有至上的地位。它所包括的内容与形式之广，作品与史料之多，远非本节可以概括。本节主要以欧洲十七世纪至二十世纪的音乐史期为序，简要介绍各个不同时期的音乐风格和特色及其代表作曲家。由于音乐作品浩如烟海且件件皆为精品，实难取舍，限于篇幅，不作举例。

1. 巴洛克时期的音乐（1600—1750年）

巴洛克音乐指欧洲在文艺复兴之后开始兴起，且在古典主义音乐形成之前所流行的音乐类型，时间大约从一六〇〇年到一七五〇年，延续了一百五十年。“巴洛克（Baroque）”一词来源于西班牙语和葡萄牙语“Barocco”，意指形态不够圆或不完美的珍珠，最初是建筑领域的术语，后逐渐用于艺术和音乐领域。在艺术领域方面，巴洛克风格的特征是精致细腻的装饰以及华丽的风格，造成这种现象的主因是因为巴洛克时期是贵族掌权的时代，富丽堂皇的宫廷中奢华的排场正是新的文化及艺术的发展中心，而这个大环境的改变也直接地影响到了音乐家的创作。十七、十八世纪宫廷乐师所写的音乐作品绝大部分是为上流社会的社交所需以及为了炫耀贵族的权势以及财富而创作的。当时的宫廷音乐大都呈现出绚丽的音乐以及不凡的气度，以营造愉悦气氛。

巴洛克音乐的特点是极尽奢华，加入大量装饰性的音符，节奏强烈、短促而律动，旋律精致。复调音乐（复音音乐）仍然占据主导地位，大小调取代了教会调式，同时主调音乐也在蓬勃发展。于是复调的和声性越来越明显。复调在J. S. 巴赫时代发展到极致。数字低音及即兴创作是巴洛克重要的部分，且管弦乐团编制尚未标准化。

巴洛克音乐创作的发展中心以贵族的宫廷、私人组织的学会以及天主教教会为主，其中又以宫廷最具影响力。这一时期的音乐创作除了适合在宫廷里演奏的大协奏曲（Concerto Grosso）以外，还有贵族沙龙里带有私密气氛的小规模乐器奏鸣曲（Sonata）；弥撒、神剧、受难曲以及丰富的管风琴曲目，令教堂充满了神圣的光彩；另外，歌剧在威尼斯快速兴起，借着音乐和戏剧的结合将情感抒发到最高点。音乐创作从此步入了一个蓬勃发展的阶段。

当时，富有的贵族大多都拥有专属的乐团，以便在宫廷中娱乐宾客，变化多样又音乐宽广的乐器曲就广受青睐。乐器曲崛起后，音乐的创意有了更大的发挥空间，音乐家开始发展出不同的乐曲类型，如组曲（Suite）、奏鸣曲（Sonata）、协奏曲（Concerto）、赋格曲（Fugue）、罗曼尼斯卡（Romanesca）等。

当时的主要作曲家有意大利的科莱里（Arcangelo Corelli，1653—1713年）、A.斯卡拉蒂（Alessandro Scarlatti， 1660—1725年）、维瓦尔迪（Antonio Vivaldi，1678—1741年）、D.斯卡拉蒂（Domenico Scarlatti，1685—1757年），德国的巴赫（Johann Sebastian Bach，1685—1750年）、亨德尔（George Frideric Handel，1685—1759年）、泰勒曼（Georg Philipp Telemann，1681—1767年），法国的吕利（Jean-Baptiste Lully，1632—1687年）、弗朗索瓦·库普兰（Francois Couperin，1668—1733年）、让-腓力·拉莫（Jean-Philippe Rameau，1683—1764年），英国的普赛尔（Henry Purcell，1659—1695年）等。

2. 古典主义时期的音乐（1750—1820年）

古典主义音乐指的是一七五〇年至一八二〇年这段时间的欧洲主流音乐。海顿、莫扎特和贝多芬是古典主义音乐的杰出代表，由于他们都在维也纳度过了自己的创作成熟时期，因而也被人称为“维也纳古典乐派”。

古典主义音乐继承巴洛克音乐的发展，是欧洲音乐史上的一种音乐风格或者说一个时代。这个时代出现了多乐章的交响曲、独奏协奏曲、弦乐四重奏、多乐章奏鸣曲等体裁。而奏鸣曲式和轮旋曲式成为古典时期和浪漫时期最常见的曲式，影响之深远直至二十世纪。此时的乐团编制比巴洛克时期增大，乐团由指挥带领逐渐变成一种常规。现代钢琴在古典时期出现，逐渐取代了大键琴的地位。随着法国大革命对社会造成的冲击，作曲家的生计也受到影响，由最初依赖宫廷、教会供养转变为独立的经营者。

古典主义时期音乐的发展在器乐方面成绩较为显著，它完善了一整套纯器乐的大型曲式，如独奏奏鸣曲、二重奏、三重奏、四重奏、室内乐、协奏曲、交响曲。其主要特点是：作品具有生活的真实性和鲜明的时代感；曲式结构规范，主题乐思发展严谨，功能和声完善，配器细腻，音色力度变化丰富；作曲技法上创造了动机展开的发展手法，用旋律模进、变速度、变节奏、变调性、变和声织体等，造成乐曲发展趋势；规范了奏鸣曲式和奏鸣交响套曲。

此外，在古典主义时期还确定了交响乐队的组织形式，形成了完整的双管编制乐队。而在此之前的乐队里，只有弦乐组是完整的。木管乐器、铜管乐器及打击乐有组织地充实到乐队后，加强了乐曲的和声效果，乐队演奏时能产生浑厚、均衡、色彩丰富的音响。这种乐队组织形式一直影响着以后的音乐发展。

3. 浪漫主义时期的音乐（十九世纪）

浪漫主义音乐是古典主义音乐（维也纳古典乐派）的延续和发展。浪漫主义主要用于描述一八三〇年至一八五〇年间的文学创作以及一八三〇年至一九〇〇年间的音乐创作。

浪漫主义音乐比起之前的维也纳古典乐派的音乐，更注重感情和形象的表现，相对来说看轻形式和结构。浪漫主义音乐往往富于想象力，许多的浪漫主义音乐受到非现实的文学作品的影响，而有相当大的标题音乐成分。其音乐强调多样性，发展和声的作用，对人物性格的特殊品质进行刻画，更多地运用转调手法和半音。贝多芬是浪漫主义音乐的先驱，浪漫主义歌剧的代表是韦伯，音乐的代表是舒伯特。

浪漫主义音乐体现了影响广泛和民族分化的倾向，如法国的柏辽兹、意大利的罗西尼、匈牙利的李斯特、波兰的肖邦和俄罗斯的柴可夫斯基。晚期浪漫主义主要以马勒、瓦格纳为代表，其音乐在瓦格纳时代式微。

民族乐派也是浪漫主义音乐发展的继续或派生的分支，最先在俄国出现，后发展到东欧、北欧等国，其代表人物有格林卡、穆索尔斯基、鲍罗丁、里姆斯基·柯萨科夫、斯美塔那、德沃扎克、格里格、西贝柳斯等。他们把浪漫乐派所强调的个性扩大为民族性，促进了世界各民族音乐的空前繁荣。

浪漫主义音乐是欧洲音乐史上成果最为丰硕的时期，也是欧洲音乐文化发展的重要历史阶段，这一时期涌现出了大批优秀的作曲家，并推动了欧洲歌剧的发展和民族乐派的兴起，对二十世纪的欧洲音乐文化产生了深远的影响。这一时期的音乐作品至今仍是最受人民喜爱的艺术珍品，它的艺术魅力使千百万人为之倾倒。

4. 二十世纪的音乐

二十世纪音乐又称现代音乐，指十九世纪末以来整个二十世纪的音乐。在十九世纪末二十世纪初，由于受文学上象征主义、绘画上印象主义的影响，音乐上出现了一种新的风格，即印象主义。这种新的风格源于法国，其奠基人是法国作曲家德彪西。

印象主义音乐反映的是绘画上的一种主张，真实再现了直接感受的事物印象，注重色彩及光线的描写，尽量捕捉事物一瞬间的活动情景，不为任何形式所拘束。它的音乐给人捉摸不定的、闪烁的图画性质，常用色彩来代替音乐内容。印象主义音乐在二十世纪前三十年极为流行，形成一个国际性的乐派，对欧美各国的音乐发展产生了重要的影响。

二十世纪接连发生了两次世界大战，战争给人类社会的政治、经济、文化生活带来极大的动荡和破坏。成千上万的人民在经受战争的创伤后，急切地要求重建和变革社会秩序。他们摒弃老的传统，发展新的思想，探寻新的出路。战后社会的振兴，科技的进步，交通的发达，信息的猛增和广播、唱片、电视的普及，促使音乐的国界逐渐被打破，为音乐与科技的结合开辟了新的领域。这样就形成了整个二十世纪的西方音乐集多种流派、风格、手法于一体，各种音乐现象并存的复杂多样化局面。除了以法国音乐家德彪西为代表的印象主义音乐外，还有以俄罗斯作曲家拉赫玛尼诺夫为首的后期浪漫主义，匈牙利作曲家巴托克的民族主义，奥地利音乐家勋伯格的表现主义，俄罗斯作曲家斯特拉文斯基的新古典主义音乐，德国作曲家斯托克豪森的电子音乐，美国音乐家约翰·凯奇的偶然音乐，捷克作曲家哈巴的微分音乐等。

二十世纪音乐总的特点为：

（1）节奏上的复杂性。节奏摆脱二拍、三拍、四拍的有重音的格律式标准，代替以不对称的、以奇数为基础的节拍，如五拍、七拍、十一拍、十三拍。在吸取亚洲、非洲节奏的复杂性与灵活性的基础上，同时采用几种节奏型，造成紧张的、具有强大力度的、爆炸的基本节奏和效果。

（2）和声上的不协和性。打破以三度为基础的和弦构成方法，改用二度、四度、五度为基础，制造一种刺激音响。由六七个音组成“摩天大楼”式的复和弦，如C13和弦C–E–G–B–D–F–A，加强了音乐的紧张度。

（3）调中心的模糊性。无调性，废除主音，把十二音作为同等重要的音来对待，排列成十二音音列，形成十二音法。

（三）欧美通俗音乐

“通俗音乐”一词最早见于十九世纪的演出报道中。第二次世界大战以前，通俗音乐通常包括爵士音乐、拉丁美洲的伦巴和探戈等歌舞音乐、一般电影歌曲、音乐剧、世界流行的地方性音乐（如美国新民歌、意大利的那不勒斯歌曲、法国小曲、黑人灵歌、夏威夷音乐、中国的时代曲等）。第二次世界大战后，通俗音乐的名目更为纷繁，除上述类别外，又加入了摇滚乐（曾译摇摆乐）、新摇滚乐、乡村与西部音乐、黑人的灵魂乐与布鲁斯、迪斯科、怡情音乐等。其中还有各种各样的变种。摇滚乐有民间摇滚、东海岸摇滚、西海岸摇滚、迷幻摇滚等。此外，还有许多支流，如迪斯科发展中有扭扭舞、巴沙诺瓦以及今日的霹雳舞。有人还把轻松活泼的军乐以及根据古典和通俗的世界名曲改编和选奏的音乐（如把世界名曲主题串联在一起，用摇滚乐或迪斯科节奏来演奏的“连环扣”，如以J. 海顿《F大调弦乐四重奏》的第二乐章改编成单独演奏的《海顿小夜曲》，从柴可夫斯基的舞剧《天鹅湖》中选出来的舞曲），也都概括在通俗音乐之内。

通俗音乐大多取材于日常现实生活。声乐作品以爱情歌曲居多，也有描写人生伦理、生活理想、思念故乡以及对黑暗社会的讽刺和批判等内容。器乐作品以舞曲和改编曲居多，比较强调明朗乐观的描写。在资本主义国家，通俗音乐虽有不少格调低下、消极落后，甚至色情淫秽的内容，但在社会矛盾日益加剧的情况下，也出现了许多反对侵略战争、反对种族歧视和揭露社会黑暗面的歌曲。由于通俗音乐面向一般市民群众，比较强调娱乐性，所以即使是较严肃或具有悲剧性内容的作品，也往往使用较轻松的笔触来陈述，表现手法和艺术风格都很自由，富于变化。

通俗音乐的结构形式通常比较短小简练，器乐曲常作机械的反复和简单的变奏，常与舞蹈结合在一起；许多通俗音乐强调即兴性，这种即兴性意味着一种高超的技艺和音乐感觉的敏锐性，这一点和民间音乐相似。

在旋律上，通俗音乐力求易记易唱，音域较为狭窄，声乐曲以分节性歌曲居多。不少通俗歌曲与民间音乐有紧密联系，经常采用富有地方色彩的音阶和调式，因而更具有通俗性。

在节奏上，通俗音乐强调强烈、清晰、单纯而富有变化。乐曲的整体或整个段落常采用长时间的固定节拍（如圆舞曲、波尔卡等）或固定节奏（如迪斯科等）。

在和声上，通俗音乐远较古典音乐简单淳朴，但在发展中，也出现了不少复杂化的处理，例如现代爵士音乐中使用了十二音技法。

在音色配置上，通俗音乐的乐队通常人数不多，但力求发挥各个乐器的独特效果。随着科学特别是电子工业的发展，现代通俗音乐越来越多地强调借助和运用电子手段，不但使用电子乐器，而且采用电子合成器、电子音乐以及其他的特殊音响和复合音响等。在录音制作和实况演出时，话筒的操纵技术已成为重要的表现手段。

图6-18 The Band Perry（佩里乐队）演出现场

通俗音乐的演出形式强调群众性，经常与舞蹈相结合，特别是在大型的演出中，广泛使用舞蹈、舞台美术、灯光、服装、新的音响媒介等，并与其他艺术综合在一起。演员经常与听众交流，同歌共舞，打成一片（见图6-18）。

通俗音乐的主要类型有神游舞曲（Trip-Hop）、世界音乐（World Music）、新世纪音乐（New Age Music）、梦幻流行（Dream-Pop）、古典流行（Classical Pop）、清唱（Acappella）、巴萨诺瓦（Bossa Nova）、后摇滚（Post Rock）、英伦摇滚（Britpop）、混音（Dub）、电子音乐（Electro Music）、丛林音乐（Jungle）、鼓与贝斯（Drum’n’Bass）、重打击乐（Big-Beat）、英式摇滚（Brit-Hop）、碎拍（Break beat）、果阿迷幻音乐（Goa Trance）、迷幻音乐（Trance）、氛围音乐（Ambient）、铁克诺音乐（Techno）、民歌（Folk）、室内流行乐（Chamber Pop）、合成流行乐（Synth Pop）、匪帮说唱（Gangsta Rap）、浴室舞曲（HOUSE）、节奏蓝调（R&B）、迪斯科（Disco）、朋克（Punk）、灵魂乐（Soul）、雷鬼（Reggae）、说唱（Rap）、波普（Pop）、艺术摇滚（Art Rock）。

第二节 舞蹈

一、舞蹈艺术的基本理论

（一）舞蹈的概念

古今中外，关于“舞蹈”一词的解释既有广义的概述，也有狭义的阐释，既有许多面的梳理、线的引导，也不乏众多对点的深入探析，可谓五花八门、不计其数。《毛诗序》有言：“情动于中而形于言，言之不足故嗟叹之，嗟叹之不足故永歌之，永歌之不足，不知手之舞之足之蹈之也。”舞蹈即是。

《乐记·乐象篇》谈道：“德者，性之端也；乐者，德之华也。金石丝竹，乐之器也。诗，言其志也，歌，咏其声也，舞，动其容也：三者本于心，然后乐器从之。”中国著名诗人、学者闻一多先生强调“舞是生命情调最直接、最本质、最强烈、最尖锐、最单纯而又最充足的表现”。中国舞蹈的一代宗师吴晓邦先生认为：“舞蹈是一种人体动作的艺术。凡是借着人体有组织和有规律的动作，通过作者对自然或社会生活的观察、体验和分析，然后用精练的形式和技巧，集中地反映了某些形象鲜明的人物和故事，表现个人或者多数人的生活、思想和感情的都可称之为舞蹈。”美国哲学家苏珊·朗格（Susan K.Langer）称“舞蹈是一切艺术之母”。

显而易见，关于“什么是舞蹈”，不同的人有不同的认识与理解，其回答始终是随着时间的推移在不断丰富和发展的。由此看来，舞蹈概念的界定与解释，其实既可洋洋万言，鸿篇巨制，也可区区几字，要言不烦。

图6-19 非洲约鲁巴人用舞蹈模仿表演的《羊头人的问世传说》

（二）舞蹈的起源

舞蹈究竟从何而来？世界各国社会学家、艺术史学家对此始终莫衷一是，千百年来没有一个定论。关于舞蹈的起源，概括起来，有以下几种主要说法：

1. 模仿说

模仿说（见图6-19）是起始于古希

腊哲学家并以其为代表的一派学说，认为艺术产生于人类爱好模仿的天性。亚里士多德称：“人从孩提的时候起就有模仿的本能（人和禽兽的区别之一，就在于人最善于模仿，他们最初的知识就是从模仿得来的），人对于模仿的作品总是感到快感。”舞蹈的目的应该是“通过节奏性的动作去模仿性格、感情和行为”[①]。

2. 游戏说

游戏说是由十八世纪德国思想家席勒（Friedrich von Schiller）和十九世纪英国哲学家斯宾塞（H. Spencer）提出的一派学说，也被艺术史学家们称之为“席勒—斯宾塞理论”。该学说认为审美活动起源于人类所具有的游戏本能。由于人类具有过剩的精力，将其运用到没有实际效用、没有功利目的的活动中，于是就产生了类似于游戏的舞蹈，这是一种人性自由的表现。

3. 巫术说

巫术说是始于英国人类学家泰勒（Edward Tylor）和德国民族学家威兹格兰德（Waitz-gerland）的一派学说，在西方至今仍影响甚广。他们认为，在原始人的世界观中，万物是有灵的，且可以与人交感，从而产生图腾崇拜、原始宗教、魔法巫术、祭祀礼仪等活动，在这些活动中，舞蹈便是其通神达意的主要内容与表现形式。时至今日，我们仍能从许多岩洞壁画和民间舞蹈中看到原始民族舞蹈与宗教巫术的关系（见图6-20）。

4. 表情说

表情说是以俄国文学家列夫·托尔斯泰等为代表的一派学说，认为艺术起源于人类表现和交流情感的需要，情感表现是艺术最主要的功能，也是艺术发生的主要动因。在我国古代《白虎通·礼乐篇》中的“心中喜乐，口欲歌之，手欲舞之，足欲蹈之”和《毛诗序》中的“不知手之舞之足之蹈之也”即说明舞蹈起源于表现人们的情感，是表现人们最激动情感的产物。

图6-20　广西花山岩画（局部）中壮族的“蛙崇拜”

① 欧建平.外国舞蹈史及作品赏析[M].北京：高等教育出版社，2008：7.

5. 性爱说

性爱说是以十九世纪美国著名学者、进化论奠基人达尔文和英国著名学者蔼理斯为代表，通过大量西方学者考察证实，被众多学者日渐重视的一派学说，认为“音乐舞蹈起源于性的冲动，起源于恋爱”。原始人通过肉体的展示，在图腾崇拜的同时，表达了生殖崇拜和性崇拜（见图6-21）。在一些民族（如奥玛哈斯族），“舞蹈”一词既是舞也指爱，具有双重功能。我国土家族至今也仍保留有产生于原始社会的《茅古斯舞》。

图6-21　崖画中的生殖崇拜

6. 劳动说

劳动说是以毕歇尔、希尔恩、普列汉诺夫为代表的一派学说。他们认为是劳动创造了人的身体，创造了社会和赖以生存的物质。中国当代美学家鲍昌提出：“劳动动作本身的标准化、定性化趋势，产生了劳动舞创作的需求。”今天，我们从许多洞窟崖画和原始舞蹈的现代遗存中可以看到大量反映原始人狩猎和农耕生活的舞蹈内容（见图6-22）。

图6-22　崖画中反映原始人狩猎生活的舞蹈

7. 综合说

综合说是我国舞蹈史论工作者在分析、论证前人的各种起源说后，从多角度出发总结而来的一派学说。该学说认为舞蹈的起源和世界上一切事物的构成一样都不是单一的，是由许多因素综合而成的。它起源于远古人类求生存、求发展中劳动（狩猎、农耕）、性爱、健身和战斗操练等活动的模拟再现，以及图腾崇拜、巫术宗教祭礼活动和表现自身情感思想内在冲动的审美需要。

（三）舞蹈的分类

舞蹈是一种社会现象，是由许多因素综合而成的。因此，这种特殊的构成方式也影响着舞蹈的分类方式，不同的人可以从不同角度运用不同方法进行分类，在给舞蹈划分类别时不能用一把标尺，只有相对划分，没有绝对而言。为了深入了解舞蹈艺术的特性、把握其艺术发展规律，我们试从以下若干角度对其进行相对地划分：

从时间角度，可以分为古代舞蹈、近代舞蹈和现当代舞蹈；从地域角度，可分为东方舞蹈、西方舞蹈，亚洲舞蹈、欧洲舞蹈和非洲舞蹈等（见图6-23），中国舞蹈、德国舞蹈和伊朗舞蹈等；从人种角度，可分为阿拉伯人舞蹈、吉普赛人舞蹈和毛利人舞蹈（见图6-24）等；从舞蹈取悦的对象看，可分为娱己舞蹈、娱神舞蹈和娱人舞蹈；从舞蹈的表演形式看，可分为独舞、双人舞、三人舞、群舞、组舞、歌舞、舞蹈诗、歌舞剧、舞剧；从舞蹈的风格流派看，可分为芭蕾舞、古典舞、民间舞、现代舞、当代舞；从舞蹈的表演群体看，可分为幼儿舞蹈、少儿舞蹈、成人舞蹈、老年舞蹈或业余舞蹈和专业舞蹈；从反映生活和塑造舞蹈形象的方法看，可分为抒情性舞蹈、叙事性舞蹈和戏剧性舞蹈等。

（四）舞蹈的功能

由于舞蹈的种类各不相同，每一类舞蹈的功能、作用和影响也都不尽相同。仅就舞蹈的社会功能而言，从古至今，舞蹈便担负着传授知识技能、传示情爱、选择配偶、宣泄情感、趋吉辟邪、表达愿望、强身健体、交流感情、认识社会、宣传教育等重要功能，是人类肉体和心灵合一的表露形式，是人类生命活动中必不可缺的精神文化。

图6-23 非洲传统舞蹈

图6-24 新西兰土著毛利人的传统舞蹈

（五）舞蹈的特征

舞蹈是艺术的一种，受其艺术共性的制约，具有艺术的本质属性。与此同时，舞蹈作为“一切艺术之母”和“一切语言之母”，又有与其他姊妹艺术所不同的审美特征。

1. 视听相补

舞蹈是一种肢体艺术，是以人体动作为主要表现手段来塑造艺术形象的，需要通过人们的视觉来进行审美感知，具有直观性。但在视觉感受舞蹈形象的同时，舞蹈音乐及其感染力所赋予舞蹈形象的作用也是极其重要的。人们常说的“听舞蹈”“看音乐”指的就是将视觉艺术与听觉艺术结合在一起，形成一种完美的视听综合艺术。

2 .时空相融

舞蹈艺术既没有“过去时”，也没有“未来时”，只有“现在时”，是在一定时间内完成并呈现的一种时间艺术。在塑造舞蹈形象的时候，舞蹈又必须占有一定的空间，并受其局限，在一定的局限之下进行创造发挥，扩大表现范围。因此，对于舞蹈来说，既有时间艺术的特性，又兼空间艺术所长，是一种以空间为主的时空综合艺术 。

3. 动静相交

我们常用“活的雕塑”“动的画卷”来形容舞蹈的动静结合。对于时间性艺术而言，舞蹈是动态艺术，需在过程中呈现；而对于空间性艺术而言，舞蹈是静态艺术，具有造型，既包含人体动作姿态的造型，又包括舞蹈队形、画面的构图等。舞蹈是一种以动态为主、动静结合的艺术。

4. 表现和再现相织

一方面，舞蹈具有抒情性的内在本质属性，可以直接表现人的内心情感，从这个意义上来说，舞蹈是一种表现艺术。另一方面，无论传递什么情感，舞蹈都要通过肢体忠实地呈现、复制和模仿客观事物而展现，又具有再现艺术的特点。因此，从艺术的反映方式和手法上来说，舞蹈是一种蕴含着表现性的再现艺术。

二、中国舞蹈艺术

（一）中国古典舞

中国古典舞这一概念是在二十世纪五十年代初由欧阳予倩先生提出并得到公认的，它的渊源可以追溯至古代，泛指中国古代具有典范意义的传统舞蹈。

1. 发展概况

纵观中国古代舞蹈的发展历程：兴起于周代，发展于汉代，鼎盛于唐代，转折于宋代，衰落于元代，没落于明清。舞蹈内容多为对帝王将相的歌功颂德、炫耀太平盛世。舞蹈讲究排场，规模宏大、富丽堂皇、典雅华美，服装与道具也比较铺张奢侈。其中最具代表性的包括西周时期的《六大舞》《六小舞》；汉代的《盘鼓舞》《建鼓舞》；魏晋南北朝的《白纻舞》《翳乐》；唐代的《霓裳羽衣舞》《九部乐》；宋代的《队舞》；元代的《十六天魔舞》《倒喇》和明清时代的一些戏曲戏剧舞蹈等。这些作品都是舞蹈艺术在几千年发展历程中沉淀下来的艺术结晶。

新中国成立以后，在欧阳予倩先生的大力倡导下，中国古典舞开始复苏。在六十多年的发展过程中，中国古典舞向戏曲舞蹈学习毯子功技巧、吸取中华武术之精华、请苏联专家来华讲授芭蕾，最后在本民族舞蹈艺术特色的基础上学习、借鉴西方芭蕾艺术的动作元素及训练方法，建立起一套中国古典舞教材，创作出一大批优秀的当代中国古典舞。

2. 审美特征

中国古典舞主要包括身韵、身法和技巧三部分。身韵讲究“提、沉、冲、靠、含、腆、移、旁提、横拧”“形、神、劲、律”，遵循“欲左先右”“欲上先下”“欲开先合”等“从反面做起”的运动规则，以及“平圆、立圆、八字圆”的“三圆”路线规则，结合旋转技巧、翻身技巧和弹跳技巧，展现中华民族特有的审美特征与美学规范。

图6–25　古典舞《扇舞丹青》

3. 佳作赏析

《扇舞丹青》（见图6–25）

编导：佟睿睿

首演时间：二〇〇〇年

表演：王亚彬

《扇舞丹青》是一个中国古典舞作品。在作品中，编导紧紧围绕中国古典舞“拧、倾、圆、曲”的人体形态，将其融入中国书画艺术的气韵之中，时而如草书飞动多变、恣意狂放，时而又如丹青浓淡相宜、师法自然。

舞蹈中，道具折扇的运用可谓独具匠心。一方面，折扇的使用延长了舞者的手臂，增强了肢体表现力；另一方面，扇子的“开、合、转、抽、送”也营造出似扇、似剑、似笔、似墨的艺术意象。此外，编导还巧妙利用时、空、力的表现方式与特点，不仅通过身体的闪转腾挪、上下起伏富有诗意地展现了中华民族的书画艺术，而且还选择《高山流水》之古曲，于溪水潺潺、行云流水间展现了中华民族“书、画、乐、舞”的神韵之美。

（二）中国民族民间舞

中国民族民间舞这一概念实际包含两块内容：中国民族舞和中国民间舞。此类舞蹈民俗特征突出、地域色彩分明、表现形式多样，是人们在一定的民族群体时代背景和地域环境中创造、演变、传承下来的自娱性舞蹈，寄托着不同民族人民的理想和愿望，生动、形象地反映了他们的生活内容。我们今天将这些舞蹈统称为中国民族民间舞。

1. 发展概况

纵观中国民族民间舞的发展历程：起源于原始时代，流行于西周末年和春秋战国时期，随着时间的推移逐渐发展、壮大开来。这其中包括春秋战国时期盛行的“郑卫之音”“桑间濮上之乐”；汉代的“百戏”；魏晋南北朝时期的“吴歌”“西曲”；隋唐的“歌舞戏”；宋代的“舞队”；明清时代的“走会”“社火”。这些作品是不同历史时期人类社会与民族文化之间碰撞出来的艺术火花。

一九五四年，随着中专学制的北京舞蹈学校建立并下设中国民间舞教研组，开始建设和整理中国民间舞教材，中国民族民间舞蹈进入了学院派（职业化）的历史。通过五十多年的发展，逐渐形成了以汉族、藏族、蒙古族、维吾尔族、朝鲜族五个民族，辽宁、内蒙古、新疆、山东、云南、西藏、吉林、安徽八个地区为核心的教材，是当今舞台上呈现的中国民族民间舞蹈的重要内容。

2. 审美特征

中国历史悠久、幅员辽阔、民族众多，由于各民族、各地区人民受不同地域环境、文化背景、宗教信仰、风俗习惯的影响，中国民族民间舞蹈所呈现出的风格特色也多姿多彩，各有千秋。

汉族民间舞的东北秧歌具有稳、浪、俏、泼辣、热烈等特征，节奏欢快，气氛热烈；胶州秧歌（见图6–26）讲究动作的“拧、推、伸”，身体姿态的“三道弯”“扭断腰”和“8”字形扭摆路线，动作大气舒展、饱满优美；安徽花鼓灯要求动作既要有速度，又不失力度，刚柔相济、动静相宜，身体呈“三道弯”和S形，强调舞者脚下的“艮劲”和上身的摆动，能够“溜得起，刹得住”，刚劲古朴、灵巧秀丽；云南花灯又称“崴花灯”，“崴”是其最基本、最典型的动律元素，民间有“无崴不成灯”一说，动作在平衡摆动中优美轻盈、活泼敏捷。

图6–26 胶州秧歌

图6–27 蒙古族舞蹈

图6–28 朝鲜族民间舞

蒙古族民间舞（见图6–27）多强调灵活而富有弹性的肩部、背部、臀部和腕部动作，常利用双肩的不同动作表现牧民骑在马上的各种姿态，舞蹈风格粗犷奔放、稳健有力、质朴庄重；藏族民间舞的基本体态是松胯、弓腰、上身微向前倾，强调膝部松弛，配合腰部、胯部进行有规律地起伏颤动，形成“一顺边”的美，舞蹈安详和谐，具有浓郁的劳动气息；维吾尔族民间舞的基本体态是昂首挺胸、拔背立腰，常见有移颈，头部的摇、挑和手部的翻腕、绕腕、击腕等动作，配合“先正看而后低首闭目”的眉眼动作及脚下 “三步一抬”的基本步伐，舞蹈热情奔放、潇洒大气；朝鲜族民间舞（见图6–28）在体态上要求松弛、含胸、垂肩、蓄腰、收臀，气息下沉，讲究“柳手鹤步”和

"顿、弹、含"，动作过程中强调呼吸与屈伸相配合并带动肢体，舞蹈典雅含蓄、潇洒飘逸。

3. 佳作赏析

《一个扭秧歌的人》（见图6-29）

编导：张继刚

时间：一九九一年

表演：于晓雪等

图6-29 民间舞《一个扭秧歌的人》

《一个扭秧歌的人》是一部汉族民间舞作品，讲述了一位平凡的民间老艺人对秧歌艺术的热爱和执著，作品以小见大，充满生活气息，令人感动。

动作编排方面，编导抓住身体的蜷缩和直立这两个形态特征来展现老艺人现在的老态龙钟和曾经的风华正茂，并以秧歌基本步为主题动作进行变化和发展。如节奏缓慢、步履蹒跚的秧歌步表现老艺人年老时对秧歌艺术的热爱和执著，而节奏欢快、步伐敏捷的秧歌步则表现老艺人年轻时扭秧歌的神采飞扬、英姿飒爽。

道具使用方面，编导巧妙地利用了扭秧歌用的一条红腰带，并将之发挥到了极致。长长的红绸既延长了肢体，增强了表现力，又仿佛似一条血脉，承载着老艺人的人生悲喜，象征着秧歌艺术的世代相传。

舞台调度方面，利用独舞、群舞相结合的方式，很好地形成了身体与舞台空间的占有对比。如舞台的右后角区域主要用来表现老艺人风烛残年之时的孤单寂苦；舞台中心主要表现老艺人回忆秧歌岁月及扭动至高潮时的欢快热烈；舞台左后角区域则最后表现老艺人结束回忆转到现实。短短几分钟精彩地呈现了老艺人爱秧歌、扭秧歌和忆秧歌的一生。

（三）其他

1. 中国现代舞

现代舞最初发源于美国和德国，在二十世纪三四十年代从德国经由日本传到中国。改革开放以来，现代舞在中国的土地上开始得到较大发展。在系统学习和引进西方现代舞的理论、方法与技术的基础之上，我国相继成立了现代舞实验班、专业现代舞团、现代舞大专班、北京现代舞团等教育、表演团体，陆续开展了现代舞展演、现代舞大赛、现代舞周等艺术活动，培养了大批优秀的现代舞人才，创作出了大量优秀的艺术作品。

2. 中国当代舞

中国当代舞（见图6-30）这一概念一直众说纷纭，至今难有一个明确的定义，多指二十世纪五十年代后创作的反映当代人民、军队生活内容和时代风貌的舞蹈。中国当代舞在表现方式和舞蹈语汇方面较为多元，既吸收中国戏曲舞蹈、中国古典舞、中国民族民间舞蹈的特点，又借鉴西方芭蕾舞、西方现代舞等各流派舞蹈之精华，具有鲜明的艺术形象和丰富的民族审美情趣，形成了风格独特的新舞蹈。

3. 佳作赏析

（1）《也许是要飞翔》（见图6-31）。

编导：王玫

时间：二〇〇〇年

表演：吴珍艳

《也许是要飞翔》是一个中国现代舞作品。编导选用丁薇的《冬天来了》为舞蹈音乐，运用现代舞强调个性、张扬个性、追求从自身寻找意义的特点，聚焦在一个都市女性的内心世界，将女性的压抑、矛盾、质疑甚至挑战开门见山地一层层剥露在观众面前。舞蹈柔弱中充满了力量，直白中蕴含着锋利，将在世俗压力操控下渴望自由的内心世界毫无保留地敞开释放。

动作编排方面，编导较多地运用了现代舞中的紧张—放松、跌倒—复起以及以呼吸为原动力的“收缩”等舞蹈语汇，时而快速地抽搐、退步，时而激烈地奔跑、跳跃，无任何情节故事，只是一种情感的展现与表达，有强烈的内省

图6-30 中国当代舞《进城》

图6-31 中国现代舞《也许是要飞翔》

倾向，反映出都市女性内心的矛盾、质疑和挑战。

在欣赏过程中，受众则更多地将这个想要飞翔的女人看作是自己的化身，在舞蹈表现过程中，随着“她”的挣扎而挣扎，随着“她”的对抗而对抗，潜意识中完成自己内心想要的“飞翔”，进而产生一种强大的情感共鸣。

（2）《中国妈妈》（见图6-32）。

编导：王舸、韩真

时间：二〇〇九年

表演：王玉、张佳雯等

《中国妈妈》是一个中国当代舞作品，讲述了抗日战争期间，中国母亲养育日本遗孤的感人故事。舞蹈按照顺序的叙事手法，围绕“中国妈妈”与“日本遗孤”之间的几段情感关系渐渐展开，大致可分为“仇恨”“接纳”“抚育”和“送别”四部分。

图6-32 中国当代舞《中国妈妈》

动作编排方面，编导采用当代舞多元化语汇的特点，既有民间舞蹈的元素，又有现代舞的身体语汇，并将日常生活动作进行艺术的放大、夸张。如出场的一个“指”和“跺脚”，便将一种对敌人的仇恨推向了高峰，而在后几段中出现的“抚摸”“缝衣”动作又将“母亲”对“孩子”的呵护、关心描绘得生动感人、温暖至心。

该舞蹈在创作手法方面采用了独舞和群舞、双人舞和群舞相混的新型手法，以人的心理需要为创作根据，在群体中突出个体。此外，作品的音乐也是其特色之一。从出场的枪林弹雨声、童谣、人声到最后的东北民歌《摇篮曲》，舞蹈音乐风格跨度较大，类型多样，将一段长长的岁月压缩在短短的十几分钟内进行陈述，每一次转换都是一次时空的跨越和递进，最终通过肢体、构图、舞美等综合手段歌颂了母爱的伟大，彰显出中国母亲乃至整个中华民族的博大胸襟。

三、外国舞蹈艺术

（一）芭蕾舞

芭蕾舞由法语“Ballet（芭蕾）”音译而来，广义上泛指各种舞蹈或舞蹈剧；狭义上则特指十五世纪兴起于意大利，经三百年发展而形成的，有特定审美标准和技术规范的欧洲古典舞蹈，即我们通常所说的“古典芭蕾”或“芭蕾舞（剧）”。

1. 发展概况

在萌芽时期，芭蕾主要从古希腊的舞蹈、古罗马的拟剧、意大利的职业喜剧、中世纪杂耍者的艺术、法国和意大利宫廷舞会上的舞蹈以及欧洲各国的民族民间舞蹈中吸收了养分。十五世纪，在文艺复兴思潮的影响下，芭蕾兴起于意大利；十六至十九世纪上半叶成型，并兴盛于法国；十九世纪下半叶鼎盛于俄罗斯和丹麦；二十世纪初正式从俄罗斯走向世界各地，陆续形成了意大利、法国、俄罗斯、丹麦、美国、英国共六大流派。在五百多年的发展史中，芭蕾先后经历了早期芭蕾、浪漫芭蕾、古典芭蕾、现代芭蕾（又分早、中、晚三个阶段）和当代芭蕾（又分前、后两个阶段）共五大时期。

2. 审美特征

芭蕾舞素来就有“脚尖舞”“高雅艺术”“贵族艺术”等美称，讲究肢体的“开、绷、直、立”和技术的“轻、高、快、稳”。以固定的五个基本脚位、三种基本舞姿、腿部技巧、各种幅度的舞姿跳跃、各种旋转及女子的脚尖功技巧等为主要内容，体态垂直向上、轻盈飘逸（见图6–33）。传统的舞蹈作品程式性较强，一般都包括“出场”、“慢板”（由男女演员合作的抒情舞段）、“变奏”（男女演员分别独舞，技巧性强、难度高，主要表现人物的性格和情绪）、“结尾”（男女演员穿插表演，最后以合舞结束）几部分。

图6–33 优美的芭蕾舞

3. 佳作欣赏

《吉赛尔》（*Giselle, ou Les Wilis*）（见图6–34）

编剧：泰·戈蒂埃（Théophile Gautier）、圣·乔治（Jules-Henri

Vemey de Sairt-Georges）

编导：简·科拉利（Jean Coralli）、朱尔·佩罗（Jules Perrot）

时间：一八四一年

表演：巴黎皇家音乐研究院

图6-34　芭蕾舞剧《吉赛尔》

《吉赛尔》是浪漫主义芭蕾的鼎盛之作，故事源于德国著名诗人海涅在其《论德意志》一书（1835年）中记录的维丽丝女鬼的传说，主要讲述善良纯洁的农家少女吉赛尔爱上了乔装农民的青年伯爵阿尔贝特，两人双双坠入爱河。但当暗恋吉赛尔多年的守林人将阿尔贝特的伯爵身份揭露后，吉赛尔承受不了如此重击而气绝身亡。内疚的阿尔贝特来到了吉赛尔的坟墓前，被女鬼包围，要求他疯狂跳舞直至死亡，最后在吉赛尔的保护下得以幸免。

舞剧第一幕主要表现悲惨、伤感的人间世界和充满欺诈、虚伪与等级偏见的社会现实；第二幕主要表现维丽丝女鬼充满报复仇怨的鬼魂世界。其中，以第一幕终场（“吉赛尔发疯”场面）以及第二幕维丽丝女鬼的舞蹈最为经典。

在主要人物塑造方面，编导独具匠心，根据不同角色需要创造了各自的主题动作。如在设计维丽丝女鬼的形象时，编导结合异教葬礼中将死者双手交叉放好的习俗，反复多次出现双手交叉抱在腹前的舞姿，并运用很多跳跃和小碎步来展现鬼魂的飘移与轻盈。

在群舞方面，编导不仅在对几个变奏的处理上显示出了“交响舞蹈”思维的萌芽，还使群舞的属性也发生了改变，从一般的装饰变成了舞剧的重要组成部分。除此之外，吉赛尔那段精彩的独舞也因其高超的舞技和细腻的表演一直以来被各国芭蕾女演员们用来检验自身表演成熟度，是女演员们大显身手的好机会。

（二）现代舞

现代舞（Modern Dance）发源于十九世纪末、二十世纪初的美国和德国，与当时封闭僵化、程式化的古典芭蕾相对立，强调人性的解放和自由，创造出新的身体语言形态，是资本主义社会经济、科技、文化高度发展的产物。

1. 发展概况

十九世纪末、二十世纪初，在科学技术革命和两次世界大战的影响下，欧洲几位教育家开始了从思想到身体的探索。随着邓肯发出“古典芭蕾一点儿也不美”的呐喊，美国和德国开始了现代舞进程，二十世纪三十年代后，两国开始互动互补、融为一体，影响着世界各国。我们习惯上将二十世纪前期称为“传统现代舞”，二十世纪后期称为“后现代舞”。

2. 审美特征

在现代舞的百年发展历史中，通过几代人的探索努力，先后出现了自由舞、早期现代舞、古典现代舞、后现代舞、后后现代舞以及新舞蹈、舞蹈剧场这几大时期，每一时期都出现了各自不同的风格流派、创作观念和方法，形成了不同的技术体系与表演特色。如以“收缩—放松”为动作原理的“格莱姆技术体系”、以“倒地—爬起”为动作原理的“韩芙丽—韦德曼技术体系”、由崔士·布朗集大成的“放松技术”、坎宁汉的“机遇编舞法”和皮娜·鲍什的舞蹈剧场等共同构成了现代舞的独特魅力。

3. 佳作赏析

《穆勒咖啡屋》（*Café Müller*）（见图6-35）

编导：皮娜·鲍什（Pina Bausch）

时间：一九七八年

表演：皮娜·鲍什等

群舞《穆勒咖啡屋》是德国现代舞历史上舞蹈剧场时期的代表作之一。以两性关系为主题，于咖啡厅寂静的桌椅之间揭示出现实社会生活中人性的隐秘性与两性关系的虚假性。编导将六位舞者（三男三女）分别塑造成社会中某类人物的缩影：他们或神经质、或敏感脆弱、或专横跋扈、或温厚善良。动作设计方面，鲍什体现了她一贯“重复”的艺术哲学观念。例如在两男一女的一个舞段中，一个穿黑色衣裤的男子好像强迫症似地要对他人的行为进行设计和摆布，非常专断，并且一而再、

图6-35 现代舞《穆勒咖啡屋》

再而三地干涉和控制他人。于是，在寂静的环境中，这一组动作由慢至快被一次次重复、一遍遍强化，每一次重复都蕴含着无穷的变化与意义，每一次再现都是一次对人性与两性隐秘性和虚假性的撕裂，在重复中透射内心的剧痛，在荒谬中折射现实的混沌，整个作品充满了追逐与焦虑、反抗与无奈、脆弱与悲哀。

（三）其他

1. 华尔兹

“华尔兹”一词来自古德文“Walzer”，意为“滚动”“旋转”或“滑动”，也称“圆舞”，是国际标准舞范畴里摩登舞中的一个舞蹈。其最早流行于德国的巴伐利亚和奥地利的维也纳，定型于十八世纪末，十九世纪通过维也纳的舞厅风靡全世界。基本舞步为每三拍三步，舞蹈动作多为旋转，要求男女舞者在动作过程中保持上身挺立和平稳，从而形成完美、流动的环行线，如行云流水般流畅和谐、高贵典雅。

2. 爱尔兰踢踏

爱尔兰踢踏的英文为“Irish Dance-Hard Shoes Dance”，是爱尔兰的一种民间舞。舞蹈过程中，上肢动作较为单一，舞者大多将两臂固守在身体两侧或自然下垂，下肢腿脚动作丰富，舞步充满跳跃性、变幻多姿，在快节奏的音乐下完成不同的地面打击动作并发出声响，展现出踢踏舞所特有的动感和激情。

3 .美国爵士舞

美国爵士舞源自爵士乐，是爵士乐的一种身体形式，最早由黑奴带到美国本土，最后在美国逐渐演进形成，被社会公认为美国民间舞，第一次世界大战后，在舞厅中脱颖而出。爵士舞常通过身体各部位的独立动作和快速移动重心等方式来表达内心感受，强调角形及线条性动作，是一种急促又富于动感的节奏型、外放型舞蹈。

4. 埃及肚皮舞

肚皮舞阿拉伯原名为“Raks Sharki”，意指东方之舞，又称“东方舞”。埃及肚皮舞是埃及民间舞的一种，舞者赤足而舞，始终以高度灵活且富于弹性的腹部肌肉为核心部位和炫耀中心，在舞动过程中，随着千变万化的节奏不停地摆动腹部、舞动臂部和胸部，创造出婀娜多姿、妩媚神秘的艺术形象。

5. 印度古典舞

印度古典舞是各国古典舞中流派最多且风格异彩纷呈的一个代表，随着历史的进程不断发展壮大，至今至少有七个大流派（包括著名的婆罗多舞、卡塔克舞、莫希尼·阿塔姆、库契普迪、奥迪西、卡塔卡利舞、曼尼普利舞）和四个小流派（包括雅克夏加纳、乔、库鲁万吉和布哈加瓦塔·米拉），且每个流派都有各自的诞生地，形成不同的地域特色。舞蹈过程中着重突出变幻多端的面部表情、复杂多变的手势语言和抑扬顿挫的脚下节奏，注重戏剧和感情的交流，在举手投足、眉眼之间展现出印度舞蹈的妩媚多姿、神秘莫测。

6. 日本歌舞伎

日本歌舞伎是日本的一种古典舞，也称“日本舞蹈”“古典舞蹈”“日舞”和“邦舞”（见图6-36）。其中，“歌”代表音乐，“舞”表示舞蹈，“伎”则是表演、技巧的意思，是一种集“歌”“舞”“伎”三位一体的综合艺术。在一六〇三年的江户时代，由一位名叫阿国的女巫反串男子，从传统的念佛舞发展而来。日本歌舞伎通常以贵族、武士的世界和表现民众生活为主题，不断吸收舞乐、能乐、狂言、人形净琉璃等姊妹艺术之优长，丰富自身的表现力，成为整个日本表演艺术中最具影响力的品种。

7. 佳作赏析

（1）《大河之舞》（*Riverdance: The New Show*）（见图6-37）。

编导：迈克尔·弗拉特雷（Michael Flatley）

时间：一九九五年

演员：迈克尔·弗拉特雷（Michael Flatley）、金·巴特勒（Jean Butler）等

图6-36　日本歌舞伎表演

图6-37　爱尔兰踢踏舞《大河之舞》

《大河之舞》是一个爱尔兰踢踏舞的经典之作。其最初原型来源于一九九四年欧洲歌曲大奖赛中一个七分钟的舞蹈，后经创作者的共同努力，将爱尔兰的舞蹈和音乐结合在一起，演变成了一场风靡全世界的两个半小时的爱尔兰踢踏舞。

该舞蹈从追忆大河开始，在结构上分为两幕多场，在表演中诠释了爱尔兰民族成长的故事，从借助自然的力量建立起家园到离乡背井寻找新世界、邂逅新文化的整个过程犹如一部叙述爱尔兰祖先与大自然抗争，以及经历战争、饥荒等各种苦难后流离失所、重现家园的长篇血泪诗，在铿锵有力的踢踏声中，产生独特的视听冲击力和情感共鸣，使观众感受到古老的凯尔特民族风情和爱尔兰传统文化的独特魅力。

（2）《阿拉瑞普》。婆罗多舞是印度古典舞中最著名的流派之一，发源于印度南部泰米尔纳得邦地区，风格优雅纯粹，充满雕塑感，具有很强的仪式性和宗教性。《阿拉瑞普》是印度婆罗多舞中的开场舞段，也是整个宗教仪式的起始段。舞者手捧花瓣赤足入场，将花瓣撒在台前，旨在向神和观众表达敬意。

动作编排方面，脚底击地、快速滑行、蹲坐、旋转等是其基本舞步，“那提亚拉巴”是其表示舞段即将开始的基本动式。整个舞蹈动作讲究对称、均匀，精致规范，给人平衡感，且善于利用每个手势和眼神的不同组合表达特定的含义，体现了对称、均匀的古典主义美学。除此之外，舞蹈服饰精美艳丽、首饰多样。舞者身披纱丽、足系脚铃、手戴镯子、脖戴项链，随着肢体的动作、造型发出清脆的铃响，熠熠生辉，展现出婆罗多舞的特有魅力。

第七章
综合艺术

戏剧、戏曲、电视和电影是综合艺术的典型。其中任何一个门类都包含语言、音乐、舞蹈、绘画、表情、布景、服装、道具、表演甚至杂技、特技等因素。这些因素相互结合、相得益彰，带给我们全方位的体验，是任何单独的艺术门类无法代替的。其中，戏剧在传承人类文明、教化人类世世代代中起到了至关重要的作用。而戏曲对中国人而言尤为亲切。在前现代时期，正是这种艺术形式滋养着中国文化，成为封建社会的一个柔软的部分。作为新生事物，电视和电影在日常生活中起着越来越重要的作用。下面将逐个介绍这四种综合艺术形式。

第一节　戏　剧

一、戏剧的概念

当你听到“戏剧”这个词时，你会想到什么？莎士比亚？俄狄甫斯？哈姆雷特？《雷雨》？还是想到人们通常会说的“人生就是一场戏”？不管想到什么，有一点可以肯定，你对戏剧有所耳闻。根据科尔·艾勒姆（Keir Elam）的定义，戏剧是指“为舞台表演而设计、根据特别的（“戏剧的”）传统而谋制的虚构故事（Fiction）”[①]。

这个定义里包含了几个要素：首先，戏剧是为演出而生的，戏剧（即使是专供阅读的剧本）总是预设一个舞台和一群观众；再次，戏剧有自己特别的传统，跟风俗、文化、思想和信仰密切相关；最后，戏剧是虚构的，是对生活的提炼。“Drama”这个词源自古希腊，意为行动。“人生就是一场戏”尽管含有悲观的宿命论的论调，在很大意义上却是对的：人生天地间，必须行动、生活，有一个行动的舞台，有一群观众在看着你，最后必须退出舞台，交由别人去评判。如果说戏剧的作者是剧作家，那人生的作者就是你自己。

黑格尔说过“哲学是把握在思想中他的时代”，戏剧又何尝不是把握在舞台上他的时代呢？演员在舞台上演出戏剧给观众看，像其他艺术或文学形式一样，有生产模式和群体接受与合作的问题，相当于电视的收视率和电影的票房。于是，我们从各时代的剧本中就可以了解到当时人们关心的问题。比如说，莎士比亚创作了很多历史剧，这部分是因为当时伊丽莎白女皇年届花甲而无子嗣，皇位继承权问题成了大家都关心的问题。莎士比亚创作历史剧一定程度上受到这个问题的引导，同时又做出了自己的判断和建议。

此外，戏剧还关注不属于任何特定时代而属于永恒的主题。正是后者使一部经典成为经典。尼采认为艺术不仅仅是“娱乐的闲事，不是系在‘生活的庄严’上可有可无的风铃”，而是“人类所了解的人生的最高使命极其正确的超脱活动”。[②]悲剧，或整个艺术，乃至人文科学，都是对生命的思考，没有这种思考，人类将不知道如何生活，就像苏格拉底说的，“浑浑噩噩的生活是不值得过的”。同时，艺术又是一种狂欢（巴赫金语），就像节日一样，人们在其中免于每日的俗世生活和劳作的无聊。通过艺术审美活动，缓解生活的痛苦和虚无感（叔本华语），也缓解了各种社会阶层间的紧张关系。

二、戏剧的产生

世界上的各种戏剧似乎有一个共同的起源，就是祭祀/祭神或节日庆典。

① Keir Elam.The Semiotics of Theatre and Drama [M].London and New York: Methuen & Co. Ltd.,1980: 2.

② 尼采.悲剧的诞生[M].上海：上海三联书店，1986:3.

源于古希腊的西方戏剧跟酒神巴库斯/狄奥尼索斯崇拜有关。大哲学家尼采和罗素都认可了这一点。尼采认为艺术产生于对立的阿波罗精神和狄奥尼索斯精神。前者是梦的状态，是对现象的痴迷；后者是醉的状态，是与真理的融合，这种融合最完美地表现在酒神颂歌里，后者又表现在音乐里。罗素在《西方哲学史》中也提到两种崇拜：一是奥尔弗斯崇拜；二是巴库斯/酒神崇拜。前者代表精神的沉醉，后者代表肉体的沉醉。这与巴赫金的狂欢化理论是一致的。其中，狄奥尼索斯崇拜是“美丽而又野蛮的宗教仪式”[①]，它包含很多野蛮的成分。据说有许多有身份的希腊主妇和少女们成群结队，在森林里或者荒山上彻夜纵酒狂欢，这种迷醉既有酒力的因素，也有宗教的神秘性因素。大家可以通过欧里庇得斯（Euripides）的戏剧《酒神》中详细了解。罗素进而肯定希腊悲剧正“是从狄奥尼索斯的祭祀之中产生的”[②]。

史学家安德鲁·布朗（Andrew Brown）认为希腊戏剧“本质上是古典时期雅典的创造：所有后来被认为经典之作的剧作者都活跃在公元前四世纪和公元前五世纪的雅典，所有幸存下来的剧本都可以追溯到这一时期”[③]。柏拉图似乎对戏剧持反对态度。他在《理想国》里谈到悲剧和喜剧的创作时，认为悲剧和喜剧完全是模仿性的，而酒神颂歌才是诗人自己的语气。对于戏剧中的模仿、夸大或戏谑，这个哲学家嗤之以鼻。在他看来，现世的生活已经是对理念的模仿，而模仿尘世的戏剧则是对理念的再模仿，是无足轻重的，因为“应该把真实看作高于一切”[④]。他认为埃斯库罗斯在对诸神的描写中，把神描写得跟人一样有六欲七情，是对神的亵渎，用这些教育孩子，他们“就不会成长为虔诚严谨的人，或者是成长为尽可能充满人性的像神本身一样的人了”[⑤]。不管怎样，戏剧这种艺术形式顽强地流传下来，并不断发扬光大，分化出新的门类。

① 罗素.西方哲学史（上）[M].北京：商务印书馆，1961:38.
② 罗素.西方哲学史（上）[M].北京：商务印书馆，1961:43.
③ Andrew Brown. Ancient Greece[J]// Martin Banham. The Cambridge Guide to Theatre. Cambridge: Cambridge University Press, 1998:441.
④ 柏拉图.理想国[M].北京：中国社会科学出版社，2009:70.
⑤ 柏拉图.理想国[M].北京：中国社会科学出版社，2009:67.

三、戏剧的分类

戏剧按剧幕可分为独幕剧、多幕剧；按主题可分为喜剧、悲剧、悲喜剧、历史剧；按表现手法可分为话剧、歌剧、歌舞剧、哑剧等；按地域西方主要有戏剧、歌剧，东方主要有中国的戏曲、印度的梵剧、日本的能剧。

（一）悲剧

按照但丁的解释，“Tragedy”（悲剧）一词源出于“Tragus”，意为山羊之歌，像山羊一样有腥臭的味儿，这在塞内加的悲剧中可以看出。悲剧开始时优美静穆，而结果或煞尾则丑恶可怖。在希腊神话的九个缪斯中，由墨尔波墨（Melpomene）掌管悲剧。悲剧语言崇高雄伟。在席勒的《秀美与尊严》中，悲剧代表了庄严的艺术之典型。通过对主人公命运的同情（但我们却不希望自己遭受同样的命运，正如康德对于崇高之美的定义：我们在有惊无险中才能体会到崇高之美），达到灵魂净化的效果（亚里士多德语）。

说到悲剧，不得不提到三大悲剧作家埃斯库罗斯、索福克勒斯和欧里彼得斯。他们留下了大量脍炙人口的作品。索福克勒斯的代表作《俄狄浦斯王》（见图7-1）更是人皆尽知，是不可不读的经典，特别是精神分析学创始人弗洛伊德独特的解释使这个千古悲剧增添了不少光彩。俄狄浦斯情结（恋父情结）也成为精神分析和哲学心理学甚至整个后现代哲学的一个重要术语。

该剧主要讲述一个欲逃脱“杀父娶母”的诅咒而最后阴差阳错、终于没能逃过命运的安排的悲剧故事。在俄狄浦斯身上，我们看到了命运不可抵挡的力量。《俄狄浦斯》典型地反映了当时人们对命运的看法。鲁迅先生说过，“悲剧就是把美的东西撕裂给人看”，该剧正是把俄狄浦斯的整个生命撕裂，让我们感到命运的无常和人的渺小，让我们看到一种残忍的美。

图7-1 《俄狄浦斯王》

文艺复兴时期，伴随着人文主义的兴起以及向古典学习的倡导，戏剧在都铎王朝统治的英国开出了奇葩。其中最伟大的剧作家是莎士比亚（见图7-2）。莎士比亚的代表作《哈姆雷特》

（见图7–3）讲述一个欲报杀父之仇而由于各种原因延宕最后导致整个王室同归于尽的王子的故事。

该剧虽为悲剧，并且充满哲思，但同时也有很多诙谐的地方，足以让伊丽莎白时代的观众哄堂大笑。如果以为他们会像我们一样一脸严肃地观看《哈姆雷特》，那就错了。剧中有许多性双关语（Sexual Puns），比如Country Affairs绝不是“国家事务”的意思，而是Cunt+ry Affairs，Cunt是女性生殖器官，-ry是形容词后缀，整个意思不言而喻。该剧暗指当时伊丽莎白的皇位继承问题。我们从王子哈姆雷特和福丁布拉斯身上都可以看到苏格兰的詹姆斯王子的影子，莎士比亚通过对福丁布拉斯的偏爱和对哈姆雷特恨铁不成钢的嘲讽，告诉人们一个怎样的王子才能兴邦。两位王子身上体现的性格的张力（一个终日苦思冥想，充满柏拉图的哲学王子的味道；另一个敢于行动，敏于行动，有勇有谋）正体现了莎士比亚本人对文艺复兴时期一味学习古典有保留的批判。

至于现代戏剧，那更是异彩纷呈。在众多剧作家中，必须提到有“美国的莎士比亚”之誉的尤金·奥尼尔（见图7–4）。尤金·奥尼尔一生著作等身，不断探索，他在戏剧风格上的探索跟毕加索在绘画上的不断变化相似。提到奥尼尔，不得不提到他的代表作之一《进入夜晚的漫长旅程》（见图7–5）。这个戏

图7–2　莎士比亚像

图7–3　《哈姆雷特》

图7–4　尤金·奥尼尔像

图7–5　《进入夜晚的漫长旅程》

剧的独特之处在于它的背景设置。各个卧室、楼上楼下，卧室与起居室的这种并置跟电影中的蒙太奇有异曲同工之妙。可以把剧中一家人同一时间内在不同空间中的活动和心理表现同时呈现出来，达到一种奇妙的紧张感。

《等待戈多》（见图7-6）是第一部成功的荒诞派戏剧。两个身份不明的流浪汉戈戈和狄狄（弗拉季米尔和爱斯特拉冈）在黄昏小路旁的枯树下，等待戈多的到来，而戈多至始至终都没有出现。剧中代表人类生存活动的背景是凄凉而恐怖的。人在世界中处于孤立无援、恐惧幻灭、生死不能、痛苦绝望的境地。

（二）喜剧

喜剧跟它的孪生兄弟悲剧几乎一样古老。"Comedy"（喜剧）一词起源于"Comus"（意为"村镇"）和"Oda"（意为"歌曲"），因此喜剧不妨说是"村歌"。一说喜剧Komoidia由Komos（狂欢队伍）和Aeidein（唱歌）组成，起源于收获葡萄时节祭祀酒神的游行。在九位缪斯中，喜剧由塔利亚（Thalia）掌管。一般喜剧虽则在开头有不愉快的纠结，但收场总是皆大欢喜。喜剧语言松弛卑微，轻松喧闹。其艺术特征是"寓庄于谐"，是带着眼泪的欢笑。如果说悲剧表达了存在之重，那么喜剧则表达了存在之轻，表现了人对自身存在的不同角度的态度。古希腊时期，最有名的喜剧作家是阿里斯托芬，其喜剧《云》因为跟苏格拉底事件的关系而格外引人注目。莎翁也创造了不少喜剧，如《十二夜》《仲夏夜之梦》等。

图7-6 《等待戈多》

（三）歌剧

歌剧是文学和音乐的最高层次的结合，要求极高的天才和掌控力。歌剧的作者往往是伟大的作曲家。歌剧在西方语言的代表字Opera来源于拉丁语"作品"的复数形式（Opus，Opera），后经意大利文推广至其他欧洲语言。歌剧产生于意大利（见图7-7），一群人文主义者为了复兴古希腊戏剧中的合唱部分（大哲学家尼采非常看重这个部分），而把这一部分加以扩大，以致整个剧情和对白几乎都用独唱、重唱、合唱等形式唱

图7-7 意大利歌剧

出，并伴以舞蹈，对白成了次要的衔接。自十六世纪末歌剧兴起以来，涌现出许多伟大的歌曲作家，谱写了大量经典的歌剧。除了独创外，歌剧作家还常常改编文学史上的名作，比如莎士比亚戏剧、雨果的小说等。

（四）梵剧

由于印度文化向来不注重历史，所以梵剧具体起源于什么时期已无从知晓。只能推断大概出现于公元一世纪，相当于中国的西汉时期。看过印度的电影都知道，几乎所有电影里都会插入歌舞。而阅读佛教经典的时候，在总结部分总有“而说偈曰”，这跟印度的梵剧（见图7–8）传统似乎有很大的渊源。我们可以从一部印度古书（《戏剧学》，*NATYA SHASTRA*）中一窥梵剧的大概。从中我们大概知道，梵剧的表现形式异常丰富，既有音乐、舞蹈、对白，也有面具、化装等，跟中国的很多戏曲形式相仿。不同的是，印度的宗教和种姓制度使剧中人物使用的语言各有不同，即认为梵剧中有“超凡语”“阿利耶语”“种姓语”“兽语”四大类语言。其中天神的语言叫超凡语，国王的语言是阿利耶语，种姓语又分为梵语和俗语，兽语是家畜、野兽与各种飞禽的语言。只有坚定而傲慢、多情、高尚与平静的四类男主角才能使用梵语，另外均为“俗语”。

（五）能剧

日本的能剧（No，见图7–9）大概产生于八世纪，随后的发展又融入了多种艺术表现形式，如杂剧、歌曲、舞蹈和滑稽戏。与其他戏剧形式相比，能剧

图7–8　印度梵剧

图7–9　日本能剧

更加程式化。能剧的面具（见图7-10）比较固定，只有主角要带，这是道具和服装中最神圣之物。能剧中的舞蹈具有圆形的特点，服装鲜艳奢华。能里面表现所有的剧情部分的言语称为谣。也就是说戏曲自身，戏曲的词章、科白被称为谣，同时，这些词章、科白里独特的调子或是抑扬变化的部分（节）也被称为谣。负责舞和谣等实际表演技巧的有主角、配角以及狂言演员；负责音乐伴奏的是乐师，由笛乐师、小鼓乐师、大鼓乐师、太鼓乐师组成。主角负责主导齐唱以及演出进行的管理；演出进行由辅佐员执行。配角、乐师和狂言演员合称为三役。这种容易使外行人昏昏欲睡的戏剧对许多西方的文学家产生过很大影响，如叶芝、庞德、保罗·克洛代尔、布莱希特以及尤金·奥尼尔等。

图7-10　能剧的面具

第二节　戏　曲

戏曲特指中国国粹传统戏剧，戏曲与希腊戏剧、印度梵剧并称为三大古老的戏剧文化。戏曲凝聚和积淀了中国几千年的文化，各种戏种很好地体现了祖国大地不同地区人民的性格和风俗。秦腔高亢绵长，回肠荡气；越剧温文尔雅，低回婉约。再没有什么艺术比中国戏剧更能体现海德格尔所说的艺术与大地、与此在所生活的周围世界那不即不离、若即若离的关系了。戏曲综合了对白、音乐、歌唱、舞蹈、武术和杂技等多种表演方式，同时具有很强的文学性，是一门综合性的传统艺术。各戏种本身的表现方式也极其丰富，有着极高的艺术审美价值。

一、戏曲的产生和发展

汉族的戏曲主要由民间歌舞、说唱和滑稽戏三种不同艺术形式综合而成。它起源于原始歌舞，是一种历史悠久的综合舞台艺术样式。戏曲于先秦时期萌芽，主要源自祭祀鬼神的活动和庆典。“风雅颂”中的“颂”、《楚辞》里的“九歌”就是祭神时歌舞的唱词。从春秋战国到汉代，这些招魂或向神祈福的歌舞逐渐演变成娱人的歌舞。从汉魏到中唐，又先后出现了以竞技为主的“角抵”（即百戏）、以问答方式表演的“参军戏”和扮演生活小故事的歌舞“踏摇娘”等，这些都是萌芽状态的戏剧。唐朝中后期，戏曲开始形成。唐代经济高度发展，特别是开元盛世和贞观之治时期，唐代文学艺术高度繁荣，促进了戏曲艺术的独立，给了戏曲艺术丰富的营养，诗歌的声律和叙事诗的成熟又奠定了戏曲的良好基础。和平年代的歌舞升平使音乐舞蹈空前繁荣，促进了各种表演和唱腔的融合。因为消费群体的扩大，教坊梨园提高了专业性研究和正规化训练，提升了艺人们的艺术水平，使歌舞戏剧化历程加快，产生了一批用歌舞演故事的戏曲剧目。

到了宋金时期，戏曲继续发展，汇合了“杂剧”、金代的“院本”和讲唱形式的“诸宫调”，从乐曲、结构到内容，都为元代杂剧打下了基础。这些都预示了元代戏曲的成熟。到了元代，“杂剧”在原有基础上大大发展，成为一种新型的戏剧。它具备了戏剧的基本特点，标志着我国戏剧进入成熟的阶段。其中最为杰出的剧作家为关汉卿，他的代表作《窦娥冤》几乎妇孺皆知。接下来的明清时期，戏曲继续繁荣。到了明代，传奇发展起来。明代传奇的前身是宋元时代的南戏（南戏是南曲戏文的简称，它是在宋代杂剧的基础上，与南方地区曲调结合而发展起来的一种新兴的戏剧形式）。南戏在体制上与北杂剧不同：它不受四折的限制，经过文人的加工和提高，这种本来不够严整的短小戏曲终于变成相当完整的长篇剧作。

中国戏曲包括宋元南戏、元杂名句、明清传奇、近现代京剧和豫剧、越剧等各种地方戏。中国古代戏曲主要指元明清戏曲，包括宋元南戏、元杂剧和明清传奇。汉族的民族戏曲历史悠久，从先秦的“俳优”、汉代的“百戏”、唐代的“参军戏”、宋代的杂剧、南宋的南戏、元代的杂剧，直到清代地方戏曲空前繁荣、京剧的形成，戏曲始终扎根于民间，并为许多人所喜爱。中国戏曲的分类主要按地域划分。其中京剧、豫剧、越剧、黄梅戏、评剧为五大戏种。比较著名的剧种还有昆曲、秦腔、粤剧、川剧、莆仙戏、河北梆子、花鼓戏、四平调等。新中国成立之初，已经有三百多个剧种。京剧、豫剧、越剧又被官方和戏迷誉为中国戏曲三鼎甲。

二、戏曲的表现手法

尽管戏曲种类多样，但基本的技法无非唱、念、做、打。唱指唱腔技法，讲究“字正腔圆”，比如古典京剧和现代样板戏的要求就不一样，古典京剧一些词念法跟普通话不一样，像“日”要唱成“rui”，“诸葛”唱成“ju guo”，“斜”唱成“xia”，并且各家的唱腔也不一样，样板戏则对唱腔做了统一；念即念白，是朗诵技法，要求非常严格，所谓“千斤话白四两唱”。这两个因素都体现了汉语言的音乐性，且唱词和念白都有极高的文学性，很多成了中国文学的经典，比如《窦娥冤》《西厢记》《长生殿》等。王骥德在《曲律》中说道：

> 词曲虽小道哉，然非多读书，以博其见闻，发其旨趣，终非大雅。须自《国风》《离骚》、古乐府及汉、魏、六朝三唐诸诗，下迨《花间》《草堂》诸词，金、元杂剧诸曲，又至古今诸部类书，俱博搜精采，蓄之胸中，于抽毫时，掇取其神情标韵，写之律吕，令声乐自肥肠满脑中流出，自然纵横该洽，与剿袭口耳者不同。

且不说古代戏曲中的经典，拿大家熟悉的《贵妃醉酒》（见图7-11）中“海岛冰轮初转腾”为例，其唱词为：

> 海岛冰轮初转腾，见玉兔，玉兔又早东升。那冰轮离海岛，乾坤分外明。皓月当空，恰便似那嫦娥离月宫，奴似嫦娥离月宫。好一似嫦娥下九重，清清冷落在广寒宫，啊，广寒宫。玉石桥斜倚把栏杆靠，鸳鸯来戏水，金色鲤鱼在水面朝，啊，水面朝，长空雁，雁儿飞，哎呀雁儿啊，雁儿并飞腾，闻奴的声音落花荫，这景色撩人欲醉，不觉来到百花亭。

图7-11　京剧《贵妃醉酒》扮相

如此美妙的唱词，加上演员顾盼神飞的表情、华美的衣服冠带、水袖和扇子，把杨贵妃的娇嗔和乘兴而来、败兴而归演绎得出神入化。如果在现场，演员嗓音未出，观众必然已经倾倒。

图7−12　京剧《武家坡》

同时，戏曲的语言并不都是阳春白雪、曲高和寡的，也有许多趣味盎然的诙谐语言。如《武家坡》（见图7−12）中的“苏龙魏虎为媒证”这一经典唱段，曲调优美，朗朗上口，两人的斗嘴令人耳目一新：

薛平贵：【西皮快板】那苏龙、魏虎为媒证，王丞相是我的主婚人哪！

王宝钏：【西皮快板】提起了旁人我不晓，苏龙、魏虎是内亲。你我同把相府进，三人对面就说分明。

薛平贵：【西皮快板】他三人与我有仇恨，咬定了牙关他就不认承。

王宝钏：【西皮快板】我父在朝为官宦，府下金银堆如山。本利算来该多少，命人送到那西凉川。

薛平贵：【西皮快板】西凉川四十单八站，为军的要人我是不要钱。

王宝钏：【西皮快板】我进相府对父言，家人小厮有万千。将你赶到官衙内，打板子、上夹棍、丢南牢、坐禁监，管叫你思前容易退后难！

薛平贵：【西皮快板】大嫂不必巧言辩，为军哪怕到官前？衙里衙外我打点，管保大嫂断与咱！

王宝钏：【西皮快板】军爷休要发狂言，欺奴犹如欺了天。西凉鞑子把你斩，妻儿老小与奴一般。

薛平贵：【西皮快板】好一个贞节王宝钏，百般调戏也枉然。怀中取出银一锭，将银放在了地平川。这锭银子三两三，送与大嫂做妆奁。买绫罗，做衣衫，打首饰，置簪环，我和你少年的夫妻就过几年哪！

王宝钏：【西皮快板】这锭银子我不要，与你娘做一个安家钱。买白布，做白衫，买白纸，糊白幡，落得个孝子的名儿在那天下传。

薛平贵：【西皮快板】是烈女不该出绣房，因何来到大道旁？为军起下不良意，来来来，【摇板】一马双跨奔西凉。

西皮快板的说唱风格对现在的年轻人有很大的吸引力。另一个有名的例证就是样板戏《沙家浜》中的“智斗”（见图7-13）选段，阿庆嫂智斗胡司令和刁德一，令人拍案叫绝。

图7-13　京剧《沙家浜》

做指做功，是身段和表情技法。戏曲演员演绎不同的角色都有不同的服装和道具，很多剧种还有脸谱，比如说最有名的京剧脸谱红脸关公、白脸曹操等，但是这些在舞台上是不够的。为了表现角色丰富的内心世界，可以看到演员们除了很多程式化的手势，比如扬水袖、摸胡须等，还有各种恰到好处的表情。即使在样板戏中，虽然一望便知哪些是好人，哪些是坏人，但我们仍然能在演员的表情上读到他们内心的情感。

打指表演中的武打动作，是在中国传统武术基础上形成的舞蹈化武术技巧组合。这是长期训练的结果，也往往是业余的票友所缺乏的专业技能。

三、戏曲演出的特点

程式化是中国戏曲表演的最大特点，它是指对生活动作的规范化、舞蹈化表演并被重复使用。程式直接或间接来源于生活，按照一定的规范对生活进行提炼、概括和美化。戏曲表演中，一举一动几乎皆有固定的格式。比如在京剧中，各种道具如水袖、扇子、缎带乃至演员的转身、行走、剧本形式、角色行当、音乐唱腔、化妆服装等各个方面都有一定的程式。西方戏剧则仰赖台词和演员的表演，舞台上下并无太大区别（虽然舞台动作有一定程度的夸张），戏剧性主要来源于情节的跌宕和对白的文学性与趣味性，与中国戏曲注重程式，一招一式、举手投足、顾盼睥睨都有深意不同。难怪梅兰芳先生到国外演出时，西方人耳目一新，特别是对一个男人能把女人演得比女人还多几分妩媚叹为观止，同时唱腔和声音惟妙惟肖、高低皆宜（相比伊丽莎白时代，戏剧中的女性也由男性出演，而十八世纪的歌剧中只能用阉伶，以使男人也能唱出女人的音高，可见中国男性旦角的厉害）。从语言学上说，中国戏曲从布景、化妆、道具到舞台表演这种以简代繁的风格，跟国画艺术中虚实相生和中国古文的言有尽而意无穷、微言大义如出一辙。

在中国戏曲中，不同戏种具有不同的唱腔，使用截然不同的乐器演奏。就拿唱腔来说，黄梅戏可能比京剧更容易掌握，而秦腔带有非常独特的音色和音高。

戏曲音乐的结构主要有两种形式：

（1）曲牌体（又称联曲体）。曲牌体即各种曲牌根据唱腔设计的需要进行连缀的套曲形式。其中包括散—慢—快—散的板式变化。

（2）板腔体（也称板式变化体）。板腔体包括基本板式、附属板式和各种腔调等。

四、主要剧种

（一）京剧

京剧乃国粹中的国粹，也称为东方的歌剧。“京”指北京。京剧于十九世纪中期产生以后，在清宫廷内空前繁荣，后来在全中国流行，被称为“国剧”。新中国成立后的二十世纪六十年代，由于文化宣传的需要，京剧开始演出革命戏，由此形成了样板戏。京剧腔调以西皮和二黄为主，用胡琴和锣鼓等伴奏，糅合了安徽的徽调、湖北的汉调、昆曲和秦腔。

京剧正式形成大约在道光二十年（1840年）之后。京剧音乐属于板腔体，主要唱腔有二黄、西皮两个系统，所以京剧也称“皮黄”。京剧常用唱腔还有南梆子、四平调、高拨子和吹腔。京剧角色的行当划分比较严格，早期分为生、旦、净、末、丑、武行、流行（龙套）七行，以后归为生、旦、净、丑四大行。京剧经典曲目众多，最著名的有《霸王别姬》（见图7-14）、《贵妃醉酒》、《定军山》（见图7-15）等。

京剧中最值得一提的是脸谱（见图7-16）。跟日本能剧的面具不同，脸谱是画在脸上的。脸谱直接显示了角色的社会地位、个性特点。简单地讲，红脸代表忠勇；黑脸代表猛智；蓝脸和绿脸代表草莽英雄；黄脸和白脸代表阴险狡诈；金脸和银脸代表神妖。脸谱起源于上古时期的宗教和舞蹈面具，留

图7-14　京剧《霸王别姬》

图7-15　京剧《定军山》

图7-16　京剧脸谱

图7-17　豫剧脸谱

用至今。

（二）豫剧

豫剧之“豫”指河南。豫剧是我国最大的地方剧种，目前全国十六个省市有专业豫剧团，主要在黄河、淮河流域。豫剧起源已经很难考证，大概经过了较长时期的发展，并融合了多种民间戏曲要素。唱是豫剧的拿手好戏，其唱腔颇具北方特色，雄浑有力、抑扬顿挫、热情奔放、感情充沛、富于阳刚之气，主要有祥符调、豫西调、豫东调和沙河调四大声腔。豫剧故事引人入胜、曲尽流连。豫剧主要有二八板、慢板、流水板和散板四种声腔板式，演奏乐器有大弦、二弦、三弦、板胡、二胡、琵琶、笙、闷子、唢呐等，现在也融入某些西洋乐器如电子琴、铜管等。角色行当通常由“四生四旦四花脸，四兵四将四丫环，八个场面两箱官，外加四个杂役”组成，各种行当有不同的脸谱（见图7-17）和服饰穿戴。豫剧曲目不可胜数，代表性的有《对花枪》《铡美案》

《穆桂英挂帅》（见图7–18）等。

（三）越剧

越剧是全国第三大剧种，长于抒情，唯美典雅。前身为流行于浙江嵊县一带的“落地唱书”，至二十世纪三十年代逐步发展成为“女子绍兴文戏”。四十年代初，女子越剧在上海蓬勃发展，在艺术上吸取了昆曲、话剧的营养，逐渐成熟。以尹桂芳、徐玉兰、王文娟、袁雪芬为代表的老一辈艺术家，在体制和艺术上进行了大胆的改革。新编越剧《祥林嫂》（见图7–19）的演出是越剧发展史上的“里程碑”。正是这批老艺术家的勇于改革、积极创新，在继承传统的基础上，根据自身的条件，博采众长，创造了自己独特的风格，逐渐形成了各具艺术特色的越剧流派。

新中国成立以来，越剧进入了一个大发展的黄金时期，创作出了《梁山伯与祝英台》（见图7–20）、《红楼梦》（见图7–21）、《西厢记》（见图7–22）等，在国内外都获得巨大声誉。

图7–18　豫剧《穆桂英挂帅》

图7–20　越剧《梁山伯与祝英台》

图7–19　越剧《祥林嫂》

图7–21　越剧《红楼梦》

图7-22　越剧《西厢记》

图7-23　黄梅戏《天仙配》

（四）黄梅戏

“树上的鸟儿成双对，绿水青山带笑颜……你我好比鸳鸯鸟，比翼双飞把家还”，中华大地上的男女老少估计都会哼这段戏。这是黄梅戏《天仙配》（见图7-23）中的选段。我们从中可以窥见一些黄梅戏的艺术特点。首先，与京剧和豫剧比起来，黄梅戏质朴活泼，给人小家碧玉之感；其次，与京剧和豫剧上能演帝王将相、下能演无赖小丑相比，黄梅戏主要描写才子佳人和普通人的生活；再次，黄梅戏的唱腔比较平易近人、朗朗上口；还有就是黄梅戏服饰精美，但不用脸谱。

黄梅戏乃中国五大戏种之一，是安徽的主要地方戏。黄梅戏原名“黄梅调”或“采茶戏”，形成于十八世纪后期的皖、鄂、赣三省比邻地区。开始是一种民间小戏，后来逐渐东移到以安徽省怀宁县为中心的安庆地区，与当地民间艺术相结合，用当地语言歌唱、说白，形成了自己的特点，被称为“怀腔”或“怀调”，再发展成今天的黄梅戏。

黄梅戏的唱腔有三种：主腔、花腔、三腔（彩腔、仙腔、阴司腔）。其中主腔以板式变化体的音乐结构为原则；而花腔具有质朴、简洁、口语化、节奏感强等特点；综合了曲牌体和板腔体的三腔中，彩腔表达喜庆色彩，仙腔飘逸洒脱，阴司腔凄凄哀哀、沉郁低回。

黄梅戏的伴奏主要使用高胡，同时使用大锣、小锣、扁形圆鼓等打击乐器，现在又加入少许西洋乐器作为辅助。角色行当也有生旦净末丑。黄梅戏曲目也比较多，最著名的有《天仙配》《牛郎织女》（见图7-24）等。

（五）评剧

图7–24 黄梅戏《牛郎织女》

评剧是中国五大戏种之一，于清宣统元年（1909年）形成于唐山，故又名“唐山落子”。评剧之“评”取其评古论今、化育兆民、针砭时事之意。我们从评剧的经典曲目《杨三姐告状》（见图7–25）、《秦香莲》（见图7–26）中可略见一斑。

图7–25 评剧《杨三姐告状》

图7–26 评剧《秦香莲》

评剧源于冀东民间歌舞“秧歌”，“秧歌”是民间农历新正花会活动中的主要形式之一，由双人彩扮，对歌对舞，群体伴唱伴舞，锣鼓击节，唢呐或丝竹配乐伴奏，以歌唱民间生活故事、历史人物、四季风光为主要内容。后来“秧歌”又汲取了乐亭皮影、鼓书等，遂演变成为具有冀东地方特色的“蹦蹦戏”。“蹦蹦戏”有一定的故事情节和首尾贯穿的人物，以叙事体第三人称为其主要特点。蹦蹦艺人所唱曲调以“莲花落”为主，并以竹板击节，因此“蹦蹦戏”与“莲花落”往往可互称。

刚开始，评剧有板腔体样式，后来有慢板、二六板、小悲调、锁板等；伴奏以板胡为主，兼用唢呐、笛子；击节乐器甩掉了竹子板，改用枣木梆子，并借用河北梆子锣经，开场以拉板胡者跺脚为令来指挥乐队伴奏。评剧的角色行当有青衣、花旦、老旦、小生、老生、花脸等。舞台设施比较简单，只置一桌二椅和“守旧”。

第三节　电　视

对很多中国人来说，电视是非常独特的记忆。来自农村的人可能对除夕之夜放着年夜饭不吃先把电视天线调好以便饭后看春晚的经历记忆犹新。在山区，天线必须装在一根很长的木头上，再将其立于开阔之地，然后一个人在屋外转动天线的方向，另一个人在屋里喊："噢，可以了，噢，转过头了！"山区的人们就这样跟"雪花"斗争了几十年，直到有线电视和卫星电视时代的到来。如今，电视已成为人们生活中不可或缺的一部分，从未满周岁的小孩，到耄耋之年的老者，无不看得津津有味。我们可以从动画节目看到人类想象之瑰奇，从"动物世界"或"人与自然"中一睹大自然的无穷奥秘和博大的美，从体育节目中看到健康、流动、协调的身体美，从综艺栏目中看到相声、小品、歌舞、戏曲中体现的语言、音乐、舞蹈和传统文化之美，从众多电视剧中体会到生活的复杂之美，从娱乐节目中体会到快乐生活之美。而电视节目的多样性本身就是一种美，各种年龄、趣味的人都可以找到自己喜欢的节目。

一、电视的产生

电视被誉为二十世纪下凡人间的"电子缪斯"。"Television"（电视）一词源自希腊语，表示远远地看，把远的拿近看的意思。正如杰姆逊说的，电视的产生使距离消失。从二十世纪二十年代进入市场以来，电视越来越成为必备的家电，成为广告、新闻和娱乐的主要载体。

一九三六年十一月二日，英国在伦敦市郊的亚历山大宫开办了世界上第一座正规的电视台，标志着世界电视史的开始。有趣的是，这一年的前一年，海德格尔的假设一语成谶，在《形而上学的基本问题》（一九三五年的讲课稿）上，他说："如果有一天技术和经济开发征服了地球上的最后一个角落；如果任何一个地方发生的任何一个事件在任何时间内都会迅即为世人所知；如果人们能够同时'体验'法国国王的被刺和东京交响乐会的情景；如果作为历史的时间已经从所有民族的所有此在那里消失并且仅仅为迅即性、瞬刻性和同时性而在；如果拳击手被奉为民族英雄……"随着电视的产生，他的所有假设如今都成了现实，而且被奉为民族英雄的不仅仅有“拳击手”，还有许多“影视明星”。而他发出的疑问“为了什么？走向哪里？还干什么？”依然茫然无解。

图7–27　舞蹈《四小天鹅舞》

中国电视始于一九五八年的劳动节。这一天，北京电视台（中央电视台的前身）首次试播。当天播出了诗朗诵《工厂里来的三个姑娘》《大跃进的号角》和舞蹈《四小天鹅舞》（见图7–27）、《牧童和村姑》、《春江花月夜》等。都说三岁看老，我们在中国电视播出第一天的节目中就看到了电视与意识形态、与社会和历史的当下以及与文艺的亲密关系。二十世纪五十年代以后，电视逐渐成为塑造公众意见、传播主流意识形态的工具。“改革开放”以来，中国的电视事业得到快速发展，但缺乏创造性、一味模仿别人的现象却始终存在。

二、电视节目的特点

谈到电视，我们可以轻易列举出诸如技术性、艺术性、交叉性、符号性、娱乐性、纪实性、教化功能、参与功能以及信息美、画面美等特点，但这些特点并不能将电视与其他媒介区分开来。与其他媒介相比，电视还有自己突出的特点，比如它包罗万有，它比任何报纸杂志都有更大的选择面，一个遥控器在手，天下归你所有；与其他媒介相比，电视更接近生活，如果电视是家常便饭的话，那看其他媒介相当于吃零食或者大餐；电视还有比其他媒介更大的准入性。同时，电视节目还具有以下特点：

（1）雅俗共赏。某个脱口秀主持人说，喝咖啡的和给喝咖啡人看的节目就是雅的，吃大蒜的和给吃大蒜的人看的节目就是俗的。其实不然。雅和俗并没有明显的界限，就电视来讲，其节目的多样性使得不同教育层次的人都可以找到自己的节目，说明其雅俗共赏性。这一点很好地体现了电视的后现代性、多元共生、距离感的消失（杰姆逊语：后现代主义的全部特征就是距离感的消失）。但这并不就是好事。阿多诺就认为“强行将分隔了几千年的高雅艺术与低等艺术结合在一起”对两者都是“不利的”，“高雅艺术的严肃性被毁于对其功效的反思；低等艺术的严肃性因强加于它内在固有的反叛性之上的文明化的约束而消亡”①。他同时还认为“文化与娱乐的结合不仅导致了文化的腐化，同时也不可避免会产生娱乐知识化的结果”②。

（2）活动的世界，人生的窗口。打开电视，仿佛整个世界都在面前。战争、疾病、天灾人祸、国家领导人互访、性丑闻、体育比赛，一幅幅极具现场感的画面向你涌来。同时，这些节目都是即时性的，电视制作人已经挑好了那些他们认为重要的细节，将其放大并在一段时间内重复播放。电视有点像中国园林中的漏窗。漏窗把遥远的景致拉前，成为活动的山水画。电视也将不同的景致、人生百态带入人们的生活，把电视内外的生活交织在一起。

（3）也真也假。电视节目具有极高的逼真性和实况性。但这并不等于说电视的节目都是“清水出芙蓉，天然去雕饰”，在逼真和实况后面有着极大的假定性和仿真性，绝大部分节目是事先安排的。即使事件不是安排的，拍摄的视角却不那么客观。同时，逼真也不一定是真实。电视使距离感消失，同时又产生了距离或者陌生化。这种陌生化有时会美化事物，有时却损害了事物的美。我们会发现，很多普通的生活细节在电视上变得更美了，也同样会发现，几乎所有的文艺节目都没有亲临现场那么美好。音乐会现场大多是令人陶醉的，在电视上却聒噪无聊。

（4）海纳百川。电视具有极大的综合性和兼容性，包括表现手段上有画面、声音、文学、蒙太奇、表演、美工、造型、特技、编辑、剪辑等；节目类型多种多样，题材囊括古今中外、天堂地狱、三教九流、英雄痞子、仁人恶棍、神魔鬼怪；受众有男女老少、富贵贫贱、鸿儒白丁。

三、电视节目的类型

电视节目类型广泛。电视剧包括警匪片、犯罪片、侦探片、恐怖片、医患片、日常的肥皂剧、科幻片、情景喜剧、动画片。综艺娱乐节目包括游戏、脱

① 阿多诺，霍克海默.启蒙辩证法[M].上海：上海世纪出版集团，2006：71.

② 阿多诺，霍克海默.启蒙辩证法[M].上海：上海世纪出版集团，2006：129.

口秀、综艺节目、以真实故事为题材的节目。还有一个具有代表性的节目类型：新闻类节目。

（一）新闻类节目

很多人认为新闻类节目断无审美可言，其实不然，真正好的新闻类节目在呈现某个事件的起因、经过、结果时，不仅讲求技巧，也讲究艺术性。在众多的审美特点中，真实应该居于首位，这至少是新闻节目表面的承诺。新闻总是试图以特定的视角，从特定角度最及时地报道一个最新发生的事，这一点可以说是新闻得以存在的预设的基础。

图7–28　九一一事件

真实（Real）和真相（True）可能有较大的差别。就拿九一一事件（见图7–28）来说，全世界人通过电视转播全体经历了这一次恐怖活动。这个事件是真实的，但真相却不会那么简单。九一一事件不是横空出世的，而是有历史渊源的。我们从新闻节目中可以很好地看到电视的碎片性和拼贴性。同时，新闻的真实性在不同受众那里也是不一样的。在新闻编辑制作人员眼中，新闻节目可能是透明的、纤毫毕露的，专家们可能会带着更加锐利和批判的眼光看待这些节目，一般的大众则很容易被所谓的“真实”打动或者牵着走。

真实之所以能给电视观众带来审美享受，在于真实中所蕴含的人的痛苦、人的关爱和人性力量能唤起电视观众丰富的审美想象。当人们在电视新闻里看到每天发生在我们身边的各种各样的事情，出现的各种不同面孔，争论的各种有趣的话题和焦点时，就自然而然地引起我们对于这些事件、人物、现象、问题的联想、审视和思考，在比较、鉴别、批判、赞同、惊叹、默认、存疑的观看中去发掘真、善、美的因素，从中获得审美享受，也获得审美快感。[①]

新闻节目的第二个特点是影像和解说的统一。一个电视新闻画面就像一幅图片一样，没有旁白，没有解说，它可能什么也不是，或者什么意义也没有，而解说词会把这幅画的语境呈现出来，让你知道里面发生的事情的时间、

① 上海社会科学哲学研究所.美学十论[M].上海：上海人民出版社，1984:158.

地点、人物，事件的起因、经过和结果。好的解说词能够把事件的本质揭示出来，引起观众的共鸣和对事件的持续关注，也往往透露出解说者及其所代表的机构对该事件的看法，以及各方意识形态的差别。新闻节目的第三个特点是形式多样。拿CCTV来说，就有体育、军事、财经、科技、焦点访谈、新闻联播等，各种新闻风格各异，有的轻松，有的严肃，有的关注民生，有的关注国是。所有这些新闻让人足不出户就可对天下了然于胸。

（二）电视剧

电视剧和新闻一样，是电视的标志性节目，以其极大的丰富性滋润着我们的生活。电视剧极具亲和性，同时具有纪实性、大众性、通俗性和兼容性等美学特点。电视剧有的反映现代生活中关注的日常问题，比如《蜗居》（见图7－29）；有的再现历史，比如《汉武大帝》和许多抗战的电视；有的则把艺术作品搬上荧幕，比如四大名著、琼瑶系列、金庸系列等，还有引进别国的剧集。不管哪一类型，我们都可以看到里面所表现出来的人与人的关系（比如婆媳关系、代与代之间的关系、夫妻关系、男女关系、上下级关系等），表现出浓重的人文情怀，我们从中可以体会到平民化视角的崇高和现实主义的魅力。如果说新闻节目是真实（Real）但不一定是真相（Faithful，True），虚构的（Fictional）电视剧则揭示了生活的真相或众生相（Faithful，True），告诉我们生活中有很多误会、辛酸、希望和无奈，让我们更好地看清自己和他人，更好地生活下去。总体来说，历史剧体现了这个时代对历史事件的反思，就像克罗齐说的“一切历史都是当代史”。比如新旧版的四大名著都体现了人们对历史和文学的理解的发展变化。家庭剧则体现出本土特色、时代精神，还有对伦理价值和情感的重视。以婚恋、家庭生活为主的电视剧则向大多数人举起了一面镜子，让我们有机会站在旁观者的角度看到很多家庭成员间不必要的误会。历史剧和古装戏让我们对历史有一个比较直观而生动的了解，特别是历史上英雄人物的事迹能够培养大家的民族自豪感和认同感。青春偶像剧则向它的观众展现了美好的青春神话，同时也展现了青春的烦恼、懵懂和躁动，是成

图7—29 《蜗居》

人前的一次洗礼。武侠电视剧则以非常独特的方式将中国儒、道、佛和中国武术精神融合在一起。武侠剧中的武打动作更多的是一种舞蹈，把人体的协调、刚柔之美完美地展现出来，同时武侠剧中对动作和武功的命名体现了中国人与大自然不可分离的关系和深刻的哲理。情景喜剧富有剧场性，常常展现日常和当下的事情，一般利用方言达到戏剧效果。

（三）文艺节目

电视的文艺节目包括音乐、舞蹈、戏曲、相声、小品、评书等，所有这些形式在其他章节都有介绍，这里不予重复。

（四）综艺节目

综艺节目一九四八年诞生于美国，其前身是广播电台开办的娱乐性节目。后来，电视人员努力召集娱乐艺术界的明星，从而将各种形式的表演熔于一炉，打造出一个令人耳目一新的综合节目。综艺节目的特点在于多种艺术形式结合和拼贴成新的有机体，提供一个丰富多彩的视听盛宴。综艺节目主要分成节庆纪念性的和表现行业特色的两种。前面一种又包含了国际国内节庆综艺晚会、民族传统节日晚会、周年纪念晚会，还有具有中国特色的春节联欢晚会（见图7-30），后一种包括宣传公益活动综艺晚会、宣传文体活动综艺晚会、颁奖活动综艺晚会等。其中，春节联欢晚会对中国人有独特的意义。它的主题非常明确，就是总结过去，展望未来，激人向上。

（五）科教节目

科教节目是电视的一大亮点。科教节目像《探索与发现》、《百家讲坛》（见图7-31）、《动物世界》、《人与自然》、《考古大发现》等不仅通过轻松的方式向观众展现了科学的进步，而且本身具有极大的美感。比如《动物世界》，主持人娓娓动听的解说加上生机盎然的画面，给我们呈现出大自然的美

图7-30　春节联欢晚会

图7-31　《百家讲坛》

好和崇高，这个节目也成为几乎所有年龄段的人都喜欢看的节目，对培养人们的环保意识，唤醒人们对大自然的友爱产生了不可替代的影响。

第四节　电　影

电影是现代人共同的成长记忆。起初的电影是通过把胶片上一系列静止的画面流动地投入到屏幕上而形成连续的画面。我们看电影时却感觉不到其中的断裂。所以电影本身对思考时间问题是很有助益的。同时，我们也经常把思维活动比喻成电影，但思维比电影有更无羁的跳跃性。电影是用移动摄影机拍摄的现实场景，当然也可以通过动画技术或者用电脑动漫技术把绘画或微缩模型排列成电影。当然，目前的特效电影则运用了一切最先进的技术。电影是录制和保存起来的戏剧，是生活的缩影或隐喻。我们在电影中可以看到对世界的现实主义的写照、对过去的当代化的重现、对未来的浪漫主义的幻想，电影传达着情感、理念、美、故事以及我们对世界的“看”。

一、电影的历史

我们在有几千年历史的戏剧中看到了电影的雏形。两者之间实在有太多相似之处：同样是综合艺术，有剧本、背景、服装、道具、演员、导演、制作人、观众、审查制度等。电影的优势在于它能够记录、保存和重播，相反，同一出戏剧的每次表演都可以视为独一无二的艺术行为。电影产生于十九世纪八十年代末。随着赛璐珞胶片和电影摄影机的发明，可以用一个镜头拍摄快速移动的画面，能够在一卷胶带中捕捉和保存几分钟的表演。一些早期的电影一次只能供一人从一个万花筒一样的孔里观看。有些则像现在的电影一样投影到幕布上供很多观众观赏。一八九六年四月二十三日，在纽约的括斯特和比阿尔音乐厅里，人类第一次播放电影。起初的电影只有一个静态的镜头，十九二十世纪之交才开始把几个场景串连起来讲述一个故事。再后来，随着移动摄影的发展，人们能够更有效地讲述一个故事。二十世纪二十年代后期之前，我们只能看到没有对话的默片（我们现在仍看得津津有味的卓别林的电影就是其中的代表）。为了不至于过于沉闷，戏院的老板往往会雇一个乐团来演奏跟电影主题相似的音乐。第一次世界大战中，欧洲的电影发展受到影响，但在美国，电影却随着好莱坞的崛起而方兴未艾。一战后的二十年代，欧洲的电影艺术家如爱森斯坦（Sergei Eisenstein）、F. W. 茂瑙（Friedrich Wilhelm Murnau）、弗里茨·朗（Fritz Lang）等受到格里菲斯（D.W.Griffith）、巴斯特·基顿（Buster Keaton）和卓别林的启发，极大地推进了欧洲电影的发展。

此外，二十世纪二十年代，电子录音技术的发展使对话配音成为可能，从此，音乐、音效还有对话与画面紧密结合，大大地提高了电影的表现力和艺术感染力。到三十年代，几乎没有人再拍默片了。五十年代初以后，黑白电视的流行严重打击了北美电影院的上座率。为了吸引观众，制片人和影院都花了不少心思，包括使用更大的屏幕，用3D投影，还有立体声等。六十年代，随着彩色电影造价降低，越来越多的彩色电影搬上屏幕。二十世纪九十年代到二十一世纪，数码技术成为电影发展的原动力。数码3D电影也成了时下电影的宠儿。

电影有不同的分类方法。在美国和英国的电影广告中，我们可以看到一些字母，这种字母是电影分类的一种。在美国，X表示禁止未成年人观看的影片，G代表所有人都可以看，R代表十七岁以下禁止观看，PG表示一般观众可看。在英国，U表示内容正派，A表示一般观众都可以看，X表示十八岁以下禁止观看，AA表示少年儿童禁止观看。按照电影的内容一般分为喜剧片、爱情片、伦理片、恐怖片、纪录片、情色片、武侠片、动作片、音乐片、战争片和动画片等。而按表现手法可分为默片、黑白片、彩色片、3D电影。当然还有按产地分类的。

二、表现手段

电影是一门综合艺术，它融合了镜头、声音、图像、语言、色彩、灯光、道具、服装、特技、动作、音乐、特效、蒙太奇、歌舞、演员的动作和表情等诸多的表现手段。

（一）空间问题

大家也许见过电影的胶卷。胶卷上一截一截的图像叫做画格。单独地看，每一个画格都是独立的一幅画。只有放映的时候，我们才能看到连续的影像。一个画格的小小平面却是电影艺术家发挥才能的领地。当画格上的图经过投影机投到幕布上时，我们就可以看到故事在幕布这样的景框中展开。景框一方面是一种限制，另一方面它也是连接电影场景内外的桥梁。一位出色的电影艺术家能够充分利用镜头的前后移动，用远景、中景、近景和特写等方式，为我们展开一个生动的空间，场景内外是虚实相生的。除了摄像机和镜头的移动，透视法和景深技巧也常用。透视法（见图7−32）源于绘画，大致可以定义为在平面上再现物象的技术，这种再现方式与人们可能对这些物象本身具有的视觉感知相似。换言之，就像南北朝画家宗炳所言“去之稍阔，则其见弥小”，即画中越远的物象越小，直至消失在一个点上。景深概念与透镜的构造有关，当对着一个物体调整焦距时，可以得到清晰的图像，而大于或小于这个焦距时，图像都会模糊。景深（见图7−33）就是指以透镜的中轴为准，提供一个清晰影像的最近点和最远点之间的距离。通过对景深的把握，我们可以凸显画面的表现力。

（二）蒙太奇

从广义上说，蒙太奇就是剪辑，因此没有蒙太奇就没有电影。由于电影叙事的时间跨度比较长，要在短短的几个小时之内展现现实中历时几十年甚至上千年的故事或历史发展，对众多的场景进行筛选和重排是必需的。蒙太奇工作往往包括选择可用镜头、按照顺序组接镜头、进一步确定适合每个镜头的准确长度和组接方式三个步骤。而蒙太奇活动的形态有两种：一是安排作为剪辑单元的镜头的顺序；二是确定镜头的时间延续。狭义的蒙太奇是以镜头为单位

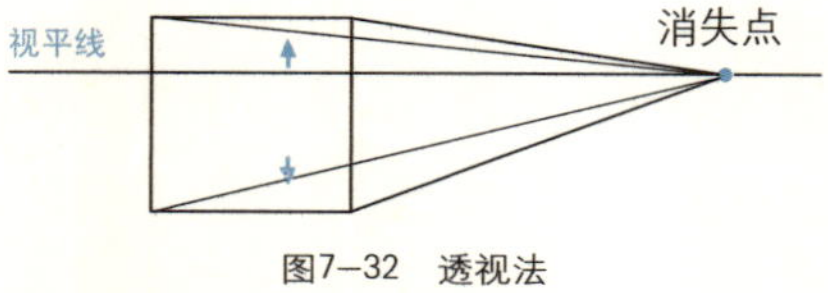

图7−32　透视法

图7−33　景深

的，是一个场景中镶嵌一个场景，就像《哈姆雷特》的戏中戏一样。这样会产生一种“螳螂捕蝉，黄雀在后”的感觉，同时起到一种元戏剧的作用。《公民凯恩》中就有几处典型的蒙太奇手法。凯恩一手捧红的歌女在台上演唱时，镜头往外拉，我们可以看到两个工作人员在交谈（见图7-34），同时演唱在中远景中继续。另外一个场景是当凯恩在台上做竞选演讲的时候，镜头突然拉远，我们可以看到他的对手在一个角落里虎视眈眈地看着他（见图7-35）。还有就是几个场景在一个镜头上并置的情况，把同时发生在不同地点的事件展现在观众面前；或者两个场面交替出现，形成鲜明对比。这是电影或电视叙事优于书面文本的地方。当然，蒙太奇不仅仅是对图像的处理，还包括声音蒙太奇。按照雅克·奥蒙（Jacques Aumont）等人的定义（宽泛的定义）：蒙太奇是通过对影片的视像和音响元素的并置、连接和（或）确定它们的时间长短来组构这些元素的原则，或者说是组构这些元素组合的原则。[①]好的影片是声音和视像的完美结合。在默片时代，电影艺术家们已经意识到声音的重要性而给电影配上乐队的演奏。如今，好的背景音乐更是成了好电影的标准之一。我们在梅洛-庞蒂的哲学中可以找到声音和视像结合的理论依据。西方的哲学传统一直比较重视视觉的分析。当提到感觉时，总是提到与视觉有关的颜色、广延等。而梅洛-庞蒂则认为感觉不是这种分裂的、原子式的，也反对身心二元论。受到格式塔心理的影响，他不仅认为身心一体，而且认为各感官之间也是相互影响、相互配合的。声音蒙太奇给我们创造了一个比较完整的视听场景。对此，我们往

图7-34 《公民凯恩》片断一

图7-35 《公民凯恩》片断二

① 雅克·奥蒙.现代电影美学[M].北京：中国电影出版社，2010:45.

往认为是理所当然的，只有当声道或音轨跟图像出现不协调时，我们才发现它们之间的相互配合多么重要。

（三）叙事

人类需要故事，就像《一千零一夜》中的讲故事者需要通过讲故事来延续生命。当然，这个生命既指个人的生命，也指类的生命。人们常说，没有坏的故事，只有坏的讲述方法，叙事对于电影和文学来说其重要性都毋庸置疑。叙事是电影的一大功能，也是一大手段。撇开深奥庞杂的叙事学不说，我们讲述一个故事，六个要素是普遍适用的，即故事发生的时间、地点、人物、起因、经过和结果。不同的电影可能会有所侧重。比如说，有些电影会比较看重出人意料的结尾；有些电影注重故事所发生的时代，对那个时代会有比较全面的交代；有些电影比如喜剧片故事简单，制作人的主要任务是使整个经过具有较大的娱乐性。有些人物传记注重人物的个性发展，而有些故事的人物是次要和模糊的，重要的是体现某个时代的悲剧性。与文学叙事不同，电影的优势在于可以运用蒙太奇手法将几个场景并置，并且利用音响效果来烘托和推进叙事。

（四）虚构

关于电影，大家可能经常会问到的是，里面的事情是不是真实的。奥蒙等人的回答是，从表现手段、再现形态、内容等方面来看，任何一部影片，无论属于何种类型，都可以属于虚构范畴。①科教片和纪录片也有自己的美学追求，这种追求会把制作者自己的想象和理解带入影片，从而带给观众一种如真如幻的景象。当然，有些电影为了满足大家对故事真实性的喜好，而特意表明该电影是没有经过任何技术加工的，其中典型的代表是《女巫布莱尔》（*The Blair Witch Project*）（见图7–36）。这部造价低廉的虚构恐

图7–36 《女巫布莱尔》

① 雅克·奥蒙.现代电影美学[M].北京：中国电影出版社，2010:81.

怖电影以新颖的DV记录手法来拍摄，看上去像是未加剪辑的拍摄底片，这种貌似真实的感受牵动着每一个观众的心弦。这部片子经过宣传让人误以为是纪录片，以致影片播放后引起了极大的反响。但是明眼人能从电影中看到穿帮的镜头：当三人在丛林中走失时，在他们身后七八米的地方，透过树的空隙可以看见一片田地。当他们找出路时，也能看见公路。而且在树林里面居然发现了灯光和一个人迅速闪过的瞬间镜头。

（五）语言

有人说电影有自己的语言，笔者表示部分同意，部分不同意。如果说把电影的表现手法当作一种语言，那么电影确实有自己的语言。但除此之外，电影却说着跟现实世界和其他文本一样的语言。电影的综合性使它能够具有其他媒介所无法传达的信息和美。很多语言学家如索绪尔把语言作为符号的一个分支，认为语言是一种特殊的符号。而罗兰·巴特则扩大了语言的外延，把符号（如服饰、建筑、明信片等）包括在语言之中。从这个角度来看，电影就是一系列的语言编码，等待观众去解码。对于普通的观众而言，他们较关注模糊的感官美和情感上的共鸣。而比较深奥的表现技巧（比如说景深、蒙太奇、拼贴）对观众的观感会产生某种程度的影响，但他们可能对此并无意识。除表现手段之外，电影语言还体现在题材的广泛上，几乎没有任何题材是电影所不能再现的。哲学、历史、文学、心理、科学，所有这一切都可能转化为电影的语言。在穿越时空、星际旅行等题材中，我们可以看到宇宙物理的最新进展被搬上荧幕。历史更是毋庸讳言。就拿人们对“三国”的不断翻拍来说，就揉进了历史研究的最新进展，我们可以在新近拍摄的影片中看到新历史主义的影子。至于狭义的电影语言，即电影对白，也极大地丰富了我们的语汇。

三、电影理论

电影理论与电影的发展交相辉映。在当代哲学家当中，很少有人没有提到过电影这种影响深广的媒介。电影理论已经成为现代西方哲学、美学和批评理论的重要组成部分。电影理论寻求发展出一套能够用于研究电影艺术的概念系统。电影理论主要有两类：一种是由电影艺术家从电影制作的经验中总结出来的理论，比如B. 阿芒卡尔的《开启电影的钥匙》、巴赞（André Bazin）的

《电影是什么》、爱森斯坦的《电影的形式和意义》等；另外一类是通过电影之外多种多样的参照系来剖析电影的深层意义。这样的著作数不胜数，包括经典的米特里（Jean Mitry）的《电影美学和心理学》，追随弗洛伊德和拉康的心理学分析的齐泽克（Slavoj Zizek），从哲学角度分析电影的欧文·辛格（Irving Singer）的《电影性的神话创作》《三个哲学的电影制作者：希区柯克、威尔斯、雷诺尔》，还有对电影的符号学、语言学分析。同时，受维特根斯坦语言哲学的影响，有些人从电影的语法和生活形式等方面去探讨电影。除了电影理论外，另外就是方兴未艾的基于理论的电影批评。这些批评多见于报纸、杂志、广播电视，还有互联网上，给人的生活带来乐趣的同时，也拓宽了人们的视野，提高了大家的审美能力和情趣。

第八章
当代艺术与多媒体艺术

“当代艺术”这样一个词被用来作为艺术类型的称谓，多少让人感到有些模棱两可。首先，“当代”是很难被界定的时间范畴。时间的流逝让我们经历和体验的一切不断成为过去，当我们欣赏和品评一件艺术作品的时候，它就已经成为了历史。因此，任何一个时间段落都不可能永远被认定为“当代”，那又何谈“当代艺术”呢？其次，所有在当下被创作的艺术作品，无论其类型、观念、内容，都可以被视为“当代艺术”。这样说来，这是一个可以被无限泛化的概念，我们也就无法从字面解读“当代艺术”的基本属性，又怎么能将其视为某种特定的艺术类型呢？我们究竟该如何理解“当代艺术”这一概念呢？

二十世纪以来，人类社会不断加快的发展步伐使人们在有限的人生历程中经历着比以往任何历史阶段都更频繁和剧烈的变化。西方人用一千多年时间成就古代希腊罗马的灿烂艺术，又用一千多年时间走完中世纪的宗教艺术历程。文艺复兴涵盖了十五、十六世纪的二百年，十七世纪的巴洛克艺术也经历了百余年的发展过程。不难发现，历史上的这些艺术观念与风格类型从发端到成熟都需要经过长期的发展过程。每一个时代的人们所共同遵循的文化理念与审美倾向成为各阶段艺术风格稳定发展并呈现出总体共性倾向的基础。而当历史走入近代，艺术如人类社会其他领域一样呈现出强劲的加速发展趋势。生活在十九世纪的人们亲眼见证了古典学院艺术到印象主义的跨越，此后各种艺术派别就如雨后春笋般萌生，乃至形成了在同一时期多种艺术观念与流派多元并存的局面。这种局面开始于十九世纪末二十世纪初。野兽主义（见图8-1）、立

图8-1　野兽派画家马蒂斯作品

图8-2　毕加索的立体主义作品

图8-3　《一九四八年第五号》/（美）杰克逊·波洛克

图8-4　表现主义画家凯尔希纳作品

体主义（见图8-2）以及表现主义（见图8-3、图8-4）等艺术流派的出现无论从深度还是广度上都极大地扩展了艺术表现的可能性，同时也一次次改变着人们对艺术的传统认知。也许正是由于在短时间内无法准确和全面地总结与归纳这些纷繁的变化，因而也就难以找到一个明确的概念为之做出简明和贴切的定义。这场声势浩大的新兴艺术运动被称为“现代主义”，其所包含的艺术流派被统称为“现代艺术”。这一概念不仅有与“当代艺术”一样的逻辑困境，而且两者之间也存在直接的因果关系。

总体上来说，现代艺术及其所代表的现代主义观念反对忠实地表现客观世界，这是对此前西方艺术延续数百年的写实传统的背离。在这种主导思想的驱动下，现代艺术注重艺术家主观意志在作品中的体现和放大，强调艺术表现形式的多样化探索。在其不长的历史里，现代艺术把艺术表现形式的可能性发展到了极致。但是，外在形式的极大拓展却也导致了内容的日趋空洞和对现实生活的远离。新一代艺术家敏锐地意识到了这种问题，并积极地通过个人艺术实验将艺术从形而上学的象牙塔拉回到现实生活中来，更多地着眼于精英艺术与大众文化的深层接触。当马塞尔·杜尚把小便器作为艺术作品放入展览馆，当安迪·沃霍尔将汤罐头印制成丝网版画，当约瑟夫·博伊斯宣称“人人都是艺术家”时，一场建立在全新的价值观基础之上，对传统艺术体系构成更深层的消解和改变的艺术运动随即揭开序幕。

高速发展的现代科技为艺术提供了更多的媒介，现代艺术仍局限于传统媒介基础上的形式探索，而当代艺术则对艺术表现媒介不断地进行拓展。人们发现，太多的物质和技术载体可以被用来赋予艺术无限丰富的可能。这也是当代艺术区别于现代艺术的重要特征。

交通和信息技术的发展将人类社会迅速带入了全球化时代。历史上各个相对独立和分别发展的文化冲破了地域限制，不断碰撞与融合。前所未有的文化大交融使不同文化背景的艺术家都在其创作中包容了多重的文化因素，人们无法继续用传统的文化类型概念对艺术进行归类。艺术观念的泛化、表现媒介的多样化以及文化背景的杂合化使得艺术发展在各个层面上愈发显现出复杂性。这也许就是使用“当代艺术”这样一个含混的概念为全新时代的艺术进行总体描述的内在原因吧。

第一节　波普艺术

每一次走向某种极端的探索和尝试似乎总是能够同时唤起朝向相反极端的探索和实验。现代艺术对于视觉形式的探索所达到的极致结果就是抽象艺术的产生。无论是绘画还是雕塑，这些传统的架上艺术最终摆脱了客观物象的束缚，呈现出被彻底解放的形状和色彩。然而，这也随之带来了外在形式至上所导致的种种弊端——艺术的过分精英化和远离大众。人们无法从作品中解读出明确的内容，也很难看到以往的艺术所具有的那些经典形象。于是，一种能够更多地触及现实生活与大众文化的艺术成为社会文化发展的内在需要。在这样的背景下，二十世纪五十年代，一种新的艺术潮流开始在英国萌生。一九五二年的年末，一群年轻的画家、雕塑家、建筑师和艺术评论家在伦敦的当代艺术学院举行了一次会议，会议讨论的主题是包括新兴的电影、广告传媒等方面在内的流行文化及其含义。[①]在他们中间，诞生了英国波普艺术最具代表性的艺术家——理查德·汉密尔顿（见图8-5）。

理查德·汉密尔顿一九二二年生于英国皮姆利科，曾先后就读于英国皇家艺术学院和斯莱德美术学院。他是马塞尔·杜尚的学生。这位当代艺术的先驱者深刻地影响了汉密尔顿。一九五六年，汉密尔顿创作了一幅拼贴作品，题为《到底是什么使得今日的家庭如此不同》（见图8-6）。作品表现了一对生活在现代都市中的夫妇和他们的居所。这是一个典型的时尚之家。无论是房间的陈设还是男女主人公的模样与表现出的状态都集中地体现着全新的流行文化给人们的生活带来的深刻影响。这幅作品以很小的生活场景对当时的流行文化做出

图8-5　理查德·汉密尔顿像

图8-6　《到底是什么使得今日的家庭如此不同》/（英）理查德·汉密尔顿

① H.H.阿纳森.西方现代艺术史[M].天津：天津人民美术出版社，1986：613.

了近乎全景的表现。男主人手持的球拍上的“POP”更是表明了汉密尔顿及其群体的艺术主张，且具某种宣言的意义。汉密尔顿直接使用现成图像进行拼贴的创作方法和作品的主题内容都为波普艺术的进一步发展奠定了基础。除理查德·汉密尔顿外，英国波普艺术还拥有很多优秀的艺术家，如彼得·布莱克、艾伦·琼斯、R. B. 基塔等。

波普艺术虽然发端于英国，却在美国找到了最为适合的土壤。没有背负悠久的文化传统这一先决条件以及开放多元的人文环境使得任何新兴的观念与手段都可以在美国得到毫无阻碍地接受和发展。商业的蓬勃发展刺激着流行文化的广泛兴起，而两者的结合更是产生了巨大的商业和文化能量。影视明星、流行音乐、时尚、商业广告等文化元素已经覆盖了每一个社会成员的日常生活并渗透入他们的精神深层，塑造着不同以往的价值观与文化理念。而这一切恰恰成为培育波普艺术的最佳温床。“这种艺术，对美国的艺术家可以说是一种天然的需要，他们生活在成天大喊大叫、弥漫着工商业气息的环境之中……对于美国的波普艺术家们来说，一旦了解了他们的日常生活环境和在新主题的创作中的巨大可能性，结果他们比起任何干同样事情的欧洲人来说，就普遍地更加大胆和进取，甚至压倒一切。”[1]的确，波普艺术在美国激发出的创造力至今仍深刻地影响着全球艺术的发展，且不断地催生出新的艺术形态，显示出勃勃生机。这种旺盛的生命力源自与大众流行文化的紧密结合并从中获取到源源不断的创作源泉。同时，整个美国文化也通过波普艺术在全球当代文化中树立了自己的标志性形象。美国的波普艺术家们成为美国文化输出的重要推手，并对其他国家的当代艺术发展产生了最为直接和广泛的影响。其中，罗伯特·劳申博（见图8-7）就对中国的当代艺术发展产生过巨大的影响。他于一九八五年在中国举办的展览对当时中国的前卫艺术发展产生了直接的影响。

图8-7 罗伯特·劳申博像

罗伯特·劳申博一九二五年生于美国得克萨斯州亚瑟港，早年曾就读于堪萨斯艺术学院和巴黎的朱利安学院。一九四八年他进入北卡罗来纳的黑山

① H.H.阿纳森.西方现代艺术史[M].天津：天津人民美术出版社，1986：617.

图8–8 《交织字母》/（美）罗伯特·劳申博

图8–9 《峡谷》/（美）罗伯特·劳申博

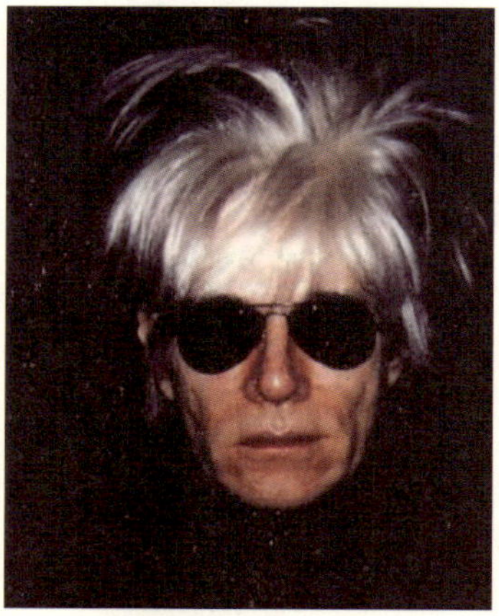

图8–10 安迪·沃霍尔像

学院学习。这所以引领前卫艺术潮流著称的艺术学院为劳申博日后的成就奠定了基础。

一九五五年，劳申博在伊根美术馆的一次展览上展出了他的综合绘画作品（见图8–8、图8–9）。在这些作品中，画家大量使用如照片、印刷品之类的现成材料进行拼贴，并将它们与具有抽象表现主义风格特征的绘画手法相结合，创造出了一种全新的绘画形式。大量的现成图像在并置后被赋予不同的含义，绘画手法的介入又给了这些图像更为丰富和强烈的视觉效果，改变着人们在正常情况下看到它们时的常规视觉经验。不仅如此，劳申博还将一些实物与绘画组合在一起。局限于两维空间的画面就这样被延伸了。在这些作品中，绘画仅仅充当作品的组成元素而退居其次，多种元素组合所产生的总体视觉效果成为艺术家主要关注的创作要点。无论是平面还是立体，也无论是工业产品还是手工制品，当各种元素从属于艺术家的创作意图并被有机地结合在作品里时，就都被赋予了艺术的含义。罗伯特·劳申博在作品外部形态和创作方法上进行了大胆的尝试，对当代艺术发展具有重要意义。他为后来的很多艺术家提供了可资借鉴的思路与方法，成为波普艺术表现语言的重要开拓者之一。

谈到美国波普艺术家，最具影响力和代表性的莫过于安迪·沃霍尔（见图8–10）。

安迪·沃霍尔于一九二八年八月六日出生于匹兹堡。他在儿时即开始学习艺术。除喜好绘画之外，他还非常喜欢好莱坞电影。九岁时，沃霍尔就得到了属于自己的第一台相机，他喜欢拍照，并且在地下室自己冲洗照片。少年时代的沃霍尔由于体弱多病常常卧床不起，病床上的他靠画画、听广播和收集电影明星照片打发时间。他本人后来认为这对他来说是非常重要的一个时期。这一时期，他对于艺术的爱好、理解以及技能都具备了一定的基础。

沃霍尔于一九四五至一九四九年在卡内基理工学院学习，并且获得了海报设计的艺术硕士学位。毕业后，他主要从事商业插画，同时还为百货商场做展示设计工作。二十世纪五十年代，沃霍尔成为一名成功的商业插画家，获得了很多奖项。他的插画风格独特且极具想象力，他对摄影的擅长也使得他善于使用照片进行创作。五十年代后期，沃霍尔开始将绘画创作作为主要的工作。一九六一年，沃霍尔以漫画与广告为题材开始波普艺术作品的创作。其中最著名的就是《坎贝尔汤罐》系列作品（见图8-11）。这个系列在当时的美国艺术界引起了极大的轰动和广泛的争论。这也成为安迪·沃霍尔走向成功的起点。此后他开始了一系列的名人肖像创作。包括玛丽莲·梦露、猫王、伊丽莎白·泰勒等人在内的为人所熟知的明星成为他作品的主题。这些作品后来也成为美国波普艺术的经典作品。一九六二年，安迪·沃霍尔的第一次个人展览在纽约举行。展览作品包括《玛丽莲·梦露》系列、《一百个汤罐》、《一百个可乐瓶》、《一百张美元钞票》等（见图8-12、图8-13）。同年，纽约现代艺术博物馆举办了一场关于波普艺术的研讨会，很多批评家指责以沃霍尔为代

图8-11 《坎贝尔汤罐》/（美）安迪·沃霍尔

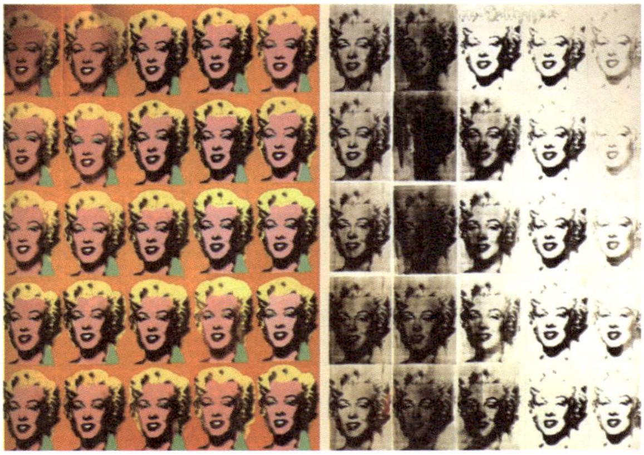

图8-12 《玛丽莲·梦露》/（美）安迪·沃霍尔

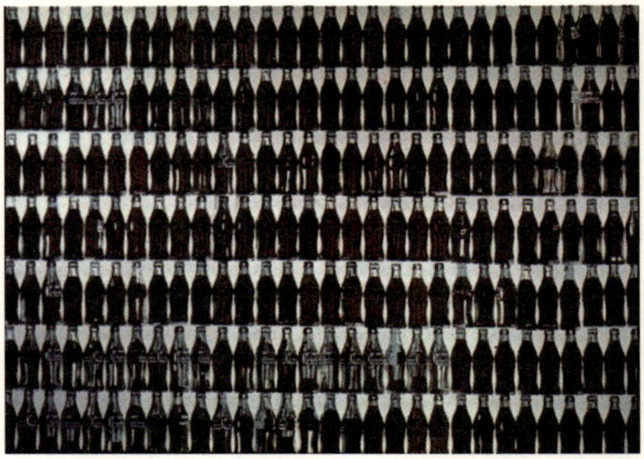

图8–13 《一百个可乐瓶》/（美）安迪·沃霍尔

表的波普艺术家们的作品是对消费主义的“谄媚”。这些批评非但无损于沃霍尔及其同盟者的艺术成就，反而从一个侧面见证了当时正在蓬勃兴起并日益成为主流的波普艺术所具有的革命性与创造性。艺术与商业的结合导致艺术自身发生了深刻的变化，在这场历史性的变化中，安迪·沃霍尔一直居于旗手的地位。他的艺术大获成功，这不仅为他赢得了在美国当代艺术界无可争议的地位，也为他带来了巨大的商业收益。一九六四年的一场名为“美国市场”的展览上，当年曾经被嗤之以鼻的《坎贝尔汤罐》卖出了一千五百美元的价格。同年，沃霍尔成立了他的个人工作室，将它命名为“工厂”。他在从事大量丝网版画的同时，还开始从事实验电影创作。他拍摄了几百部电影，其中代表作品包括《帝国大厦》《切尔西女孩》《银幕实验》等。

有“波普教父”之称的安迪·沃霍尔至今仍然是一个颇具争议的人物。对他的作品在很长一段时间里一直存在严重的质疑。及至二十世纪八十年代，仍然有评论家将他在当时美国艺术界的地位排在写实画家安德鲁·怀斯之后。[①]而这样的排名在今天的人们看来自然会有普遍相反的看法。但正是在这些褒贬不一的声音里，沃霍尔为新一代的当代艺术家树立了样板。首先，他以最为直接的方式赋予艺术品商品的属性。同时，他还以身体力行的方式实践着艺术家成为与影视明星一样的公众人物的可能。最重要的是，他确立了波普艺术的经典

① 罗伯特·希尔福斯，芭芭拉·爱泼斯坦.一个战时的审美主义者：《纽约书评》论文选[M].北京：中央编译出版社，2000：235.

范式和鲜明的艺术观点。这些都在根本上有别于传统意义上关于艺术的认知和价值观。他使用大量现成图像，却没有像罗伯特·劳申博那样重新组织或通过绘画的方式改变它们，而是最大限度地保持原状。在他拍摄的影像作品中，也可以看到同样的创作方式。在这些作品里，他以极其客观的态度对待被表现的对象，几乎不进行任何个人注解。相比于个人态度的表达，他更关注如何发现和发掘外部世界本有的价值。正如他在与美国艺术批评家吉姆斯·文森的对话中所表达的那样：

> 安迪·沃霍尔：……我希望大家思考的差不多……每个人看起来一样，行动也一样，而且我们越来越朝着那个方向走。我认为每一个人都应该是一台机器。每个人都应该喜欢每个人。
>
> 斯文森：这就是波普艺术的所有吗？
>
> 安迪·沃霍尔：是的，就是喜欢事物。
>
> 斯文森：喜欢事物就是喜欢做机器？
>
> 安迪·沃霍尔：是的，因为你每次都做一样的事情。你一遍又一遍地做同样的事情。[①]

安迪·沃霍尔敏锐地把握住了现代都市生活与人的精神状态的实质，并在作品中加以表达。他在作品中的不表态或者有限的表态却在总体上构成了他对商业社会及其流行文化鲜明的个人态度。

美国波普艺术家是一个庞大的群体。除上述两位代表人物外，同时代重要的代表艺术家还有利希滕斯坦、贾斯帕·琼斯、韦塞尔曼、罗森奎斯特、奥登伯格等人（见图8-14至图8-16）。他们分别从不同角度切入大众流行文化，并对其进行艺术的再诠释。如利希滕斯坦通过运用旧式连环画或者广告画的表现语言进行创作，以另一种更为单纯的方式树立了美国波普艺术的典范。韦塞尔曼在《伟大的美国裸体》系列中表现的没有面目的女性形象几乎可以被视为以电视为主的大众传媒和泛商业时代的审美趋向的总体符号。罗森奎斯特

① 肯尼思·戈德史密斯.我将是你的镜子——安迪·沃霍尔访谈精选[M].北京：生活·读书·新知三联书店，2007：74-75.

图8－14 《车内》／（美）利希滕斯坦

图8－15 《旗帜》／（美）贾斯帕·琼斯

图8－16 《伟大的美国裸体》／（美）韦塞尔曼

原本就是一名从事户外广告绘制的画家，这使得他非常善于驾驭巨幅画面。他创作了一系列尺幅巨大的作品。他擅长在创作中综合各类媒介和文化符号元素，作品具有极强的视觉冲击力。奥登伯格则更多地着眼于现实生活中的平凡物品。他将这些物品在自己的作品中放大或重组，使这些平凡的物象具有强烈的超现实意味。

从英国波普艺术的发端到美国波普艺术的繁盛，一种植根于当代商业流行文化、同时也高度契合当代人精神世界的艺术理念被逐步建立并成为当代艺术的重要组成部分。不仅如此，通过波普艺术理念在各个文化层面的实施和推广，原本相对小众的精英艺术已经直接成为大众文化的组成部分。今天的人们可以通过各种途径主动或者被动地接受波普艺术家们的那些卓越的艺术创造。反之，商业营销和推广也日益注重借助艺术家的创造力来实现更具文化品质的市场形象。驰名国际的宝马汽车就从一九七五年开始进行一项“宝马艺术车计划”。在该计划实施以来的三十多年里，包括上文提到的罗伯特·劳申博、安迪·沃霍尔、利希滕斯坦、大卫·霍克尼等在内的诸多艺术家为该计划设计了不同款式的宝马艺术车。二〇一〇年，著名的当代美国波普艺术家杰夫·昆斯在纽约宣布将为宝马公司设计第十七款艺术车。另一个例子是日本著名当代波普艺术家村上隆与路易·威登的合作。村上隆为路易·威登所设计的作品给了这个法国传统奢侈品牌更鲜明的流行文化特质，从而在日新月异的时尚领域保持其魅力，并成为重要的时尚标志（见图8-17）。另一位重要的日本当代艺术家草间弥生也与LV的设计总监马克·雅各布合作推出系列产品。波普艺术基于其艺术理念实现了艺术与商业的互动，不仅不断从商业流行文化中汲取创作资源，同时也对流行文化产生深远的影响。

图8-17　村上隆为路易·威登设计的手袋

第二节　装置、行为与观念艺术

一、解构与拓展

艺术在二十世纪以来发生了一系列变化，其中至为重要的方面是艺术呈现的外在形态和功能的改变与拓展。在大多数人的一般认识里，我们通常通过什么途径来感受艺术的存在呢？很多人会认为是通过艺术作品。事实也的确如此。在历史上，无论出于何种动机或目的而进行的艺术创作活动，其结果都必定归结为艺术作品的产生。人们感受艺术带给他们心灵和精神的震撼与抚慰，也必定是通过艺术作品。那么，可以被认定为艺术作品的具体形态究竟有哪些呢？陈列在各种展览馆里或者其他各类场所的绘画和雕塑毫无疑问是艺术作品，历代的优秀建筑也被视为艺术作品，被人们广为传唱和带给人们心灵抚慰的音乐旋律理所当然是卓越的艺术作品……但是仅止于此吗？

你不会认为路边一个被风吹日晒而表面剥蚀的垃圾桶会是一件艺术作品，你也不会把堆放在某个角落里的废弃物当作艺术品来欣赏，你不会去试图探究发生在百货商场里的邂逅或者争吵有什么艺术价值，你更不会认为一个平淡无奇的肢体动作可以被当作艺术作品来品读吧！它们可能具有超越其自身之外的更多含义吗？它们美吗？它们能够具有值得我们去感受或者思考的价值吗？

在我们习惯的认识里，那些存在于我们周围的日常生活中的事物、活动、场景、言语等，即便它们可以与艺术发生这样那样的联系，但其自身也不可能成为艺术作品。因为它们既不具备我们惯常理解的艺术作品的外部特征，也不具备以往的艺术作品所具有的功能。如果你被告知它们中的某一个是一件艺术作品，这无疑是对你的既有知识体系和认知方式的严重挑战！

二、马塞尔·杜尚与当代艺术的萌芽

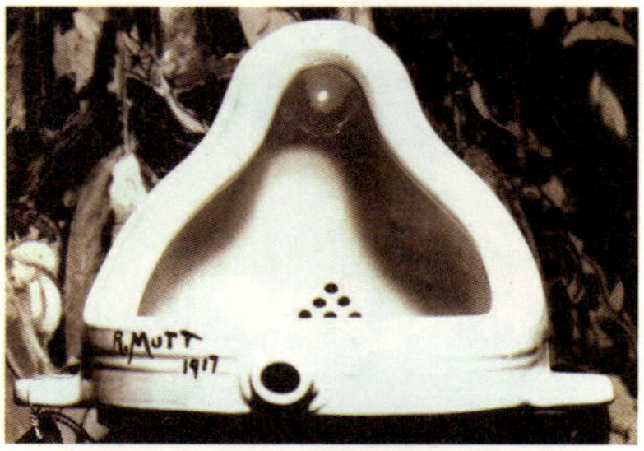

图8–18 《泉》/（美）马塞尔·杜尚

然而，这样严重的挑战就在一九一七年发生了。这一年，马塞尔·杜尚将一个小便器送至纽约独立艺术家协会展，并且为之命名为《泉》（见图8–18）。纽约独立艺术家协会以该物品根本不能算是一件艺术作品为由拒绝展出。这一事件成为当代艺术发生的标志性事件，即使在今天的人们看来，该事件仍然有着令人充满质疑或感到难以接受之处。而在他本人看来，这似乎是一次成功。在与法国艺术理论家卡巴内的访谈中，他这样回忆道：

> 它纯粹是被压制了。我那时还是那个展览的评审团成员之一，但我没有被人征求过意见，因为那些人不知道我就是作者。我签名“麦特”就是想避免让人知道这一点……我做的东西从来都不是被马上接受的。不过，这对我来说无关紧要……相反，还觉得很来劲！[①]

一个极其平常的现成物品在仅仅被签名之后就被赋予艺术作品的属性。如果这一举动是成立的，那么我们该如何面对过去几百年里那些被奉为人类文明

① 卡巴内.杜尚访谈录[M].桂林：广西师范大学出版社，2001：52-53.

精华的艺术作品呢？难道这个小便池真的有可以与它们相提并论的价值吗？通过这样一个平凡的物品，杜尚实现了对传统艺术理念和价值观的全方位颠覆。这种颠覆也成为此后当代艺术发展的基础和起点。马塞尔·杜尚也因此以及他在当时所做的其他艺术实验而成为当代艺术的重要先行者（见图8-19）。

图8-19　马塞尔·杜尚像

杜尚一八八七年生于法国，一九五四年入美国籍。他于一九〇六开始他的画家生涯，并于一九一二年结束。“……绘画的所有过程对我来说已经是无所谓的事了……绘画中已经没有什么让我感到满足的东西了……从一九一二年起我已经决定不再做一个职业意义上的画家了。”[①]这之后，他开始了那些意义深远的艺术实验。他用八年时间完成了一件具有代表性的作品《大玻璃》（又名《新娘，甚至被光棍们剥光了衣服》，见图8-20）。今天看来，这是一件介于绘画和实物装置之间的作品。在这件作品中，作者在部分地保持绘画方式的同时，却避免和去除了绘画本体语言所具有的特质。这体现了作者所怀有的强烈愿望——他并不是要简单地放弃绘画，而是试图在自己的创作中远离绘画及其所代表的整个艺术观念。这种企图更为纯粹地体现在他使用现成品制作的作品里，正如在《泉》里所表现的那样。“一个动人的形式被发现了，这件东西从它实用的功能中解放出来，它的形其实是很动人的……”[②]同样的例子还有作于一九一四年的《三个标准的终止》（见图8-21）和作于

图8-20　《大玻璃》/（美）马塞尔·杜尚

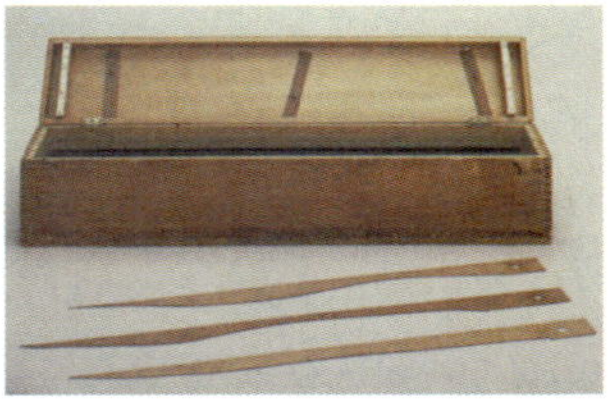
图8-21　《三个标准的终止》/（美）马塞尔·杜尚

① 卡巴内.杜尚访谈录[M].桂林：广西师范大学出版社，2001：142.
② 卡巴内.杜尚访谈录[M].桂林：广西师范大学出版社，2001：148.

一九一五年的《折断胳膊之前》等一系列由现成品组构而成的作品。通过这些实验作品，杜尚为当代艺术开启了一条全新的路径。

图8-22 《长胡子的蒙娜丽莎》/（美）马塞尔·杜尚

马塞尔·杜尚的成就，首先表现在对既有的传统艺术体系所持的态度和由此态度而衍生出的方法。简言之是，这一种“消解”的态度。他并不正面否定传统艺术及其体系，但却改变了对其尊崇和膜拜的姿态，转而以一种轻松和平等的心态去面对。正如他自己所说的：“……当我去博物馆的时候，我没有在任何一张画的面前感到过眩晕、震惊或好奇，从来没有。我现在说的是过去的大师们，过去的东西……我是非常不受诱惑的——在这个词的宗教意义上来说。”[①]当经典艺术的价值被消解时，它们就有可能会变得和一件日常物品一样平淡无奇。这使得人们拥有了更多对待它们的方式，你可以接受，也可以拒绝，甚至可以改变。比如杜尚为《蒙娜丽莎》添加了的胡子（见图8-22）。这种对待既有文化体系所采取的“消解”态度催生出一种被称之为“解构”的观念和方法，进而成为当代艺术及其所代表的时代文化的重要特征。

杜尚的另一贡献在于极大地扩展了艺术的概念和范畴。它不一定要待在博物馆的墙壁上，以高高在上的姿态面对我们，不一定要精致典雅或者富丽堂皇。它可以不拘一格，也不排斥一定程度的粗糙甚至残破，可以在任意时间出现在任何场所。这时，一种方式随之产生。无论是一件经典的艺术作品，还是一件普通的日常物品，都可以脱离其原有的语境和语义，并且在新的艺术创作中被赋予新的含义。总之，艺术的外在形式不再是被规定的和重要的，那些特定的技术手段（如传统的绘画或者雕塑技术）也不再是必需的媒介。在这样的艺术框架里，很多大异于传统艺术形式的新形态逐步成为当代艺术的主流形

① 卡巴内.杜尚访谈录[M].桂林：广西师范大学出版社，2001：69.

态。其中较为典型的就是装置艺术和行为艺术。

三、装置艺术

装置艺术追根溯源应该起源于马塞尔·杜尚对现成品的使用。这种实验把传统艺术依托画布或者雕塑材料制作的和现实世界保持紧密联系却又相对独立于现实世界的“幻像”变成实实在在看得见摸得着的“实像”。无论装置作品倾向于二维的平面还是三维的立体空间，它与绘画或者雕塑的差别在于，后者使用一系列物质材料制造与这些材料本身无关的视觉形象，而装置艺术则是在视觉上直接呈现物质材料本身。这一方式建立了作品与日常生活以及观者之间更为直接的关系。“……这是一个物体的世界，一个日常生活事件的世界，以此来作为创作活动的基本素材。”①

作为一种全新的艺术类型，装置艺术更为广泛的发展开始于二十世纪六十年代。一九六一年底，纽约现代艺术博物馆举办了一个名为“装配艺术”的展览。展览主办者对展出作品的描述是：“它们主要是装配起来的，而不是画、描、塑或者雕出来的；它们全部或部分组成要素，是预先形成的天然或人造材料、物体或碎片，而并不打算用艺术材料。”②这应该是较早的关于装置艺术的概念性表述。需要说明的是，装置艺术并非突然出现，而是在现代主义时期的立体主义、未来主义、超现实主义乃至后来的达达主义的艺术理念基础上逐步形成的。六十年代活跃于美国的早期装置艺术家科内尔把各类物品放置在箱子里，他的箱子就成了一个个高度浓缩的个人档案室，这些作品表现出极强的叙事性和怀旧情绪。雕塑家内威尔逊收集旧家具和旧房屋的木质构件进行重新组构，制作出了颇具形式美感和凝重历史感的装置作品（见图8-23）。此外还有很多从事装置艺术的艺术家，这里不一一列举（见图8-24、图8-25）。总之，从这一时期以后，装置艺术就逐渐成为当代艺术中的主流形态。时至今日，它仍然充当着各类当代艺术展览的主体部分。而且，随着技术手段和媒材的不断丰富，装置艺术也从开始的现成品或者物质材料加工发展为多种媒介的综合组

① H.H.阿纳森.西方现代艺术史[M].天津：天津人民美术出版社，1986：599.
② H.H.阿纳森.西方现代艺术史[M].天津：天津人民美术出版社，1986：599.

图8-23 《太阳花园与给英国人民的美国献礼》/（美）奈威尔逊

图8-25 《正午》/（美）卡罗

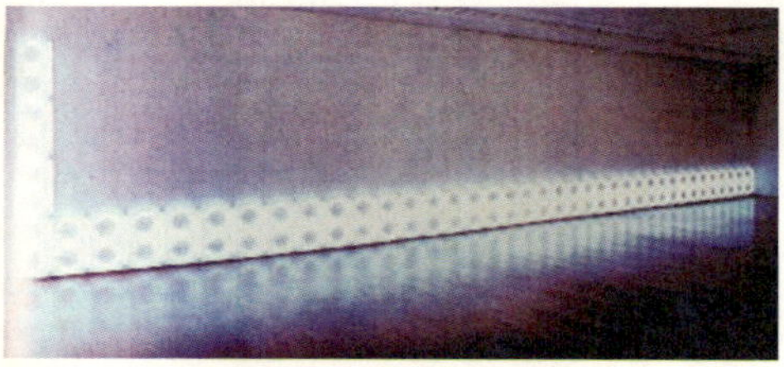

图8-24 《纪念我的父亲》/（美）弗莱文

构，很多电子、数字或影像媒介都被综合到装置作品中来。可以想见，今后的艺术发展中，装置艺术仍然拥有极大的可能性空间等待艺术家去发掘。

四、行为艺术

二十世纪六十年代出现的新艺术形态中，比现成品更加令人感到匪夷所思的就是直接以个体或者群体的行为作为主体元素所形成的作品。我们通常称之为“行为艺术”。必须把行为艺术与同样以人的行动为作品主体的戏剧和舞蹈范畴的“表演艺术”区别开来。后者一定程度上是虚拟的，即并非真实发生的“事件”，同时更多地具有叙事功能并从属于特定的叙事结构。而一个行为艺术作品则必定是真实发生了的“事件”，它不像戏剧表演一样强调叙事功能，也不大会从属于其他叙事构架，但却以特定的行为为媒介表达特定的观念或观点。在表达的过程中，行为艺术作品以其足够的开放性做到与观者之间更充分的互动，观者有可能以不同的方式介入到作品的表述中。行为艺术更有别于舞蹈艺术，后者是通过行动来营造视觉形式，其行动本身常常超出日常行动所可能达到的范围，这也是舞蹈者需要接受专门训练的原因。而行为艺术的行动更具有“日常”的特征，无需经过特别的训练即可做到，任何人均可以在自己的身上实现。行为艺术使人（无论是作者还是观者）最直接地介入到艺术作品中，并达到了最具真实性的表达与体验。这使得行为艺术能够比其他艺术形式更为广泛、深入和尖锐地揭示和探讨与人有关的各种问题。行为艺术绝非一时兴起或者哗众取宠，而是以艺术家对围绕人的各种问题所具有的深刻内在体认与思考为基础的。毕竟，作为一种艺术形态，行为艺术仍然应该以形而上的思想性和批判性为其内在特质，而非过于浅显直白的外在表达。在作品的设计方面也常常有与逻辑层面或美学层面相关的形式诉求，而非过分简单化的行动。

与行为艺术的缘起有关的艺术家中，首先应该提及的是法国人伊夫·克莱因。

伊夫·克莱因一九二八年生于法国尼斯，父母都是艺术家。伊夫·克莱因自幼饱受艺术熏陶。他最初引人注目的是二十世纪五十年代用单一色彩创作的作品。他在其作品中使用的纯净蓝色成为显著的个人标志，这种蓝色后来被称为“国际克莱因蓝”。克莱因英年早逝，但却是当代艺术发展中举足轻重的人物。他一生的创作涵盖绘画、雕塑和装置等诸多领域，而且是行为艺术的启蒙者之一。六十年代，伊夫·克莱因开始尝试拓展艺术创作的媒介和形态。他让三名裸体女子将颜料涂在身体上然后在音乐伴奏中在画布上滚动以留下痕迹，并名之为《绘画仪式》（见图8-26）。一九六〇年，艺术家在巴黎从二楼向下跳，这件作品名为《一日要闻》（又名《坠入虚空》，见图8-27）。这些都是较早出现的行为艺术作品。

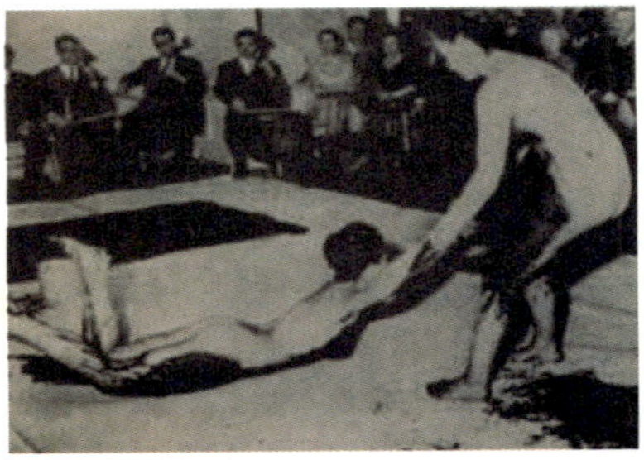

图8-26 《绘画仪式》／（法）伊夫·克莱因

图8-27 《一日要闻》／（法）伊夫·克莱因

图8-28 《钢桌戏剧》/（德）博伊斯

图8-29 《平行过程Ⅰ》/（德）博伊斯

图8-30 《卡普里灯泡与收获之梯》/（德）博伊斯

另一位行为艺术的重要艺术家是德国人约瑟夫·博伊斯。

约瑟夫·博伊斯一九二一年生于德国的克列弗尔德，一九四〇年至一九四五年在德国军队服役，战争中间多次负伤，一九四五年被英军俘虏。战后，约瑟夫·博伊斯就读于杜塞尔多夫美术学院。约瑟夫·博伊斯对第二次世界大战后前卫艺术的发展具有深远的影响。德国人的文化性格和战争中的痛苦经历使其作品具有冷静的宗教气息与终极思考。约瑟夫·博伊斯作为艺术家的另一个显著特征是对自然、社会和政治的特别关注。他不仅在作品里表达这种关注，还亲身参与各种社会活动。约瑟夫·博伊斯是继马塞尔·杜尚之后的又一个开拓者。他提出的“扩展的艺术概念”和“社会雕塑”等理念把艺术所能够包含和触及的范畴扩展到涵盖人类文化的所有领域。他将艺术归结为人的创造力：“创造力是一项大众财富。因此，人类学意义上的艺术概念指的是普遍的创造性能力。”[①]有了这样的理念，他选择行为作为主要的艺术表现形式也就不难理解了。约瑟夫·博伊斯一生创作了约七十件行为艺术作品。这些作品践行了他的艺术理念。它们不仅在当时引起轰动和争议，同时也奠定了约瑟夫·博伊斯在整个当代艺术发展中具有的重要地位（见图8-28至图8-31）。

二十世纪六七十年代的早期行为艺术家还有很多，这里不一一列举。自此，行为艺术同装置艺术一样成为当代艺术的重要类别。今天，我们仍然经常被行为艺术家们的作品震撼甚至感到惊骇。越来

①海纳尔·施塔赫豪斯.艺术狂人——博伊斯[M].长春：吉林美术出版社，2001：68.

越多的艺术家投身行为艺术实验。但同时，对行为艺术的质疑和争议也从未停止。无论如何，这一年轻的艺术形态所表现出的活力以及对当代文化的影响是显而易见的。人们对行为艺术的理解和品评程度也会日趋客观与深入。

图8–31 《沼泽中的行动》/（德）博伊斯

五、观念艺术

当我们对上文所描述的当代艺术发展进行整体回溯的时候，就会发现，从现成品、装置艺术到行为艺术，从对传统艺术观念的解构以及对大众流行文化的介入与互动及至对艺术概念的扩展，各种艺术门类之间存在着相互交织的密切关系，且在总体上表现出共性特征。

不同于传统艺术以相对单一的方式向观者传达有关“美”的信息，而是更多地以某种立场、观点、态度等精神与思想层面的表述为核心，以任何可能的、开放性的、能够与观者更多地互动的方式加以阐述。艺术的功能由此得到延伸甚至改变。艺术不再是为环境增加装饰，不再是闲暇时才会被把玩的奢侈品，它已经成为一种艺术家更为直接地介入社会生活的途径，它承载思想、发表意见、触动和引导公众意识，把原本艰涩的宗教、哲学、历史或者社会学文本用更为直观和可感的形式呈现出来。内在的思想、观念的表述成为艺术的核心目的，且处于完全的支配地位。这就是所谓的“观念艺术”。

第三节 摄影与录像艺术

一、当代艺术背景下的摄影及其发展

我们总是习惯于从人文、历史、美学以及艺术本体等层面来解读艺术的发

展。但假使换一个角度，从功能和技术层面来解读艺术史，就会获得一些关于艺术的新的理解。具体而言，如果把绘画视为较原始的制像技术，并以之为开端梳理出制像技术的发展史，就会发现制像技术对文化和艺术发展所具有的重要作用和深刻影响。尤其到了近代，照相术的发明使制像技术实现了历史性的跨越，并把整个人类文明拉进一个全新的图像时代。此后，包括电影、录像、数字影像等一系列技术的发展都是以照相术为基点的。应该说，照相术的发明是可比肩造纸术和印刷术的具有重大历史意义的发明。就艺术而言，正是照相术的发明使传统写实绘画被更为快捷且更具真实性与可信度的照片所取代。这一强大的外力迫使绘画放弃原有的技术与功能，重新定位本体价值和发展路径，从而有了现代主义的绘画革命。摄影对艺术的影响当然不可能仅止于此。如此功能强大的技术媒介必然催生新的艺术门类——摄影艺术。然而，摄影一旦被置于艺术范畴中，就会立刻显出其短板。那就是，作为一门过分依赖机械的技术手段的艺术，它能提供给艺术家的用于艺术表现的可能性其实非常有限。很多时候，我们用来识别或区分摄影家的作品特征主要来自所拍摄的题材而不是表现手法。因此，在强大的纪实功能之外，摄影的艺术表现力究竟有没有足够的潜力可以发掘呢？尤其当全自动相机问世之后，专业摄影的技术优势再次遭到挑战，技术资源被更为广泛的人群所享有。如果说，在此之前的摄影可以凭借其技术含量实现相应的艺术价值，那么在几乎任何人都有可能拍摄出质量较好的照片的时代，摄影该如何构筑自身的艺术体系呢？

问题的答案自然不止一条。其中，当代艺术所倡导的新的价值观就为摄影提供了一片新的发展空间，使摄影在一定程度上摆脱了被动记录的单一途径，进入主动营造的领域。被广泛普及的摄影技术恰恰契合了博伊斯的“扩展的艺术概念”，不排斥任何外部形式的当代艺术自然也不会放过摄影这一重要媒介。如今，与当代摄影相关的诸多概念对很多喜欢摄影的人来说都不陌生，即使他们并不完全理解其准确含义。很多当代艺术领域的摄影家也成为当代图像文化的弄潮儿而受到追捧。他们较少关注摄影的专业技术问题，而更多地关注摄影之外的问题，并从中寻求实现摄影的艺术可能性的途径。“图片的力量并不是来自它的内部，也可能来自它的外部。在图片与图片之间，在图片与使用图片之前的工作里，都存在着赋予图像力量的机遇……不但一张图片可以是艺术的，就算一张不那么艺术的图片，做图片的过程也可以是艺术的，放图片的方式可以是艺术的，传播图片的方式也可以是艺术的。”[①]

让·鲍德里亚可以被视为非专业背景并且以当代艺术视角切入摄影的成功范例之一。在从事摄影之前，他就已经作为法国著名哲学家、思想家、社会学家而享誉全球。二十世纪八十年代，鲍德里亚开始用一台朋友赠予的相机从事摄影，九十年代开始发表作品和举办展览。鲍德里亚从哲学角度重新思考拍摄者和被摄体之间的辩证关系，将被摄体置于摄影活动的核心，将摄影视为影响人看待和解读外部世界的全新方式。正如他自己所说的：“所有的事物都为意义与语境所覆盖，而摄影则把这些意义去除……对象与我（主体）实际上处在一种双向的、互相诱惑的关系中……主客体成为一体……”[②]鲍德里亚通过大量的静物与风景照片实践他的摄影观，对当代摄影产生广泛影响（见图8-32、图8-33）。

法国摄影家贝尔纳·弗孔是在当代摄影发展中的标志性人物。其主要特点在于对拍摄对象的预先设定。这种做法从根本上有别于一般摄影对于现实中瞬间的捕捉和在这种捕捉中摄取的偶然因素。贝尔纳·弗孔对拍摄主题、对象、环境进行全面的预设，排除了拍摄的偶然性，将创作过程完全置于拍摄者的主观意图控制之下。贝尔纳·弗孔的作品具有强烈的叙事性和超现实色彩。他的拍摄方式也为很多观念摄影家所采用（见图8-34、图8-35）。

美国女摄影家南·戈尔丁探索出另一种方式。她既不同于鲍德里亚通过镜

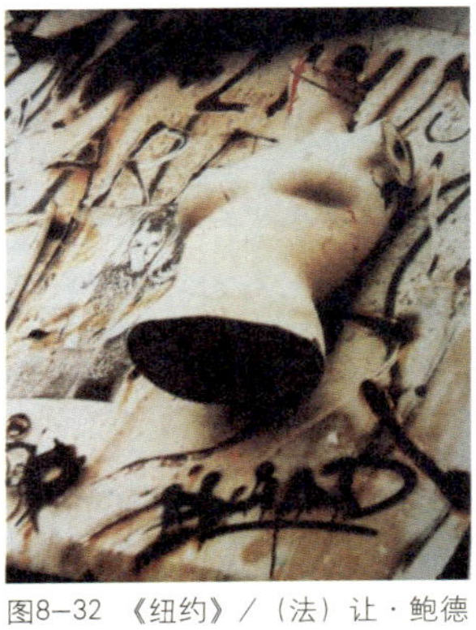
图8-32 《纽约》/（法）让·鲍德里亚

图8-33 《巴黎》/（法）让·鲍德里亚

① 邱志杰.摄影之后的摄影[M].北京：中国人民大学出版社，2005：42.
② 顾铮.世界当代摄影家告白[M].上海：上海文艺出版社，2003:36.

图8-34 《飞翔的孩子》/（法）贝尔纳·弗孔

图8-35 《燃烧的房间》/（法）贝尔纳·弗孔

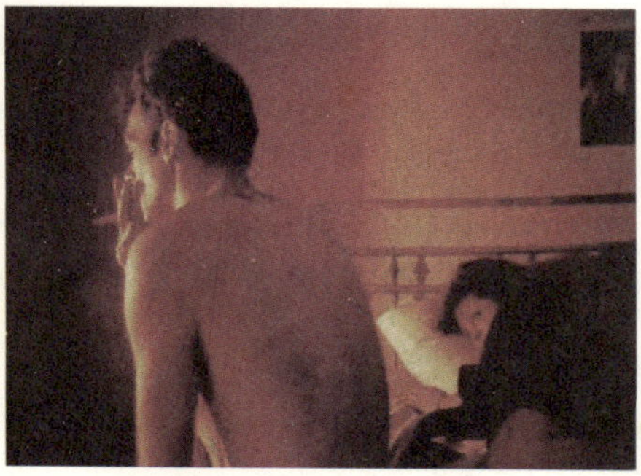
图8-36 《南与布莱恩在床上》/（美）南·戈尔丁

图8-37 《在浴室的卡斯》/（美）南·戈尔丁

头进行形而上的思考，也不同于贝尔纳·弗孔主观营造超现实的幻境。她将镜头对准日常生活，以一种极端的现实主义态度进行拍摄。与其他摄影师在拍摄时只将自己作为旁观者和记录者更加不同的是，在她的作品中，她本人同样作为所拍摄的现实的成员出现在镜头里。南·戈尔丁的可贵之处在于她直面现实社会的各个侧面，且在作品里毫不掩饰其残酷性。她忠实地记录主流社会之外边缘人群的生活，其作品所具有的真实感给人们带来强烈的心灵震撼（见图8-36、图8-37）。亚洲摄影家在当代摄影发展中的作用举足轻重。如日本摄影家森山大道和荒木经惟就是例子。森山大道大量采取现场抓拍的拍摄方法，使镜头更为深入地进入到现实的深层，把相机的瞬间记录功能加以充分发挥。其黑白摄影作品展现出独特的视角和敏锐的洞察力，于平凡的影像展现出不平凡的视觉强度（见图8-38）。荒木经惟以其大量的作品对人的情感和欲望世界展开淋漓尽致的表现，其作品对日本文化及其内在心理进行了当代视角的深度诠释（见图8-39）。

当代艺术理念对摄影艺术的影响更为直接地体现在“观念摄影”中。所谓“观念摄影”，与其说是摄影艺术的一个类别，不如视为以摄影为媒介进行的观念艺术创作。其特点首先是体现以作者的主观观念与意图为主导的观念艺术特性。观念摄影创作大量使用摆拍的方式，对拍摄对象进行充分的前期设计和加工，以求实现对观念的表述。同时还会通过各种手段对照片进行后期加工，将图像纳入到当代艺术的观念表述的语境中。很多艺术家如达利、曼雷都曾经进行具有观念摄影特征的创作。当代从事观念摄影的摄影家很多，如美国摄影家辛迪·舍曼、菲利普·卢卡，日本摄影家森村泰昌、森万里子，中国摄影家邱志杰、刘铮、杨福东、翁奋、蒋志等。

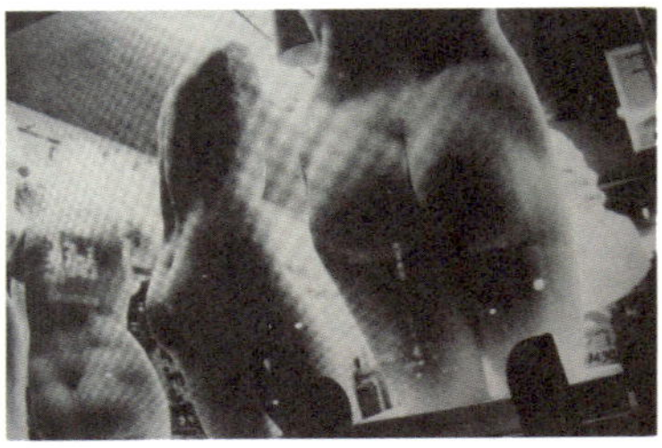

图8-38 《新宿》／（日）森山大道

图8-39 《摄影》／（日）荒木经惟

二、录像艺术的产生和发展

一九六五年，韩国人白南准用便携式摄像机在纽约街头拍到一段罗马教皇的镜头。当晚他在咖啡馆播放了这段录像。这段录像被视为第一部录像艺术作品。白南准也被视为第一位从事录像艺术的艺术家。他开启了使用录像作为媒介进行当代艺术创作的全新领域（见图8-40）。

图8-40 白南准像

但是，艺术家使用动态影像进行实验

艺术创作并非始于此。应该说，电影的问世就意味着动态影像作为一种纯粹的艺术表现媒介已经具备了技术层面的可能性。二十世纪二十年代，马塞尔·杜尚就创作过实验影片。在他作于一九二六年的《贫血电影》中，几何形状的旋转运动贯穿始终（见图8-41）。安迪·沃霍尔也在六十年代开始着手进行一系列实验电影创作（见图8-42）。事实上，对于艺术家来说，无论是电影胶片还是录像带，都是可以实现动态影像表现的媒介，并无本质区别。而研究录像艺术的发展也不能不提及实验电影。因为，在当代艺术领域，两者的发展密切相关。但是，录像制作相对于电影的便捷和低成本显然更具优势，因此也就成为后来艺术家们的首选。应该说，录像技术为当代影像艺术的发展提供了更为充分的空间。

从文化层面讲，电视的普及并成为在现代社会最具影响力的媒体也构成了录像艺术产生和发展的另一个背景。过分强大的媒体形态似乎总会催生出自己的对立面。正如强大的电影产业机制催生出对抗的独立电影，强大的电视媒体也使得独立自主的影像记叙成为一种文化和心理需要。技术手段的普及化使得原本凭借技术资源而处于绝对支配地位的主流媒体话语权被一定程度地消解。今天，借助日趋普及的摄像器材和用于个人电脑的非线性编辑软件，录像艺术越来越成为当代艺术的宠儿。

在当代艺术的发展中，无论是电影还是录像，都部分地具备行为艺术的文献记录功能。那些选择在特定时间和特定场所并且在有限的时间里完成的行为艺术作品必须借助录像来实现传播和永久保存。正如美国艺术家布鲁斯·瑙曼所说的："最初被转制成录像带和影片的许多东西都是表演艺术……因此影片

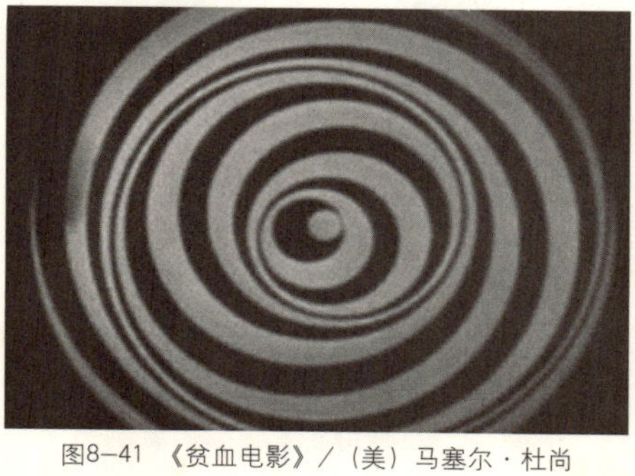

图8–41 《贫血电影》/（美）马塞尔·杜尚

图8–42 《帝国大厦》/（美）安迪·沃霍尔

实际上成了表演的记录。”[1]在布鲁斯·瑙曼的一部作于一九六七年的十六毫米影片《围着一个广场夸张地走》中，作者在镜头前围绕一个画出的方形区域用比较怪异的姿势逆时针方向行走，作品时长十分三十秒（见图8-43）。再如行为艺术家玛丽娜·阿巴拉莫维奇的作品《休止的能量》（见图8-44）。片中，艺术家自己手握弓背，她的合作者尤列站在她的对面拉开弓弦，将随时可能射出的箭对准作者。充满危险的静止场面伴随沉重的呼吸声，让观者感受着安静中孕育着随时可能爆发的危机。这件录像作品本身也同样充当着行为作品的记录者。这一类作品是当代录像艺术作品的主要类型之一。

基于录像技术本身的艺术创作当然也成为当代艺术家们的实验思路。很多录像艺术家开始发掘录像艺术自身具有的可能性。他们从当代艺术的总体观念出发，尝试各种拍摄方式和后期制作技术，扩展影像呈现的外部形态，将影像与装置结合。就表现题材和手法而言，已经不仅仅局限于影像的记录，而是着眼于影像的主动营造。很多当代艺术家以录像艺术为主要创作手段，成为该领域的代表人物。除上文提到的白南准之外，美国艺术家马修·巴尼、比尔·维奥拉，日本艺术家森万里子，中国艺术家张培力、周啸虎、汪建伟、杨福东、蒋志、崔岫温等都是杰出的当代录像艺术家（见图8-45、图8-46）。

图8-43 《围着一个广场夸张地走》/（美）布鲁斯·瑙曼

图8-44 《休止的能量》/（塞尔维亚）玛丽娜·阿巴拉莫维奇

图8-45 《电视大提琴》/（韩）白南准

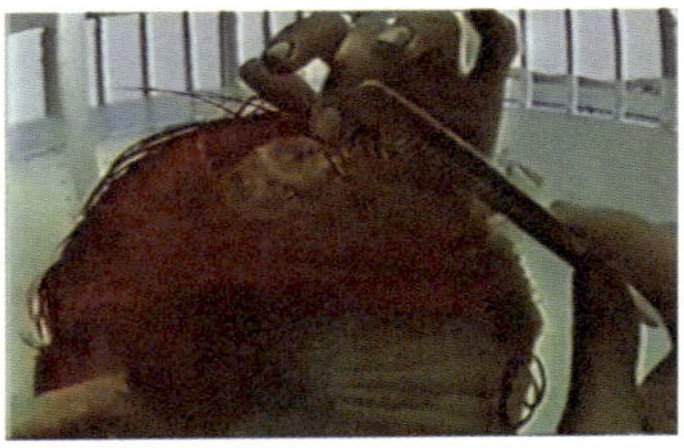
图8-46 《悬丝》/（美）马修·巴尼

① 陈侗，杨小彦.与实验艺术家的谈话[M].长沙：湖南美术出版社，1993:80.

总体而言，当代艺术范畴的录像艺术主要强调观念的表达，在表现方法上虽然大量借鉴电影、电视的表现手法，但其基本理念从根本上有别于后者。作为一门非常年轻的艺术，众多优秀的艺术家还在努力使之不断发展，其前景充满不可预知的可能性。

第四节　艺术与电脑科技的联姻

艺术的载体既可以非常简单，又可以非常复杂。我们能够仅凭纸笔完成一次绘画创作，我们还可以借助口哨完成一次演奏。那些创作于古代或落后地区的通过简单甚至粗糙的工具完成的艺术品丝毫没有因为制作手段的简陋而影响作品本有的艺术价值。前辈们基于非常简单的工具发展出了非常复杂和高超的技术手段，这些手段凝结在古今中外历代大师留下的那些精美绝伦的艺术作品中。可以说，艺术创作从不因技术手段的不同而有高下之别。虽然如此，艺术也从不放过任何一种可能利用的技术手段来丰富自己。历史上各个领域的技术进步都直接或间接地给艺术带来影响。技术媒介不仅给艺术创作提供更多的表现方式，而且也深刻地影响了艺术观念，正如它同样深刻地改变着我们的生活方式乃至思维方式一样。这一点，在二十世纪以后的艺术发展中体现得尤其明显。其中，基于电脑科技产生的一系列数字媒体技术更是给艺术带来了前所未有的契机。

今天，人们的生活几乎完全被数字媒体所充斥。个人电脑的普及、各种数码设备的广泛使用、互联网的覆盖与功能的不断扩展等一系列发展变化让我们的生活方式乃至思维方式都发生了根本的改变。这一系列改变绝不仅仅意味着技术媒介层面的扩展与提升，而是发展出了一种数字媒体时代所特有的文化景观。在这个大背景下，电脑科技与艺术的联姻也就成了必然的发展趋势。

电脑与数字媒体技术对艺术的影响可以分为两个层次：其一是一些既有艺术形态借助电脑技术的再发展；其二则是基于电脑和网络技术平台自身的可能性产生的新艺术种类。

包括绘画、雕塑、摄影、录像等在内的既有艺术形态借助电脑技术实现了新的跨越。作为传统艺术形态的绘画一旦和电脑技术结合就立刻显现出了广阔的发展空间。据报道，美国著名画家大卫·霍克尼近年开始用iPhone和iPad作画，这些作品一经展出就引起热议，虽说争议很大，但此举已成为以数字技术进行纯艺术创作的范例。使用电脑技术进行绘画更多地出现在应用领域。一个全新的艺术形态——CG（Computer Graphics的缩写）艺术正以迅猛的发展速度覆盖影视、动画、插画等应用艺术领域。同时，日趋成熟的电脑三维与成型技术使得使用数字技术进行雕塑创作也逐步成为可能。

当代艺术对电脑技术的运用首先大量出现在影像艺术领域。借助数码相机和电脑图像处理软件，艺术家不仅摆脱了烦琐的传统暗房操作和照片冲印工序，而且还可以实现更加主动和自由的图像再创造。数字录像设备拍摄的素材可以在个人电脑中进行后期编辑，这也为艺术家进行小规模、低成本的录像作品创作提供了便捷的技术平台。功能日趋强大的二维和三维动画软件使实验性的动画创作获得了强大的发展驱动力。总之，以上这些既有的艺术形态通过电脑技术实现了更加个人化和小团队化的创作模式，而这对于强调实验性的当代艺术而言无疑是非常重要的技术支撑。

作为上文所说的第二个层次，网络数字交互技术以及虚拟现实技术催生了全新的多媒体和网络艺术。这是一个可以包含和综合各种艺术因素的创作空间。它可以将形象、声音、文本等因素同时纳入作品结构中，还能够更好地实现作品与观者的互动。在数字虚拟世界里充满着丰富的艺术表现的可能性。随着技术的不断发展，电脑技术与艺术的结合必然还会产生更多令人惊异的结果，也必然成为未来艺术创作的主流形态。

参考网站

[1] 艺术中国网：http://art.china.cn/

[2] 99艺术网：http://www.99ys.com/

[3] 中国艺术网：http://www.chnart.com/

[4] 全球艺术网：http://www.artnet.cn/

[5] 俄罗斯近代油画网：http://www.lesoreades.ru/eng/pictures

[6] 美国纽约大都会博物馆官网：http://www.metmuseum.org/

[7] 法国巴黎卢浮宫官网：http://www.louvre.fr/

后 记

《人文艺术通识》经过近一年的酝酿撰写总算可以与广大读者见面了！这是一本读起来比较轻松的小书。“理想的”艺术通识读物可以让普通读者掌握一些有关艺术的基本概念，了解历史上每个艺术领域所取得的成就；无论采取哪一种编写方式，这些优秀的艺术作品在当时产生的历史语境仍然对我们现在的生活产生着影响。当时的艺术家说过的话和做过的事可以帮助我们更加清晰地了解我们的今天，启发我们的明天和未来。这些优秀的艺术是活的，并且将永远活着。

这本书可以帮助读者获得更多创造性的艺术认知。对于广大读者，它不仅是一本艺术人文修养的书，而且也是一本有趣、易读并且对我们的人生有帮助的书。

美学教育家蒋勋说：“美，其实是一种拯救。在人性众多的挫折阻碍之中，在生命众多的困惑迷惘之中，美，使人有反省、有思维、有渴望、有对伤痛的悲悯，也有对喜悦幸福的期待。”

通过《人文艺术通识》这样一本小书，我们也许就会寻找到一些解决这些迷惘和困惑、挫折和阻碍的简单方法，也许就会找到一个安静自然的心灵安放居所。

编写这样的通识读物是一个尝试。在这里，我们打破了传统的做法，将本书的结构分为八章：艺术与美；艺术表现的共性与个性；艺术的创作与欣赏；语言艺术；造型艺术；表情艺术；综合艺术；当代艺术与多媒体艺术。作为一本艺术人文通识读物，希望青年朋友们能喜欢本书的阅读方式，也希望书中的某些观念能对读者今后的人生道路有所启迪，帮助他们唤起自身的审美意识。

人们走近艺术是因为感受到艺术带给我们的丰富情感世界，产生多层次的审美体验。如果感受不到这些，再好的艺术也是没有意义的。我们希望广大读者能喜欢这本书，希望他们认为这是一本有意思的书。

本书能得以出版，首先要感谢上海科学技术文献出版社的领导和编辑，如果没有他们的督促就不会有这本书的出版。在本书的撰写和编辑过程中，也得到了同济大学王健博士的帮助。

本书还有诸多不足，也恳请广大读者看后提出批评和建议，对此我们衷心地表示感谢。我们的邮箱：sstlp1978@126.com。欢迎你的来信！

编 者

2015年1月12日